KELLY HARMS

Tausche neues Leben gegen altes

Weitere Titel der Autorin:
Ein Sommer nur für mich

Über die Autorin:

Bevor Kelly Harms sich entschloss, selbst Bücher zu schreiben, war sie Lektorin und Literaturagentin in New York und arbeitete mit zahlreichen Bestsellerautoren zusammen. Heute lebt sie mit ihrem cleveren Sohn Griffin, dem charmanten Iren Chris und dem besten aller Hunde in Madison, Wisconsin.

KELLY HARMS

TAUSCHE *NEUES* LEBEN GEGEN ALTES

ROMAN

Aus dem amerikanischen Englisch
von Doreen Reeck

Lübbe

Die Bastei Lübbe AG verfolgt eine nachhaltige Buchproduktion. Wir verwenden Papiere aus nachhaltiger Forstwirtschaft und verzichten darauf, Bücher einzeln in Folie zu verpacken. Wir stellen unsere Bücher in Deutschland und Europa (EU) her und arbeiten mit den Druckereien kontinuierlich an einer positiven Ökobilanz.

FSC www.fsc.org
MIX
Papier | Fördert gute Waldnutzung
FSC® C014496

Vollständige Taschenbuchausgabe

Deutsche Erstausgabe

Titel der amerikanischen Originalausgabe: »The Seven Day Switch«
Originalverlag: Lake Union Publishing, Seattle

This edition is made possible under a license arrangement originating with Amazon Publishing, www.apub.com, in collaboration with Agence Hoffman.

Textredaktion: Anne Schünemann, Lektorat am Meer
Umschlaggestaltung: Christin Wilhelm, www.grafic4u.de
Einband-/Umschlagmotiv: © Nadia Snopek/shutterstock
Satz: Dörlemann Satz, Lemförde
Gesetzt aus der Adobe Caslon Pro
Druck und Verarbeitung: GGP Media GmbH, Pößneck

Printed in Germany
ISBN 978-3-404-19287-8

2 4 5 3 1

Sie finden uns im Internet unter luebbe.de
Bitte beachten Sie auch: lesejury.de

Für Abbie Foster Chaffee und Kris Adams,
zwei außergewöhnliche Mütter

Wendy

Hier kommt deine Anleitung für den perfekten Morgen:

Schritt eins: Steh früh auf. Und zwar richtig früh. Wenn deine Kinder, sagen wir mal, um 8:06 Uhr in der Schule sein müssen und du so schnell wie irgend möglich danach auf der Arbeit sein möchtest, dann steh um 5 Uhr auf. Allerspätestens um 5:30 Uhr. Das bedeutet, du solltest gegen 21 Uhr ins Bett gehen – und das heißt: Licht aus, nicht mehr lesen, kein Fernsehen, keinen Sex. Nur so am Rande: Das schaffst du niemals.

Schritt zwei: Lies einen dicken Stapel Bücher darüber, wie man sich gute Gewohnheiten zulegt. Allerdings nicht vor dem Schlafengehen (siehe oben). Du kannst sie dir auch als Hörbuch auf dem Weg zur Arbeit anhören. Übe Triggerworte und gute Gewohnheiten aneinanderzureihen. Leg auf jeden Fall deine Tabletten neben deine Zahnpasta, die neben deine Kontaktlinsen, die neben dein Anti-Aging-Serum. Sonst wirst du vergessen, deine Tabletten zu nehmen und das Serum aufzutragen, denn es ist immerhin sehr früh, und ohne deine Linsen kannst du kaum etwas erkennen. Erst nachdem du alle diese Dinge in den Händen hattest, sei dir ein Kaffee gegönnt.

Schritt drei: Reise in der Zeit zurück zum gestrigen Abend und programmiere deinen Kaffeevollautomaten so, dass er um 5 Uhr früh deinen Kaffee aufbrüht. Sollte dir das nicht gelingen, starrst du eben vier Minuten gedankenverloren die Wand deiner Küche an, bis der Kaffee fertig ist.

Schritt vier: Trink den Kaffee und bereite drei Lunchpakete

vor, zwei ganz ohne Gemüse für deine Kinder und eines ausschließlich mit Gemüse für dich selbst. Lege ganz zum Schluss eine winzige Packung Goldfischli in deine Lunch-Tüte, fühle dich erst wie eine Rebellin, dann doch verschwenderisch, weil manche Mütter bei Costco die große Packung kaufen und diese dann selbst in kleine, wiederverwendbare Tupper-Dosen aufteilen würden.

Schritt fünf: Setz dich hin und genieße zwanzig glorreiche, koffeinreiche Minuten in Ruhe ganz allein mit deinem Handy. Dann beeile dich mit dem Duschen, ehe die Kinder aufstehen müssen.

Schritte sechs bis fünfundvierzig: Weck die Kinder.

Stell Müslipackungen, Milch und Schüsseln bereit, in der Hoffnung, dass sie sich wenigstens ein Mal selbst ihr Müsli zubereiten. Nur dieses eine Mal.

Platziere den Futternapf der Katze direkt neben die Müslischalen der Kinder, um sie daran zu erinnern, die Katze zu füttern, wie sie es hoch und heilig geschworen haben.

Schreibe einen Zettel für deinen Ehemann, der noch schläft – und das auch noch tun wird, wenn du das Haus verlässt –, um ihn daran zu erinnern, dass eure Tochter heute ihr Softball-Testspiel hat und euer Sohn morgen zum Schulausflug fährt.

Wecke erneut die Kinder.

Entdecke einen lilafarbenen Rock in der Wäsche, den du gestern Abend vergessen hast, in den Trockner zu stecken.

Hör dir von dem Kind, das unbedingt diesen lilafarbenen Rock anziehen will, an, dass du »nie an irgendetwas für mich denkst«.

Erinnere ebendieses Kind daran, sein Frühstück zu essen.

Wecke noch mal das andere Kind.

Ziehe Kind Nummer eins die Socken an, weil sie »nicht dehnbar genug« sind.

Sieh nach dem lilafarbenen Rock im Trockner – stell die höchste Hitzestufe ein.

Bereite das Müsli der rocklosen Tochter zu und liefere es ihr direkt vor den Fernseher.

Ermuntere deinen Sohn, noch mal rauf in sein Zimmer zu gehen und frische Unterhosen anzuziehen.

Bedauere einen Moment lang den traurigen Zustand deines eigenen Slips, der bereits sechs Jahre auf dem Buckel hat.

Du bemerkst, dass du in sieben Minuten das Haus verlassen musst und die Katze noch immer nicht gefüttert wurde.

Bitte die Kinder, die Katze zu füttern.

Runzele die Stirn angesichts dessen, was sich der Sohn aus dem Kleiderschrank gefischt hat.

Hol den lilafarbenen Rock aus dem Trockner und zieh ihn etwas zurecht, damit es nicht auffällt, dass er eingelaufen ist.

Bitte die Tochter ihn anzuziehen.

Wiederhole deine Bitte.

Nimm die Fernbedienung in die Hand.

Hör dir Gejammer und Geheule darüber an, dass du ihre Sendung »im allerbesten Moment« ausgeschaltet hast.

Trage allen auf, ihre Schuhe anzuziehen.

Suche alle besagten Schuhe.

Steige ohne deine eigenen Schuhe ins Auto.

Gehe zurück ins Haus, um deine Schuhe anzuziehen.

Gehe zurück ins Haus, um die Lunch-Pakete zu holen.

Geh zurück ins Haus, um auf den Zettel für deinen Mann noch ein Wäsche-Update zu kritzeln.

Fahre aus der Auffahrt.

Bemerke, dass es 8:04 Uhr ist.

Stell den Radiosender von »langweiligen Nachrichten« auf Chartmusik um.

Höre dir siebzehn Minuten lang Werbung für Abnehmmittel, die keinerlei medizinischer Kontrolle unterliegen, und Gebrauchtwagen an, während du an der Schule in einer langen Autoschlange wartest, um die Kinder abzuladen.

Liefere die Kinder ab.

Fahr zurück nach Hause, um deine Sportklamotten zu holen, die du vergessen hast.

Versuche dabei nicht deinen Mann zu wecken.

Füttere die wütende Katze.

Rase zur Arbeit.

Du kommst zwölf Minuten zu spät im Büro an.

Ignoriere das Angebot der Empfangsdame, dir an deinem Schreibtisch die Haare trocken zu föhnen.

Notiere dir, einen Föhn fürs Büro zu kaufen.

1

Zuvor

Wendy

Obwohl ich eine renommierte Produktivitätsberaterin bin, als solche regelmäßig in den lokalen Medien auftauche, eine Monatskolumne für einen der hundert populärsten Blogs des Landes schreibe und eine eigene kleine Tagesplaner-Kollektion herausgebracht habe, gibt es ein paar Dinge in meinem Leben, die möglicherweise ein wenig besser laufen könnten. Der Stresslevel bei mir zu Hause ist in der Regel höher, als mir lieb ist, und ich schleppe stets eine gute Portion schlechtes Gewissen mit mir herum, meiner Mutterrolle nicht gerecht zu werden. Mein Mann, Seth, ist attraktiver als ich, und mit zunehmendem Alter tritt das immer deutlicher hervor. Während bei mir alles ins Hängen gerät, verwittert er lediglich auf attraktive Art und Weise. Zudem sind unsere beiden Kinder, Bridget und Linus, ein bisschen faul. Nur ein bisschen. Und vielleicht noch nicht einmal das, sondern man könnte sagen, sie leben einfach in einer anderen Zeit als der, in der ich aufgewachsen bin. Was ich als »faul« ansehe, nimmt eine andere Mutter vielleicht als »gemächlich und unbefangen« wahr. Ihre Trägheit mag eine andere Frau »sorglose Kindheit« nennen.

Dieser vermaledeite lilafarbene Rock könnte allerdings der Tropfen sein, der bei mir das Fass zum Überlaufen bringt.

Ich musste sogar in eine Shopping Mall fahren, um ihn zu kaufen. In einen Laden gehen, in dem man ohrenbetäubende

Musik als Teil des Markenimages versteht, und dabei versuchen, meiner elfjährigen Tochter Gehör zu schenken, die wiederum so tat, als wäre sie sechzehn. Natürlich keine echte Sechzehnjährige mit Periodenkrämpfen, Pickeln und geringem Selbstwertgefühl. Nein, eine Sechzehnjährige aus einer Netflix-Serie, die mit ihrem Single-Vater, dem Kapitän, und ihrer besten Freundin, einem Rockstar, auf einer Yacht lebt. Dafür hält sich meine Tochter nämlich, wenn sie ihren lilafarbenen Rock trägt.

Ich hatte geglaubt, derlei Eskapaden vermeiden zu können, indem ich sie nicht Mercedes oder Kennedy nenne, aber wie ich feststellen musste, wird auch aus einer Sarah, einer Catherine oder sogar aus einer Delores eines Tages ein Tween. Und mein Tween hat zwar kapiert, dass der lilafarbene Rock cool ist, aber nicht, dass es uncool ist, ihn direkt dreimal pro Woche zu tragen. Was wiederum dazu geführt hat, dass ich nun nicht mehr viermal pro Woche die Waschmaschine anwerfe, sondern jeden verdammten Abend.

Und ich weiß nur zu gut, wer mir das eingebrockt hat.

Wenn ich abends nach einem anstrengenden Arbeitstag und diversen Elterntaxi-Einsätzen, um meine Kinder zu ihren Freizeitaktivitäten zu chauffieren, in unsere Straße einbiege, sehe ich sie. Sie sitzt gerne draußen. In ihrem Vorgarten. Dort weilt sie nach dem Abendessen – das in ihrem Haus natürlich keine Sekunde später als 18 Uhr auf den Tisch kommt und mindestens zwei frisch gekochte Gemüsebeilagen enthält – und trinkt ein Glas Rotwein. Vor den Augen der Nachbarschaft, normalen Menschen, die, das Auto voller Einkaufstüten mit Tiefkühlpizzen und Fertig-Grillhühnchen, zu Kindern nach Hause gehetzt kommen, die ungefähr zehn Stunden am Tag unter der Aufsicht fremder Leute verbringen. Normalen Menschen geht der Anblick von Celeste Mason gegen den Strich, wie sie dasitzt, den Hintern auf einen Adirondack-Gartensessel aus echtem Teakholz gebettet und die Füße auf dem dazu passenden Hocker geparkt, sich ein schönes Glas Pinot gönnt, während ihre drei perfekten Kinder durch den perfekten Vorgarten toben, nachdem sie ihr perfektes, selbst gekochtes und gesundes Abendessen zu sich genommen haben.

Falls das an diesem Punkt noch nicht klar sein sollte: Ich bin einer dieser Menschen. Es geht mir gegen den Strich, dass Celeste aus mir unerfindlichen Gründen etliche Schnittmuster der *Vogue* für ihre elfjährige Tween-Tochter gekauft hat, sie Stoffe hat aussuchen lassen und ihr dann eine maßgeschneiderte Garderobe geschaffen hat, allesamt Klamotten, mit deren »Coolness« höchstens überteuerte Markenimitate von schlechter Qualität aus der Mall mithalten können, die natürlich nicht versandkostenfrei liefert. Es geht mir gegen den Strich, dass ihre Tochter in der Schule lauthals auf den zwei Tage alten Grasfleck auf dem lilafarbenen Rock meiner Tochter hinweisen musste. Es geht mir gegen den Strich, dass meine Tochter plötzlich ausgerechnet mit einem Kind befreundet ist, das wie aus der Pistole geschossen Tipps parat hat, wie man Grasflecken aus Kleidung herausbekommt. Dabei waren für meine Tochter – ehe die beiden anfingen, zusammen »abzuhängen« – Grasflecken eher eine Art Ehrenabzeichen, die sie stolz nach Hause brachte. Bis Celeste mit ihrer Familie in das Haus hinter unserem gezogen ist, galten Röcke jeglicher Art bei Bridget generell als etwas Unpraktisches, unter die man eh noch Shorts ziehen musste, um vernünftig spielen zu können.

Und als ob das nicht schon schlimm genug wäre, hat Celeste Mason ihre Tochter dazu ermutigt, meine Tochter zum Softball-Testspiel am heutigen Abend zu begleiten. Vermutlich in einem maßgeschneiderten Skort.

Voll Rachedurst biege ich auf den Parkplatz am Trainingsgelände ein. Ich hoffe, dass das Testspiel sehr lange dauern wird und Celeste heute Abend auf ihren Wein im Vorgarten verzichten muss. Tatsächlich wünsche ich mir sogar, dass ihre Tochter

Zoey es ins Team schafft und Celeste die gesamte Saison ohne ihr Glas Wein auskommen muss. Ich hoffe, dass sie ihre beiden anderen Kinder von Montag bis Freitag jeden Abend mit zum vor Hitze flirrenden Softball-Platz schleppen, auf dem Weg am Sandwich-Laden anhalten und ihrer Kleinsten den ganzen Sommer lang Chips aus der Tüte zum Abendessen geben muss.

Als ich in einer guten Lücke mit Blick aufs Spielfeld einparke, entdecke ich Bridget. Sie sitzt mit Zoey Mason auf einer großen, wasserfesten Picknickdecke, bestückt mit Tellern voller Orangenschnitze, Ants-on-a-log – kunstvoll verzierten Snacks aus Stangensellerie, Erdnussbutter und Rosinen –, Cherry-Strauchtomaten und … Grundgütiger, ist das etwa selbst gemachter Kombucha in Marmeladengläsern? Und mittendrin: thront Celeste.

Während ich die McDonald's-Tüte unter dem Beifahrersitz verstecke, denke ich, dass das besser Mandelbutter sein sollte – dies ist eine erdnussfreie Zone. Erdnüsse sind für die meisten Todesfälle durch Nahrungsmittelallergien in Amerika verantwortlich. Wenn das die berühmte Jif-Creamy-Erdnussbutter ist, die unter den Ameisen-Rosinen auf den Sellerie-Baumstämmen lauert, ist Celeste offiziell ein Monster.

Ich stelle den Motor aus. Linus hat sich bereits abgeschnallt und ist, sein Happy Meal fest umklammert, auf den Vordersitz geklettert, noch ehe der Wagen überhaupt die Kindersicherung freigegeben hat. Mein süßer, unkomplizierter Junge, der immer noch fröhlich stinknormale Jogginghosen und schlichte T-Shirts von Costco überallhin anzieht. Ich könnte Bridgets Portion im Auto lassen und versuchen, ihr zu verstehen zu geben, dass ihre übliche Saisonstart-Mahlzeit, Chicken Nuggets und ein Früchte-Smoothie, hier auf sie wartet, wenn sie Lust darauf hat. So würde Celeste das Fast Food vielleicht nicht bemerken. Aber die Katze ist schon aus dem Sack: Linus ist bereits auf halbem Weg zur Decke, um seiner Schwester aufgeregt die Sammelkarten zu zeigen, die in seinem Hamburger-Happy-Meal waren. Ich greife mir Bridgets Essen vom Sitz und schleiche hinter ihm her zur Decke.

»Celeste«, sage ich und versuche dabei, wenn schon nicht besonders erfreut über ihren Anblick, doch wenigstens nicht so zu klingen, wie ich mich fühle: unzulänglich als Mutter wegen ein paar Chicken Nuggets. »Hallo.« Dann wende ich mich meiner Tochter zu. »Bridge! Ihr wisst doch, dass ihr niemanden um Essen anbetteln müsst!«

»Das hat sie natürlich nicht getan«, erwidert Celeste mit ihrem Nordstaaten-Akzent, der rein aus harten Konsonanten zu bestehen scheint. »Ich habe einfach zu viel mitgebracht, Samuel ist ohnehin zu sehr mit Fußball beschäftigt, um auch nur eine kleine Pause zu machen.« Sie neigt den Kopf in Richtung einer Schar von Jungs, die alle ungefähr im Alter meines eigenen Sohnes sind – nur jeweils gut zehn Kilo mehr auf den Rippen haben.

Ich lächele Linus hoffnungsvoll an. »Möchtest du mit Sam Fußball spielen?«, frage ich, und er schüttelt den Kopf. Fußball lässt ihn völlig kalt, so wie alle anderen Aktivitäten an der frischen Luft. Er mag alles, was man drinnen machen kann. Zum Beispiel mit K'Nex-Bausteinen experimentieren, *Minecraft* spielen oder vergessen, die Toilettenspülung zu betätigen, nachdem er groß gemacht hat.

Dass unser Sohn andauernd zu Hause klebt, macht meinen Mann wahnsinnig. Ich hingegen war als Kind auch eine Stubenhockerin und finde, dass die andere Seite dieser Charakter-Medaille – die Seite, die es mir erlaubt, mich stundenlang konzentriert einem Problem zu widmen oder mich an einem Regentag selig mit einem Buch zu verkriechen – einen ebenbürtigen Ausgleich dazu darstellt.

Seth hingegen ist Bildhauer. Er arbeitet gerne draußen, mit großem, schwerem Elektrowerkzeug, und lässt dabei die Funken fliegen. Er mag harte Arbeit, Ausdauersport und Protein-Smoothies. Mir gefallen all diese Dinge auch – aus einer gewissen Entfernung. Ich sehe mir lieber Männer mit Schweißermasken an, als selbst eine aufzuziehen.

Als Seth und ich uns kennenlernten, erhielt er bereits Aufträge für die Gestaltung von Büroparks und städtischen Innenhöfen, während ich im gefühlt dreißigsten Jahr meiner Dissertation in Industrie- und Organisationspsychologie steckte. Ich nahm damals meinen Laptop mit in seine Werkstatt und starrte auf Datensätze, während er riesige Stücke glasierten Metalls hin und her warf wie ein Schotte Baumstämme bei den Highland Games. Wenn gerade keine Gefahr dräute, reichte ich ihm ein geöffnetes Bier, schmachtete seine starken, sehnigen Unterarme an und dachte: Das alles hier ist ganz schön perfekt.

Ich glaube, das wäre es heute immer noch, hätten wir nicht zwei Kinder bekommen, ich meinen Doktor gemacht, dann einen Job angetreten und mein eigenes Unternehmen gegründet, weshalb ich jetzt zu viel zu tun habe, um irgendwem Bier zu bringen. Ich hätte auch nichts dagegen, wenn die starken, sehnigen Arme, die mich einst so beeindruckt haben, sich öfter dem Einräumen und Ausräumen der Spülmaschine widmen würden.

Wenn Seth jetzt hier wäre, würde ich Linus mit irgendwas beschäftigen, damit er auf keinen Fall Fußball spielen könnte, selbst wenn er es wollte. Ich würde ihm Hausaufgaben oder meine Spesenrechnungen unterjubeln – denn ich fungiere als das Sport-Alibi meines Sohnes.

Aber zum Glück ist Seth nicht hier, als Linus dem Fußballspiel eine Abfuhr erteilt, also reiche ich ihm einfach den Beutel voller Bücher, den ich stets im Auto herumkutschiere. Er hat die Wahl zwischen einer neuen Graphic Novel von Jeff Smith, für die er vermutlich noch viel zu grün hinter den Ohren ist, und *Der Hobbit*, das er bereits dreimal gelesen hat. Linus sackt am Rand von Celestes Decke in sich zusammen, als hätte er keinen einzigen Knochen im Leib, und entschwindet nach Mittelerde.

Bridget schaut auf und sieht mich mit flehendem Blick an. »Bitte sag jetzt nicht, ich soll auch lesen, Mom, ich bin zu nervös.«

Celeste lacht still in sich hinein, als sie das hört. »Zoey geht es genauso«, meint sie. »Wenigstens essen die beiden etwas.«

Das kann man wohl sagen. Zoey, mit ihrem rötlichen Haar und den zu langen Gliedmaßen, sitzt Ellbogen an Ellbogen neben Bridge, meiner unfassbar süßen Tochter, deren Schönheit nur der allgegenwärtige Schimmer von Schweiß in ihren braunen Haaren und der Schmutz auf ihren aufgeschürften Knien leichten Abbruch tun. Die beiden Mädchen schlagen sich mit Celestes gesunden Snacks regelrecht den Magen voll. Meine fettigen McDonald's-Gaben bleiben unbeachtet, während meine Tochter Lebensmittel voller Antioxidantien und Ballaststoffen futtert, weil, nun, einfach weil sie da sind? Weil Zoey sie isst? Celeste Jedi-Gedankentricks beherrscht? Ich weiß es nicht.

Dann fällt mir gerade noch rechtzeitig etwas ein. »Danke, dass du sie mitgenommen hast. Ich weiß das wirklich zu schätzen. Ist das Mandelbutter?«

»Sonnenblumenkernbutter«, antwortet sie charmant. »Das Letzte, was ich möchte, ist, beim ersten Testspiel meiner Tochter gleich die Kapitänin zu vergiften.«

»Oh, ist Sofia allergisch gegen Erdnüsse?«, frage ich. Sofia ist Werferin, und wenn ich sie in Aktion sehe, denke ich, dass ihre Familie besser früher als später für einen guten Orthopäden sparen sollte. Bridge hingegen – die wohl beste Schlagfrau im Team – bekäme keinen guten Wurf hin, selbst wenn ihr Leben davon abhinge, also müssen wir alle uns Sofias Autorität beugen.

»Stark allergisch. Daria näht in alle ihre Kleidungsstücke eine Extratasche für die Notfallspritze ein.«

»Das ist schlau«, gebe ich zu, »ich bin auch allergisch, mir hat Daria allerdings noch nie angeboten, irgendwas für mich zu nähen.« Ich sage das mit einem Lächeln. So weit mein Versuch, witzig zu sein.

Celeste würdigt meine Bemerkung mit einem höflichen Geräusch, das manche wohl als Lachen bezeichnen würden. So weit ihr Versuch, nett zu sein. Dann zieht sie eine Augenbraue in die Höhe. »Daria ist vermutlich zu beschäftigt mit ihrem neuen Trainer.«

Und schon ist meine Lust, Celeste ein wenig besser kennenzulernen, verflogen. Genau wegen dieser Art von Nachbarschaftstratsch bin ich froh, wirklich sehr froh, dass ich Vollzeit arbeite. Der Klatsch wandert über Gassirunden mit dem Hund oder per Plausch auf dem Spielplatz von einem Haus zum anderen, nur diejenigen von uns, die echte Jobs haben, verpassen das alles. Gott sei Dank. Ich für meinen Teil tue geflissentlich so, als wäre ich beim Mama-Kader einfach kein Thema. Was sollen sie auch groß über mich sagen? Dass ich einen heißen Ehemann habe? Dass mein Sohn blass wie ein Vampir ist? Damit kann ich leben.

»Was tuscheln die Mädchen denn eigentlich?«, frage ich Celeste, um das Thema zu wechseln.

»Keine Ahnung«, erwidert sie unbekümmert. »Das geht schon so, seit ich sie abgeholt habe. Sie sitzen immer ganz hinten, wenn ich sie irgendwo hinfahre. Sogar wenn ich das Baby nicht dabeihabe und die Plätze in der Mitte frei sind.«

Ich lächele und tue so, als wäre mir bereits aufgefallen, dass ihr drittes Kind nicht hier ist, obwohl mir dessen Existenz gerade erst wieder in den Sinn kommt. »Wo ist Anna Joy denn?«, frage ich, wobei mir der zweite Vorname fast im Hals stecken bleibt. *Anna Joy.* Um Himmels willen. Dabei stammt sie nicht einmal aus dem Süden. Wie kommt sie dazu, zwei schöne Namen zu beanspruchen, obwohl in der Nachbarschaft beinahe alle guten bereits vergeben sind? Weil sie den Hals nicht vollkriegt, wird ein armes Neugeborenes wohl mit dem Namen Bertha-Sue vorliebnehmen müssen.

»Sie verbringt ein wenig Extrazeit mit ihrem Daddy. Ich

möchte mich heute ganz auf Zoey konzentrieren können. Es ist das erste Mal, dass sie einen Teamsport ausprobiert, weißt du.«

Ich lächele mild und, wie ich hoffe, bestärkend: »Es ist toll, dass sie es versucht.« Doch die Wahrheit ist, dass unser »Mini-Liga«-Softballteam vom Ehrgeiz zerfressen ist. Bridge spielt seit ihrem sechsten Lebensjahr Softball, und nicht einmal sie kann sich sicher sein, es heute ins Team zu schaffen. Zoey wird vermutlich sang- und klanglos untergehen.

»Weißt du, was im Herbst immer toll ist?«, frage ich sie. »Fußball. Es gibt drei Vereine hier in Birchboro Hills, alle auf unterschiedlichem Niveau. Das ist wirklich eine super Sache für die Kinder. Ist doch schön, in einer Mannschaft einfach nur aus Spaß mitzuspielen.«

Celeste sieht mich an. »Die Mädchen sind elf. Wozu sollten sie denn sonst Sport treiben, wenn nicht aus Spaß?«

»Na klar, natürlich«, sage ich. Glücklicherweise besitze ich genug Selbstbeherrschung, um nicht die Augen zu verdrehen. Wenn sie mir gleich erzählt, dass Kinder so lange wie möglich einfach Kinder bleiben sollten, könnte es allerdings sein, dass ich mich nicht mehr zurückhalten kann. Als ob ich Bridget jeden Tag zum Schuften in einen Nike-Sweatshop schicken würde. »Ein bisschen Wettbewerb untereinander kann auch Spaß machen«, ergänze ich, weil ich es mir dann doch nicht verkneifen kann. »Mädchen bringt man das nicht unbedingt bei. Manche Eltern denken anscheinend, dass das etwas ist, was man unter allen Umständen vermeiden sollte.«

Celeste lächelt mich etwas verkniffen an. Was soll sie darauf auch antworten? Was genau kann sie ihrer Tochter zum Thema gesunder Wettbewerb erzählen? Dass diejenige gewinnt, die das beste Halloween-Kostüm zu Hause selbst näht? Damit wird sie es im Leben echt weit bringen. Genauso weit, wie Celeste es gebracht hat.

»Die Mädchen sollten langsam rübergehen«, sage ich, während ich beobachte, wie die Trainer, denen ich mich wie alten Freunden verbunden fühle, die Bällebehälter in Richtung Spielfeld ziehen. Ich stupse Bridget an und deute auf die Helme in den Sacknetzen, die auf der Seite der ersten Base neben das Auffangnetz gebracht werden müssen. Sie springt auf und rennt mit einem Elan los, der mich mit Stolz erfüllt. Während sie es zu Hause fertigbringt, ein halb ausgetrunkenes Glas Milch so lange stehen zu lassen, bis es einem Laborexperiment gleicht, ist sie hier voll und ganz bei der Sache.

Ich lehne mich zurück und stütze mich auf die Hände. Zuerst geht es nun ans Aufwärmen, dann ist das Schlagtraining dran, und schließlich werden die Trainer die Klemmbretter rausholen und sich Notizen machen, während die Mädchen die verschiedenen Spielpositionen durchlaufen. Wie immer werde ich so tun, als wäre mir jedes Ergebnis recht, während ich in Wahrheit mit Argusaugen beobachte, wie sich meine Tochter an der dritten Base macht. Ihr Schlagarm ist von Tag zu Tag besser geworden, und Seth und ich sind uns einig, dass sie für den Wechsel ins Infield bereit ist. Mittlerweile muss sich Seth in die äußerste Ecke unseres Gartens stellen – direkt vor einen Dornenbusch, den ich einfach nicht totkriege – und ihr wahnwitzige Grounder-Bälle zuwerfen. Alles andere ist längst kein Training mehr für sie. Wenn sie ruhig und aufmerksam bleibt, sich nicht bei jeder kleinen Unterbrechung auf die Fersen hockt, könnte dies endlich ihr Jahr werden.

Eine Reihe von Dingen lässt mich aus meinen Gedanken aufschrecken. Celeste, die das Essen wegpackt, was mich daran erinnert, dass ich riesigen Hunger habe. Zoey und Bridget, die mit dem Rest der Team-Anwärterinnen rüber zu den Trainern laufen. Linus, der sich seufzend auf die andere Seite wälzt. Mein Handy, das in meiner Tasche brummt, weil Seth wissen will, ob wir zum Essen zu Hause sein werden. Wahrscheinlich hat er weder meinen Zettel gesehen noch die Wäsche gemacht oder sich um Linus' Busticket für den morgigen Schulausflug gekümmert.

Inzwischen sind fünf weitere Mütter mit ihren Decken und Campingstühlen eingetroffen. Ihre Töchter, die bereits auf dem Spielfeld sind, kommen zu ihren atemlosen Moms gerannt, schnappen sich ihre Wasserflaschen und sprinten wieder zurück. Wir machen es uns alle gemütlich. Die anderen Frauen erzählen mir vom Verkehr auf dem Weg von der Stadt zur Schule – im besten Falle braucht man zwanzig Minuten, im schlimmsten eine Stunde. Wir reden darüber, wie uns alle die Panik überkam, es nicht rechtzeitig von der Arbeit hierher zu schaffen.

Dass Sara, die zwei Tage in der Woche von zu Hause aus arbeitet, angeboten hat, ihr Auto an der Schule mit Mädchen vollzupacken und sie zu fahren, um etwas Zeit zu sparen.

Darüber, welches Glück ich doch habe, dass Celeste so nah bei uns wohnt und ja den ganzen Tag Zeit habe, mein Kind durch die Gegend zu kutschieren. Dass dies auch ein schlechtes Gewissen frei Haus bedeutet? Geschenkt.

Wir sind Freundinnen, eine kleine, hocheffiziente Gemeinschaft überarbeiteter, übermüdeter Frauen, die für ihre Kinder alles tun würden. Unsere Wohngegend ist nicht gerade billig, aber sie gehört zu jenen magischen Orten mit einer wunderbar vielfältigen Einwohnerschaft, tollen Schulen und unmittelbarer Nähe zum Stadtzentrum, wo wir alle arbeiten. Um sich das Leben in Birchboro Hills leisten zu können, sind zwei Einkommen im Grunde ein Muss, und der allen berufstätigen Müttern mit sportverrückten Kindern bekannte Stress sorgt normalerweise für lebhafte Verbundenheit zwischen uns. Heute Abend herrscht jedoch etwas weniger Kameradschaft, eine gewisse Spannung ist spürbar. Wir alle hoffen einfach nur, dass es nicht das eigene Kind sein wird, das auf der Heimfahrt auf dem Rücksitz weint.

Es wird welche in unserer Gruppe treffen. Es gibt zu viele Töchter für zu wenige Plätze im Team. Genauso wie es jeden

Tag zu viele Aufgaben für die zur Verfügung stehende Zeit, mehr Pflichten als helfende Hände, zu viele Autos für die Straßen und mehr Rechnungen sind, die man mit dem vorhandenen Geld bezahlen muss. Unser Leben als Mütter dreht sich um diese kleinen Mängel – elf Plätze im Team und siebzehn Spielerinnen, die alle gut genug für einen davon sind.

Schweigen kehrt ein, und wir schauen zu, wie die Mädchen mit dem Schlagtraining beginnen. Es entwickelt sich wie vorhergesehen: Davi ist durch und durch Schlagfrau, Sofia schlägt wie eine Werferin, Isla und Jordyn machen sich gut. Bridge findet einen Rhythmus und erwischt ein, zwei, drei tieffliegende Bälle.

»Da kann doch kein Trainer Nein sagen«, meint Davis Mutter, die als Anwältin in der Innenstadt arbeitet.

»Ihr braucht euch keine Sorgen zu machen«, stimmt Jordyns Mutter, eine Professorin, zu.

»Wer ist denn das?«, fragt Daria, Sofias Mutter, während sie das nächste Mädchen beobachtet, das alles zu treffen scheint, was sich in Richtung Strike Zone bewegt. »Ist das Zoey Mason?«

Ich nicke. Stille macht sich breit, unsere Blicke wandern zu Celeste, die das Ganze kaum beachtet – sie scheint eher damit beschäftigt zu sein, Fotos von ihren Kombucha-Gläschen zu machen.

»Verdammt«, entfährt es Daria.

»Wo hat sie vorher gespielt?«, fragt Davis Mom.

»Offenbar in der Unterstufe«, antworte ich.

Islas und Jordyns Mütter schweigen.

Der Coach wirft Zoey immer weiter Bälle zu, bis er keine mehr übrig hat. Kein einziger davon kommt von der Fängerin zurück. Sie liegen alle quer verstreut auf dem Spielfeld. Schließlich klatscht er in die Hände. »Also, meine Damen, es sieht so aus, als hätten wir eine neue Geheimwaffe. Schnappt euch die Handschuhe!«

Die Mädchen stehen einfach nur da, völlig perplex. Inklusive Zoey. Offenbar weiß sie selbst nicht recht, was da gerade passiert ist.

Einige Augenblicke vergehen, dann greift der Trainer zur Pfeife, um sich Beachtung zu verschaffen. »Handschuhe!«, ruft er noch einmal. »Aufwachen, Ladys!« Augenblicklich kommt wieder Leben in unsere Töchter, sie greifen sich ihre Handschuhe und stellen sich für die Übungen in Reihen auf. Die Klemmbretter haben ihren Auftritt. Ich sehe zu Celeste hinüber. Sie hat das Handy weggelegt und scheint in meine Richtung und die der anderen Team-Moms zu schauen. Schnell lässt sie ihren Blick von unserem Stuhlgrüppchen zu einem Punkt weiter hinten auf dem Rasen wandern … zu ihrem Sohn Samuel. Der jagt seine Mitspieler mit einem Stock von der Größe eines Riesenknüppels vor sich her. Ich tätschele Linus den Rücken, eine Art stilles Dankeschön, dass er nicht zu dieser Sorte Kinder gehört. Er windet sich unter meiner Berührung weg. Als ich wieder Celeste anschaue, ruht ihr Blick auf Zoey auf dem Spielfeld. Sie bemüht sich um einen neutralen Gesichtsausdruck.

Aber dieses Lächeln ist nicht zu verkennen. Es ist das 18:30-Uhr-Hintern-im-Teak-Adirondack-Gartensessel-und-Weinglas-in-der-Hand-Lächeln. Sie wendet sich mir zu und sagt lieblich: »Ich habe so langsam das Gefühl, dass wir beide hier bald sehr viel Zeit zusammen verbringen werden. Wie schön.«

Ja, echt schön. Ein Testspiel ist die eine Sache, aber nie im Leben schaffe ich es, viermal in der Woche um 15:30 Uhr – also mitten während meiner Arbeitszeit – zum Softball-Training. Und ich bin mir ziemlich sicher, dass Celeste das sehr gut weiß. Sie wird ganz allein mit ihren gesunden, erdnussfreien Snacks auf ihrer hübschen Decke sitzen. Na ja, nicht ganz allein. Jetzt, da Zoey Mason für das Team gesetzt scheint, bin ich mir ziemlich sicher, dass meine eigene Tochter Celeste in schöner Regelmäßigkeit um Snacks, Mitfahrgelegenheiten und handgenähte Zopfgummis anschnorren wird.

Schuldgefühle, Wut und das beklemmende Gefühl, bald eine Hypothek aufnehmen zu müssen, die man niemals zurückzahlen können wird, machen sich in mir breit. Celeste ist keine gewöhnliche Hausfrau und Mutter. Sie ist eine Frau, die ihre freie Zeit auf Schritt und Tritt gegen uns verwendet, und wir müssen uns dafür auch noch bei ihr bedanken. Genau jetzt gewinnt sie eine weitere Schlacht, ohne sich auch nur im Geringsten dafür anzustrengen.

Ohne auch nur eine Gelegenheit zu versäumen, uns das Gefühl zu geben, als Verliererinnen dazustehen.

Celeste

Die Dinge haben einen schockierenden Lauf genommen: Schon einen Tag nach dem Testspiel bin ich im Kreis der Softball-Moms eine Außenseiterin.

Das »Schockierend« ist übrigens sarkastisch gemeint. Wir wohnen seit fast einem Jahr in Birchboro Hills, und ich spiele alles andere als eine tragende Rolle im hiesigen Sozialleben. Die Häuser in diesem Vorort kosten zwar eine Menge, aber nicht so viel wie die im Grünen oder am Fluss gelegenen Anwesen, die sich nur der alte Geldadel leisten kann. Dennoch: Die meisten meiner Nachbarn brauchen zwei gute Gehälter, um das Leben hier zu bestreiten. Arzt und Lehrerin. Anwältin und Therapeut. Nicht wie Hugh und ich: Vorstand und … nun ja, Hausfrau und Mutter, auch wenn sich nur der kleinste Teil meiner Arbeit wirklich zu Hause abspielt. Allerdings gibt es nicht wirklich die eine treffende Bezeichnung dafür, was ich mache. Ich kümmere mich um alles. Und zwar verdammt gut.

Würde man sich in Birchboro Hills jemandem als Vollzeitmutter vorstellen, würde man sich wohl ein wenig lächerlich machen. Doch egal, ob man für ein Gehalt arbeitet oder nicht, beides ist und bleibt Arbeit. Die wenigen Eltern, die keinen Vollzeitjob haben, engagieren sich für wohltätige Zwecke und beschäftigen sich intensiv mit Kunst. Ich hingegen bin »nur« Mutter. Ich leite weder eine Stiftung noch organisiere ich Monolog-Festivals. Mein Leben dreht sich ums Muttersein, und seit wir hierhergezogen sind, habe ich zunehmend das Gefühl, mich dafür rechtfertigen zu müssen. In meiner Kindheit habe ich es genau andersherum erlebt, es war durchaus nicht die Regel, dass unser Kühlschrank voll und gleichzeitig genug Geld da war, um den Strom bezahlen zu können, damit dieser auch läuft. Meine Mutter sagte damals immer voller Stolz zu mir: »Celeste, Liebes, mit einem Lächeln auf dem Gesicht kannst du alles meistern.«

Ich denke an sie – und vermisse sie –, während ich hier in unserer neuen Nachbarschaft beharrlich versuche, mit einem Lächeln das Eis zu brechen. Mein erster Gedanke war, mich den örtlichen Gepflogenheiten anzupassen, obwohl sich jede Faser meines tief im Mittleren Westen verwurzelten, auf Privatsphäre bedachten Herzens dagegen sträubte: Ich stellte die Gartenmöbel in den Vorgarten – okay, eigentlich war das Hugh, mein Schatz von einem Mann, diese blöden Dinger wiegen locker eine Tonne. Er hat sie mitten auf dem Rasen platziert, und nun muss er sie beim Mähen jedes Mal zur Seite und wieder zurück rücken, wenn er das komplette Grundstück machen will. Meine Mom hatte wie immer recht – ich sitze abends gerne draußen, während die Kinder spielen. Ich mag es, unseren Nachbarn dabei zuzusehen, wie sie mit ihren Kids Rad fahren, mit dem Hund spazieren gehen oder auf dem grasbewachsenen Spielplatz gegenüber von unserem Haus vor dem Schlafengehen noch etwas Energie abbauen. Meine Kleinste – wir nennen sie nur Joy – liebt es, zu beobachten, wann welcher Hund

Gassi geführt wird, und rennt dann kreuz und quer durch den Garten, um ja nichts zu verpassen. Und Samuel, unser Mittlerer, überredet jeden mit links, sofort alles stehen und liegen zu lassen und mit ihm im schwindenden Licht zu spielen. Manchmal zwängt sich Zoey zu mir in den Gartenstuhl – ich muss mit dem Hintern so weit es geht zur Seite rücken, damit sie reinpasst. Dann erzählt sie mir alles Mögliche, wie zum Beispiel eine höchst detaillierte Zusammenfassung der Geschehnisse des Buchs, das sie gerade liest, oder neben wem sie beim Mittagessen gesessen hat oder ob sie demnächst Lipgloss tragen sollte oder nicht.

Es war an einem dieser Abende im Frühling, als Zoey mir vor Kurzem sagte, dass sie das gleichaltrige Nachbarsmädchen beim Baseballspielen im Garten gesehen habe. »Hinterm Haus«, sagte sie, weil man das hier im Süden so nannte. Das Mädchen heiße Bridget Charles, berichtete sie mir.

»Sie war supergut, Mom. Sie hat mir erzählt, dass es bald ein Testspiel gibt und das Team absolut genial werden wird.« Auf meine Frage, ob sie auch Baseball spielen wolle, zuckte Zoey mit den Schultern und fragte: »Ist das schwer?« Ich sagte ihr, dass ich keine Ahnung habe und sie ihren Vater fragen solle, der direkt neben uns in seinem Stuhl saß, den sein üppiger Hintern unverrückbar ausfüllte. Hugh erklärte ihr, dass hier im Süden die Jungs Baseball und die Mädchen Softball spielen. Der Sport könne gar nicht hart sein, es heiße ja Softball, schob er einen väterlichen Witz hinterher. Und weil unsere Tochter mit Humor grundsätzlich nichts anfangen kann, lautete ihre Antwort prompt: »Okay, spitze! Ich frage Bridget mal, wann das Testspiel ist, und Mama, kannst du uns dann hinfahren?«

Wie sich herausgestellt hat, ist Zoey, wie bei so vielen Dingen, auch im Softball ein Naturtalent. Ihr Vater brachte ihr am nächsten Tag nach der Arbeit die erste Ausstattung aus dem örtlichen Sportladen mit – hat Zoey ein Glück, ich hätte das alles gebraucht gekauft – und warf ihr ein paar tückische Bälle zu. Sie traf sie alle ohne Probleme. Dass sie mit dem Fangen keine Schwierigkeiten haben würde, hatten wir schon erwartet, denn es gehört zu ihren Lieblingsbeschäftigungen, ihren kleinen Bruder beim Fangenspielen mit seinem Dad – eigentlich als Vater-Sohn-Ding gedacht – abzuhängen.

Hugh sagte, er habe dem Coach gemailt und Zoey auf die Liste setzen lassen, auf dem Anmeldeformular aber meine E-Mail-Adresse angegeben, da das Testspiel in seine wöchentliche Papa-Tochter-Zeit mit unserer kleinen Joy fiel. Dann schob er etwas selbstgefällig hinterher: »Ich glaube sowieso nicht, dass Zoey in irgendeiner Form meine Hilfe brauchen wird. Dieses Mädchen!« Was wohl jeden Zweifel daran ausräumen dürfte, dass Zoey ihren Platz als Daddys Liebling auch nach zwei Geschwistern fest behauptet. Als Nesthäkchen steht bei mir natürlich Joy an erster Stelle. Armer Samuel. Die Karten könnten allerdings neu gemischt werden, sobald Zoey in die Pubertät kommt.

Natürlich hat sie Hughs Erwartungen beim Testspiel nicht enttäuscht – nicht, dass sie das jemals könnte, selbst wenn sie es wollte. Sie hat es als Springerin ins Team geschafft und wird auf verschiedenen Positionen eingesetzt – wie offenbar all diejenigen, die weder als Pitcher noch als Catcher besonders geeignet sind. Der Coach hat in seiner E-Mail alle Eltern, deren Mädchen ins Team gekommen sind, in CC gesetzt, also habe ich direkt eine Rundmail geschickt, dass ich für die Trainingstage gerne Fahrgemeinschaften bilden würde und für die Strecke von der Mittelschule zum Sportgelände in meinem Van noch zwei Plätze zu vergeben hätte. Innerhalb einer Stunde meldeten sich sechs interessierte Mütter, die ich so auf die Tage aufgeteilt habe, dass jede mal zum Zuge kommt. Daria, die als Immobilienanwältin eine große Nummer ist und es unter keinen Umständen zur entsprechenden Zeit zur Schule schafft, schrieb mir sogar, dass ihre Tochter »gerade kräftig genug« sei, um vorne zu sitzen. Was wenn Sofia ein paar Pfunde verliert, bis die Saison losgeht?, ging mir durch den Kopf. Muss sie dann so lange mit dem Rad von der Schule zum Training fahren, bis sie wieder genug Muskelmasse aufgebaut hat? Ich packe besser ein paar hochkalorische Snacks für den Weg ein.

Zoey war begeistert, als ich ihr erzählte, dass wir ein paar Mädchen mitnehmen. Ein Auto voller Teamkameradinnen bedeutet für sie: ein Auto voll potenzieller Freundinnen. Softball heißt auch, dass sie in der Schule neue Freundinnen hätte – auf diesem Gebiet gibt es seit unserem Umzug durchaus noch Luft nach oben.

Bridgets Mutter, Wendy Charles, ist nicht begeistert. Nicht im Geringsten. Sie hat sich zu spät auf meine E-Mail gemeldet, um Bridget einen Platz in meinem Auto zu sichern, und ist nun in ihren superschicken Arbeitsklamotten zu mir herüberstolziert gekommen, um mir die Meinung zu geigen. Dass sie mich dabei erwischt, wie ich in meinem Vorgarten einen auf Südstaatengepflogenheiten mache, scheint sie nur noch mehr auf die Palme zu bringen.

»Ich habe eben eure ganzen E-Mails gesehen«, spricht sie mich an. Kein »Guten Abend«. Kein »Darf ich mich setzen?«. Hughs Stuhl ist heute leer, er repariert drinnen eine undichte Toilette. Sie hätte sich gerne setzen, ein Glas Wein trinken und sich wie ein normaler Mensch benehmen können. Stattdessen fährt sie fort: »Ach, Celeste, ich weiß, du meinst es gut. Aber ich war den ganzen Tag auf der Arbeit, musst du wissen. Und habe nonstop gearbeitet«, schiebt sie erklärend hinterher. »Als ihr eure Fahrgemeinschaften abgesprochen habt, saß ich in einem Meeting, und ich muss dir ehrlich sagen, dass ich mich jetzt doch etwas im Regen stehen gelassen fühle.«

Ich sehe sie erst irritiert, dann peinlich berührt an. Wie es scheint, habe ich weder an Bridget gedacht noch an mein unbekümmertes »Jederzeit wieder«, als Wendy mir gestern fürs Mitnehmen gedankt hat.

»Oh, Mist«, sage ich. »Ich hätte Bridget einen Platz freihalten sollen. Ich war so aufgeregt wegen des neuen Teams, dass ich vergessen habe, dass deine Tochter jeden Tag eine Mitfahrgelegenheit braucht.«

Meine schnelle Reue scheint Wendy etwas zu besänftigen. »Nun, ich wünschte, ich müsste nicht so demütig darum bitten. Mir wäre es auch lieber, ich könnte im Garten vor meinem Haus sitzen und ein Glas Wein trinken, anstatt mir ein Bein auszureißen, meine Tochter nach der Schule zu ihrem Lieblingshobby zu bringen. Aber ich versuche einfach, das Positive zu sehen. Sie hat es ins Team geschafft und wird wohl zu den Stammspielerinnen gehören, und das bei der starken Konkurrenz in diesem Jahr. Weißt du, eine Medaille hat eben immer zwei Seiten.«

Ich versuche, ihre geschliffenen Worte in verständliche Botschaften zu übersetzen, auf die ich eine sinnvolle Antwort geben kann. »Wir kriegen sie schon irgendwie mit ins Auto, Wendy. Meine Güte, hätte ich doch den Achtsitzer von GMC genommen.« Ich seufze. »Wenn der nicht so viel Sprit schlucken würde.«

Wendy wedelt mit der Hand in der Luft herum. »Na ja, schmeiße jetzt nur nicht jemand anderen wegen uns raus. Aaliyahs Mom, Gemma, nimmt Bridge mit. Sie arbeitet von zu Hause aus und meint, sie kann für die zwanzig Minuten hin und zurück mal eben weg.«

Ich lächele. »Ich schätze, sie ist nicht traurig, einen Blick auf den Coach in seinen kurzen Shorts zu erhaschen.« Gemma gehört zu den Menschen, die ich gerne näher kennenlernen würde. Ihre Witze über die Väter aus der Nachbarschaft sind hart an der Grenze, aber auch unfassbar lustig. Zum Beispiel über den neu zugezogenen Dad, der ein paar Straßen weiter gerne die Post im weit offen stehenden Bademantel reinholt, oder wie es der Vertretungs-Briefträger hinkriegt, in Socken und Birkenstocks sexy auszusehen. (Was nicht stimmt.)

Wendy sieht mich mit gerunzelter Stirn an. »Okay. Prima. Nur, Celeste, die Sache ist die, Gemma hat mittwochs immer einen Jour fixe. Könntest du Bridge nicht vielleicht mittwochs aufs Dach schnallen?« Sie versucht sich an einem Lächeln, das jedoch wirkt, als hätte sie dabei körperliche Schmerzen. »Ich habe mich umgehört, sobald ich zu Hause war, aber alle anderen Autos sind schon voll besetzt.«

»Wer hat sie letztes Jahr gefahren?«, frage ich und bereue es augenblicklich.

»Karas Dad«, sagt sie rundheraus. »Aber das hat sich in diesem Jahr wohl erledigt, nicht wahr?«

Ich verziehe das Gesicht. Kara Diforio hat letztes Jahr als Utility Player gespielt, und nachdem was ich gehört habe, ist sie ziemlich häufig zum Einsatz gekommen. Diese Saison hat sie es nicht ins Team geschafft. Ich schätze, dass das zumindest ein Stück weit an Zoey liegen könnte. »Verflixt. Ich hatte gehofft, dass sie einfach in die nächste Altersstufe aufgerückt ist.«

»Sie spielt einfach ein Jahr im Freizeitteam, stellt sich neu auf. Jane Diforio erwähnte, dass sie einen sehr guten Privatcoach an der Hand hätte. Ich denke, das Mädchen vom letzten Jahr war wohl der Aufgabe nicht ganz gewachsen.«

Privater Sportunterricht für eine Elfjährige! Ich versuche bei diesem Gedanken einen neutralen Gesichtsausdruck zu bewahren. »Nun, mir wird schon etwas einfallen für Mittwoch. Vielleicht kann Hugh an dem Tag eher nach Hause kommen, oder … Ah, ich weiß! Wir könnten Zoey und Bridget zusammen mit dem Rad fahren lassen, und ich nehme ihre Sachen im Auto mit? Es sind nur ein paar Kilometer, und ich wette, das macht ihnen richtig Spaß.«

»Gott segne dich«, antwortet Wendy. Ich bin mir hier im Süden nie ganz sicher, wann diese Redewendung nett und wann spöttisch gemeint ist, und bin jedes Mal verunsichert, wenn ich sie höre. »Ich weiß das wirklich zu schätzen«, fügt Wendy hinzu. Ich bin drauf und dran, ihr einen Stuhl und ein Glas Wein anzubieten, aber sie ist schon wieder auf halbem Weg zurück zum Bürgersteig, als wäre dieser ganze Besuch lediglich eine geschäftliche Angelegenheit gewesen.

Oder ein Überfall.

»Kein Thema!«, rufe ich ihrem Rücken zu, denn sollte dies ein Angriff gewesen sein, so habe ich wohl geradezu darum gebeten. Ich nehme an, es gab eine Hackordnung in Sachen Softball-Fahrgemeinschaften, die ich durcheinandergebracht habe. Oder, was wahrscheinlicher ist, eine Art stille Übereinkunft, dass Softball »nichts für diese Yankee-Masons aus Minnesota« ist, ich meine Tochter trotzdem dafür angemeldet habe und Zoey dann nicht nur die Frechheit besaß hinzugehen, sondern auch noch gut darin zu sein.

Das Schlimmste aber ist, dass ich einfach nur genau den Leuten eine kleine Hilfe sein wollte, die meine Lebensweise als persönlichen Affront verstehen.

Hugh hat recht: Höchstwahrscheinlich kann ich es ihr nicht recht machen, denn egal, was ich tue, für Wendy und ihre persönliche Frauen-Verurteiler-Jury verkörpere ich all das, was man bei der Kindererziehung falsch machen kann. Ich bin eine Frau, die beruflich nichts vorzuweisen, aber drei verwöhnte Kinder hat, die in ihrem Leben keine einzige Minute in einer Tagesbetreuung verbracht haben. Und ja, ich gebe zu, ich habe eine Pinterest-Pinnwand voller witziger Ideen für Lunchpakete für die Kinder, die ich im monatlichen Wechsel neu zusammenstelle. Ich bin ein Totalausfall für den Feminismus, ich bin finanziell voll und ganz von meinem Mann abhängig, und ich finde das absolut in Ordnung.

Anscheinend stehe ich damit aber allein da. Wie eine Mutter, die als Anwältin arbeitet, mich freundlicherweise vor einigen

Tagen erinnerte, würden wir schließlich nicht in einem gemeinnützigen Staat leben, also »geht man besser weiterhin regelmäßig zum Waxing, damit gewisse Dinge nicht einschlafen«.

Als Hugh nach draußen kommt, wispert er gespielt ängstlich: »Ist sie endlich weg?«

Ich verdrehe die Augen, lasse mich jedoch zugleich in seine Arme sinken, wobei ich hoffe, dass er sich nach der Reparatur der Toilette die Hände gewaschen hat. So aneinandergekuschelt sehen wir Wendy zu, wie sie seitlich entlang an unserem Grundstück, vorbei am gemeinsamen Gartenzaun, rüber zu ihrer Haustür läuft, die der unseren entgegengesetzt liegt.

»Hast du dich etwa die ganze Zeit versteckt?«, frage ich ihn.

»Na ja, ich dachte, ich wäre euch wohl kaum eine Hilfe«, gibt er zu. »Das Zwischen-den-Zeilen-Lesen in den Gesprächen unter euch Moms hier in der Gegend übersteigt meinen Horizont.«

»Ehrlich gesagt, geht mir das auch nicht anders. Ich würde gerne mal wissen, was ich so Schlimmes getan habe?«

»Ach, Liebes«, meint er. »Neid ist eine dreiköpfige Schlange – man kommt nicht daran vorbei. Schau sie dir an.« Er unterstreicht seine Worte mit einer Geste, jetzt, da Wendy außer Hörweite ist. »Zugeknöpft bis ans Kinn, eine Figur wie ein Brett, halb totgerackert, um Gott weiß wem etwas zu beweisen. Und du: schön, sinnlich, unglaublich sexy …« Er streichelt die schmaler werdende Stelle zwischen meinen breiten Hüften und meiner ausladenden Brust, was früher den Effekt hatte, dass ich mich weiblich fühlte, aber inzwischen die Frage bei mir aufwirft, was eigentlich aus meiner Taille geworden ist.

Ich winde mich aus seiner Umarmung. »Du bist wundervoll, mein Schatz«, erwidere ich. »Aber ich bin mir ziemlich sicher, dass sie nicht neidisch ist. Eher genervt von meiner bloßen Existenz. Und Zoeys.«

»Na ja, zu ihrem Glück kann sie Zoey schwer aus dem Weg

gehen«, meint er und zeigt auf Bridget und Zoey, die seitlich des Hauses ein paar Bälle hin und her werfen. Dass die beiden sich so gut verstehen, bereitet mir ein etwas schuldbehaftetes Vergnügen. Ich sehe zu, wie der Softball vom Garten hinter Wendy Charles' Haus rüber in unseren saust – über den Sprossenzaun hinweg, der unsere Grundstücke voneinander trennt.

»Jetzt komm mit rein und sieh dir an, was dein genialer Ehemann mit dem Gästeklo im Flur gemacht hat. Dieser wunderbare Wasserschwall wird deine Lebensgeister wieder wecken«, sagt Hugh und amüsiert sich prächtig über seine eigenen Worte, während ich darüber nachdenke, was sich seit unseren Flitterwochen so alles verändert hat.

Ich folge ihm ins Haus und beklatsche seine Handwerkerqualitäten. Aber noch während er mir erklärt, was ein U-Rohr ist, wandern meine Gedanken wieder nach draußen, zu dem Ball, der über den Zaun hin- und herfliegt. Der Zaun zieht eine Grenze, deren Existenz ich mir nicht erklären kann. Eine Grenze, an der Wendys Leben dem meinen die Bedeutung abspricht.

2

Wendy

Mein Schreibtisch ist leer, mein E-Mail-Posteingang voll. Ich bin startklar für meine richtige Arbeit. Meine produktive Arbeit. Der perfekte Moment meines Tages ist der, in dem ich alles andere um mich herum runter- und mein Hirn hochfahre, das ausleben kann, wofür ich wirklich gemacht bin – wenn auch nur für ein paar kurze Stunden.

Auf einem großen Monitor vor mir ist die Zusammenfassung von sechs aktuellen Produktivitätsstudien geöffnet. Der etwas kleinere Bildschirm meines Laptops daneben zeigt eine leere Seite, auf der ich Trends entwickeln und radikale Tipps ausarbeiten werde, die ich bei den Life-Coach-Meisterschaften, sprich der jährlichen Upland South Women's Expo, präsentieren werde. Schon in acht Tagen werde ich dort eine lukrative Keynote-Rede halten.

Schnell komme ich in einen Arbeitsfluss, verliere mich in meinen Gedanken und Ideen, die sich um ein einziges einfaches Thema drehen: wie viel Zeit wir Menschen zur Verfügung haben und wie wir sie am besten nutzen. Während ich arbeite, verliere ich mein Zeitempfinden, die Minuten laufen geradezu ohne mich weiter, bis mein Handyalarm ertönt und wie auf magische Weise zwei Stunden vergangen sind. Einige Smart Reminder klettern in meinem Kalender auf dem Display unaufhörlich nach oben, das WLAN verbindet sich automatisch wieder, der »Bitte nicht stören«-Modus meines Smartphones schaltet sich ab, und eine Benachrichtigung ploppt auf: *morgen SB.*

Ich seufze auf. Der morgige Tag ist vermutlich Bridgets liebster in der ganzen Saison. Und definitiv der, den Linus am wenigsten mag. Ich teile da eher Linus' Meinung.

Es geht um das »Sport-Buffet«, das den Auftakt der Sommersaison in den örtlichen Kinder-Sportverbänden markiert. Das Buffet findet immer im Anschluss an die Teamsichtungen im Baseball, Softball, Schwimmen und Tennis statt. Eigentlich sind auch die Golfkinder eingeladen, aber das sind zum einen sehr wenige, zum anderen sind sie schon vor sechs Wochen ins Training eingestiegen – bei dem sie zudem sehr fragwürdige Poloshirts tragen. Vor allem aber schießen sie bei dieser Party, bei der alle etwas fürs Buffet mitbringen sollen, total übers Ziel hinaus. Egal, was man ihnen zuweist – Snacks, Vor- oder Hauptspeisen oder Dessert –, sie bringen irgendetwas Verrücktes mit. Tablettweise Sushi mit eingelegtem Rettich, Bruschetta mit Trüffelöl, ausgefallene Essiggurken-Varianten – Lebensmittel, die kein Kind mag und die man am Ende des Abends mit einem schlechten Gewissen wegwirft. Die Kinder wollen aufgeschnittenes Obst, bunten Nudelsalat, kaltes Brathähnchen und Fleischbällchen in Traubengelee. Die Erwachsenen wollen Sangria – vor allem die nach dem Charles-Familienrezept angerührte –, und sie wollen viel davon. Alles in allem keine Raketenwissenschaft.

Seit vier Jahren steuere ich die Sangria fürs Buffet bei, doch im reifen Alter von acht Jahren hat Linus uns jetzt eröffnet, dass er dieses Jahr zu Hause bleiben möchte und Bridget mit den Masons mitgehen soll. Ich habe seinen Vorschlag sofort abgelehnt, aber Seth scheint der Sache nicht abgeneigt zu sein, weshalb ich die Wände hochgehen könnte. Auch wenn mir klar ist, dass es ihm unangenehm ist, muss der arme Junge sich doch der Welt stellen und wenigstens versuchen, soziale Kontakte zu knüpfen. Es wäre zu seinem Besten.

»Das sind einfach nicht seine Leute«, sagt Seth, als ich ihn in meiner Mittagspause anrufe, um darüber zu sprechen. »Ich kann das verstehen, mir geht's genauso.«

Ich weiß, was er mir damit – wieder einmal – sagen will: Ich bin schuld, dass wir jetzt in der Vorstadt leben. Deshalb erwidere ich nur: »Irgendwo da draußen gibt es Menschen, mit denen er klarkommen wird, und wenn er sich nicht jedes Mal zu Hause verkriecht, sobald die Gefahr einer sozialen Interaktion am Horizont auftaucht, wird er die auch mal treffen. Jeder findet seine Leute, wenn man ein bisschen Geduld hat und offen dafür ist.« Ich überlege, ob das auch auf mich zutrifft. Ich habe einige enge Vertraute, einen guten Freund hier bei der Arbeit und vor allem meine Schwester, aber alle meine anderen Beziehungen pflege ich insbesondere dank einer detaillierten Tabelle, die ich mithilfe des Google-Kalenders erstellt habe und die mir Bescheid gibt, wenn ich eine Geburtstagskarte verschicken, mich mal wieder mit einer Nachricht melden oder jemanden anrufen sollte. Ich mag die anderen Softball-Moms, aber wir verlieren uns jedes Mal wieder aus den Augen, sobald die Saison vorbei ist. Wer hat schon die Zeit für all diese sozialen Kontakte?

»Okay, sicher. Aber ich bezweifle trotzdem, dass er sie beim Sport-Buffet kennenlernen wird«, antwortet Seth.

Ich kann nicht anders und muss lachen. Wenn wir Linus zwingen hinzugehen, wette ich darauf, dass er ein Buch mitnimmt. »Da ist was dran«, räume ich ein. »Vermutlich bringt er seine Leute einfach mit, und damit meine ich Zwerge und Elfen.«

Seth findet das gar nicht witzig. »Ich sag's dir, Wendy. Genau das ist das Problem bei dem Jungen. All der Science-Fiction- und Fantasy-Kram, die Depri-Storys und Träumereien.«

»Beschwerst du dich etwa darüber, dass er Fantasie besitzt?« Seth vergräbt sich auf der Suche nach Inspiration stundenlang in seiner Arbeit. Ich gebe zu, es wäre mir lieber, wenn er zumindest einen Teil dieser Zeit in unsere Familie investieren würde.

»Es geht nicht darum, dass er viel Fantasie hat, sondern dass er keine anderen Hobbys hat und nur zu Hause rumgammelt. Er interessiert sich kein bisschen fürs reale Leben.«

»Ein Grund mehr, ihn zur Sportparty zu schleppen«, erwidere ich, während ich mir wünsche, dass Seth es einmal sein lassen könnte, an meinem Kind rumzunörgeln. Unserem Kind.

»Am Rockzipfel seiner Schwester zu deren Event mitzukommen, ist nicht dasselbe wie etwas zu unternehmen. So trifft man seine Leute: indem man Dinge macht.«

»Er macht so einiges«, werfe ich ein.

»Mit Scratch programmieren? Scratch-Anleitungen studieren? Uns ein Ohr darüber abkauen, wie man mit Scratch programmiert?«

»Was, wenn Programmieren tatsächlich einfach sein Ding ist?«, frage ich gedehnt. Es klingt nicht besonders interaktiv, das gebe ich ja zu, aber der Junge muss machen, worauf er Lust hat. »Allemal besser, als Crystal Meth zu kochen.«

»Programmieren ist nicht sein Ding«, sagt Seth. »Er ist ein Kind. Sein Ding sind Sachen, die Kinder machen.«

Das ist so augenscheinlich falsch, dass ich nicht wirklich weiß, was ich darauf antworten soll.

»Wir müssen einfach aufhören, ihn zu Bridgets endlosem Kram mitzuschleppen …« Jedes Mal, wenn Seth so über Bridgets Softball-Leidenschaft redet, zucke ich leicht zusammen. Wobei ich ihm hoch anrechnen muss, dass er selbst im August noch, wenn uns allen die Saison längst tatsächlich endlos vorkommen wird, keines ihrer Spiele verpassen wird. »… und stattdessen etwas Passendes für ihn finden. Was ist mit Golf? Ich weiß, du meinst, die Clubmitgliedschaft lohnt sich nicht, aber schau dir die Kids mit ihrem seltsamen Essen und in die Hose gesteckten, gemusterten Polo-Shirts an. Eigentlich schreit das doch total nach Linus.«

Ich balle die Fäuste. Weil Seth so krampfhaft versucht, einen

Draht zu seinem Sohn zu finden, hat er ihn schon zum Tennis, Baseball, Basketball, Fußball und Klettern geschleppt. Natürlich mussten jedes Mal eine teure Komplettausrüstung angeschafft und Trainingsstunden bezahlt werden. Linus hat an nichts davon Interesse. Er versteht die Regeln nicht, er strengt sich nicht an, manchmal schläft er dabei sogar ein. Müssen wir das unbedingt noch einmal durchexerzieren, nur diesmal inklusive einer tausendfünfhundert Dollar teuren Country-Club-Mitgliedschaft?

Ich stoße die Luft aus. »Der Club schlägt ziemlich zu Buche. Unsere finanzielle Situation setzt mich so schon genug unter Druck, wie sie jetzt ist.« Ich bin nicht nur die Hauptverdienerin, sondern auch die Finanzchefin im Haus. Seths Kunst verschlingt ordentlich Geld. Manchmal muss ich es regelrecht verstecken, wenn uns später noch etwas für die Rente bleiben soll. Und sonst muss ich die Hand draufhalten, damit wir im nächsten Monat unsere Hypothek bezahlen können. »Wie wäre es, wenn wir überlegen, ob er dich noch mal in deinem Atelier besucht?«

Noch ehe Seth antwortet, spüre ich regelrecht, wie genervt er augenblicklich ist. »Ehrlich, Wendy«, sagt er. »Du weißt, ich kann nicht gleichzeitig meine Arbeit machen und die Kinder betreuen. Jedes Mal, wenn du das fragst, finde ich das wirklich unfair. Würde ich dich bitten, sie mit zur Arbeit zu nehmen?«

Mein Blick schweift in die linke äußere Ecke meines Büros. Was für hübsche Zierleisten. Und die mit Läden ausgestatteten Fenster blicken auf die schickste Straße dieser nicht gerade schicken Stadt hinaus. »Tut mir leid, Schatz, aber mir geht die Zeit aus«, entgegne ich, denn ich habe überhaupt keine Lust, jetzt die Unterschiede unserer Berufe zu diskutieren oder warum seiner sich in letzter Zeit eher zu einem Hobby zu entwickeln scheint. Zumal ich ihm das nicht erst sagen muss, denn mir ist nicht entgangen, dass die ausbleibenden Aufträge und schlechten Verkäufe der letzten Monate ihm sehr zu schaffen machen. Mir wäre es wesentlich lieber, ihn aufzubauen, anstatt ihn weiter runterzuziehen. »Lass uns ihn dieses Mal noch mitnehmen zum Buffet. Er wächst so schnell, und ich sehe ihn bei meinen langen Arbeitszeiten eh schon kaum.«

»Was gibt es da auch zu sehen? Er hängt ja nur rum«, erwidert Seth.

Ich seufze. »Jetzt reicht es langsam, Seth«, antworte ich bestimmt. »Er ist wirklich ein guter Junge.«

»Du hast recht«, sagt er schnell. »Das ist er. Ich liebe ihn, das weißt du doch. Deshalb lass ich da bei ihm ja auch nicht locker.«

»Und dafür bin ich dir dankbar«, versichere ich ihm. Mal wieder wird mir klar, dass Seth und ich besser funktionieren, wenn wir höflich anstatt ehrlich zueinander sind. »Ich sehe dich dann heute Abend.«

»Äh, nein«, lautet seine Antwort. »Sorry. Heute ist die Galerien-Nacht in der Stadt.

»Oh, ja klar«, sage ich. Die einmal im Monat stattfindende Nacht der Galerien bedeutet ihm und unseren Künstlerfreunden sehr viel. Sie besuchen die Ateliers der anderen, schlürfen den schlechten Gratiswein, mischen sich unter die Käufer und Eigentümer, gehen dann auf Spesenkosten in den Asia-Nudelladen und trinken Soju, bis die Sonne aufgeht.

Früher haben Seth und ich das zusammen gemacht.

»Nun, wenn das so ist, dann sehe ich dich Samstagmorgen.«

»Ahh, Samstagabend«, wirft er ein. »Es wird spät. Wir wollen am Wochenende doch Corbins Junggesellenabschied feiern. Weißt du noch?«

Ich erinnere mich nicht daran, und ich habe mir auch keinen Reminder eingestellt. »Aber das heißt ja, dass du sowieso nicht beim Sport-Buffet dabei sein wirst.«

»So ein Profi wie du braucht mich dafür nicht. Mach die

Sangria, schmeiß das Essen der Golfkids weg, kauf den Kindern zu viel Nachtisch. Wie jedes Jahr.«

Tatsächlich genau wie jedes Jahr, denn Seth hat mal wieder keinen Finger gerührt, um mich zu unterstützen. Innerlich unterstreiche ich den Punkt *an Ehe arbeiten* auf meiner unendlichen To-do-Liste. »Richte Corbin herzliche Glückwünsche von mir aus«, entgegne ich nur, weil ich jetzt nicht darüber streiten will. Um die Wahrheit zu sagen, gab es schon seit Jahren keinen Streit mehr zwischen uns, der es wert gewesen wäre. Es gewinnt eh keiner. Wir können unsere Probleme lösen, dessen bin ich mir sicher, aber diese verdammte To-do-Liste ist einfach sehr lang. »Macht euch eine schöne Zeit.«

Zeit. Während ich telefoniert habe, sind achtundsiebzig neue E-Mails reingekommen. Ich muss dringend auflegen, wenn ich die vor meinen Konferenzen nachher noch durchsehen will. Die ich wiederum wie ein Feldwebel durchpeitschen muss, wenn ich um fünf bei Linus am Hort sein möchte. Sogar dann ist Glück und vielleicht ein Wunder nötig, um alles zu schaffen. Ich klicke die erste E-Mail an. Da fällt mir ein, dass ich heute Morgen nichts fürs Abendessen aus dem Gefrierfach geholt habe. Jetzt brauche ich also Glück, ein Wunder und muss auch noch beim Drive-through vorbei. Ach ja, und weil Seth nicht da ist, steht auch der Einkauf für morgen Abend noch an. Also Glück, ein Wunder, eine Runde durch den Drive-through und ein Stopp im ABC-Spirituosen-Laden, um auf der Heimfahrt eine Kiste Rotwein einzusammeln.

Während ich E-Mail um E-Mail beantworte, geht mir alles Mögliche durch den Kopf. Linus, Programmieren, Einsamkeit, wie viel Sangria wohl dreißig Mütter trinken, ob wir gestern Abend schon Brathähnchen gegessen haben und ob Bridget inzwischen Brokkoli mag. Die Zeit läuft nun nicht mehr ohne mich weiter, sondern reißt mich geradezu mit in ein schwarzes Loch aus Aufgaben und Benachrichtigungen und – ach ja, ich sollte mal etwas zu Mittag essen. Habe ich den Kindern eigentlich Lunch eingepackt? Sie hätten doch sicher etwas gesagt? Sie hätten es bemerkt, oder?

Ich ordere einen Salat – denselben wie jeden Freitag, da das über die automatisierte Bestellfunktion meiner App läuft. Dann fällt mir ein, dass ich in der Mittagspause eigentlich zum Pilates wollte. Ich stelle fest, dass ich es durchaus noch schaffen könnte, aber verwerfe die Idee. Überlege, ob ich mich die zwanzig Minuten, bis der Salat kommt, einfach auf den Boden meines Büros legen soll. Beantworte fünf weitere E-Mails. Versuche mich daran zu erinnern, ob es eine von Bridgets engen Freundinnen nicht ins Team geschafft hat. Sie hat mir gestern Abend erzählt, dass außer Kara noch jemand rausgeflogen ist … Sie hat deswegen geweint. Aber es war niemand, den sie besonders gern mag, es tat ihr einfach nur leid. Meine empathische Bridget. Wer war nur das Mädchen?

Brandy. Ich darf den Brandy für die Sangria nicht vergessen. Welche Marke hatte ich letztes Jahr? Es hat nicht so gut geschmeckt wie sonst. Ich hätte mir eine Notiz im Handy speichern sollen, damit ich nicht wieder diese Marke kaufe. Oder habe ich das? Unter was habe ich das wohl abgelegt in der App? Muss ich noch in der Bibliothek vorbei für die Bücher, die Linus vorgemerkt hat? Wäre es nicht einfacher, dem Jungen Geld für Bücher zu geben? Ich zahle locker zwanzig Dollar Strafgebühren jeden Monat. Vielleicht lernt er dann, wie man mit begrenzten Ressourcen auskommt … oder er gibt einfach sein Budget aus und merkt dann in der Bibliothek weitere Bücher vor. Ist doch gut, so eine Leseratte zu haben, oder? Warum sieht Seth das nicht? Wären andere Väter nicht stolz auf einen so fleißigen Sohn?

Und so geht es in meinem Hirn immer weiter und weiter, bis mein Salat kommt und während ich ihn esse, ohne wirklich etwas zu schmecken, und weiter, bis alle E-Mails bearbeitet sind. Meine Gedanken rattern immer noch, als es Zeit wird, zum Konferenzraum zu gehen, während des Meetings und einer PowerPoint-Präsentation und munter weiter, bis der Tag zu Ende ist. Das Gedankenkarussell läuft, bis ich am nächsten Tag aufwache und in der Küche auf einem Schneidebrett Orangen und Äpfel für die Sangria und auf einem anderen Zwiebeln für die Minifrikadellen schnippele. Ohne dass mir dabei so richtig klar ist, wie ich eigentlich an diesen Punkt gekommen bin und was ich zwischendurch alles verpasst habe.

Celeste

Die gute Nachricht ist, dass meine Kinder überall schnell Anschluss finden. Als wir am Founder's Park beim großen Sport-Buffet eintreffen, hat Zoey im Handumdrehen Bridget, Sofia und Aaliyah aus dem Softballteam ausgemacht, und Samuel findet sowieso überall Freunde, solange er einen Ball, Schläger oder Stock auftreiben kann. Joy und ich halten wie immer zusammen die Stellung, und hin und wieder frage ich mich, ob sie das aus Mitleid mit mir tut, da sie mich jedes Mal erst einmal fragt, wenn jemand mit ihr spielen möchte.

Zum Glück hat heute noch niemand gefragt – sie ist eins der kleineren Geschwisterkinder hier, und das kommt mir als Ausrede gerade recht, um mich mit ihr an meiner Seite ausgiebig damit zu beschäftigen, den großen Glaskrug aufzustellen, den ich bei einem Garagenflohmarkt gefunden, mit einem zitronengelben Kreide-Oval bemalt und ordentlich mit fuchsiafarbenem Kreidestift beschriftet habe: *Rosé-Sangria*. Dann mische ich das Rezept zusammen. Es ist kinderleicht: zwei Flaschen acht Dollar teurer Rosé, Schalenabrieb einer ganzen Limette, ein guter halber Liter pürierte Bio-Himbeeren und ein winziger Spritzer von diesem ausgefallenen, manuell destillierten Birkensaft-

Wodka, von dem ich in einem Mami-Podcast gehört habe. Die Moderatorinnen scheinen zu wissen, wovon sie sprechen, wenn man es als Empfehlung gelten lassen möchte, dass sie gegen Ende jeder Folge immer undeutlicher sprechen. Ich musste ihn auf einer Website bestellen, von der ich noch nie gehört hatte, und er war um einiges teurer, als Wodka sein sollte, aber es erschien mir als genau der besondere Touch, der hier in Birchboro Hills gut ankommen könnte.

Vielleicht hilft mir das Zeug ja dabei, hier endlich eine echte Freundin zu finden, denke ich sehnsüchtig. Der Lehrer-Eltern-Ausschuss, die ehrenamtliche Arbeit, die Nachhilfe oder die Fahrgemeinschaften haben in der Hinsicht auf jeden Fall nichts gebracht. Nicht einmal im Vorgarten herumzusitzen, hat sich rentiert. Noch nicht.

Als es an dem Getränk nichts mehr herumzurühren gibt, hebe ich Joy auf meine Hüfte, hole mein vorbereitetes Essen aus dem Kofferraum und gehe zum großen Buffettisch voll mitgebrachter Speisen hinüber. Ich packe ein Tablett russischer Eier mit geräuchertem Lachs aus, die sehr lecker aussehen, wenn ich das sagen darf, und ermuntere Joy, sich eins zu nehmen. Sie klettert auf die Bank am Picknicktisch, als wäre das ganze Buffet nur für sie – kaltes Hähnchen, Makkaroni-Salate in allen erdenklichen Variationen (sogar einer mit Salami?) und, was etwas aus dem Rahmen fällt, eine riesige, silbern glänzende Platte mit eingelegtem Rettich, Spargel und grünen Bohnen. Loyal, wie sie ist, entscheidet sie sich für eins meiner gefüllten Eier mit dem dicksten Dillbüschel darauf und schmiert es sich beim Essen genüsslich ins ganze Gesicht. Ich nehme mir ein Ei von der anderen Seite des Tellers, um so den Eindruck zu erwecken, dass die Speise sehr begehrt ist, und esse es in zwei Bissen auf. Dann beschließe ich, dass das Grundlage genug ist für ein kleines Glas meiner appetitlich aussehenden Sangria.

Als ich an den Getränketisch zurückkehre, steht Wendy

Charles dort. Sie ist voll beladen mit allem möglichen Kram, von ihrer Schulter baumelt eine Handtasche, und sie wirkt genervt. Aber anstatt etwas abzulegen, starrt sie meinen Getränkekrug an. »Rosé-Sangria« höre ich sie laut lesen, und ein Fragezeichen klingt in ihrer Stimme mit.

Ich lächele. Immer schön lächeln. »Man kann Sangria mit Erdbeeren und Prosecco oder Weißwein und Pfirsichen machen, eigentlich mit jeder Wein-Obst-Kombi. In meine kommen aber Rosé, Bio-Himbeeren und Limettenabrieb. Und ein Spritzer Birkensaft-Wodka aus einer kleinen Manufaktur«, füge ich hinter vorgehaltener Hand hinzu, als wäre dies ein Geheimnis. Wendy sieht mich ausdruckslos an. »Ich weiß, es klingt verrückt. Aber probier mal. Sie ist richtig erfrischend.« Tatsächlich fällt mir dabei auf, dass der Sangria-Pegel schon um ein paar Zentimeter gesunken ist, seit ich den riesigen Krug vor einigen Minuten hier hingestellt habe. Wer kann schon einem Drink mit Himbeeren widerstehen?

»Bei dieser Party gab es noch nie Rosé-Sangria«, stellt Wendy fest. In ihrer Stimme schwingt weniger melodischer Südstaaten-Akzent mit als sonst. Sofort ist mir klar, dass ich irgendetwas verbockt habe.

»Oh«, entgegne ich. Dann beschwöre ich den Geist meiner lieben verstorbenen Mutter in mir herauf und füge hinzu: »Tut mir leid.«

Jaja, ich weiß. Warum in Herrgotts Namen entschuldige ich mich dafür, dass ich an einem heißen Tag einen erfrischenden Drink mit ein paar Umdrehungen zu einem Picknick mitgebracht habe? Weil meine Mom immer sagte, dass einen die Leute schlecht hassen können, wenn man sich für ihre Probleme entschuldigt. Das mag ein wenig nach Co-Abhängigkeit klingen, aber meine Mom hat in ihrem Leben für so einige Vollpfosten gearbeitet, damit sie uns Kinder durchbringen konnte – sie kannte also den einen oder anderen Trick, wie man jemandem

Honig um den Bart schmiert, um mit ihm auszukommen. Sie sagte häufig, wer schnell kapituliere, nehme einem verärgerten Gegenüber den Wind aus den Segeln, was diesem wiederum klarmache, wie unhöflich er sich gerade benehme.

Nicht so in diesem Fall.

»Rosé-Sangria«, wiederholt Wendy. »Nicht rot. Nicht weiß. Macht man das bei euch im Norden so?«, fragt sie, wartet meine Antwort aber gar nicht ab. »Ich bin sicher, er ist sehr ... lecker«, sagt sie, während sie den Krug auf dem Tisch ein ordentliches Stück nach hinten schiebt und ihren eigenen weiter nach vorne zieht, als hätte ich ihr ein imaginäres Scheinwerferlicht streitig gemacht. »Nimm es nur nicht persönlich, wenn den niemand trinkt. Das liegt nicht an dir, aber es ist quasi schon Tradition: Die Eltern bitten mich jedes Jahr, meine hausgemachte Sangria mitzubringen, und da kann ich schlecht Nein sagen, obwohl ich zu dieser Zeit des Jahres immer so schrecklich viel zu tun habe.«

Mein Lächeln verblasst ein klein wenig. »Macht man für Sangria nicht einfach nur ein paar Flaschen auf und vermischt den Inhalt?«, frage ich. »Ich meine, wenn man nicht unbedingt schwer erhältliche Zutaten reintut. Dabei habe ich dafür gar nicht mal so lange suchen müssen – ich musste es nur einen Monat im Voraus planen.«

Sie zuckt beiläufig mit den Schultern. »Vielleicht mögen die Leute meine Sangria so gern, weil sie leicht ist und man gut ein Glas oder zwei davon trinken kann, ohne gleich umzukippen. Ich meine, das ist hier ja immer noch eine Familien-Veranstaltung. Wodka in der Sangria!«, sagt sie nun schon mehr zu sich selbst. »Damit kann man sicher eine Party feiern.« Und sie fügt etwas leiser hinzu: »Und zwar eine, die man am nächsten Tag bereut.«

Hm. Ich glaube kaum, dass wegen meiner Sangria jemand in der Notaufnahme landen wird. Doch Wendy fischt vor meinen Augen einen schwarzen Edding aus ihrer Handtasche und schreibt *mit Wodka* auf das Etikett meines Sangria-Krugs.

Das ich mit einer Schablone eigenhändig aufgemalt habe. Ich schätze, den Krug kann ich nun nur noch für genau eine Sache verwenden.

»Das war Kreidefarbe«, sage ich zu ihr, ohne recht zu wissen wieso. Den Edding kann sie ja jetzt schlecht wieder abkratzen.

Sie schaut mich an. »Sehr süß. Diese Etiketten gibt es im Sommer immer im Sonderangebot für einen Dollar bei Target. Ich habe einfach nie die Zeit, um so was Kreatives selbst zu machen.«

Ich werfe ihr einen Blick zu, der sich in etwa so zusammenfassen lässt: !

Es interessiert sie nicht die Bohne. »Ach, Celeste, Kreidefarbe, aromatisierter Wodka – du steckst voller Ideen. Ich wünschte, ich wäre ein wenig mehr wie du.«

Wie zum Geier kriegt sie es hin, dass sogar diese Worte aus ihrem Mund wie eine Beleidigung klingen? Ich lächele angespannt. »Vielleicht sollte ich sie wegräumen«, sage ich. »Die Sangria. Wir könnten sie unter den Tisch stellen für den Fall, dass deine ausgeht.« Nicht, dass es irgendjemanden, der im Vollbesitz seiner geistigen Fähigkeiten ist, stören würde, dass zwei verschiedene Sangrias auf dem Buffet stehen. Niemanden außer Wendy Charles.

»Nein, nein, das ist doch albern. Jetzt ist sie nun mal hier. Es ist nur …« Sie spricht nicht weiter.

»Was?«, frage ich scharf.

»Na ja, ich dachte, dir wurde die vegetarische Vorspeise zugeteilt.«

»Zugeteilt?«, wiederhole ich. Macht man das jetzt so bei Buffets, zu denen alle Gäste etwas beisteuern? Man teilt ihnen bestimmte Gerichte zu? In meiner Kindheit haben wir auf dem Weg zum Kirchenfest fürs Buffet eine Little-Ceasars-Pizza für vier Dollar gekauft, genau wie die meisten anderen Kinder, die ich kannte. Und das ging auch.

»Im Google-Doc?«, spricht Wendy weiter. »Erzähl mir nicht, dass du noch nicht in unserer Softball-Eltern-Google-Gruppe bist, Celeste!«

Die Google-Gruppe ist mir völlig neu. Von dieser Veranstaltung habe ich rein zufällig von einer anderen Mutter erfahren. »Ich dachte eigentlich, zu Mitbringbuffets bringen die Leute einfach mit, was sie wollen.«

Wendy sieht mich an, als wäre ich schwer von Begriff. »Nun ja, in dem Fall gäbe es nichts außer Cantaloupe-Melonen und russische Eier. Überleg mal. Alle würden einfach etwas Günstiges mitbringen.«

Ich runzele die Stirn und wünschte, ich hätte das Schild vor meiner Buffetplatte nicht mit meiner verräterisch schwungvollen Handschrift versehen. Es stimmt: Ich habe die Eier aus Kostengründen in Betracht gezogen, es ist billiges Protein. Das kleine Mädchen mit der Little-Ceasars-Pizza steckt eben immer noch in mir, egal wie viel Eindruck ich mit Birkensaft-Wodka zu schinden versuche.

»Macht nichts«, sagt Wendy. »Wir richten dir einen Zugang ein, und ihr seid im Handumdrehen auf dem Laufenden. Die Google Docs sind eine große Hilfe. Ich meine, allein die Snacks für die Spiele. Wir würden sonst alles doppelt und dreifach machen.«

Snacks für die Spiele? Ich denke darüber nach, während ich Joy auf den Arm nehme und geistesabwesend *Backe, backe Kuchen* summe. Von Samuels Schulfußballteam habe ich am Anfang der Saison einen Zwanzig-Dollar-Schein bekommen und dafür bei jedem Spiel aufgeschnittene Orangen mitgebracht. Am letzten Tag hatte ich Cupcakes dabei, die ich wie kleine Fußbälle dekoriert hatte. Ich dachte, hier würde das ähnlich laufen, nur mit weniger schwarzem Zuckerguss. Warum muss alles, bei dem Wendy Charles ihre Finger im Spiel hat, so kompliziert sein?

Es wird still im Pavillon, und mir fällt auf, dass sich die meisten Eltern – bis auf ein paar, die sich bei den Speckdatteln herumdrücken – vor den Tischen zusammenfinden. »Was ist denn da los?«, frage ich Wendy, da sie am nächsten bei mir steht. Weil wir beide dabei sind, unsere Gläser mit der jeweils eigenen Sangria aufzufüllen, wie ich widerstrebend bemerke.

»Oh, das ist die Spendenaktion«, antwortet sie. »Darum geht es heute ja hauptsächlich.«

Ich schaue zu unseren Kindern hinüber, die fröhlich in dem großen Park herumtollen, Fußball spielen, im Sandkasten buddeln oder am Klettergerüst und den Schaukeln beschäftigt sind. Geht es nicht eher darum? Aber das sage ich nicht.

»Ehe das Buffet eröffnet wird, kann man einen Gang zum Desserttisch ersteigern«, erklärt sie und zeigt auf die Tische am anderen Ende des Buffets, auf denen sich Brownies, Kekse, Kuchen und Donuts stapeln. »Die fünfzig Meistbietenden gewinnen einen Dessertteller, den sie selbst mit allem, was draufpasst, zusammenstellen dürfen. Wir hauen also richtig Geld raus, damit unsere Kinder einen Teller gewinnen, und die Teams machen so ein kleines Vermögen.«

»Wow, wirklich? Hier sind ja aber sicher mehr als fünfzig Kinder.«

Wendy nickt. »Die Kinder sind natürlich am Boden zerstört, wenn man nicht genug bietet. Bei all den Süßigkeiten direkt vor ihrer Nase, während man versucht, ihnen ein Stück Brokkoli mit Dressing schmackhaft zu machen.«

»Die Kinder wären am Boden zerstört?«, frage ich ungläubig. »Ich wäre am Boden zerstört. Ich liebe Zitronenschnitten.«

Wendy schenkt mir einen – für ihre Verhältnisse – freundlichen Blick. »Du Glückliche. Hugh scheint ja wirklich unfassbar süß zu sein. Seth hingegen hält mit seiner Meinung nicht hinterm Berg, wenn ich auch nur ein Gramm zunehme. Ich kann ein Stück Kuchen nicht mal anschauen.«

Ich lächele. »Ja, das ist er«, antworte ich, obwohl mir nicht wirklich klar ist, was das mit meiner Vorliebe für Desserts zu tun hat. Ach! Moment! Jetzt verstehe ich: Ich nehme an, das soll heißen, dass es süß von ihm ist, mich zu lieben, obwohl ich Kurven habe. Ich schätze, nur der Typ »freundlichster Mann auf Erden« könnte es ertragen, diesen Körper unbekleidet in Augenschein zu nehmen. Das sitzt. »Aber ich bin sicher, Seth verwöhnt dich auf seine Weise«, ergänze ich. Was ich damit wirklich meine: Wenigstens muss Hugh nicht mit einer von Sangria besessenen Zimtzicke zusammenleben.

»Ich gebe dir einen Tipp«, antwortet Wendy, ohne meinen kläglichen Versuch einer Beleidigung zu registrieren. »Biete einfach zwanzig Dollar für jedes Kind. Man weiß nicht, was die anderen bieten, weshalb das Komitee darauf hofft, dass die Leute es mit ihren Geboten total übertreiben. Und das tun einige auch. Aber die meisten bieten nur fünf bis zehn Dollar, weil ein Teller voller Süßkram in ihren Augen nicht mehr wert ist. So landest du also genau in der Mitte.«

»Warum geben sie nicht einfach jedem einen Keks und nehmen ansonsten Spenden an?«

Wendy schüttelt den Kopf. »Funktioniert nicht. Es ist wie mit der Melone und den russischen Eiern. Nur so klappt es. Auf diese Weise kommt genug Geld zusammen, sodass jedes Kind Sportkleidung, einen Helm oder was auch immer es braucht, bekommt, unabhängig davon, was seine Familie sich leisten kann.«

Ich greife an Wendy vorbei nach meinem Sangria-Krug, zerre ihn wieder an die Vorderkante des Tisches und schenke mir ein etwas zu großzügiges Glas ein. »Obwohl die Kinder, die eine gesponserte Ausrüstung brauchen, sich wahrscheinlich nicht mal einen Keks leisten können.«

Wendy zuckt nur traurig mit den Schultern. »Diese Kinder sind heute wahrscheinlich nicht einmal hier.«

Stimmt, denn wer würde schon ihre Eltern in die Google-

Gruppe einladen? »Was passiert denn mit den süßen Sachen, die übrig bleiben?«, frage ich.

Erneutes Schulterzucken. Am liebsten würde ich sie an ihren apathischen Schultern packen und schütteln.

Obwohl es mir bis eben noch hervorragend ging, merke ich mit einem Mal, wie mir der Alkohol zu Kopf steigt. In einem Anflug angetrunkener Unsicherheit wünsche ich mir, dass Hugh hier wäre, anstatt in der Firmenloge beim Braves-Spiel wichtigen Klienten Honig um den Bart zu schmieren. Mein Mann ist ein grundsympathischer Typ und Menschenfreund, wie er im Buche steht. Aber mit diesem snobistischen Quatsch würde er nichts zu tun haben wollen. Nie und nimmer. Er würde sich weigern, auf das Dessert zu bieten, und unseren Kindern stattdessen versprechen, dass wir nachher Eis essen gehen. Hugh würde lieber selbst zehn komplette Sets Sportkleidung kaufen, als sich an dieser Scharade zu beteiligen, und Wendy mit ihrem perfekt kolorierten Haar und ihrem kleinen, drahtigen Körper erst ins Gesicht sagen, was er von ihrer roten Sangria hält und dann höchstpersönlich sämtliche Melonenstücke und russischen Eier verdrücken.

Noch Fragen, warum ich diesen Mann geheiratet habe?

Aber ohne Hugh koche ich innerlich. Und schenke mir noch ein weiteres Glas Sangria (mit Wodka) ein. So gestärkt stürme ich zum Gebotstisch hinüber und schreibe nicht vier, sondern gleich sechs Gebote zu je zwanzig Dollar auf. Drei sind für meine Kinder, auch wenn sie jeweils nicht mehr als ein paar Süßigkeiten essen werden, denn in meiner Familie sind wir an ein gesundes Maß gewöhnt. Eins ist für mich, und ja, ich werde für zwanzig Dollar Zitronenschnitten essen oder bei dem Versuch draufgehen. Was die letzten beiden Gebote betrifft: die sind für Bridget und Linus, die leidgeprüften Kinder von Wendy, der Sangria-Zicke, denn sie sollen wissen, dass es in ihrer Nachbarschaft wenigstens eine großzügige Person gibt.

Vielleicht tue ich das auch nur, um Wendys Gesicht zu sehen, wenn ihre Kinder dreißig Minuten nach ihrer üblichen Schlafenszeit jeweils gleich zwei mit Süßigkeiten überquellende Teller überreicht bekommen. Vielleicht – sorry, Mom – sind voreilige Entschuldigungen nicht annähernd so befriedigend wie der süße Geschmack teuren Wodkas, aromatisiert mit passiv-aggressiver Rache.

3
Surrealer Sonntag

Wendy

Am nächsten Morgen wache ich mit höllischen Kopfschmerzen und dem Gefühl auf, das irgendetwas ganz und gar nicht stimmt. Sofort habe ich die verdammte Rosé-Sangria im Verdacht. Dieses blöde Gesöff in seinem wunderschönen Williams-Sonoma-Krug aus der beliebten Ich-bin-besser-als-du-Kollektion. Ich hätte nichts davon trinken sollen, aber ich musste einfach wissen, ob er besser schmeckt. Und dann wollte ich mein Ergebnis noch einmal verifizieren.

Und ja, nachdem Linus sich im Dixi-Klo übergeben musste, weil er so viele Brownies gegessen hatte, Bridget geweint hat, weil sie sich so sehr für ihren kleinen Bruder schämte, und ich sämtliche Essensreste wie zum Beispiel die Cantaloupe-Melonenstücke zusammengepackt – gibt es überhaupt Menschen, die Cantaloupe-Melone mögen? – und die ganzen Essiggurken weggeschmissen hatte, war meine rote Sangria bis auf den letzten Tropfen leer, während Celestes Himbeerpampe locker noch eine Handbreit hoch im Krug stand. So gesehen habe ich die Sangria-Schlacht für mich entschieden.

Aber ich will ehrlich sein. Ich fühle mich gerade ganz und gar nicht wie eine Gewinnerin. Sondern wie etwas, das letzten Winter gestorben ist, von einer streunenden Katze gefunden wurde, die es in dieses Schlafzimmer – das ich, ich schwöre, noch nie in meinem Leben gesehen habe – getragen, in dieses unfassbar gemütliche Bett gelegt und seitdem gelangweilt daran herumgeknabbert hat. In diesem Fall ist es wohl das Beste, wenn ich einfach wieder einschlafe oder gegebenenfalls weiter vor mich hin verrotte.

Celeste

Mir brummt der Kopf, als ich am nächsten Morgen aufstehe. Mein Kopf brummt, und mein Mann schnarcht. Was seltsam ist. Er schnarcht selten. Andererseits ist er auch gestern Abend noch spät beim Buffet aufgetaucht, nachdem ich ihm leicht angetrunken gegen einundzwanzig Uhr eine Art Hilferuf geschickt hatte. Fast augenblicklich war er von drei quengeligen Kindern im Zuckerkoma belagert, die ohne seine Hilfe wohl nicht nach Hause gekommen wären, selbst wenn ich alle drei schwankend die anderthalb Kilometer auf meinem Rücken heimzutragen versucht hätte.

Und dann haben wir uns gestritten, nachdem wir die Kinder ins Bett gebracht hatten. Wegen der doofen Mütter, auf deren Meinung ich aus Hughs Sicht viel zu viel gebe, darüber, ob ich aus reiner Gehässigkeit unbedingt hundertzwanzig Dollar für Teamspenden hätte ausgeben sollen und ob wir wegen seines Jobs überhaupt jemals hätten hierherziehen sollen oder besser im Norden in unserem schönen Altbauhaus mit dem einen Bad und den Fledermäusen unter dem Dach geblieben wären. Obwohl in der Gegend die weiterführenden Schulen wegen geringer Schülerzahlen schließen und ihm eine Freistellung vom Job gedroht hat. Obwohl ein Bad für fünf Leute tatsächlich eine Herausforderung ist.

Dann – daran erinnere ich mich jetzt – schob ich ihm die Schuld dafür in die Schuhe, dass ich mich hier so einsam fühle, und irgendwie auch für meinen übermäßigen Konsum an Rosé-

Sangria (mit Wodka). Ich sagte ihm, dass ich es vermisse, mich mehr als nur drei Minuten am Tag mit ihm zu unterhalten, er sich mehr den Kindern zu widmen scheint als mir, und ich mir Sorgen mache, dass ich ihn genauso langweile wie anscheinend jeden anderen Menschen in diesem Dorf. Woraufhin er zurückgab, dass vielleicht ich diejenige mit dem Problem sei, wenn ich nicht sähe, wie viel ihm an mir liege, obwohl er nichts mehr wolle, als dass unsere Familie glücklich ist.

Nach so einer Nacht ist es wohl nicht verwunderlich, dass er ein bisschen schnarcht. Denn natürlich hat er recht. Er zeigt mir mit tausend kleinen Gesten, wie viel ich ihm bedeute. Das Problem ist, dass ich nie glauben kann, dass er das alles ernst meint. Vermutlich ist er sauer ins Bett gegangen, hat sich die ganze Nacht herumgewälzt, weil er sich Sorgen um mich gemacht hat. Und wahrscheinlich wird er sich furchtbar fühlen, wenn er aufwacht, alles nur, weil ich mit einer Auseinandersetzung wegen eines Buffets überfordert war. Es ergibt absolut Sinn.

Was hingegen keinen Sinn ergibt: Irgendwie kommt er mir … kleiner vor als sonst?

Wendy

Als ich wieder aufwache – keine Ahnung, wie viele Stunden später –, fühle ich mich zu meinem Entsetzen immer noch ein wenig betrunken. Seth schläft noch, war ja klar. Ich sehe so verschwommen, als wäre ich fast blind – irgendwie scheint im Schlafzimmer nichts an seinem gewohnten Platz zu sein. Ich muss unbedingt meine Kontaktlinsen einsetzen. Wenn ich mich richtig erinnere, habe ich auf dem Heimweg gestern geweint. Was an sich schon peinlich genug ist, aber noch schlimmer wäre es, wenn Celeste mich gesehen hat und denkt, ihre Sangria wäre der Grund. Ich bin eine selbstbewusste, intelligente Frau. Natürlich habe ich nicht wegen eines Mischgetränks geheult. Sondern wegen der Million winziger Stressfaktoren in meinem Leben. Und wegen eines Mischgetränks.

Oh nein, hat Bridge mich weinen sehen? Ich muss mich vergewissern, dass das nicht der Fall ist. Sie soll nicht denken, dass ich die ganze Zeit herumheule, denn eigentlich sollte ich ihr als erfolgreiche berufstätige Mutter ein inspirierendes Vorbild sein, damit sie eines Tages eine noch erfolgreichere berufstätige Mutter werden kann. Linus würden ein paar verdrückte Tränen vermutlich nicht auffallen, aber Bridge ist ein aufmerksames und einfühlsames Kind.

Sollte ich sie vielleicht etwas früher wecken, sodass wir darüber reden können? Oder, Moment – es ist Sonntag. Sonntag ist der eine Tag in der Woche, an dem eigentlich Seth mit den Kindern aufsteht. Allerdings ist es der erste Sonntag im Monat, was bedeutet, dass er am Freitag bei der Nacht der Galerien war und gestern mit seinen Künstlerfreunden den Junggesellenabschied gefeiert hat, was bedeutet … Ich beuge mich sehr, sehr nah zu seinem schlafenden Körper hinüber, um an ihm zu schnuppern. Meine Nase wird mir verraten, sollte er gestern ordentlich dem guten Bourbon zugesprochen haben.

Ich rieche keinerlei Alkohol, nur eine Art säuerlichen Zitrusgeschmack in meinem eigenen Atem. Zu meiner Überraschung riecht mein Mann … sogar richtig gut?

Moment mal. Wo sind seine Haare hin? Hat er sich eine Glatze rasiert?

Was zur Hölle geht hier vor?

Celeste

Wendys Mann liegt neben mir im Bett. Ich kneife die Augen zu, öffne sie wieder. Und unterdrücke einen Schrei.

Entschuldigen Sie mich bitte kurz, ich bekomme eine Herzattacke. Stopp. Ruhe bewahren, Celeste. Es muss eine vernünftige Erklärung dafür geben. Atme.

Das ist nicht mein Bett.

Das ist nicht mein Zimmer.

Es ist ähnlich. Dieselbe Größe, genauso geschnitten. Aber in der Trockenbauwand über dem Fernseher klafft ein Loch. Außerdem steht da ein Fernseher.

Wo zum Teufel bin ich?

4

Wendy

Ganz, ganz leise schiebe ich die Beine über die Bettkante.

Als Erstes fällt mir auf, dass der Boden näher ist als sonst. Meine Güte, was für ein höllischer Kater. Wie viel Sangria habe ich bitte getrunken?

Wenn ich schon dabei bin, mir Fragen zu stellen, auf die es keine Antwort gibt: Warum hat sich Seth die Haare abrasiert?

Warum liegt unser Bad auf der falschen Seite des Zimmers?

Warum befinden sich meine Brüste auf der falschen Seite meines Bauchnabels?

Mit einem Schrecken wird mir klar, dass ich mich übergeben muss. Ich werde in das Bad auf der falschen Seite des Zimmers gehen und in die Toilette in der falschen Ecke des Bads kotzen, wenn ich es rechtzeitig dorthin schaffe. Was unwahrscheinlich ist.

Okay, zumindest zur Toilette habe ich es geschafft.

Was für eine hübsche Toilette, geht mir durch meinen betrunkenen Kopf. So sauber. Und was für ein schöner Fliesenboden. Ob der Fußbodenheizung hat? Ich habe mich noch nie in so angenehmem Ambiente übergeben. Was für ein komischer Gedanke, und wie seltsam ist es außerdem, dass diese Handtücher mit Seesternen bestickt sind, die mich an die Seesterne erinnern, die wir aus den Wellen gefischt haben, als Bridge noch ein Kleinkind war, ich Linus auf den Armen trug und wir einen Familienausflug nach Tybee gemacht haben. Wie lange ist das jetzt her? War das der glücklichste Moment meiner Ehe? Halluziniere ich? Und wenn ja, sollte ich jemandem Bescheid sagen?

Nein. Ich sollte mich wieder ins Bett legen, bis der Raum aufhört, sich zu drehen, und mein Hirn wieder funktioniert und ich wieder in meinem eigenen Bett bin.

Ja. Genau das werde ich tun. Ich werde zurück zu diesem anderen Bett gehen, mich wieder hinlegen und dies alles als einen unheimlichen, verrückten Traum abschreiben. Mich neben den glatzköpfigen, ruhigen Seth legen, der, und das ist das Merkwürdigste an allem, zum ersten Mal in seinem Leben nicht schnarcht. Klingt nach einem ausgezeichneten Plan. Wenn ich aufwache, wird all das hier nie passiert sein.

Celeste

Nun, ich weiß, wo ich bin. Und es ist schlimm. Wirklich schlimm.

Ich bin in Wendys Schlafzimmer. So viel ist sicher, weil hier Kunstwerke von Seth und Fotos von Bridget und Linus stehen, die ich gerade noch so erkennen kann, denn alles, was mehr als drei Meter entfernt ist, sehe ich nur verschwommen.

Ich habe keine Ahnung, wie ich hierhergekommen bin, aber ich weiß, dass ich sofort verschwinden muss.

Mein Herz rast, und mir dreht sich der Magen um, als ich aufstehe und so leise wie möglich in das große unfertige Bad tappe, dessen Fugen mal neu versiegelt werden sollten, die Tür hinter mir schließe und überlege, aus dem Fenster zu klettern. Das Schlafzimmer liegt in der ersten Etage, aber im Moment bin ich so durcheinander und verschreckt, dass ich sogar mehrere Stockwerke riskieren würde, nur um hier rauszukommen. Aber zuerst muss ich pinkeln. Es ist eins dieser Bäder, in denen sich die Toilette gegenüber der Tür befindet, an der ein Spiegel angebracht ist. Als ich sie also schließe, meine Hose herunterziehe und mich hinsetze, starre ich auf den Körper von Wendy Charles und kann mich gerade so zusammenreißen, um nicht wie am Spieß loszuschreien.

Nein, rede ich mir selbst gut zu. Hör auf, zu spinnen. Ich bin es, die auf der Toilette sitzt, ich bin es, die pinkelt. Ich spüre meinen Beckenboden beim Wasserlassen, ich fühle den kühlen Sitz an der Rückseite meiner Schenkel, und meine Ohren hören es in die Schüssel plätschern. Aber die Frau, die mich aus dem Spiegel anschaut, ist Wendy. Wendy Charles. Wendy Charles' blondes Haar ohne eine Spur von Grau und Wendy Charles' spitze, humorlose Nase.

Mein Herz rast wieder. Ich betrachte Wendy im Spiegel, kneife die Augen zusammen und mache sie wieder auf. Ihr Mund öffnet sich vor Entsetzen, genau wie meiner. Ich hebe meine Hand, und sie hebt ihre in perfekter Symmetrie. Auch den Griff nach dem Toilettenpapier ahmt sie mir nach. Schließlich stehe ich auf und gehe, die Unterhose noch an den Knöcheln, auf den Spiegel zu. Aber Wendys Bild bewegt sich ebenfalls, kommt immer näher und näher, bis meine Stirn an den Spiegel stößt und ich Wendy die Hand heben und sich die schmerzende Stelle am Kopf reiben sehe. Ein winziger, erstickter Schreckenslaut schlüpft mir aus der Kehle, aber es ist nicht meine Stimme.

Ich blicke auf meine Brust hinunter. Ich trage ein dünnes, löchriges T-Shirt, das ich noch nie in meinem Leben gesehen habe. Also ziehe ich es hoch, über meinen Kopf und starre an mir hinunter.

Die beiden sind ganz sicher nicht meine. Diese kleinen Handvoll B-Körbchen, die sich aufwärts recken, sind nicht meine Brüste. Sie sind noch nicht einmal ein Zehntel meiner Brüste. Während sie an Ort und Stelle stehen, hängen meine und machen, was sie wollen. Diese Brüste können nur zu einer so perfektionistischen Person wie Wendy gehören.

Im selben Maße kann dieser flache Bauch nur Wendys flacher Bauch sein. Diese Kaiserschnittnarbe muss zu Wendy gehören. Der Nabel – straff, nicht tief wie eine Höhle? Sicherlich auch Wendys.

Ich senke den Blick auf meinen Schritt. Meine Güte. Hat Wendy eine Bikinifrisur?

Bin ich Wendy?

Habe ich eine Bikinifrisur?

Wendy

Ich schiebe sämtliche Gedanken weit weg und lege mich wieder ins Bett. Als ich mich auf die Seite drehe, begrabe ich fast den glatzköpfigen Seth unter mir. Er grunzt und sagt: »Hey!« Dann setzt er sich auf, schaut mich an und fragt: »Schatz, was machst du denn?«

Und dieser Mann ist nicht Seth!

Es ist Hugh Mason. Celestes Mann, der leicht untersetzte Vertriebsleiter mittleren Alters, nach dessen schicken Grill sich Seth die Finger leckt.

Ich springe aus dem Bett und schreie.

»Was machst du hier?«, kreische ich.

»Wie bitte? Celeste, was ist los mit dir?« Hugh wirft die Decke zurück. Er ist nackt. Splitterfasernackt.

Ich schreie wieder los.

»Hast du schlecht geträumt?«

»Hast du mich gerade Celeste genannt?«, keife ich hysterisch und halte mir die Augen zu.

Bevor ich ihm sagen kann, er solle sich etwas überziehen, ist Hugh schon aufgestanden und kommt auf meine Seite des Betts herüber. Panikartig fliehe ich in Richtung Badezimmer, während ich ihm zurufe: »Zieh dir was über!«

Etwas verwirrt, aber wie immer zuvorkommend, wendet er sich zum Schrank und greift sich einen Bademantel. Ich starre auf seinen Hintern, den leichten Haarfilm oben an seinen Schulterblättern, seinen ausgeprägten Bizeps, die kräftigen Beine und die kleine Papa-Plauze. Was zum Teufel geht hier vor? Was passiert hier mit mir? War ich mit Celeste Masons Mann im Bett? Und falls ja, warum um Himmels willen?

»Celeste, Liebling. Geht es dir nicht gut?«, fragt er sofort, während er zum Badezimmer auf der falschen Seite des Zimmers herüberkommt. »Oh, Mann. Immer noch die Sangria?«

Ich versuche, einen Punkt zu finden, an den ich meinen Blick heften kann, um mich irgendwie zu beruhigen. Es fühlt sich an, als hätte jemand mit einem Hammer die Stelle meiner Großhirnrinde bearbeitet, die für die Vernunft zuständig ist. Aber meine Augen … Ich sehe nicht mehr verschwommen. Sondern klar und deutlich. So deutlich, dass ich sogar Gegenstände auf der anderen Seite des Zimmers absolut scharf erkennen kann, dabei bin ich mir zu 99,9 Prozent sicher, dass ich meine Kontaktlinsen eben noch nicht drin hatte. Ich sehe jedes Detail des halb geöffneten Wandschranks mit etwas altbackener Damenkleidung darin. Die Falten der schönen, femininen Vorhänge an den Fenstern. Das kühn geschwungene Muster der Akzenttapete an einer Wand im Bad auf der falschen Seite und die hübschen Bodenfliesen, die wohlige kleine Wärmestrahlen in meine verschreckten Zehen senden.

»Es tut mir leid«, sage ich, »ich weiß nicht, was mit mir los ist. Ich habe keine Ahnung, was ich hier tue.« Ich torkele aus dem Badezimmer und versuche in der Senkrechten zu bleiben, während ich Hugh-in-nichts-als-seinem-Bademantel ausweiche, bereit, um mein Leben zu rennen.

Er fasst mich an den Schultern – den Bademantel immer noch weit geöffnet, die ganze nackte Pracht perfekt in Szene gesetzt – und sagt: »Du brauchst dich nicht zu entschuldigen. Wenn du so verkatert bist, solltest du im Bett bleiben und nicht durch die Gegend rennen und dich aufregen. Leg dich wieder hin, nimm dir einen kühlen Lappen für die Stirn, und ich kümmere mich um alles. Ach, Schatz. Es tut mir leid, dass wir gestern Abend gestritten haben. Mir war gar nicht klar, dass du so viel intus hattest. Wie viel von dem Zeug hast du getrunken?«

Ich habe keine Ahnung, was dieser Mann sich denkt, aber ich werde mich in einem fremden Haus sicherlich nicht mit dem Ehemann einer anderen wieder ins Bett legen, egal wie verkatert ich sein mag. Ich dränge mich an ihm vorbei und schaue in dem offenen Schrank die Klamotten durch, auf der Suche nach etwas, worin ich mich draußen sehen lassen kann.

Dann fällt mein gestochen scharfer Blick auf mein Spiegelbild im großen Wandspiegel auf der anderen Seite des Zimmers.

Und die Hängebrüste, die anscheinend an meinem Oberkörper befestigt sind.

Hängebrüste, die zugleich hart und schlaff wirken.

Ich erstarre, lege den Kopf schief und sehe, wie es der Kopf im Spiegel ebenfalls tut. Mein Mund öffnet sich langsam, ebenso wie der meines Ebenbilds. Ich sehe lockiges, schulterlanges Haar, hebe die Hand und berühre lockiges, schulterlanges Haar. Ich sehe den herausgewachsenen Ansatz und die grauen Strähnen, die die ersten zwei, drei Zentimeter des Scheitels dominieren. Eine kleine Stupsnase, schöne weiße Zähne, große, klare schwarze Augen. Ich richte den Kopf wieder auf. Das Gesicht im Spiegel tut es mir nach. Mein Hirn setzt aus.

Es hat ganz den Anschein, als sähe ich Celeste im Spiegel. Ist der Spiegel irgendeine Art Halluzination, oder arbeitet er mit einem Trick, oder ist er vielleicht ein seltsames Fitnessgerät? Aber das ergibt nicht wirklich Sinn. Panik steigt in mir auf, und ich fürchte, mir wird schon wieder schlecht.

»Schatz, was machst du denn?«, fragt Hugh. »Alles in Ordnung bei dir?«

Mir gehen alle möglichen Dinge durch den Kopf, die ich jetzt zu ihm sagen könnte. Zum Beispiel: Ich bin nicht deine

Frau. Ich bin nicht dein Schatz. Ich bin deine Nachbarin. Und auch wenn ich mir noch nicht mal ansatzweise erklären kann, wie das möglich sein sollte, aber es sieht so aus, als wäre ich im Körper deiner Frau gefangen. Oder auch: Entschuldigen Sie, guter Mann, aber würden Sie sich etwas anziehen und einen Kaffee machen? Ich muss dringend nüchtern werden und dann zur Notaufnahme fahren, ich habe nämlich meinen Verstand verloren.

Ich könnte fragen: Habe ich gestern einen Schlag auf den Kopf bekommen, und niemand hat mir davon erzählt?

Aber nichts davon ergibt Sinn, oder doch? Nein. Ich bin Wendy Charles. Ich bin nicht Celeste Mason. Ich sehe nicht so aus wie sie. Ich habe nicht ihre üppigen Brüste, ihren runden Hintern und das ungestylte Haar. Ich habe nicht ihren Mann mit dem behaarten Rücken. Ich bin in diesem Haus nie zu Bett gegangen. All dies hier sind nicht meine schönen Sachen.

Ich renne ins Bad und schaue dort in den Spiegel. Auch dort blickt mir Celeste Mason entgegen. Sie ist ich. Ich bin sie. Mein Verstand ist nach wie vor meiner, aber er steckt im Körper von jemand anderem. Also … dann … bin ich wohl übergeschnappt.

Super.

Ich wende mich von dem zweiten Spiegel ab, nehme Hughs Hand und sehe ihm direkt in die Augen, damit er versteht, wie ernst die Lage ist, und sage: »Hugh. Ich weiß nicht, was du gerade siehst, aber hier spricht Wendy. Kannst du bitte einen Krankenwagen rufen? Ich glaube, ich hatte einen sehr schweren Schlaganfall.«

5

Wendy

Hugh kann nicht aufhören, zu lachen. Er hört wirklich einfach nicht auf. Ich kann an der Situation rein gar nichts Witziges finden, und er kriegt sich nicht mehr ein.

»Okay, okay. Schon verstanden: Wendy hat einen Stock im Hintern, klar. Aber, Schatz, das könnten manche Leute hin und wieder auch von dir behaupten. Du hast mir doch gesagt: Was man bei Männern als stark ansieht, wirkt bei einer Frau auf den ersten Blick manchmal streng. Der Trick ist, genauer hinzuschauen. Und damit fahre ich seit Jahren recht gut.«

Ich starre ihn verblüfft an.

»Willst du wissen, was ich denke?«, fragt er mich mit seinem Nachrichtensprecher-Akzent. »Du erzählst mir jetzt seit Monaten, dass du eine Pause gut gebrauchen könntest. Und nicht ohne Grund, wie ich jetzt sehe. Warum kuschelst du dich nicht ins Bett und machst den Tag frei? Mal sehen, ob es dir dann nicht direkt etwas besser geht.«

Ich sehe zu dem herrlichen Bett hinüber. Es wirkt um einiges verlockender als der Nervenzusammenbruch, den ich gerade durchlebe. Ich versuche, mich selbst dazu zu motivieren, jetzt das Richtige zu tun. »Ich muss aufstehen. Die Kinder …«

»Du musst dich ausruhen, Celeste. Die Leute tun so, als wäre dein Leben hier das reinste Zuckerschlecken, aber sie sehen nicht, was ich sehe. Lass mich die Kinder übernehmen.«

Einen Moment lang denke ich, er redet nicht nur von seinen, sondern auch von meinen Kindern. Von Bridget und Linus.

»Alle Kinder?«

Er lacht noch einmal, ein warmes, vertrauenerweckendes Lachen. »Leg dich hin, und wenn du so weit bist und dir danach ist, schicke ich die kleinen Monster für eine Runde Kuscheln und einen Film zu dir rein.«

Der Gedanke an das Kuscheln versetzt mich augenblicklich zurück ins Hier und Jetzt. Meine beiden Kinder sind bei mir zu Hause, allein mit meinem Ehemann, der höchstwahrscheinlich seinen eigenen Kater auszukurieren hat. Sollte ich nicht schleunigst rübergehen und mich um alles kümmern? Und wo zum Teufel ist Celeste?

»Wo zum Teufel ist Celeste?«, frage ich laut.

Hugh sieht mich etwas seltsam an. »Reden wir jetzt von diesem Buch über Identitätskrisen, das ich lesen sollte?«

Ich mustere ihn, sein breites Lächeln und die Fältchen um seine Augen. Alles wirkt so herzlich und einladend. Ich möchte mich einfach nur in dieses schöne, große Bett legen und weiterschlafen. Was stimmt mit mir nicht, dass ich das ernsthaft in Betracht ziehe? Die Bettwäsche sieht so sauber aus. »Welches Buch?«, frage ich schläfrig.

»Das mit Bernadette.«

»*Wo steckst du, Bernadette?*«, frage ich. Ich habe es vor einem Jahr im Buchclub gelesen.

»Ja, genau das. Ich weiß, du wolltest, dass wir es gemeinsam lesen. Es tut mir leid. Ich … es fällt mir nur gerade so schwer, mich für Romane zu begeistern.« Er klatscht in die Hände. »Ich besorg mir gleich das Hörbuch und höre es auf dem Weg zur Arbeit. Okay?«

Ich nicke verwirrt.

»Hast du einen Wo-steckst-du-Moment, Celeste? Bitte denke nicht einmal daran, deine Sachen zu packen und uns zu verlassen. Ich weiß, in Sachen Romantik war in letzter Zeit ziemlich Luft nach oben, aber du bist das, wofür ich lebe, das weißt du, oder?« Er umschließt mein Gesicht mit seinen Händen. »Dann hast du dich eben mal auf einer Party betrunken. Und riechst wie … ich sage jetzt lieber nicht wie. Nicht so gut. Aber dein Leben entgleitet dir nicht sehenden Auges. Du wirst nicht in der Enge einer schönen Nachbarschaft mit guten Schulen ersticken und verkümmern. Du musst einfach nur deine Leute finden.«

»Meine Leute?«, frage ich und fühle mich zurückversetzt in meine Unterhaltung mit Seth. Meine Leute, Linus' Leute, Celestes Leute. So viele Leute.

Hugh gibt mir einen Klaps. »Geh dir die Zähne putzen, nimm ein langes, heißes Bad, und dann kuschelst du dich ins Bett und nimmst dir den Tag frei. Wenn du wieder aufwachst, wirst du dich tausendmal besser fühlen, die Küche wird sauber sein, und die Kinder werden sauber, satt und an der frischen Luft gewesen sein.«

»Meine Kinder?«, frage ich, schon auf dem Weg zum Waschbecken im Badezimmer, um mir die Zähne zu putzen, während mir klar wird, dass es ein weiteres widerliches Sahnehäubchen auf dieser Torte aus Irrsinn ist, Celestes Zahnbürste benutzen zu müssen.

Hugh gluckst schon wieder vor sich hin. »Welche denn sonst?«, fragt er. »Samuel bekommt den Swiffer von mir und darf sich damit richtig austoben.«

»Nun ja …« Es ist nur ein kurzes Bad. Und es klingt so vernünftig, was Hugh sagt. Vielleicht gibt es für all das doch eine Erklärung. Vielleicht ist Celeste bei mir zu Hause und tischt den Kindern fröhlich selbst gemachtes Leinsamen-Müsli auf, während sie darauf wartet, dass ich rüberkomme und den Körper wieder mit ihr tausche. Vielleicht passiert ihr so was ja die ganze Zeit. Vielleicht kann sie zaubern, und deshalb tragen ihre Kinder immer saubere Klamotten, egal zu welcher Tageszeit.

Ich betrachte Celestes Gesicht im Spiegel. Ich habe den

Verstand verloren. Oder … sie ist durchgedreht und denkt, sie wäre ich? Was bedeuten würde, dass mein wahres Ich in meinem Haus neben meinem schnarchenden Ehemann liegt und keinen blassen Schimmer hat, dass etwas nicht stimmt. Oder ich bin vielleicht noch viel betrunkener, als ich dachte, und dies hier ist einfach nur ein schräger Traum, den mir der Alkohol vorgaukelt? In diesem Fall kann ich mich genauso gut einfach wieder hinlegen und abwarten, bis er vorbei ist, oder? Und nicht nur schlafen, sondern … Ich lasse meinen Blick im Spiegel auf die große Wanne mit den Düsen wandern. Wann habe ich das letzte Mal gebadet?

Ich habe Lust auf ein Bad.

Ich werde mich von den Massagedüsen in der Wanne verwöhnen lassen und mich entspannen, bis ich entweder aus diesem Traum aufwache und wieder ich selbst bin oder ich mich vor Krämpfen schüttele und Hugh mich ins Krankenhaus fährt. Ich drehe das Wasser auf, stelle es auf heiß, so heiß, dass ich es gerade noch ertragen kann. Ich ziehe Celestes Top – Ist das etwa ein altes Still-Oberteil, frage ich mich, da es vorne auseinanderzuwickeln ist – und ihre übertrieben weichen Pyjamahosen aus. Mein Blick gleitet über ihren weichen, runden, ebenmäßigen Bauch und die kräftigen Rundungen ihrer Schenkel. Dann sehe ich mir in die Augen. Ihre Augen. Ich schaue so tief hinein, wie ich kann, bis ich meine eigenen Augen in ihren Augenhöhlen zu entdecken glaube. Ich schwöre, ich kann ein wenig meines eigenen Haselnussbrauns in ihren schwarzbraunen Augen erkennen. Irgendwo da drin muss ich sein, oder?

Es fröstelt mich, also lasse ich mich in die Badewanne gleiten. Sie kommt mir vor wie der gemütlichste Ort, an dem ich jemals war, seit, nun, seit meinen Flitterwochen, als ich in einer ganz ähnlichen Badewanne saß – meinen Rücken in entspannter Wonne an Seth geschmiegt, nachdem er jede Menge Sand davon abgewaschen hatte, der sich bei Dingen, die man auf Hochzeitsreisen eben so macht, ansammelt. Wir waren so verliebt damals, und jetzt ist da diese Riesendistanz zwischen uns, dass ich im Badezimmer meiner Nachbarn einen Nervenzusammenbruch erleide. Ich halte mich für jemand anderen und nehme ein Bad in der Badewanne eben jener Person.

Und gerade als die Dinge nicht mehr verrückter werden können, kommt mein eigener Körper in einer fiesen alten Fleecejacke und Stretchhose, von der ich gar nicht wusste, dass ich sie überhaupt besitze, ins Bad und ruft in meinem schönsten Südstaaten-Singsang: »Wie um Himmels willen kommst du darauf, jetzt ein Bad zu nehmen?«

Celeste

Jetzt mal ehrlich.

Kann mir bitte jemand erklären, was für ein Mensch nach einer Körpertausch-Erfahrung erst einmal ein Schaumbad nimmt?

Ein verrückter Mensch, ganz richtig.

Das Problem ist: Wenn sie verrückt ist, bin ich es auch. Weil ich sie hier sehe, und sie ist ich. Sie hat mein Gesicht, meinen Körper, meine Stimme. Und sie ist nackt – ich bin mir also hunderttausendprozentig sicher, wen ich da vor mir habe. Ich sehe sie in meinem zu weichen Körper mit den zu dicken Knien und spüre – neben Angst und Verwirrung –, dass die Scham heiß in mir emporsteigt, wie immer, wenn ich dazu gezwungen bin, meinen Körper einer fremden Person zu enthüllen.

»Celeste?«, fragt Wendy, und das Wasser schwappt hin und her, als sie sich aufsetzt. »Bist du … da drin?«

Ich nicke traurig.

»Wie ist das nur möglich? Wie kann ich du sein und du bist ich?«

»Wir haben den Körper getauscht«, erkläre ich überflüssigerweise.

»Wie in *Freaky Friday*?«

»Ich schätze schon. Also, als ich ins Bett gegangen bin, war ich ich. Als ich aufgewacht bin, war ich du.«

»Nein. Das kann nicht sein. *Freaky Friday* ist doch keine Dokumentation«, belehrt sie mich, »es ist ein Disney-Film wie *Die Eiskönigin* oder *Oben*! Man kann keine Häuser fliegen lassen, indem man sie an Ballons hängt, und man kann nicht den Körper mit jemand anderem tauschen, indem man Sangria trinkt! Das kann doch nicht wahr sein.«

»Sieht aber ganz danach aus.«

Sie starrt mich an und sieht dabei so entgeistert aus, wie ich mich fühle. Für einen langen Moment blicken wir uns einfach nur mit offenem Mund an. Meine Erzfeindin und ich, gefangen im Körper der jeweils anderen, und das ohne ersichtlichen Grund.

»Dürfte ich mich erkundigen, warum du in meiner Wanne ein Bad nimmst?«, frage ich schließlich.

»Ach, gibt es einen Körpertausch-Knigge, der vorgibt, wie man sich in solchen Fällen korrekt verhält?«, fragt sie scharf. Sie sagt diese Worte mit meinem Yankee-Akzent, doch aus ihnen spricht durch und durch Wendy. Nur bin ich gerade zu aufgewühlt, um die Ach-so-nette-Celeste zu spielen. Jetzt wird Wendy mich richtig kennenlernen.

»Entschuldige vielmals, dass ich dafür nicht erst ein Google-Doc anlege«, schnauze ich zurück, »aber mich komplett auszuziehen und einen Wellness-Tag einzulegen, erscheint mir nicht gerade der naheliegendste Schritt, nachdem ich gerade jemandem den Körper geklaut habe.« Zum ersten Mal fällt mir auf, dass ich wie jemand aus dem Süden klinge. Dass ich wie Wendy klinge. Ich versuche es zu unterdrücken. »Würdest du bitte einfach aus der Wanne kommen?«

Sie legt einen Arm auf den Wannenrand. »Verzeihen Sie, Madam, habe ich etwa Ihre Privatsphäre verletzt?«, fragt sie. »Das tut mir leid. Das nächste Mal, wenn mir mein Körper abhandenkommt, werde ich sichergehen, dass ich mich bedecke. Allerdings solltest du deinem Mann diesbezüglich auch mal den Kopf waschen.«

Ich ringe nach Luft. Ein furchtbarer Gedanke schießt mir durch den Kopf. »Du hast doch nicht … Hugh hat nicht …« Es kommt oft vor, dass Hugh morgens aufwacht und, nun ja, vielleicht nicht direkt in Stimmung ist, aber auch nicht sehr weit davon entfernt. Wenn diese Frau Sex mit meinem Ehemann hatte … Ich überlege, wie ich diese heikle Frage stellen soll, wohl wissend, dass die Antwort leichte Mordgelüste in mir auslösen könnte. »Du hattest was an im Bett, oder?«, frage ich. »Ich hab meinen Pyjama getragen, als ich schlafen gegangen bin. Da bin ich sicher.«

»Oh, um Gottes willen, bitte – ich weiß schon, was du wissen willst, und nein. Nein, nein, nein. Dir ist doch klar, dass er Haare auf dem Rücken hat, oder etwa nicht?«

Mit meinem Akzent und meiner Stimme klingt Wendys Südstaatendialekt einfach nur affektiert. Als hätte sie einen Schluckauf im genau falschen Moment. Höre ich mich etwa so an, wenn ich versuche, mich hier anzupassen? Ich schwöre an Ort und Stelle, dass ich nie wieder ein *y'all* in den Mund nehmen werde, solange ich in den Südstaaten lebe. Aber Moment mal, was hat sie da gerade über meinen Mann gesagt?

»Er hat keine Haare auf dem Rücken!«, entgegne ich, eine Spur zu spät. Auch wenn das vielleicht sogar stimmt. Ich hab es nie sonderlich beachtet. Nach fünfzehn größtenteils wunderbaren Jahren ist er einfach nur mein Hugh, ob mit oder ohne Haare auf dem Rücken.

Wendy zuckt die Schultern. An meinem Körper sieht die Geste kindlich aus. Wann habe ich eigentlich das letzte Mal meine Frisur verändert?, frage ich mich. Etwa im College? Kann das sein?

»Hör mal«, fange ich an, »es ist ziemlich seltsam, meinen eigenen nackten Körper anzustarren, während ich versuche, ein normales Gespräch mit dir zu führen. Kannst du aus der Wanne kommen und dir einen Bademantel oder so was überziehen?«

Wendy wirkt verärgert. »Du hast keine Ahnung, wie gut dieses Bad tut. Ich habe gerade einen Nervenzusammenbruch, und das ist buchstäblich das Einzige an der ganzen Situation, was irgendwie Sinn ergibt. Nur noch fünf Minuten«, sagt sie. »Wenn du willst, kannst du danach ein Bad nehmen. Diese Wanne ist einfach fantastisch.«

»Ich bin mir über die Vorzüge der Badewanne absolut im Klaren, es ist ja schließlich meine, wie du dich vielleicht erinnerst.«

Sie ignoriert mich. »Weißt du was? Ich glaube, wir haben eine simultane Halluzination. Ich musste in einem Grundkurs an der Uni mal etwas darüber lesen, aber ich habe mir nichts gemerkt, und ich habe keine Ahnung, was wir deswegen tun könnten.«

»Ins Krankenhaus fahren?«, schlage ich vor. »Oder in die Psychiatrie?«

Das Wasser schwappt hin und her, als Wendy ihr Gewicht in der Wanne verlagert. »Okay, stell dir mal vor, wir fahren in die Notaufnahme und sagen denen, dass wir die Körper getauscht haben. Wir sind Mütter in einer hektischen Welt, stehen beide unter ziemlich großem Druck. Sie werden bei uns einen simultanen Nervenzusammenbruch diagnostizieren und uns unter Beruhigungsmittel setzen. Ehrlich gesagt, klingt das gar nicht so verkehrt. Ich glaube, bei mir bahnt sich genau das schon seit ungefähr vier Jahren an.«

»Ich habe keinen Nervenzusammenbruch!«, beharre ich. »Und ich stehe nicht unter großem Druck!«

Wendy legt den Kopf zurück. »Na ja, das stimmt wohl, wenn

man den ganzen Tag nichts zu tun hat. Aber ich schon. Ich habe eine Firma, drei Angestellte, eine riesige Hypothek, einen gequälten Künstlergatten und zwei sehr unterschiedliche Kinder. Eine Nacht schlecht zu schlafen reicht mir schon, und ich bin kurz vorm Durchdrehen. Und das ist vermutlich genau das, was gerade passiert.«

Am liebsten würde ich sie anschreien. »Ich verstehe nicht, wie du so gleichgültig sein kannst! Du kapierst nicht, was hier gerade passiert, oder? Du bist ich. Ich bin du. Das ist keine erstrebenswerte Situation.«

»Hör mal«, wirft Wendy ein, »was machen die in *Freaky Friday*? Sie versuchen, so lange ineinander zu rennen, bis sie beinahe eine Gehirnerschütterung haben. Sie schreien, streiten und heulen. Aber schließlich, nach einigem Hin und Her, ziehen sie sich einfach die Klamotten der anderen an und versuchen, ihr Leben ganz normal weiterzuleben, bis der Körpertausch rückgängig gemacht wird. Sollten wir nicht einfach zu diesem Teil übergehen?«

Ich blinzele sie völlig schockiert an. Es sieht ganz danach aus, als käme noch einiges an Schreierei, Streiterei und Heulerei auf mich zu. »Ach, ist es das, was hier gerade abläuft? Sieht es so aus, wenn du versuchst, ganz normal weiterzumachen? Nimmst du sonntagmorgens sonst auch immer ein Bad?«

»Machst du Witze? Das mache ich nie. Du hast mein Haus ja gesehen. Die Wanne in unserem Badezimmer wurde in eine Skulptur umgemodelt, und die im Bad der Kinder ist undicht, sodass das Wasser in den Boden leckt. Oh – wo wir gerade davon sprechen: Was auch immer du machst, nimm auf keinen Fall ein Bad, solange du ich bist.«

Ich runzele die Stirn. In Wendys Haus liegt einiges im Argen. »Was denkst du, wie lange das genau dauern wird?«

Sie schüttelt den Kopf. »Einen Tag?«, antwortet sie, aber wir wissen beide, dass das reine Mutmaßung ist.

Ich seufze und lasse mich auf den geschlossenen Toilettendeckel sinken. »Was ist eigentlich mit der Wand in deinem Schlafzimmer passiert?«

»Was meinst du?«

»Das Loch in der Wand, neben dem Fernseher? Das wird dir doch sicher aufgefallen sein.«

»Ach das, ja. Ich habe nur gar nicht mehr daran gedacht. Es ist schon seit Jahren dort. Da hing mal eine Bronze von Seth, aber als er während der Triennale eine schlechte Kritik bekam, hat er sich so darüber geärgert, dass er sie heruntergerissen hat. Ist keine große Sache.«

Das Gegenteil scheint der Fall zu sein. »Ist er ein jähzorniger Typ? Er schlägt dich doch nicht, oder?«

Wendy lacht. »Oh, Himmel, nein. Keine Sorge, du bist sicher. Die Kinder andererseits …«

»Er schlägt die Kinder?«, frage ich.

»Nein! Also wirklich, was denkst du denn von uns?«, fragt sie. »Nein, er hat noch nie die Hand gegen uns erhoben, auch nicht, wenn er wütend war. Ich meinte nur, dass die Kinder allein mit ihm zu Hause sind und er am Wochenende auf einem großen Junggesellenabschied war, der zwei Tage am Stück ging. Savion Glover gibt in seinem Schädel vermutlich gerade eine Live-Performance, während die Kids Amok laufen. Du solltest wieder rübergehen, oder ich tue es.« Sie hält inne und überlegt. »Was wäre denn sinnvoller? Könntest du es machen? Ich finde Hughs Idee, mir – oder vielmehr dir – den Tag freizugeben, ganz großartig. Und wenn die Nachbarin zur Tür reinkommt, um sich um sie zu kümmern, würde das Bridget und Linus nur verwirren.«

Ich schüttele den Kopf. »Deinen Kindern geht's gut. Ich würde Kinder nie allein und ohne Aufsicht im Haus lassen. Ich habe Seth aus den Federn geschmissen, so getan, als wäre alles wie immer, und ihn nach unten geschickt, um den Kindern Frühstück zu machen.«

Wendy setzt sich in der Badewanne auf und verrenkt sich halb den Hals, um mich anzusehen. Sie wirkt regelrecht erstaunt. »Und, hat er es getan?«

Ich runzele die Stirn. »Nein. Also, er ist runtergegangen, kam dann aber wieder und sagte, er könne den Toast nicht finden, und wollte wieder ins Bett kriechen.«

Wendy lacht nur traurig. »Klingt nach ihm. Die Kinder mögen seinen Toast sowieso nicht. Sie sagen, er toastet das Brot zu knusprig.«

Darüber muss auch ich lachen. »Was soll das überhaupt heißen? Wie kommen sie nur auf so etwas?«

»Na ja, auf jeden Fall vielen Dank, dass du meinen Kindern was zu essen gegeben hast«, sagt Wendy.

»Oh, hab ich gar nicht«, erkläre ich. »Ich hab Seth ein kaltes, nasses Handtuch aufs Gesicht gelegt und ihm gesagt, dass ich keine Ahnung habe, wo das Brot sei, und er doch mal die Kinder um Hilfe bitten könnte, weil ich nämlich rüber zu dir wolle, um eine Tasse Kaffee mit dir zu trinken.«

Wendys Augen werden groß. »Hat ihn wenigstens das überrascht?«

»Er meinte, er habe gar nicht mitbekommen, dass jemand in dieses Haus eingezogen ist.«

Wendy seufzt. »Oh mein Gott, Celeste. Ich habe soeben meinen Verstand verloren, meine Nachbarin hat mir den Körper geklaut, meine Kinder können sich nicht mal ohne fremde Hilfe ein Brot schmieren, und mein Mann bekommt Nullkommanix davon mit, was um ihn herum passiert.«

»Da muss ich dir recht geben. Wir wohnen seit zehn Monaten hier. Und wie kann es sein, dass er nicht weiß, wo ihr das Brot aufbewahrt?«

»Es läuft nicht besonders. Aber wenigstens hat er keine Haare auf dem Rücken«, erwidert sie.

»Hugh hat keine Haare auf dem Rücken!«, rufe ich.

»Wann hast du ihn denn das letzte Mal ohne Hemd gesehen?«, fragt sie.

Ich verschränke die Arme. »Vor zwei Nächten, nicht dass dich das etwas anginge.«

»Okay, wann hast du ihn das letzte Mal ohne Hemd von hinten gesehen?«

Erwischt. Ich schüttele den Kopf.

»Langweiliges Sexleben, hm?«, fragt sie, während sie aus der Wanne steigt und sich mein Badetuch aus ägyptischer Baumwolle um meinen Körper wickelt.

»Tu jetzt nicht so, als ob dieser ...«, ich wedele mit meinen Händen zwischen uns hin und her, »dieser psychologische Aussetzer, oder was auch immer das gerade ist, mich dazu bemüßigen müsste, mit dir über persönliche Dinge zu sprechen. Ganz und gar nicht. Wir sind keine –« Ich halte inne, ehe das Wort »Freundinnen« aus meinem Mund kommt. Auch wenn ihr klar sein dürfte, dass wir das nicht sind, es wäre doch irgendwie gemein, es so direkt auszusprechen. Sangria-Konkurrenzgehabe und Fahrgemeinschaftsquerelen sind nicht unbedingt der Stoff, aus dem eine Seelenverwandtschaft entsteht. »... so engen Vertrauten«, füge ich hinzu, während ich wieder etwas an Sicherheit gewinne. »Außerdem fällt mir keine erotische Situation ein, in der ich den Rücken meines Mannes vor der Nase hätte.«

»Natürlich nicht«, antwortet sie, »du weißt ja, was man Yankees im Bett nachsagt.«

Ich schnaube. »Dir ist doch klar, dass du jetzt der Yankee bist, oder? Na, wie fühlt sich das an?«

Sie stapft mit nackten nassen Füßen auf mich zu. »Ich fühle mich selbstgefällig und überlegen, um ehrlich zu sein.« Sie setzt einen übertriebenen Akzent auf, wie in *Forrest Gump*. »Wisst ihr waas? Ich komme mir so riichtig schla-au vor!« Dann spricht sie wieder normal weiter. »Morgen auf der Arbeit werde ich direkt beim Boston College anrufen und mal sehen, ob ich dort nicht

Interesse an unserer neuen Produktivitätsstudie wecken kann. Vielleicht sagen die mir ja direkt zu, wenn sie diese Stimme hören.«

»Du wirst doch wohl nicht zur Arbeit gehen, oder? Nicht, wenn es nicht besser wird.«

»Was meinst du?«, fragt sie. Ich sehe sie nur an, bis sie sagt: »Oh. Stimmt. Mist! Du kannst schlecht für mich ins Büro fahren!«

Ich atme aus. Langsam wird mir der Ernst der Lage bewusst. »Wir könnten einfach mit unseren Familien reden. Versuchen, das Ganze zu erklären. Eine Weile unser Leben tauschen, bis diese« – ich schaue himmelwärts – »simultane Halluzination vorbei ist.«

Sie sieht mich lange an und schüttelt dann nur den Kopf.

»Die würden uns in die Klapse stecken«, stimme ich ihr zu. »Ich bin kurz davor, mich selbst einzuweisen.«

Wendy holt tief Luft. »Geben wir uns einen Tag. Einen Tag, und dann können wir immer noch zum Arzt gehen.«

»Wendy, sei ehrlich: Sagst du das jetzt nur, weil du mal einen ganzen Tag Ruhe vor deinem Mann und deinen Kindern haben willst?«

»Natürlich nicht!«, ruft sie. »Ganz und gar nicht. Ich liebe meine Familie. Nun ja, es mag wohl sein, dass mir noch nie jemand an einem Sonntagmorgen gesagt hat, ich solle im Bett bleiben. Nicht gerade das Schlimmste, was mir je passiert ist.«

Ich stütze den Kopf in meine Hände. Dies hier *ist* das Schlimmste, was mir jemals passiert ist. Ich möchte nicht Wendy Charles sein. Ich möchte nicht wie von der Tarantel gestochen durch die Gegend rennen, als wäre ich die Geschäftigkeit in Person und alle müssten mir dankbar sein, für was immer es auch ist, das ich tue. Und ich möchte wirklich nicht neben ihrem Mann im Bett schlafen!

Da fällt ein weiterer Groschen. Ich möchte auf keinen, wirklich gar keinen Fall, dass die schlanke, gelenkige, Sexstellungsexpertin Wendy Charles im selben Bett schläft wie mein Mann.

Allerdings …

Im Moment bin ich die schlanke, gelenkige, Sexstellungsexpertin Wendy Charles. Ich werfe einen kurzen Blick auf den Körper, in dem ich gerade stecke. Ich sehe unverschämt gut aus. Ich besitze Bauchmuskeln. Meine kleinen Brüste recken sich aufwärts, und ich habe noch nicht mal einen BH an. Also, ich liebe Hugh, und das werde ich auch nicht vergessen, aber im Moment sehe ich verdammt gut aus, und mein Rücken tut mir nicht mehr weh. Morgen, wenn das Ganze bis dahin anhält, werde ich mir ein hübsches Business-Outfit anziehen, in die Stadt fahren und den ganzen Tag nur mit Erwachsenen reden. Zum Mittag werde ich mir auf dem Markt einen schönen, frischen Salat mit einem Stück gegrillten Lachs besorgen und alles ganz in Ruhe essen. Und Wendys Kinder – sie hat zum Glück nur zwei – sind aus dem Alter raus, in dem sie ständig hochgenommen werden wollen, sie sind selbstständig und verbringen den ganzen Tag in der Obhut von anderen. Nur dieses eine Mal könnte ich mir ansehen, wie die andere Hälfte – okay, die anderen fünfundsiebzig Prozent – der Gesellschaft lebt.

»Okay«, sage ich. »Du hast recht. Kein Grund zur Panik. Geben wir uns ein paar Tage.«

Wendy zieht eine Augenbraue hoch. »Ein Tag reicht.«

»Dann einen Tag«, antworte ich und denke im Stillen, dass ich bei diesem Deal um einiges besser wegkomme. Ich frage mich, was Wendy davon halten wird, wenn Joy heute Mittag hungrig bei ihr auftaucht oder nachts um zwei Uhr zu ihr ins Bett krabbelt und sich auf der Matratze unmöglich breitmacht. Was ist, wenn Zoey fragt, ob sie alle Termine der Woche für sie im Blick hat? Oder Samuel auf dem Boden in seinem Zimmer einschläft und sie, erschöpft und übermüdet, irgendwie seinen über dreißig Kilo schweren Körper ins Bett bugsieren muss?

Oder Hugh sie beinahe unter sich begräbt und erstickt, wenn er sich nach sechzehn Sekunden gemütlichen Löffelns umdreht und auf ihr einschläft?

»Ein oder zwei Tage«, versuche ich es noch einmal. »Und damit das klar ist: Finger weg von den Ehemännern.« Seth mag ein gut aussehender Künstler sein, aber auf gar keinen Fall möchte ich, dass Wendy meinen süßen, ahnungslosen Hugh anfasst.

Wendy schaut mich an, als ob ich den Verstand verloren hätte. »Oh, damit werde ich keine Probleme haben. Du bist diejenige, die ihr – na ja, also wohl eher mein – Höschen anbehalten muss. Ich meine, nimm es mir nicht übel, aber schau dir Hugh an. Und dann sieh dir Seth an.«

Ich verziehe das Gesicht. Wie um Himmels willen könnte man diese Bemerkung nicht übel nehmen? Ich entscheide mich jedoch dazu, sie bewusst misszuverstehen. »Absolut. Dein Mann hat nichts zu befürchten, das verspreche ich dir.«

»Und die Kinder?«

»Was glaubst du denn, was ich mit ihnen anstelle?«, frage ich. Jetzt bin ich sogar noch beleidigter als eben schon.

Sie verdreht die Augen. »Erzähle ihnen irgendwas, nur nicht, was wirklich vor sich geht. Sie brauchen nicht zu wissen, was los ist.«

»Oh«, erwidere ich peinlich berührt. »Okay, geht klar. Kein Wort zu den Kindern.«

»Und wenn du an meiner Stelle zur Arbeit gehst, musst du cool rüberkommen. Du kannst nicht so sein wie …« Sie fuchtelt mit den Händen in der Luft herum, anstatt den Satz zu beenden. »Versuch einfach, dich so zu verhalten, wie ich es tun würde.«

»Überspannt und unverschämt?«, frage ich.

»Wie eine erwachsene, berufstätige Frau. Schlepp keine gesunden Snacks für alle oder Bastelprojekte im Büro an, okay?«

»So siehst du mich also?«

Sie zeigt auf die Reihe selbst gebastelter Rahmen an der

Ostwand unseres Schlafzimmers, die alle mit unterschiedlichen Muscheln von Stränden, die wir als Familie gemeinsam besucht haben, gestaltet sind.

»Gut«, stimme ich zu, »keine Bastelsachen auf der Arbeit. Ich werde versuchen, mich genauso zu verhalten wie du. Und du kannst dich mal darin ausprobieren, dich so zu verhalten wie ich. Das wird dir guttun.«

»Ja, das wird erholsam.«

Ich brumme nur verstimmt.

»Sollen wir uns die Hand darauf geben?«, fragt sie.

Natürlich schüttele ich ihre Hand. »Schreib mir nachher eine Nachricht mit deinem Tagesablauf für morgen, damit ich weiß, wann ich wo zu sein habe, okay? Falls wir nicht … ich meine … falls wir dann immer noch halluzinieren.«

»Ist gut«, erwidert sie. »Werden wir nicht, aber gut. Viel Glück heute mit allem.« Sogar in meinem Körper hat sie etwas Wahnsinniges an sich. »Wenn du mich brauchst, ich werde mit einem Glas Rotwein in der Hand im Vorgarten sitzen.«

»Das ist sehr aufmerksam von dir«, gebe ich zurück und betone ihren Südstaaten-Singsang besonders übertrieben. »Aber ich bin sicher, dass ich mit deinem Leben prima klarkommen werde.«

6

Wendy

Als Celeste ihr Badezimmer verlässt, sacke ich in mich zusammen. Der Alkoholrausch ist zwar verflogen, aber nicht der Schrecken. Ich bin hundemüde, und mir tut der ganze Körper weh, dabei ist es noch nicht einmal mein Körper. Mir ist klar, dass ich mir in letzter Zeit zu viel zugemutet habe. Alle haben mir das gesagt, meine Schwester, meine Kollegen, sogar meine für gewöhnlich ziemlich garstige Schwiegermutter, die denkt, meine Zeit sei besser darin investiert, sie bei sich zu Hause zu besuchen, dort kann sie nämlich besser an mir herumnörgeln. Tatsächlich sind im Grunde alle der Meinung, dass ich zu viel mache, außer die Menschen, für die ich zu viel mache – meine bedürftigen Kunden, mein zerstreuter Ehemann, meine anspruchsvollen Kinder. Sie denken vielmehr, dass ich nicht genug tue. Und anstatt mich jetzt wie eine erwachsene Frau zu benehmen und meine gesamte Produktivitätsexpertise in die Tat umzusetzen, verliere ich mal eben den Verstand. Ich glaube, jemand zu sein, der ich nicht bin, und eine andere glaubt wiederum, sie sei ich – ich komme mir vor wie in einem Kinderbuch aus den Siebzigerjahren, das Disney mindestens schon siebenundvierzigmal neu verfilmt hat.

Aber das Schlimmste ist: Noch nicht einmal das bekomme ich richtig hin. Beinahe täglich halte ich einem meiner Klienten einen Vortrag darüber, wie sinnlos Multitasking sei. Nichtsdestotrotz bin ich eine unverbesserliche Multitaskerin – auch Ärzte schlucken ja bekanntlich nie ihre eigene bittere Medizin. Sogar in dieser Situation, mitten in einem Nervenzusammenbruch, schießt mir durch den Kopf: Na ja, dann hol am besten so viel wie möglich dabei raus! Ich kann die Zeit nutzen, um liegen gebliebenen Orgakram zu erledigen, an meiner Rede für nächsten Samstag zu feilen und, wenn ich schon mal dabei bin, Celestes Haarproblem anzugehen.

Noch im selben Moment greife ich nach meinem Handy, um meinen Friseur anzurufen und gleichzeitig meine E-Mails durchzusehen. Während es am anderen Ende der Leitung klingelt, scrolle ich durch die Mails und wundere mich schon, was zur Hölle mit meinem Posteingang passiert ist. Dann fällt es mir wie Schuppen von den Augen. Das ist nicht mein Handy. Es ist Celestes – wir haben beide genau das gleiche Modell. Das Gerät hat sich durch die Gesichtserkennung entsperrt. Was ich da vor mir habe, sind Celestes E-Mails.

Ihr Posteingang ist die reinste Wonne.

Ich unterbreche die Verbindung zum Salon und ergötze mich an diesem Wunder. Absolut keine Arbeitsmails. Nichts, keine einzige ist als »Dringend!« markiert. Tatsächlich ist der Posteingang leer – keine gelesenen, keine markierten, sondern gar keine Mails – bis auf sieben Stück, die heute Morgen eingegangen sind. Sie alle drehen sich um erfreuliche Dinge – Steaks im Sonderangebot beim Biometzger, neue Ware im Laden für fair gehandelte Kindermode und ein Zehn-Prozent-Rabatt-Gutschein für einen Sportshop im Internet. Es findet sich ein Newsletter eines Online-Eltern-Clubs – Freizeitvergnügen! Mit anderen Menschen! – und ein witziges Social-Media-Meme, das eine gewisse Dottie Mason an einen riesigen Verteiler geschickt hat. Nur zwei der E-Mails sind wirklich für Celeste bestimmt: eine Anfrage, ob sie beim Schulausflug am Donnerstag als Fahrerin einspringen könnte – ohne eine Sekunde nachzudenken, sage ich in Celestes Namen zu – und eine Mail von Hugh. Es ist eine weitergeleitete Einladung zu einer Wohltätigkeitsgala, die seine

Firma am Mittwochabend ausrichtet. Dazu hat er geschrieben: *Mit niemand anderem würde ich lieber Gummihühnchen essen. Lass uns einen Babysitter anheuern!*

Verdammt, Celeste! Ein Event mit Abendgarderobe! Hugh mag eine Papa-Plauze haben und könnte etwas Körperenthaarung gut vertragen, aber das Herz hat er definitiv am rechten Fleck. Seth lädt mich zur Nacht der Galerien noch nicht einmal mehr ein, geschweige denn zu piekfeinen Spendengalas.

Wenn ich länger darüber nachdenke, finde ich das irgendwie traurig. An seinem Talent teilhaben zu dürfen, war sicherlich einer der schönsten Nebeneffekte, als ich mich damals in Seth verliebt habe. Seine Arbeiten haben mich immer mit Stolz und Inspiration erfüllt – auch seine besten Kritiken hoben vor allem die Kraft seiner Werke hervor, Menschen zu inspirieren. Unsere Gespräche darüber, was es bedeutete, etwas Neues aus dem Nichts zu erschaffen, ließen uns einander besonders nah und verbunden fühlen. Aber das war in den Zeiten, als es gut bei ihm lief. Mittlerweile denkt er sofort, dass ich ihn unter Druck setze, wenn ich über Kunst reden möchte. Frage ich ihn, ob wir uns eine Ausstellung von alten Freunden ansehen wollen, reibe ich ihm angeblich unter die Nase, dass er keine eigene hat. Habe ich mal Geld in die Hand genommen und uns Karten für ein Wohltätigkeitsevent besorgt, fragt er mich, warum ich glaube, dass wir etwas zu beweisen hätten. Dabei ist das Einzige, was wir uns wohl zu beweisen haben, dass unsere Liebe noch die Mühe wert ist.

Mein Blick fällt wieder auf Hughs Mail, und ich verspüre ein wenig Sehnsucht im Herzen angesichts der Zuneigung, die daraus spricht. Wäre es wirklich so schlimm, noch ein paar Tage in Celestes Körper zu stecken, mir zur Abwechslung mal ein hübsches Abendkleid anzuziehen und chic zum Essen auszugehen?

Ich schüttele den Kopf. Natürlich wäre es das. Außerdem, denke ich, während ich Celestes Handy weglege, würde ich meine Familie zu sehr vermissen.

Wobei ich sie ja ständig sehen werde – entweder im Garten hinterm Haus, beim Softball oder wegen irgendeiner Schulveranstaltung. Mal wieder fühle ich mich wie eine schlechte Mutter, als mir klar wird, dass ich meine Kinder tatsächlich häufiger als sonst sehen werde: Ich werde nicht nur jeden Tag nach der Schule beim Softballtraining sein, sondern auch mehr Zeit sowohl mit meinem als auch Celestes Nachwuchs im Garten hinterm Haus verbringen, eine Zeit, die ich normalerweise drinnen am Laptop kleben würde.

Und dennoch.

An Schultagen braucht Linus meistens so lange, um richtig wach zu werden, dass er, wenn auch nur für einen kurzen Moment, wieder ganz mein kleines Baby ist. Ich sitze bei ihm auf der Bettkante und wuschele ihm sanft durchs Haar, um ihn zu wecken. Er streckt mir die Arme entgegen, und ich muss ihn geradezu aus dem Bett schälen und ins Sitzen ziehen, bis er sich schließlich in meine Arme plumpsen lässt. Dann erzählt er mir, was er geträumt hat, und wenn er nichts geträumt hat, was er gern geträumt hätte. Morgen wird er Celeste von seinen Träumen erzählen, sollten sich die Dinge heute nicht mehr zum Guten wenden.

Wenn Bridge beim Spiel zur Home Plate geht, berührt sie mit ihrem Handschuh dreimal den Knauf ihres Schlägers, klopf, klopf, klopf, wenn sie nervös ist. Es ist nur ein kleiner Tick, aber ich weiß, dass ich sie nur darauf ansprechen muss, wenn ich es sehe, und sie schüttet mir ihr Herz aus.

Wird Celeste es auch bemerken?

Ich greife wieder zum Telefon, gebe *Körpertausch* bei Google ein und mir wird eine riesige Liste angeblicher Vorfälle angezeigt. Die ersten paar klingen nach Spinnereien, dummen Streichen oder Wahnvorstellungen. Dann folgen jede Menge Treffer im fiktionalen Bereich. *Freaky Friday* wird genannt – sämtliche Verfilmungen und das Buch. *Zauberhafte Zeiten* entdecke ich auch, ein schräger Film, den ich mit meiner Schwester gesehen habe, als sie eine Trennung durchmachte und wir einen Meg-Ryan-Film nach dem anderen geschaut haben. Ein Kumpelfilm mit dem Typen aus der Serie *Arrested Development* und einem der beiden heißen Ryans – Reynolds und Gosling. Und so weiter und so fort.

Es sind Hunderte.

Wow. Als Buch- und Filmmotiv ist das Thema der absolute Hit.

Ich scrolle einige Inhaltsangaben durch.

Die Konventionen des Genres scheinen darauf hinzudeuten, dass der Körpertausch so lange andauert, bis eine weitere schwere Kopfverletzung auftritt oder ein Zauberspruch ausgesprochen wird. Ich kann mich allerdings weder an einen Schlag gegen den Kopf noch einen Zauberspruch erinnern. Woran ich mich hingegen erinnere, ist der trockene, zuckrige Drink am gestrigen Abend und die furchtbaren Kopfschmerzen heute Morgen.

Hmm.

Könnte es etwas mit der Sangria zu tun haben? Und zwar nicht nur mit meiner eigenen, sondern auch der von Celeste, von der ich mir ein Glas gemopst habe, als sie nicht hingeschaut hat?

Was war das für ein Zeug, das sie hineingemischt hat und womit sie so angegeben hat? Handgemachter Saftaufguss von irgendeinem Baum oder so? Sagte sie nicht sogar, sie habe es extra einen Monat im Voraus bestellen müssen?

Hat sie … verhexten Wodka bestellt?

Das ist doch lächerlich. Oder nicht?

Ich habe den Eindruck, ich bin da auf einer heißen Spur. Vielleicht sollten wir heute Abend einfach noch einmal einen Krug Rosé-Sangria mixen und ein bis drei Gläser von dem Zeug trinken, und wenn auch nur, um diese Möglichkeit auszuschließen.

Klingt nicht nach der schlechtesten Art und Weise, seinen Sonntag zu verbringen.

Ich blättere durch Celestes Kontakte und finde meinen eigenen Namen. Natürlich hat sie mich komplett mit Vor- und Nachnamen eingespeichert, Bridgets und Linus' Namen, sogar richtig geschrieben, stehen unter *Notizen*. Auch sie wird heute irgendwann mein Handy in die Finger bekommen und sich wundern, wie man so bescheuert sein kann, keine einzige Person unter ihrem echten Namen einzutragen. Vermutlich steht sie als *Zoeys Mom* in meiner Kontaktliste. Aber mal ehrlich: Muss man unbedingt den vollen Namen jeder einzelnen Mutter jedes Kindes kennen, mit dem der eigene Nachwuchs jemals ein Wort gewechselt hat? Ich scrolle noch ein wenig weiter durch Celestes Adressbuch. Offenbar schon.

Dann nehme ich eine Sprachnachricht auf. »Hör mal, ich glaube, wir sollten uns mit deiner Sangria betrinken. Wir waren im Grunde die Einzigen, die sich daran bedient haben.« Ich halte inne und versuche, eine Entschuldigung über die Lippen zu bringen. »Ich hätte ruhig etwas netter sein können, was deine hippen Zutaten angeht. Du hast dich offensichtlich ganz schön ins Zeug gelegt.« Ich drücke auf Stopp und will das Ganze eigentlich noch einmal aufnehmen, erwische aber den falschen Knopf. Die Nachricht geht raus. Ach, was soll's, wer A sagt … Ich versuche es noch einmal. »Ich kann mir den Tausch nicht anders erklären, als dass wir beide das komische Zeug getrunken haben, bevor das hier alles losging. Also sollten wir es genau damit versuchen, um dem ein Ende zu machen. Richtig?«

Ich drücke auf Senden. Dann wird mir klar, dass keine der Nachrichten in irgendeiner Form eine Entschuldigung enthielt, suche das Emoji der betenden Hände heraus und schicke es hinterher.

Dann krabbele ich wieder in Celestes Bett. Es ist so viel gemütlicher als meins. Woran liegt das nur? An der sauberen

Bettwäsche, die ich nicht selbst waschen musste? Der Luxusmatratze, die ich nicht bezahlen musste? Dem warmen, milchigen Geruch, den Celestes Haut verströmt?

Ich setze es auf die Liste der unlösbaren Rätsel des heutigen Tages. Wenn ich wieder zu Hause bin, werde ich mir eine neue Matratze besorgen. Ich werde mir genau die gleiche Matratze kaufen, die Celeste hat, und herausfinden, wo sie ihre Bettwäsche herhat. Und die Bademilch, die ich neben der Wanne habe stehen sehen, hole ich gleich dazu. Und natürlich eine Badewanne, in die ich sie hineinkippen kann.

Bis dahin mache ich einfach das Beste draus. Ich bin eine in Vollzeit berufstätige Mutter, die nicht nur mit ihren Kindern alle Hände voll zu tun hat, sondern auch eine unendliche To-do-Liste vor sich herschiebt. Und plötzlich darf ich Hausfrau spielen, nur für ein oder zwei Tage. Vielleicht drei.

Während meine Lider schwer werden, brummt mein Smartphone. Es ist Celeste, die mir von meinem Handy aus schreibt.

Das »komische Zeug« war mit Birkensaft aromatisierter Wodka aus dem Landesinneren Alaskas. Aber ich nehme an, wenn das der Grund wäre, hätten wir beide davon trinken müssen.

Kurz bevor ich einnicke, schreibe ich zurück:

Wenn du es genau wissen willst: Es könnte sein, dass ich vielleicht einmal dran genippt habe, als du gerade nicht hingeguckt hast. Ich wollte einfach nur herausfinden, was das Getue sollte.

Was ich verschweige: Das »komische Zeug« war verdammt köstlich.

Sie antwortet:

Bestelle sobald wie möglich mehr von dem komischen Zeug.

Wendys Haus ist mein schlimmster Albtraum.

Sollte ich während dieser merkwürdigen simultanen Halluzination, oder was auch immer das hier gerade ist, Wendy umbringen und im ewigen Feuer der Verdammnis landen, kommt dieses Haus ziemlich nah an das heran, was mich dort erwarten könnte. Es besteht aus zwei chaotischen Etagen voll unvollendeter Projekte, Schmutz und manifestiertem schlechten Gewissen. Jeder Schrank, den ich öffne, ist vollgestopft mit irgendwelchem Kram. In jeder Ritze sammelt sich der Dreck von zehn Jahren. Außerdem leben hier drei der faulsten Menschen, denen ich je begegnet bin. Jedes Mal, wenn ich einen von ihnen erblicke, liegen sie irgendwo herum, als würden sie über keinerlei Muskeln im Körper verfügen. Im Grunde sind sie menschgewordene Überwurfdecken.

Das erste Mal in meinem Leben überkommt mich Mitleid mit Wendy Charles. Habe ich seit meinem Umzug nach Birchboro Hills überhaupt schon mal mit Mitgefühl an die Wendys dieser Welt gedacht?

Habe ich es ihr eventuell das eine oder andere Mal übel genommen, dass sie einfach zu beschäftigt ist für uns Normalsterbliche?

Habe ich mich selbst anders bewertet als sie – mich für die vielleicht ein kleines bisschen bessere Mutter gehalten?

Ich betrachte das Durcheinander um mich herum. Es ist schwer, Mitgefühl für die Frau zu empfinden, die sich selbst allem Anschein nach über mich stellt. Die glaubt, dass ihre Karriere wichtiger sei als die Vollzeitsorge um meine Familie.

Aber mal ehrlich, Celeste. Sich im »Krieg der Mamis« auf eine Seite zu schlagen – ist das nicht ein bisschen zu 2010? Da stehst du drüber, oder? Ich kann über all die Unsicherheiten und Schuldgefühle hinwegsehen und die Wahrheit erkennen. Sind berufstätige Moms und Mütter, die als Hausfrau daheim bleiben, wirklich so unterschiedlich?

Nun ja, was Wendy Charles betrifft, liegen Welten zwischen uns. Im Gegensatz zu mir ist sie eine verklemmte Schnepfe. Aber wenn es darum geht, ob man nun außerhalb der eigenen vier Wände oder im eigenen Heim arbeitet, nehmen wir uns nichts. Wir sind wie der Weg, der sich im Wald teilt. Ich bin mir nicht sicher, wer von uns für den weniger begangenen Weg steht – ich bilde mir ein, dass es meiner ist, auf dem ich meinen persönlichen Ruhm für unser Familienglück opfere. Aber wir arbeiten beide hart, sind dauermüde und kämpfen mit den unmöglichen Erwartungen, die die Gesellschaft an Frauen stellt. Den vielen Reparaturen nach zu urteilen, die in ihrem Haus nötig wären, ist Wendy knapp bei Kasse und verzichtet ihrem Partner zuliebe auf finanzielle Rücklagen, damit er seine Ziele frei verfolgen kann. Genauso wie ich alles tue, was ich kann, damit wir mit einem Einkommen über die Runden kommen – sei es, dass ich Zoeys Kleidung selbst nähe oder um Restaurants einen großen Bogen mache, außer für absolut besondere Anlässe.

Ich schüttele den Kopf. Meiner Mom wäre es sofort klar gewesen: Ich muss dieser Nachbarin mein verdammtes Herz öffnen und versuchen ihr zu helfen. Das bringt mir zumindest gutes Karma ein.

Nachdem ich die Kinder gezwungen habe, sich zum Frühstück mit Brot (mit Mandelbutter und Bananen) und Wasser zu begnügen, haben sie einen Ausflug zum Park an diesem wunderschönen Sonntagmorgen abgelehnt. Stattdessen haben sie sich weichem Bienenwachs gleich im Wohnzimmer verteilt. Den Kopf leicht in Richtung eines riesigen Fernsehers gewandt, auf dem Wiederholungen von Disney Plus laufen, sind ihre Finger das Einzige, was sie hin und wieder bewegen – in Bridgets Fall zucken sie über das Display ihres Handys, bei Linus sind sie in seiner Nase zugange.

Wendys Mann habe ich das letzte Mal gesehen, als er sich gerade zum dritten Mal zurück ins Bett verkrümelt hat. Mit einem Konterbier in der Hand schlich er sich davon, in der Hoffnung, dass es niemand mitbekommen würde.

Und wie ich es mitbekommen habe.

Also kann ich mit diesem vor Energie sprühenden Körper wohl tun, worauf immer ich Lust habe, bis ich meinen eigenen wiederhabe.

Und ich habe Lust, Ordnung in diesen Saustall zu bringen.

Der Schrank vor mir scheint die Putzutensilien zu enthalten. Es gibt einen Besen und eine Kehrschaufel, einen Eimer, Reinigungssprays und dergleichen. Außerdem finde ich eine schier unglaubliche Menge an Plastiktüten in allen Größen und Formen – und eine geöffnete Familienpackung Milky Ways, die hinter einem verstaubten Heimwerkerbuch versteckt wurde.

Also ist der Schrank zumindest für etwas gut.

Hey, Celeste, du verurteilst Wendy doch nicht mehr. Da stehst du drüber. Weißt du noch?

Inmitten des Chaos entdecke ich eine Packung Putztücher – und zwar von der Sorte, die man nur besitzt, weil man sich einst auf Netzwerk-Marketing eingelassen hat, um Freunde zu finden und ein bisschen Geld hinzuzuverdienen, wovon einem am Ende aber nichts geblieben ist als genau hundert Putztücher. (Oder wie in meinem Fall: Küchengeräte, die für nur genau eine einzige Aufgabe gut sind.) Ich schnappe mir die ungeöffnete Packung und reiße sie auf. Dann grabe ich ein Putzmittel aus, das für alle Arten von Oberflächen verwendbar ist. Trage dieses auf eins der Tücher auf und säubere den Lichtschalter im Schrank, den Türknauf und den Henkel des Eimers, in den ich allerlei Nützliches stopfe. Los geht's.

Es gibt wirklich nichts, bei dem man so gut Stress abbauen kann wie bei einer gründlichen Putzaktion. Wie ich von meiner eigenen Mutter gelernt habe, kann der Vorgang eine Art Meditation sein, wenn man es in seinem eigenen Tempo macht. Putzen ist sogar ziemlich erholsam, wenn es nicht mit Scham behaftet ist (Ich hätte das schon vor Wochen machen sollen) oder Reue (Hätte ich doch niemals so viel Krempel gekauft, den man abstauben muss) oder Wut (Wie kommt denn bitte Himbeermarmelade auf einen Bilderrahmen?). Unter der Voraussetzung, dass kein Kind dabei »hilft«, man den ganzen Tag dafür Zeit hat, man ausgeruht und satt ist, unterscheidet sich Saubermachen nicht von einem ruhigen Spaziergang oder einer angenehmen Yogastunde. Man weiß, was man zu tun hat, erledigt die Aufgaben gewissenhaft, atmet bei sanften Bewegungen tief ein und aus, und wenn man fertig ist, stehen einem die eigenen Errungenschaften klar vor Augen.

Das Esszimmer, der verwinkeltste und am schlimmsten vollgestopfte Raum in diesem Haus, wird bald strahlen. Noch ehe die Kinder auch nur ansatzweise wieder Mensch geworden sind, werde ich hier ein glänzendes Exempel statuieren, wie ein sauberes und gepflegtes Haus aussehen kann. Und mir dann genau hier die Jugend von morgen vorknöpfen und ihr erklären, wie auch sie in den Genuss solch tadelloser Zimmer kommen. Sie werden die frische Luft atmen, den aufgeräumten Esstisch in Augenschein nehmen und der Frau schwören, die sie für ihre Mutter halten, dabei zu helfen, das Haus bis ans Ende ihrer Tage in diesem schönen, friedvollen Zustand zu bewahren. Ich putze die Scheiben der Bilderrahmen mit Glasreiniger. Mit der Zahnbürste von einem der Kinder – die aussieht, als hätte man sie besser schon vor Monaten weggeschmissen – säubere ich die Furchen an den Schrankbeinen des Sideboards. Mit einem leicht angefeuchteten Staubtuch rücke ich den Fußleisten zu Leibe und stelle fest, dass ihre weiße Farbe einen frischen Anstrich gut vertragen würde. Ich überlege, wo im Haus die Liste mit den zu erledigenden Aufgaben zu finden sein könnte. Auf einer Kreidetafel? Auf einem Notizblock? Egal. Ich werde einfach eine neue anlegen und sie Seth überreichen, sobald er aufsteht. Die nächsten anderthalb Stunden verbringe ich tief versunken im Zustand seliger Geschäftigkeit, und als ich damit fertig bin, bitte ich die Kinder, sich am Tisch einzufinden.

Aber nichts passiert.

Sind sie tot?

Ich beuge mich über den Jungen, Linus, und fühle seinen Puls.

»Was machst du da?«, fragt er mich. Er klingt weder verärgert noch böse, sondern einfach neugierig.

»Oh, gut«, antworte ich, »ich dachte schon, du wärst gestorben.«

Sein Blick wandert vom Fernseher zu meinen Augen. Er sieht Wendy vor sich, muss ich mir ins Gedächtnis rufen. Wendys Steh-jetzt-auf-oder-es-passiert-was-Miene scheint weniger Wirkung zu entfalten als meine: Sein Blick gleitet zurück zur Mattscheibe.

Ich tue das, was ich mit Samuel machen würde, wenn er gelegentlich mal auf den Fernseher starrt und nicht wie sonst auf der Couch herumspringt oder auf die Sofalehne klettert und sowieso viel zu abgelenkt ist, um auf den Bildschirm zu achten. Ich fasse ihn an den Schienbeinen und drehe ihn auf den Bauch. »Na los«, sage ich, »wir spielen Schubkarre, ich schiebe dich zur Familienkonferenz.«

»Was ist denn eine Familienkonferenz?«, fragt er abwesend und rutscht auf dem Bauch so zurecht, dass er auch in dieser neuen Position fernsehen kann, während ich immer noch seine Schienbeine halte.

»Dabei legen wir fest, wer welche Aufgaben im Haus zu erledigen hat«, erkläre ich und überlege, welche Methode Wendy sonst wohl anwendet, um Pflichten an die Kinder zu delegieren, oder ob das Ganze jetzt der Oberschocker für die beiden wird.

»Ohne mich«, sagt Bridget, die in dieser nervtötenden Tween-

Art gleichzeitig das Geschehen auf ihrem Handy, dem Fernsehbildschirm und zwischen mir und Linus mitverfolgt hat, ohne auch nur mit dem Augenmuskel zu zucken.

Für einen kurzen Moment bin ich sprachlos. Dann trete ich, so beiläufig wie möglich, an Bridgets Seite. Die Fernbedienung liegt neben ihr auf der Armlehne, das Handy hält sie in beiden Händen. Meine Finger schnellen nach vorn wie der Kopf einer Kobra. Schlag eins: das Handy. Schlag zwei: die Fernbedienung. Das Smartphone wandert in meine Tasche, der Fernseher geht aus, die Fernbedienung kommt in die andere Tasche. *Nimm das!*

»Mom!«, rufen die Kinder wie aus einem Mund. Sie wirken überrascht. Und wütend. Anscheinend ist Wendy eine viel gnädigere Mutter, als ich es bin. Kein Wunder, dass das Haus aussieht wie ein Schlachtfeld und die Kinder offenbar der Meinung sind, sie bräuchten sich um nichts zu kümmern.

»Fernseher und Handys sind nur was für Kinder, die helfen«, sage ich und tänzele leichtfüßig ins Esszimmer hinüber. Mittlerweile kommt es richtig selten vor, dass ich meine eigenen Kinder noch mit solchen Methoden foltern kann. Ein wohliges Nostalgiegefühl steigt in mir auf.

Bridget bewegt sich keinen Millimeter, aber Linus ist innerhalb weniger Augenblicke bei mir, klettert auf meinen Schoß und schmiegt sein Gesicht in meine Halsbeuge. »Aber ich helfe mit, Mommy. Du sagst doch immer, wie doll ich mithelfe«, weint er, und ich spüre nasse Tränen auf meiner Haut. Ach, du liebes bisschen.

»Natürlich hilfst du mit, Linus«, antworte ich. Tut er das? Ich habe keine Ahnung. Bis eben sah es zumindest nicht gerade danach aus. Ich überlege fieberhaft. »Und jetzt bist du so weit, auf einem ganz neuen Niveau mitzuhelfen, nämlich indem du jemandem hilfst, auch wenn du gerade gar keine Lust dazu hast.«

Er blickt auf und sieht mich an. »Ich glaube, das möchte ich gar nicht.«

»Oh, aber dann musst du auch auf ein paar richtig tolle Sachen verzichten«, eröffne ich ihm.

»Gibt es eine Belohnung?«, fragt er. Seine Tränen sind verschwunden. Nicht wirklich, sie haben, vermischt mit etwas Rotz, seinen Hemdkragen durchweicht. Aber wenigstens kommen keine neuen nach.

»Vielleicht«, entgegne ich ausweichend. »Zumindest aber die Gewissheit, dass du das Richtige tust.«

Er runzelt die Stirn. »Eine Belohnung ist mir lieber.«

Natürlich ist sie das. »Als Erstes müssen wir unsere Konferenz abhalten. Aber wir brauchen deine Schwester dafür. Kannst du rübergehen und sie so lange nerven, bis sie zu uns stößt?«

Seine Miene hellt sich auf. »Würde das helfen?«

»Sehr sogar.«

»Bin gleich wieder da.«

Innerhalb weniger Augenblicke ist er zurück, im Schlepptau einen genervten Tween. Ich sehe ihr prüfend ins Gesicht. Sie wirkt so anders als mein eigenes kleines Mädchen. Aufgeweckter. Hübscher, vielleicht? Ich weiß es nicht. Sie werden wohl beide in ein paar Jahren schlicht hinreißend sein. Aber Bridget scheint eine Menge Ecken und Kanten zu haben. Die Haare trägt sie zu einem strengen Pferdeschwanz zurückgebunden. Sie wirkt selbstbewusst und souverän. Sie ist nicht nur einschüchternd, sondern auch ein perfektes Abbild ihrer Mutter. Eine werdende Frau, die alles hat. Und die nicht einmal sieht, was sie alles hat.

»Das Handy, Mom.« Es klingt wie eine Anweisung. Sie sagt das mit einer solchen Autorität, dass ich für einen Augenblick beinahe die Contenance verliere und tatsächlich erwäge, es ihr zurückzugeben. Aber dann rufe ich mir in Erinnerung, dass ich hier nicht auf die Kinder von irgendwem anders aufpasse – zumindest aus ihrer Perspektive. Ich kann mit ihnen wie mit meinen eigenen Kindern umgehen. Nicht, dass denen jemals einfallen würde, in so einem Ton mit mir zu sprechen.

»Natürlich«, antworte ich ruhig. »Wenn ich fertig bin, ist es ganz deins.«

Sie verschränkt die Arme. »Dann mal los.«

»Ich möchte, dass du mir zuhörst«, sage ich ihr, »und nicht insgeheim darüber nachdenkst, was du deinen Freundinnen als Nächstes schreiben willst.«

Ihre Augen werden groß. »Ich schreibe keine Nachrichten, Mom. Ich schwöre es!«

Hoppla, darf sie etwa keine Nachrichten verschicken? Das ist ja interessant. Sogar Zoey darf den einen oder anderen Messenger benutzen. Vielleicht sollte ich das überdenken.

Ich räuspere mich. »Fällt euch irgendetwas auf, was in diesem Raum anders ist als sonst?«

Ihre Blicke wandern durch das Esszimmer. Dann schütteln sie beide den Kopf, sagen aber nichts.

»Nichts?«, bohre ich nach.

»Hast du gestrichen?«, fragt Linus. »Es glänzt alles so.«

»Ich habe geputzt, Linus.«

Bridget bringt es auf den Punkt: »Warum?«

Ich unterdrücke das Bedürfnis, herauszuplatzen: Weil ihr in einem Saustall lebt, darum! Stattdessen antworte ich: »Das Haus ist dreckig. Also habe ich einen Teil davon geputzt. Aber ich brauche eure Hilfe, damit es so ordentlich und sauber bleibt. Und weil Sonntag ist, ihr heute keine Schule und auch offensichtlich nichts anderes zu tun habt, seid ihr die perfekten Helfer.«

Es folgt genervtes Stöhnen und viel Gejammer.

»Außerdem wohnt ihr beide hier«, rufe ich ihnen in Erinnerung. »Ihr könnt all die schönen Dinge hier benutzen. Also müsst ihr auch dafür sorgen, dass sie so schön bleiben.«

»Dad wohnt auch hier, und er putzt nicht«, wendet Bridget ein.

Wirklich nicht? Das tut mir für Wendy dann doch ein wenig leid. »Aber er verdient Geld«, antworte ich.

»Seit wann?«, fragt Bridget ungläubig. *Oje.*

Ich sage nichts, denn mir fällt keine Antwort ein. Seth ist doch ein erfolgreicher urbaner Künstler. Verdienen erfolgreiche Künstler in einer florierenden Szene wie der in der Innenstadt nicht jede Menge Geld?

Am liebsten würde ich Wendy sofort eine Nachricht mit all diesen Fragen schreiben. Aber es ist wohl ziemlich unwahrscheinlich, dass sie gerade mir ihr Herz ausschütten würde. »Konzentrieren wir uns darauf, was ihr beitragen könnt«, verkünde ich. »Ihr könnt putzen. Wenn ihr erst mal merkt, wie schön es ist, in einem sauberen Zuhause zu wohnen, werdet ihr ganz schnell auf den Geschmack kommen. Bridget, du kannst sonntags einiges an Wäsche erledigen. Und währenddessen lässt du den Saugroboter seine Runden fahren, Linus.«

»Wir haben einen Saugroboter?«, fragt er verblüfft.

Ich schneide eine Grimasse. »Ähm, ... wir kaufen einen. Heute saugst du einfach und wischst ein wenig Staub.«

»Wir haben einen Staubsauger?«, meldet sich Linus wieder.

»Haben wir nicht?«, frage ich zurück.

»Du hast ihn Dad gegeben, als er kaputtgegangen ist. Weißt du noch?«, wirft Bridget ein.

Ich erinnere mich nicht daran, denn ich war nicht dabei. Aber das tut jetzt nichts zur Sache. »Na ja, dann hat er ihn inzwischen bestimmt repariert«, antworte ich.

»Mom? Ich bin mir zu neunundneunzig Prozent sicher, dass Dad den Staubsauger für seine Kunstwerke benutzt hat. Du hast es ihm erlaubt. Du meintest, die Merry-Maids-Putzhilfen hätten ohnehin welche, also bräuchten wir hier keinen.«

»Das hab ich gesagt?«, frage ich.

Die beiden beäugen mich misstrauisch.

»Okay, gut, dann hab ich das wohl.« Ich denke darüber nach. Sie haben einen Putzdienst, aber hier ist es nirgendwo sauber. Wendys Mann Seth hat einen Staubsauger mit in sein Atelier genommen und ihn nie zurückgebracht. Derselbe Ehemann, von dem mir die Kinder soeben berichtet haben, dass er weder aufräumt noch Geld nach Hause bringt. Alles in allem eine recht kuriose Situation. »Dann statten wir euch mal aus, wir brauchen Wäschekörbe und, hm … Staubwedel … und Musik.«

Kurz darauf sind die beiden am Werkeln. Sie sind keine schlechten Kids und mit Feuereifer dabei, ihrer Mutter zu helfen, nachdem die Fronten geklärt sind. Aus den Fernsehlautsprechern dröhnt laute Chartsmusik, während sie alle möglichen Dinge einsammeln, die ich nicht unbedingt für Spielzeug, sondern vielmehr für Müll gehalten hätte. Beispielsweise Linus' Eichelsammlung und die losen Blätter mit Spielberichten, die Bridget zusammensucht und dann nach einem ausgeklügelten System in der Schreibtischschublade in ihrem Zimmer verstaut. Anderthalb Stunden später sitzen die Kinder wieder vor ihren Bildschirmen, nur dass Bridget alle fünfzehn Minuten aufsteht, um nach der Wäsche zu schauen, und Linus, um ein weiteres Zimmer vom Staub zu befreien. Währenddessen beziehe ich Stellung in der Küche, fische alles aus der Vorratskammer, was quasi nur noch Minuten vom Verfallsdatum entfernt ist, und koche daraus wie eine Weltmeisterin riesige Mengen an Essen. Innerhalb von vier Stunden ist das Haus in einem Zustand, den man guten Gewissens als sauber und bewohnbar bezeichnen kann. Ich habe sechs komplette Mahlzeiten zubereitet, die in den Tiefkühlschrank wandern, und ein wahrer Berg an Wäsche wird im Schneckentempo zusammengelegt, während Disney Plus wieder läuft und die Kinder Truthahn-Sandwiches und Apfelspalten futtern.

Am liebsten würde ich durch den Garten hinterm Haus zu Wendy sprinten und ihr zeigen, was ich an nur einem halben Tag in ihrem Haus und ihrem Leben erreicht habe. Ich möchte durchs Haus gehen und »Nachher«-Fotos knipsen. Und ich kann es kaum erwarten, dass Seth, von wohin auch immer er vorhin aufgebrochen ist, nach Hause kommt und erkennt, was für ein schönes Heim er doch hat. Um ihm dann die lange Liste an überfälligen Reparaturen ans Herz zu legen, die er in Angriff nehmen sollte, um das Ganze perfekt zu machen. Keine Ahnung, wie man die Fliegengitter an der Veranda austauscht oder das Loch in der Trockenbauwand zuspachtelt, aber Seth ist Bildhauer. Er wird schon wissen, wie er mit einer Tackerpistole und Putz umzugehen hat. Und ich kriege es definitiv hin, das Esszimmer zu streichen, in dem sich, wenn ich es mir jetzt so ansehe, eine etwas wärmere Farbe als das aktuelle Jägergrün wirklich besser machen würde. Ich könnte versuchen, die weiße Farbe von den Fußleisten abzuschmirgeln und das ursprüngliche, hübsche dunkle Walnussholz darunter wieder zum Vorschein zu bringen. Völlig unbewusst gleite ich ab in einen Tagtraum, in dem ich mit Seth – der, seien wir mal ehrlich, der heißeste Ehemann im ganzen Viertel ist – Seite an Seite in Malerklamotten die Wände des Esszimmers in einem satten, cremigen Hellbraun streiche und er seine wunderbare Frau in einem zärtlichen Moment umfasst und sie, also mich …

Schockiert reiße ich die Augen auf. Ich stecke kaum einen ganzen Tag im Körper von Wendy Charles, und schon träume ich davon, wie ich mir ihre Familie, ihr Zuhause und ihren Mann unter den Nagel reiße.

7

Wendy

Als ich wieder zu mir komme, ist es mitten am Sonntagnachmittag, und ich habe heute bisher nichts anderes getan, als mich auszuruhen. Keine Kinder, die ins Zimmer platzen und rumschreien, weil das WLAN nicht funktioniert, die irgendwohin chauffiert, einen Bagel haben oder zum Bagel kaufen gefahren werden wollen. Nur ich, dieses wunderbare Bett und meine Träume. Meine einzige Chance auf eine solche Pause in diesem Leben besteht also darin, den Körper einer anderen zu klauen – und wenn ich ehrlich bin, geht mir das gehörig gegen den Strich.

Ja, ich weiß, dass Seth und ich damals gemeinsam entschieden haben, dass er sich seiner kreativen Berufung und ich mich unserer Krankenversicherung widmen würde, ich war schließlich dabei. Allerdings kann ich mich nicht daran erinnern, wann wir uns darauf geeinigt haben, dass er auch dann keinen Cent zum Familieneinkommen beiträgt, wenn er seine Werke verkauft, so wie nun seit einigen Jahren. Oder wann wir übereingekommen sind, dass ich alle Kosten für seine Kunst zu tragen habe und allein mein Erfolg monatlich darüber entscheidet, ob wir uns einen schönen Familienausflug, einen romantischen Abend oder andere Vergnügungen wie zum Beispiel einen Zahnarztbesuch leisten können.

Nun würde ich meine Bedingungen allzu gern neu verhandeln. Sobald ich morgen meinen Körper wiederhabe, werde ich genau das tun.

Neben Celestes Bett liegt ein Tagesplaner. Die Nase hineinzustecken wäre falsch, aber eine Seite herauszureißen, um sich etwas zu notieren, erscheint mir gerade noch okay. Ganz oben auf die Seite krakele ich in meiner schönsten Schrift, die alles andere als schön ist, da ich seit meinem siebten Lebensjahr ausschließlich in Großbuchstaben schreibe:

DINGE, DIE ICH ÄNDERN MUSS, UM WEITERE HALLUZINATIONEN ZU VERMEIDEN

Direkt darunter notiere ich:

SONNTAGS AUSSCHLAFEN

SETH DAZU BRINGEN, EIN WERK ZU VERKAUFEN UND DAS GELD NICHT SOFORT AUSZUGEBEN

Ich halte inne und sehe mich in Celestes Schlafzimmer um.

VERDUNKLUNGSROLLOS ANBRINGEN, DIE ICH VOR DREI JAHREN GEKAUFT HABE, füge ich hinzu.

Ich überlege, was mein Leben sonst noch besser machen würde. Sofort kommen mir Ideen, aber sobald ich eine davon näher zu fassen versuche, fallen mir direkt tausende Dinge ein, die damit verknüpft und nötig sind, damit unsere Familie funktioniert. Wenn jemand anderes die Wäsche macht, könnten die Handtücher rosa verfärbt aus der Maschine kommen. Wenn jemand anderes aufräumt, könnten Linus' geliebte Sammelkarten zerknittert werden. Wenn Seth sich abends ums Essen kümmern soll, bestellt er garantiert jedes Mal irgendwo etwas für ein Heidengeld – ihm diese Aufgabe öfter zu übertragen, ist also keine Option, ohne den Bankrott zu riskieren. Und wenn ich nach Rom durchbrenne, werde ich garantiert alle vermissen. Die meiste Zeit zumindest.

Aber was könnte ich sonst delegieren? Die Verwaltung der Finanzen vielleicht? Die sind sicher der größte Stressfaktor in meinem Leben. Aber alles, was mit Geld zu tun hat, wird in unserem Haushalt ein wenig anders gehandhabt, deswegen würde es wohl den finanziellen Ruin bedeuten, wenn ich diese Zuständigkeit aus der Hand gäbe.

Ich streiche *WÄSCHE, PUTZEN, KOCHEN* und *FINANZEN* von meiner Liste. Viel bleibt nicht übrig.

Sonntags würde ich allerdings schon gerne ausschlafen.

Ich unterstreiche diesen Punkt doppelt und falte das Papier zusammen, dann noch einmal, wohl wissend, wie sehr es Hugh irritieren würde, wenn er diese Notizen in die Finger bekäme. In diesem Moment klopft es ganz sanft an der Tür. »Mommy?«

Die niedliche, kindliche Stimme gehört ohne Zweifel zu Anna Joy.

»Mommy, du bist schon den ganzen Tag da drin. Kann ich jetzt ein bisschen Milch haben?«, fragt sie.

»Aber natürlich, Liebling«, antworte ich und muss nicht erst Celestes Muttergefühle heraufbeschwören, um für die Kleine liebevolle Zuneigung zu empfinden. »Brauchst du Hilfe?«

»Ich komme rein«, sagt sie. Die Tür öffnet sich, und das kleine Mädchen purzelt in Celestes hübsches Heiligtum. Ich klopfe sanft neben mir auf die Laken, und sie kommt herübergetapst und wirft sich aufs Bett. Mit einem tiefen, zufriedenen Seufzer betrachte ich sie. Sie ist winzig, hat flaumiges Haar und trägt helle Baumwollsachen, die denen ähneln, die ich vorhin in der Werbemail in Celestes Posteingang gesehen habe. Ich kann mich nicht erinnern, ob sie drei oder vier Jahre alt ist, aber sie ist bildhübsch und hat noch diese riesigen Baby-Kulleraugen, denen man keinen Wunsch abschlagen kann. Ich spüre ein Ziehen im Herzen. Drei Kinder sind mit Sicherheit ein Freifahrtschein in die Vollkatastrophe, aber dieses kleine Mädchen löst in mir sofort einen erneuten Kinderwunsch aus. Reiß dich zusammen, Wendy!

»Hast du schön geschlafen?«, fragt sie, und noch ehe ich antworten kann, erzählt sie mir, dass sie und ihr Daddy draußen Blumen aus der Gärtnerei eingepflanzt haben, Zoey einen Ball bis ins Weltall schlagen kann und Samuel gemein ist.

Ich nehme das kleine Mädchen in den Arm. Gerne würde ich ihr erzählen, dass auch ich ein nervtötendes Geschwisterkind hatte, aber die Wahrheit ist, dass Samuel vermutlich gar nicht so gemein ist und falls Celeste Geschwister hat, ich gar nichts über sie weiß. »Was ist denn passiert?«, frage ich sie.

»Er sagt, ich bin ein Popel.«

Ich kann nicht an mich halten und muss lachen.

Sie schaut bestürzt drein. »Ich bin kein Popel! Er hat sich in der Nase gebohrt und wollte es dann an mir abwischen!«

Igitt, Kinder können ganz schön eklig sein. »Ach, Schätzchen. Du bist natürlich alles andere als ein Popel. Es sei denn …« Ich lege eine effektvolle Pause ein. »Meinte er vielleicht, dass du ein Einhorn-Popel bist? Die stecken voller Magie und sind schön. Bestimmt hat er das gemeint.«

Sie neigt den Kopf und denkt darüber nach. »Das hat er gemeint«, stimmt sie mit einem Kichern zu. Ohne jede Vorwarnung hebt sie dann mein Shirt hoch und stürzt sich auf meine Brust.

»Hey!«, rufe ich verdutzt. »Was machst du denn da?«

»Du hast doch gesagt, dass ich Milch haben darf«, höre ich ihre gedämpfte Stimme und merke im nächsten Moment voller Entsetzen, wie das Kleinkind einer anderen an meiner Brustwarze andockt. Mein Hirn setzt kurz aus. Was passiert hier bitte schön?, schreit jede Nervenzelle in meinem Körper. Mit einem Ruck weiche ich zurück, aber sofort spüre ich einen stichartigen, scharfen Schmerz, und dann, du gütiger Himmel, wie die Milch einschießt.

Dieses Gefühl hatte ich seit sieben Jahren nicht mehr, doch ich erinnere mich an das Kribbeln und Anschwellen, als ob es gestern gewesen wäre.

Und es ist mir absolut zuwider.

Ohne wirklich darüber nachzudenken, lege ich meine Handfläche auf das an mein Shirt geschmiegte Gesicht des Kindes. »Weg da!«, rufe ich. »Stopp!« Ich klinge, als würde ich einen fremden Hund anschreien. »Kind!«

Sie kommt zu sich und hört auf zu trinken. Ich spüre, wie Muttermilch – Celestes Milch – an meiner Brust und bis auf meinen Bauch herunterläuft. Igitt. »Was machst du denn da?«, frage ich sie noch einmal.

Sie windet sich aus meinem Shirt hervor und sieht mich mit großen unschuldigen Augen an. »Ich habe mein ganzes Mittagessen aufgegessen«, teilt sie mir mit. »Ich hab sogar die Erbsen gegessen.« Als ob ich mir in diesem Moment Gedanken über Gemüse machen würde.

»Liebling«, setze ich an, schon etwas sanfter. Am liebsten würde ich sie fragen, ob sie das jeden Tag macht, wie oft am Tag und wie schnell ich sie dazu bringen kann, damit aufzuhören. Aber ich zögere, winde mich und entscheide schließlich: Es steht mir nicht zu. Und ich bin auch nicht die Still-Polizei aus der Vorschule. Wenn Celeste ihr jüngstes Kind nicht abstillen möchte … ist das ihre Entscheidung. Oder?

Okay, diese vorurteilsfreie Einstellung kauft mir wohl keiner ab. Ich bin dagegen. Und zwar voll und ganz.

Dennoch, ich werde dieses Kind jetzt nicht wegen einer Halluzination/eines Zauberspruchs/eines verletzungsbedingten Wahnsinns auf Lebenszeit traumatisieren. »Oh, entschuldige, mein Schatz. Ich hätte es dir sagen sollen: Mami fühlt sich heute etwas komisch, und meine Milch … ist auch etwas komisch.« Während ich das sage, versuche ich meine Gesichtszüge, die mir kurzzeitig entglitten waren, wieder unter Kontrolle zu bekommen.

»Wie … komisch?«, fragt sie.

»Nur ein bisschen erkältet. Aber … das Virus macht meinem Kopf zu schaffen, und ich kann mich gar nicht mehr erinnern, wie alt du bist …«

Anna Joy steigen Tränen in die Augen. »Mommy! Ich bin drei! Hast du die Alte-Leute-Krankheit wie Urgroßoma? Wirst du sterben?«

Mein Herz zieht sich zusammen. »Nein, nein, Schätzchen. Mir geht es gut. Es sind nur Kopfschmerzen, und ich bin noch ein wenig durcheinander von meinem Nickerchen. Es ist alles in Ordnung mit mir, und ich werde auch wieder alles machen können … was wir sonst so unternehmen … in ein oder zwei Tagen. Keine Sorge.« Und ich wiederhole noch einmal: »Mir geht's gut.«

»Aber ich darf keine Milch haben?«, fragt sie erneut nach.

»Genau. Mir geht's gut, aber heute gibt es keine Milch, das stimmt. Wenn du Durst hast, hole ich dir etwas aus dem Kühlschrank.« Und mir einen ordentlichen Schluck Whiskey gleich dazu, wenn ich schon aufstehen muss. Ich kneife die Augen beim Blick auf das in Silber gerahmte Hochzeitsfoto von Celeste und Hugh auf der Kommode zusammen. Hat sie irgendetwas davon erwähnt, als sie vorhin hier war? Hat sie nicht. Eine kleine Vorwarnung, dass ich mit einem Frontalangriff auf meine Brüste zu rechnen habe, wäre nett gewesen.

»Darf ich dann Kekse haben?«, fragt Anna Joy. »Kuhmilch und Kekse? Weil ich meine Erbsen aufgegessen habe?«

Ich betrachte sie von der Seite, dieses unschuldige, kleine Mädchen, das sich eben an meiner Brust vergangen hat. Was mich wohl sonst noch für bindungsorientierte Eltern-Kind-Freuden in diesem Haus erwarten werden? Familienbett? Stoffwindeln? Handgewebte Tücher aus Guatemala?

Wenn das hier vorbei ist, werde ich ein paar ernste Worte mit der Frau reden müssen, die meinen Körper gestohlen hat.

Aber das muss warten, bis ich herausgefunden habe, welche Kekssorten diese Familie hier so auf Lager hat.

Nachdem ich Seth und den Kindern eine einfache, appetitliche Gemüsepfanne mit selbst gemachter Orangensoße vorgesetzt habe, die Bridget und Linus sogar rote Paprika schmackhaft machen konnte, ich das Geschirr abgewaschen, mit der Wochenplanung für die Lunchpakete angefangen und die Besteckschublade ausgewischt sowie neu eingeräumt habe, mache ich mich auf die Suche nach meinem Handy, um die Fahrgemeinschaften für die kommende Woche abzustimmen.

Aber natürlich ist es Wendys Handy, das ich an der Ladestation vorfinde und auf dem drei Nachrichten von meiner eigenen Nummer – also von Wendy – eingegangen sind. Sie will wissen, ob ich ernsthaft erwarte, dass sie Anna Joy stillt (ja), ob wir uns einfach noch einmal betrinken sollen, um zu sehen, ob das einen erneuten Körpertausch bewirkt (ja und nein), und ob Bridget ihre Geschichtshausaufgabe schon gemacht hat (für wen hält sie mich?). Kurz ignoriere ich sie, antworte dann aber doch auf ihre Fragen und eröffne ihr bei der Gelegenheit auch die schlechten Nachrichten. Ich war noch einmal auf der Website, auf der ich den Birkensaft-Wodka bestellt hatte … und bin auf der Anzeige eines Webhosting-Anbieters gelandet.

Ihre Antwort folgt prompt:

Wie bitte? Was hat das zu bedeuten?

Ich zögere, das Handy in der Hand, und überlege, wie ich ihr beibringen soll, dass ich eine Stunde panisch gegoogelt habe, bis ich einen Laden in Seattle ausfindig machen konnte, der uns den Schnaps per Expressversand schicken kann – wofür ich, natürlich liebend gern, einen absoluten Wucherpreis abgedrückt habe –, allerdings nicht vor Freitag. Allerfrühestens.

Sprich, in einer geschlagenen Woche.

Wie wäre es mit:

Hallöchen! Nur damit du Bescheid weißt, ich muss eine Woche in dem Chaos, das du dein Leben nennst, aushalten. Ich werde mich also in Mary Poppins verwandeln und versuchen, diesen Vorhof der Hölle zu einem Ort aufzumöbeln, an dem menschliche Wesen gefahrlos existieren können, ehe ich wieder an dich übergebe.

Ne. Sogar eine freundliche, vernünftige Person würde sich davon auf den Schlips getreten fühlen. Und ich habe es hier nicht mit einer vernünftigen Person zu tun. Nachdem ich Wendy bereits eine außerkörperliche Erfahrung beschert habe, indem ich eine bessere Sangria als sie zum Buffet mitgebracht habe, verkaufe ich ihr diese Wendung der Ereignisse lieber auf die sanfte Tour und in persona.

Aber ehe ich zu einem Ausweichmanöver ansetzen kann, schreibt sie bereits.

Vergiss es. Ich kümmere mich selbst darum. Meine Güte, wie schaffst du es nur, immer alles so kompliziert zu machen?

Tu dir keinen Zwang an, Wendy, denke ich. Nichts wäre mir lieber, als sie und ihr Leben sobald wie möglich los zu sein. Ich wünsche ihr also viel Glück dabei und frage sie, wann ihre Kinder ins Bett gehen. Bestimmt viel später, als sie sollten.

Sofort kommt ihre Antwort.

Linus: 20:30 Uhr, Bridget: 21 Uhr.

Nach meinen Kindern fragt sie nicht. Ich schätze, sie gehen schlafen, wenn Hugh sie ins Bett bringt. Er ist ein Ass in Sachen Einschlafbegleitung, da hängt er sich richtig rein.

Wie geht es meinen Kindern?, will ich wissen. Drei Pünktchen erscheinen auf meinem Display, dann herrscht Funkstille.

Fünf Minuten vergehen, in denen ich immer unruhiger werde, ehe sie endlich antwortet.

Sam hat ab mittags draußen mit ein paar Nachbarskindern gespielt. Er ist gerade erst nach Hause gekommen, weil er Hunger hat. Er isst ziemlich viel. Zoey sitzt immer noch an ihren Hausaufgaben. Sie sollte fürs Softballtraining ein bisschen Schlagen üben – habt ihr eine Vorteilskarte für die Batting Cages? Ach ja, Anna Joy geht es gut.

Gut? Das war's? Meine Gedanken rattern. Ich warte ab, ob sie noch etwas dazu sagt oder nach ihren eigenen Kindern fragt, aber weder noch.

Diese Art der Kommunikation, oder vielmehr deren Nichtexistenz, macht mich fertig. Ich schreibe:

Komm um 21:30 Uhr hinten in den Garten.

Ziemlich spät für mich, aber nachdem Seth beinahe den ganzen Tag im Bett verbracht hat, übernimmt er ja morgen vielleicht die Frühschicht mit den Kindern, um das wieder auszugleichen.

Vielleicht? Warum nur kommen mir da jetzt schon Zweifel? Bis jetzt hat er heute nichts Hilfreiches beigetragen, außer einer Stunde Softball-Training mit Bridget. Sollte er sich in irgendeiner Weise mal mit Linus beschäftigt haben, ist das definitiv völlig an mir vorbeigegangen.

Er hat Glück, dass er gut aussieht.

Armer Hugh, denke ich. Er ist ein absolutes Goldstück von einem Mann, warum geistern mir also diese Gedanken über jemand anderen durch den Kopf? Sicher, Hugh ist kein Adonis. Und ähnelt auch sonst rein äußerlich keinem anderen göttlichen Wesen, zumal er seit rund fünf Jahren seine ausgeleierten Boxershorts nicht mehr durch neue ersetzt hat. Allerdings verdient er es auch nicht, dass ich dem Nachbarn hinterherlechze.

Schließlich schreibt Wendy zurück:

Du hast nicht zufällig noch einen Tropfen von dem noblen Wodka vom Buffet übrig, den du mir vorenthalten hast?

Nein, antworte ich. Es folgt eine lange Pause. Ich stelle mir vor, wie Hugh zu ihr ins Bett klettert und sich eng an sie schmiegt, während er seine Hände über ihren Rücken gleiten lässt, und mir wird flau im Magen. Wenn Gott will, dass ich für irgendeinen höheren Zweck in Wendys Körper feststecke: in Ordnung. Aber ich würde ein hübsches Sümmchen darauf wetten, dass es nicht Teil seines Plans ist, dass Wendy mit meinem Mann schläft.

Dann komme ich nicht. Hugh hat eine Lasagne aufgetaut und eine Flasche Merlot aufgemacht. Wenn ich schon du sein muss, kann ich es mir auch gut gehen lassen.

Ich stöhne auf. Ich würde jetzt wirklich lieber in meinem Adirondack-Gartenstuhl mit meinem Glas Merlot sitzen und nicht den faulen Kindern einer anderen Frau ihre jeweiligen Wochenaufgaben zuteilen.

Es ist wichtig, schreibe ich ihr. Wichtig ist vor allem, dass wir die kommende Woche gemeinsam abstimmen, ehe sie meine Kinder verkorkst und meine Ehe ruiniert.

Endlich eine Nachricht.

20:35 Uhr. Bridget liest noch im Bett, wenn Linus das Licht ausmacht, und ich werde dafür sorgen, dass du bis neun zurück bist, um ihr Gute Nacht zu sagen. Wir treffen uns an dem Dornenbusch, den man vom Haus aus nicht sehen kann.

Ich seufze. Was wird Bridget denken, falls sie aufsteht, um sich ein Glas Wasser zu holen, und ihre Mutter ist nicht mehr da? Was wird Hugh denken, wenn »ich« genau dann mal eben aus der Tür spaziere, wenn wir normalerweise zusammen die *Great British Baking Show* anschauen? Warum kann Wendy sich nicht wenigstens ein klein bisschen anstrengen, um ihren Teil der Abmachung einzuhalten, während ich hier drüben einen verdammt guten Job mache, um aus ihrem Haus, ihrem Leben und ihrer Familie wie Aschenbrödel das Beste herauszuholen?

Hätte ich nicht mit jemandem den Körper tauschen können, der die Dinge wenigstens einen Deut besser auf die Reihe bekommt? Was habe ich getan, um Wendy Charles zu verdienen?

Andererseits kenne ich den Grund ja eigentlich sehr gut. Ich habe nämlich Riesenglück gehabt – und nun ist es an der Zeit, etwas zurückzugeben.

In der zehnten Woche meines Mutterschaftsurlaubs mit Zoey bekam ich einen Brief von der Personalabteilung meines Colleges. Damals habe ich als Mathelehrerin in Vollzeit am örtlichen Community College gearbeitet – das zwar nicht zum University of Minnesota System gehörte, dem Verbund der bekannten staatlichen Universitäten Minnesotas, aber ein bescheidenes zweijähriges Weiterbildungsprogramm für Menschen aus allen Schichten der Gesellschaft anbot. Der Besuch meiner Kurse im zweiten Jahr war Pflicht für angehende Sekundarstufenlehrkräfte, Versicherungsmathematiker und den Abendschul-MBA-Studiengang, und fast alle anderen mussten bei mir eine Prüfung ablegen. In meiner Erinnerung habe ich die komplette Schwangerschaft mit Zoey mit nichts anderem als Korrigieren und Benoten verbracht, während meine Sprechstunde, wie ich sie hochspurig nannte, eigentlich nur daraus bestand, dass sich Studierende die Klinke in die Hand gaben, die mir eine unverdient gute Note abschwatzen wollten.

An Zoey hingegen gab es von Anfang an nichts auszusetzen.

Sie war eins dieser engelsgleichen Babys, die in einem endlosen, vorhersehbaren Kreislauf essen, schlafen und in die Windeln machen. Und Hugh war der absolute Traum. Jeden Morgen, wenn er uns beiden einen Abschiedskuss gab, ehe er zur Arbeit fuhr, machte er mir unmissverständlich klar: »Wenn mir zu Ohren kommt, dass du putzt oder kochst, während dieses Baby schläft, bekommst du richtig Ärger.« Er gab mir das Gefühl, dass allein die Tatsache, dass Zoey in mir herangewachsen war, ich sie auf die Welt gebracht hatte und stillte, Grund genug sei, mich wie eine Göttin anzubeten oder mir zumindest die Füße zu massieren, ohne dass ich erst darum bitten musste.

Sogar an den Wochenenden waren diese Regeln in Stein gemeißelt: Wenn Zoey schlief, hatte auch ich Pause. Die meiste Zeit schlief ich ebenfalls, aber wenn ich nicht erschöpft war, steckte mich Hugh mit einem gut gelaunten Baby im Arm ins Bett und sorgte mit einem Endlosmarathon von *The Office*, *Parks and Recreation* und *Brooklyn Nine-Nine* für meine Unterhaltung. Oder er nahm mir Zoey ab, wickelte sie – nach einiger Übung recht geschickt – in ein gewebtes Tragetuch, drückte mir einen Liebesroman und einen Erdbeer-Smoothie in die Hand und war schon durch die Tür.

Auch wenn Zoey wach war, genoss ich die Zeit in vollen Zügen. Meist ging ich mit ihr wie in Zeitlupe durch die Nachbarschaft spazieren, aber manchmal erledigten wir auch ein paar Aufgaben im Haushalt, wuschen und legten ihre winzigen Kleidungsstücke zusammen oder machten Fotos für ihr Babybuch. Obwohl sich mein Terminkalender stets in greifbarer Nähe befand, vermied ich es, die Seiten der nächsten Monate aufzuschlagen und sie wie sonst schon lange vorher zu befüllen. Denn mir war klar, dass der Tag, an dem ich wieder zur Arbeit würde gehen müssen, bald bevorstand. Je näher er kam, umso schlechter wurde meine Laune, was auch Hugh nicht verborgen blieb. Er kniete sich in die Vorbereitungen, denn ihm war klar, dass ich mir über jedes noch so kleine Detail Sorgen machen würde, sobald Zoey nicht mehr den ganzen Tag in meiner Obhut wäre. Wir vereinbarten mit meiner Mutter, dass sie wenigstens während der ersten Wochen zu uns kommen sollte, um auf Zoey aufzupassen. Wir fanden eine traumhafte Kindertagesstätte mit einem Eins-zu-eins-Betreuungsschlüssel, in der man im selben Maße auf Sicherheit und Kuscheln Wert legte, wie es nur einer anderen Mutter einfallen kann. Ich bestellte entsprechendes Zubehör, um auf der Arbeit meine Muttermilch in Flaschen abfüllen zu können, und einen dieser Abpump-BHs, mit dem man sich vorkommt wie eine Milchkuh in einem landwirtschaftlichen Großbetrieb. Wir ließen uns von einer Laktationsexpertin zur Umstellung des Stillrhythmus beraten. Und jede Nacht weinte ich mich in den Schlaf.

Der Brief, der mich eine Woche vor meiner Rückkehr ans College erreichte, veränderte jedoch alles. Es war allgemein bekannt, dass der Schulhaushalt gekürzt, die Gehälter eingefroren wurden und die Klassenstärken immer weiter steigen würden. Sogar in meiner Babyblase hatte ich die Nachrichten verfolgt. Was ich nicht mitbekommen hatte: Man bot Angestellten eine Abfindung dafür an, wenn diese ihren Vertrag auflösten. Wenn ich daran Interesse hätte, könnte ich bis zum Ende meines Zweijahresvertrags zwanzig Prozent Gehalt bekommen, ohne jemals wieder einen Fuß auf den Campus setzen zu müssen.

Ich erzählte Hugh zunächst nichts von dem Brief, sondern rechnete erst einmal alles durch. Wie viel Geld stünde uns ohne mein Gehalt zur Verfügung? Wo müssten wir Abstriche machen? Was würde das für unsere Rentenrücklagen, Träume und sonstigen Pläne bedeuten? Ich erstellte Tabellen, spielte verschiedene Szenarien durch und machte sogar eine Kosten-Nutzen-Analyse. Ich versuchte, dem Ganzen Sinn zu verleihen – zu beweisen, dass wir das Geld für mein Mittagessen außer Haus, meine Arbeitskleidung und die Kinderbetreuung sparen würden – aber die Rechnung ging einfach nicht auf. Es bestand kein Zweifel: Hugh würde länger arbeiten und wir unseren Lebensstil einschränken müssen, wir würden unsere Urlaube eher auf dem Campingplatz als am Strand verbringen, und in unserem nächsten Haus würde es auch nicht mehr Bäder als in unserer aktuellen Wohnung geben.

Ich verwarf die Idee, das Thema überhaupt anzuschneiden.

Der Brief wanderte in den Müll, stattdessen bestellte ich noch ein paar weite Stretchhosen für die Arbeit und Stilloberteile.

Meine Mom reiste an. Ich erzählte ihr, wie es mir mit der Aussicht auf die Rückkehr in den Job ging, und sie – die das alles selbst durchgestanden hatte, nur dass sie zwei Jobs, vier Kinder und keinen Partner an ihrer Seite gehabt hatte – ließ mich weinen, solange ich wollte.

Am Freitag vor meinem geplanten Wiedereinstieg kam Hugh mit einem Stück Papier in der Hand nach Hause, das er wie einen Lottoschein mit sechs Richtigen herumwedelte.

Ich wusste sofort, worum es sich handelte, als er es mir überreichte: eine Kosten-Nutzen-Analyse der Ausgaben und Einkünfte durch meine Arbeit, genau wie ich sie entworfen hatte. Mein Ergebnis war miserabel gewesen. Doch Hugh grinste wie ein Honigkuchenpferd und zeigte aufgeregt auf die Tabelle. »Schau mal! Wir brauchen einfach nur drei Kinder!«, rief er aufgeregt.

»Wie bitte?«

»Wir wollen doch drei Kinder, oder? Ich meine, so war unser Plan, wenn es klappt. Bist du so weit immer noch an Bord?«

Ich lächelte traurig. »Ich denke schon. Es kommt darauf an, wie es läuft, wenn ich erst einmal wieder arbeite. Aber ja, ich hätte gerne drei. Warum?«

»Weil die Zahlen dann für uns arbeiten, Schatz. Schau dir die Grafik an! Bei drei Kindern – also, genau genommen bei zwei Komma acht Kindern, aber das wird so genau wohl schwer machbar sein, was man so hört – haben wir finanziell mehr davon, wenn du zu Hause bleibst, als wenn du arbeiten gehst. Das ist der Knackpunkt, ab dem du daheim bei den Kindern bleiben kannst!«

Mir klappte die Kinnlade herunter. Es war mir noch nicht mal in den Sinn gekommen, das Ganze mit zwei, geschweige denn mit drei Kindern durchzuspielen.

»Aber das dauert ja noch Jahre«, wandte ich ein. »Solange wir nur Zoey haben, ist das reine Theorie.«

»Vergiss nicht, dass du auch nicht mehr zur Arbeit fahren musst«, fuhr er fort. »Wir müssen einfach ein bisschen unsere Fantasie spielen lassen. Für einen Job brauchen wir nur ein Auto. Deinen Corolla zum Beispiel, der verursacht kaum Kosten und ist so verlässlich wie die Gezeiten. Wenn wir meinen Van verkaufen und uns keinen zweiten Wagen zulegen, bis das dritte Baby kommt, könnte das funktionieren!«

Noch heute erinnere ich mich genau daran, wie ich mich bei dieser Nachricht gefühlt habe. Seit ich als Teenager auf meine kleineren Geschwister aufgepasst hatte, konnte ich mir nichts Schöneres vorstellen, als Mutter zu sein. Dank Hugh und der desaströsen Finanzlage des Bildungssektors sollten nun alle meine Träume wahr werden. In diesem wundervollen Moment habe ich mir keine Sorgen darüber gemacht, ob ich eines Tages wieder zurück in den Beruf finden würde oder ob ich eine gute Feministin war oder als was ich mich selbst lieber sähe als genau das, was ich in diesem Moment sein wollte: aus tiefstem Herzen und einzig und allein die Mutter meiner Tochter.

8

Celeste

Wendy ist zu spät. Ich habe den »Dornenbusch« ausgemacht, auch bekannt als Englische Teerose. Man hätte sie bereits im vergangenen Oktober zurückschneiden müssen, aber die Pflanze steht auf Wendys Grundstück, und wie soll sie sich auch noch um Gartenarbeit kümmern, wenn sie schon als Sangria-Polizei so viel um die Ohren hat?

Junge Triebe mit cremefarbenen Knospen winden sich durch das seit Jahren wild wuchernde Unterholz. Ich weiß, wo die Heckenscheren sind. Noch ist es nicht dunkel, und Wendy braucht vermutlich noch eine Weile, Joy ohne ihre übliche Portion Milch zum Schlafen zu bringen. Vielleicht stillt sie mein Baby ja auch gerade – wer weiß. Der Gedanke schlägt mir auf den Magen. Ja gut, es ist meine Milch, es sind meine Brüste. Jahrtausende lang war es ganz normal, eine Amme zu haben. Dennoch. Es könnte sein, dass Wendy in diesem Moment mein Kind stillt. Diese … diese ganze Sache, um was auch immer es sich dabei handelt, wird immer abstruser, je öfter ich darüber nachdenke.

Dann hör auf, darüber nachzudenken, versuche ich mich selbst zur Ordnung zu rufen.

Stattdessen betrete ich die Garage durch die Seitentür und suche die Heckenschere.

Stoße dabei aber auf Hugh.

»Wendy?«, fragt er.

Ich reiße die Augen auf, als mir klar wird: Ich bin in meine eigene Garage gelaufen. Für Hugh muss das so aussehen, als würde die Nachbarin mal eben in seinen Hobbyraum spazieren, als würde er ihr gehören.

»Allmächtiger, Hugh!«, rufe ich. Allerdings ist Wendy nicht wirklich gläubig, oder? Sie würde einfach »Oh mein Gott!« oder »Heiliger Bimbam!« sagen. Mit Gotteslästerung hat sie keinerlei Probleme. Offen gestanden habe ich selbst wohl weniger Skrupel diesbezüglich, als ich haben sollte, aber mir sind Regeln nur allzu recht, die den netten Nebeneffekt mit sich bringen, dass sie meine Kinder vom Fluchen abhalten. Ich versuche mich noch mal an meiner Wendy-Imitation, verknote mir die Zunge, um die richtigen Worte, den richtigen Südstaaten-Singsang hervorzubringen. »Gott, hast du mich erschreckt, Hugh«, sage ich und tue so, als müsste ich erst einmal wieder zu Atem kommen. Wobei, eigentlich muss ich das nicht erst vortäuschen. Dieser ganze Schlamassel lässt mich im wahrsten Sinne des Wortes aus dem letzten Loch pfeifen.

»Tut mir leid«, entgegnet Hugh, als ob er sich für irgendetwas entschuldigen müsste. Er breitet die Hände aus, und ich bemerke, wie vertraut sie mir sind im Gegensatz zu denen von Seth. »Bist du auf der Suche nach mir?«, fragt er. »Oder nach Celeste?«

Es vergeht kein Tag, an dem Hugh nicht wenigstens kurz den Arm um mich legt und mich an sich zieht. Dies ist für mich der Moment, an dem wir beide nach einem langen Tag wirklich nach Hause kommen. Wenn ich ihn nur jetzt fest umarmen könnte. »Celeste meinte, ich soll ruhig rüberkommen und mir in der Garage ihre Heckenschere nehmen.« Das klingt nach einem Satz, den ich niemals zu Wendy sagen würde. Nicht, dass sie überhaupt danach fragen würde. »Sie ist so eine gute Nachbarin«, füge ich hinzu. Irgendwie gefällt mir, wie langsam und sanft die Worte über Wendys Lippen kommen. Im Vergleich dazu klingt mein Akzent abgehackt und kühl. Ich schaue Hugh in die Augen, um herauszufinden, ob er den leichten Singsang ebenso mag. Oder ob er vielleicht irgendwie spüren kann, dass ich hier drin stecke? Aber sein Gesicht wirkt einfach nur müde – etwas, was ich bisher noch nie bemerkt habe. Hatte er einen schlechten Tag? Oder ist er in letzter Zeit ständig überarbeitet, und es ist mir nur nie wirklich aufgefallen?

»Ich habe da ein paar Rosen hinten im Garten, die kurz davor sind, jedes kleine Kind zu verschlingen, das ihnen zu nahe kommt.«

»Ah, ja.« Er sieht mich noch nicht einmal an, als er das sagt. Er scheint überhaupt nichts an mir zu bemerken. »Bedien dich. Ich weiß, welche Pflanze du meinst, Celeste hat da was erwähnt …«

Hugh!, schimpfe ich innerlich. Hau mich ja nicht hinter meinem Rücken in die Pfanne!

»Wenn ich ehrlich sein darf, ich glaube, du brauchst wahrscheinlich ein Kettenhemd, um dieses Gestrüpp zurückzuschneiden«, fährt er fort, ahnungslos, welche Sünde er da eben begangen hat. »Du kannst es gerne mir überlassen, wenn du magst. Ich wollte nächstes Wochenende ohnehin den Buchsbäumen mit dem elektrischen Rasentrimmer zu Leibe rücken.«

»Oh«, entgegne ich. Nun, das klingt auf jeden Fall besser, als sich die Arme an den Dornen aufzukratzen. Als Celeste würde ich dieses Angebot ganz sicher nicht ausschlagen. Aber würde das Wendy in dieser Situation auch so machen?

Natürlich würde sie ablehnen. Sie möchte auf keinen Fall unsere Hilfe für irgendetwas annehmen. Und das ist Hugh klar. Ich wette, er hätte das sonst schon vor Monaten von sich aus erledigt, ohne auch nur zu fragen.

»Ach nein«, sage ich, »nett von dir, aber ich komme schon klar. Wird nicht lange dauern.«

»Sicher?«, fragt er.

»Ganz sicher. Ich schnapp mir nur eben die hier« – viel zu zielgerichtet steuere ich auf die Schere zu und nehme sie von

Hughs ordentlicher Werkzeugwand herunter – »und lass dich wieder in Ruhe.«

Er legt den Kopf schief. Ich wette, er fragt sich gerade, wie häufig Wendy schon in der Garage war, ohne dass er etwas davon mitbekommen hat. Ich wette, er denkt, dass sie sich ständig ungeniert an unseren Gartengeräten bedient. Und frage mich, ob er mich bei der, na ja, bei der Person, die er für mich hält, verpetzen wird.

Vielleicht kommt er auch zu dem Schluss, dass Wendys Garten wohl nicht in dem jetzigen Zustand wäre, wenn sie in unserer Garage ein und aus ginge. Ich rufe ihm noch ein »Danke!« zu, und schon bin ich durch die Tür und auf dem Weg zum Gebüsch, während mir durch den Kopf geht, ob ich wohl gleich zur unfreiwilligen Blutspenderin werde. Ich beschließe, von unten anzugreifen, um mir Schlimmeres zu ersparen. Kniend fange ich an, den Busch auszudünnen. Es pikst ordentlich, aber die Arbeit verschafft mir auch eine gewisse Befriedigung.

»Was zur Hölle?«, höre ich plötzlich eine Stimme hinter mir. Ich richte mich etwas auf, kriege ein paar Dornenzweige mitten ins Gesicht und robbe dann praktisch auf dem Bauch unter dem Busch hervor, um lebend aus den Rosen herauszukommen. Als ich mich wieder aufgerappelt habe, klopfe ich mir den Schmutz ab und sehe mein Gegenüber an. Mein Körper ist in ein Trägertop, eine ausgeleierte Strickjacke, an die ich mich überhaupt nicht erinnern kann, und eine schrecklich unvorteilhafte Jogginghose gekleidet. Sie ist bequem, und normalerweise trage ich sie ständig. Aber das wird garantiert nie wieder vorkommen.

»Ah, da bist du ja.« Schau nicht auf deine Uhr, Celeste. Bitte. Lass es.

»Was machst du denn mit der Heckenschere?«, fragt Wendy.

»Ich schneide die abgestorbenen Äste heraus«, erkläre ich. »Um mir die Zeit zu vertreiben.« Ah, Mist. Hallo, verbales Gegenstück zum geflissentlichen Blick auf die Uhr.

»Nun ja, lass es sein. Sind ja nicht deine toten Äste.«

In diesen Worten schwingt etwas mit. Kommunizieren wir gerade in Metaphern? Ich hebe die Hände abwehrend in die Höhe und entgegne: »Wie du meinst.« Ich werde mich einfach morgen darum kümmern, während sie – ja was eigentlich? – ein Bad nimmt, anstatt die hundert Dinge zu erledigen, die bei mir montags anstehen?

Ich lege die Heckenschere beiseite und frage: »Also, wie ist es denn heute gelaufen?« Sicherheitshalber senke ich dabei die Stimme, denn ich möchte nicht, dass irgendwer mithört, was wir hier zu besprechen haben.

»Es war okay. Ich hab mich rar gemacht. Und den ganzen Tag gehofft, dass wir heute Abend schon wieder zurücktauschen können.«

Ich runzele die Stirn. Offenbar ist es ihr noch viel weniger als mir gelungen, den Wodka irgendwo aufzutreiben. »Wendy, also der Wodka ...« Ich setze sie über das Zeitfenster des Eilversands ins Bild. Sie stößt einen obszönen Fluch aus.

»Psst!«, flüstere ich. »Mit dem Geschrei kannst du ja Tote wecken!«

»Freitag?!«, schreiflüstert sie.

»Du hast doch ebenso danach gesucht, oder? Und du hast auch nichts Besseres gefunden.«

»Aber dass du bis Freitag ich bist, das geht nicht! Ich habe am Samstag ein Riesenevent für die Arbeit, das darf ich nicht verpassen. Mein ganzes Geschäftsjahr hängt davon ab.«

»Bei mir ist auch einiges los ...«, setze ich an, aber sie verdreht nur die Augen. »Und ich vermisse meine Familie jetzt schon. Mir passt das auch nicht gerade. Aber wenn der Wodka am Freitag geliefert wird, kriegen wir das irgendwie hin. Du wirst für dein großes Arbeitsevent rechtzeitig wieder du selbst sein. Und ich werde wieder ich sein, ehe mein Haus aussieht wie ...« Ich halte inne, ehe das Wort »deins« aus meinem Mund kommt.

Sie lässt den Kopf hängen. »Ich möchte einfach mein Leben zurück«, sagt sie, »und nicht erst in einer Woche, sondern jetzt.«

»Das will ich auch, das kannst du mir glauben«, versichere ich ihr. »Nur, Wendy«, sage ich vorsichtig, »meinst du, es könnte an mehr als nur meiner Sangria liegen? Vielleicht …« Ich bin unsicher, wie ich fortfahren soll. »Vielleicht ist dies auch eine Art, ähm, göttliche Intervention, um dir bei ein paar Dingen unter die Arme zu greifen?«

Sie sieht mich völlig entgeistert an. »Um *mir* unter die Arme zu greifen?«, fragt sie.

»Na ja, schon«, antworte ich. »Du bist immer so gehetzt und gestresst. Dein Leben scheint so hektisch zu sein, und dein Haus …«

»Was ist mit meinem Haus?«, fragt sie abwehrend.

»Es ist … also, da ist ein Loch im Schlafzimmer«, wage ich mich vor.

»Seth bringt das in Ordnung. Einen Künstler kann man nicht drängen.«

Es liegt mir auf der Zunge, sie nach all den anderen Dingen zu fragen, die man dringend in Ordnung bringen müsste, oder den Wollmäusen, die sich unter jedem Möbelstück im Haus wie die Kaninchen vermehren. Stattdessen sage ich mild: »Vermutlich nicht.« Das Gespräch in diese Richtung zu lenken, bringt sie mehr auf die Palme, als ich erwartet hätte. »Aber schau mal, vielleicht können wir der ganzen Sache etwas Positives abgewinnen, wenn es nun schon mal so ist.«

»Indem wir mein schreckliches Leben in Ordnung bringen«, antwortet sie.

»Ich muss schon sagen, dass heute der stressigste Tag meines Lebens war, und zwar in vielerlei Hinsicht«, erwidere ich.

Sie lacht, ein trockenes, humorloses Lachen. »Das überrascht mich nicht. Verglichen mit meinem Leben ist deins das reinste Kinderspiel. Und zwar nicht, weil da ein Loch in der Wand in meinem Schlafzimmer ist. Sondern weil ich einen anspruchsvollen, zeitintensiven Job habe, mit dem ich meine komplette Familie ernähre, und gleichzeitig zwei sehr unterschiedliche Kinder großziehe. Du hast keine Ahnung von der Art Stress, mit dem ich täglich konfrontiert bin.«

Ich baue mich vor ihr auf. »Ach, nein? Ich weiß, ich habe nur den lapidaren und vergleichsweise bedeutungslosen Job, mich um drei Kinder zu kümmern, die die Welt zu einem besseren Ort machen werden, die örtlichen Schulen zu unterstützen, und, ach ja, *deine* Kinder von A nach B zu kutschieren, aber ob du es glaubst oder nicht, auch meine Tage können stressig sein.«

»Wohl kaum«, antwortet sie.

Ich verdrehe die Augen. »Wenn dein Leben so verdammt hart ist, solltest du vielleicht etwas daran ändern.«

»Das ist wahrscheinlich das Naivste, was du jemals zu mir gesagt hast. So sieht das Leben einer berufstätigen Frau nun mal aus. Glaub mir – du kannst alles haben, solange du nicht erwartest, dass das Ganze auch Spaß macht.«

Ich schweige. Diese Aussage ist zu traurig, um überhaupt etwas darauf zu antworten. Aber mein Gesichtsausdruck spricht vermutlich Bände.

»Hör mal«, sagt sie, »ich weiß, du würdest liebend gern den ganzen Abend damit verbringen, mein Privatleben zu zerpflücken und an meinen Sträuchern herumzuschnippeln, aber dafür haben wir schlicht nicht die Zeit. Du musst in zehn Minuten Bridget Gute Nacht sagen, und ich, ja, was steht bei mir noch an? Farblich abgestimmte Bento-Lunchboxen zusammenstellen und T-Shirts bügeln?«

Ich lasse mir nicht anmerken, dass sich ihre Bemerkung anfühlt wie eine Ohrfeige. »Mach Sam und Zoey einfach Vollkornbrote mit Truthahn und Provolone. Gib ein paar Sprossen aus dem Blumenkasten bei der Spüle hinzu und Karotten – die aber bitte vorher waschen. Das dauert keine drei Minuten. Ich mache montags die Wäsche, morgen sind sie also noch versorgt, was das angeht. Und ich kann dir versichern: Sollte das nötig werden, können meine Kinder ihre Klamotten selbst bügeln.«

Ihrer Miene ist keine Gefühlsregung anzumerken. »Gut. Was dich angeht, denke dran, dass die Kinder alle ihre Sachen für die Nachmittags-AGs und Geld fürs Mittagessen direkt mit zur Schule nehmen müssen. Wenn du erst mal in Richtung Stadt zur Arbeit unterwegs bist, bleibt dir keine Zeit, um noch mal herzukommen. Und du musst was Ordentliches anziehen.« Sie deutet auf meinen Aufzug, alte graue Leggings und ein vergilbtes T-Shirt, die einzigen zum Putzen geeigneten Klamotten, die ich in ihrem gesamten Kleiderschrank finden konnte. »Also richtig schick, wie ein echter Mensch, mit einem Job.«

Ich hätte es nicht für möglich gehalten, dass ich in der Lage bin, meine Lippen tatsächlich noch schmaler aufeinanderzupressen. Aber Wendy hat glücklicherweise einen sehr spitzen Mund.

»Und nimm eine Dusche«, fährt sie fort. »Sei bis 8:30 Uhr im Büro. Ich schreibe dir die Adresse. Danach kann ich dir weitere Anweisungen schicken und die wichtigen E-Mails von hier aus beantworten, wenn wir unsere Handys tauschen. Ach so, hast du irgendein System, sodass ich weiß, wann ich morgen wo sein muss?«

Ich nicke und schicke ein stilles Dankesgebet gen Himmel, dass sie scheinbar gewillt ist, sich ebenso konsequent um meine Verpflichtungen zu kümmern, wie sie es von mir erwartet. »In der obersten Schublade des Nachttischs auf meiner Seite des Bettes findest du einen Kalender. Mein komplettes Leben steckt dort drin. Zoey ist gelb, Samuel blau und Joy lila. Hugh ist rot.«

»Welche Farbe hast du?«, fragt sie.

»Hm?«, frage ich zurück und schüttele den Kopf. »Ich habe keine eigene Farbe. Ich bin alle Farben, ist doch klar.«

Sie schnaubt nur.

»Halte dich einfach ganz genau an die Einträge, okay? Es gibt etwas für den Elternbeirat zu tun, Musikstunde für die Kleine und Nachhilfe und …«

»Ich bin sicher, dass ich das hinkriege«, antwortet sie so selbstzufrieden, dass ich ihr sofort drei von der Grippe niedergestreckte Kinder mit Kopfläusen an den Hals wünsche. Dann fällt mir wieder ein, dass es ja meine Kinder sind. Meine Güte. Und diese Erfahrung soll eigentlich das Beste in mir zum Vorschein bringen.

Mit diesem Gedanken als Mantra im Kopf sage ich: »Lass uns noch einmal die Regeln durchsprechen. Schnell. Ehe Bridget nach dir sucht. Nach mir. Uns.«

»Prima. Die Regeln. Easy. Erstens: Versau mir mein Leben nicht.«

»Oder du mir meins«, antworte ich. »Wozu übrigens gehört, dass du bitte das Fluchen sein lässt.«

Sie verdreht die Augen. »Zweitens: Die Kinder dürfen nichts mitbekommen.«

»Okay, geht klar«, stimme ich zu.

»Drittens und am allerwichtigsten: Fass. Meinen. Mann. Nicht. An.«

»Natürlich nicht«, versichere ich ihr. »Ich bin eine glücklich verheiratete Frau.«

»… deren Mann mehr Haare auf dem Rücken als auf dem Kopf hat«, sagt sie. Am liebsten würde ich ihr eine verpassen. Woher kommt ihre Obsession damit, wo mein Mann Haare hat und wo nicht? Mir sind ein paar Haare zu viel tausendmal lieber als ein voller Haarschopf auf einem Kopf, der sich um nichts schert.

»Was wirst du Hugh sagen?«, frage ich.

»Was meinst du?«

»Wenn er auf bestimmte Gedanken kommt oder dich küssen will oder so. Ich habe überlegt, dass ich Seth sage, ich hätte

Scheidenpilz. Oder meine Periode? Oder … dass ich irgendwas ausbrüte? Was meinst du?«

Wendy sieht mir suchend in die Augen. »Du musst überhaupt nichts sagen. Wenn du ihn in Ruhe lässt, lässt er dich auch in Ruhe.« Dem fügt sie nichts mehr hinzu, aber das muss sie auch nicht. Dieser eine Satz spricht Bände. Die nicht gerade von Glück erzählen. Mal wieder bin ich dankbar dafür, dass das bei Hugh und mir anders läuft, auch wenn sein Timing nicht immer das beste ist.

Und ich wüsste Wendy lieber nicht in seiner Nähe.

»Sag Hugh, dass du deinen Eisprung hast«, rate ich ihr. »Er wird dich wie eine Aussätzige behandeln.«

»Oh, mein Gott, war ja klar, dass ihr per Kalendermethode verhütet.«

»Was soll das denn bitte heißen?«, will ich wissen.

»Mom?«, erklingt eine dünne Stimme aus Wendys Haus, ehe sie antworten kann. Das muss Bridget sein. Hoffentlich ist es nicht Linus. Der arme Junge. Er macht sich anscheinend über alles und jeden Sorgen. Ihn dazu zu bringen, sich ins Bett zu legen und einzuschlafen, kam einem Kampf mit einem Oktopus mit Bindungsstörung gleich.

»Du solltest reingehen«, meint Wendy. »Hier – nimm dein Handy, und gib mir meins. Und sei nett zu Bridge. Morgen ist das erste richtige Training des Jahres. Und sie fährt das erste Mal in ihrem Leben mit dem Fahrrad ganz allein zum Sportplatz.«

»Hast du nicht gesagt, dass Gemma sie mitnimmt?«

»Das war gelogen«, gibt sie zu. »Sie bekommt das schon hin. Sie ist elf. Lediglich ein bisschen nervös. Aber ohne Witz: Wenn morgen eins der Mädchen, die mit mir mitfahren sollen, auch nur eine Minute zu spät ist, gehört der Platz Bridget.«

Ich nicke. Es ist absolut unfair, aber ich würde haargenau dasselbe für meine Tochter tun.

»Halt dich an die Regeln«, rufe ich ihr ins Gedächtnis.

»Oh, sicher doch. Du bist es, um die ich mir Sorgen mache.«

Ich wüsste nicht mal, wo ich ansetzen sollte, um darauf eine Antwort zu finden, also lasse ich es und gehe einfach. In Wendys Haus, um Wendys Tochter für die Nacht zuzudecken. Und um »nett« zu ihr zu sein. Als ob ich überhaupt auf die Idee käme, nicht nett zu ihr zu sein. Ich bin eine nette Person, würde ich am liebsten schreien. Ich habe dein gesamtes Haus geputzt. Deinen Kindern beigebracht, wie man die Wäsche macht.

Nur hat sie danach kein einziges Mal gefragt, nicht wahr? Sie wollte wissen, was ich morgen in ihr Büro anzuziehen gedenke. Und wenn das alles ist, was für sie zählt, kann ihr Leben wohl nicht viel schlimmer werden.

Wendy

Als ich nach unserem Plausch zwischen den Sträuchern in Celestes Haus zurückkehre, finde ich drei schlafende Kinder und einen schlummernden Ehemann vor. Samuel hat sich auf seinem Bett zusammengerollt, ohne Decke und noch komplett angezogen, als wäre er dort nach einer wilden Studentenparty kollabiert. Ich decke ihn mit einem Plaid zu. Auch Zoey träumt in ihrem Zimmer bereits tief und fest, obwohl es erst 21:20 Uhr ist. Eins steht schon mal fest: Schlafen ist bei den Kindern dieses Haushalts sicherlich kein Streitthema.

Hugh und Anna Joy finde ich aneinandergekuschelt auf der riesigen, bequemen Couch vor, beide schlummern tief und fest, während im Fernsehen eine Kochshow vor sich hin plärrt. Es ist unfassbar süß. Und es versetzt mir einen Stich, denn es erinnert mich an meinen Mutterschutzurlaub mit Linus. Sechs kurze Wochen, in denen ich mich ganz dieser seltsamen Mischung aus Glückseligkeit, Hormonen und chronischer Müdigkeit hingab, welche die Zeit kurz nach der Geburt ausmacht. Linus' Schlafrhythmus war ein einziges Chaos, und er war oft bis spät wach, also habe ich ihn in eine Babyschaukel in einer Ecke des Zimmers gelegt, während ich seine große Schwester ins Bett brachte und ihr etwas zum Einschlafen vorsang. Wenn Linus mich ließ, sah ich ihr einfach zwanzig oder dreißig Minuten beim Schlafen und ihm beim Schaukeln zu, wie er zufrieden das Mobile über seinem Kopf betrachtete und die Bewegung genoss. Wurde er schließlich unruhig, nahm ich ihn aus der Wiege, und wir machten es uns zusammen in meinem Bett gemütlich. Seth übernachtete in der Zeit nur zu gern im Gästezimmer.

Als ich zurück zur Arbeit musste, ging es für Bridget wieder in den Kindergarten, allerdings waren zwei Wochen zu überbrücken, bis Linus alt genug für die renommierte Tagespflege war, bei der ich ihn bereits angemeldet hatte, ehe er überhaupt als Zellklumpen auf dem Ultraschall zu erkennen gewesen war. Seth arbeitete an einer Installation für die große Triennale des Museums, also zog meine jüngere Schwester Ruthie zu uns und passte in der Zwischenzeit auf Linus auf. Ich war immer rechtzeitig zu Bridgets Schlafengehzeit zu Hause, und ich weiß noch, dass ich damals dachte, das Leben sei rundum perfekt. Zwar war ich nicht gerade sparsam mit dem Zoloft, um mir eine postnatale Depression zu ersparen, wie sie so viele Frauen ereilt, die dadurch all die schönen Dinge in der ersten Zeit mit ihrem Säugling verpassen. Und ja, ich war müde. Aber ich wurde auf der Arbeit und zu Hause gebraucht, in genau dem richtigen Maß, sodass ich das Gefühl hatte, beidem gerecht zu werden. Meine Schwester ging so liebevoll mit Linus um, dass ich nie ein schlechtes Gewissen hatte, ihn in ihrer Obhut zu lassen – wenn ich morgens aufbrach, kamen mir im Auto nicht die Tränen, wie es damals der Fall gewesen war, als Bridget zum ersten Mal in die Tagesbetreuung hatte gehen müssen. Über die perfektionistischen Ansprüche ans Elternsein, die mich bei ihr begleitet hatten, war ich hinweg, und die sechs Wochen Büropause hatten mir so richtig gutgetan. Ich glaubte in diesen vierzehn Tagen wirklich, dass dieses Glücksgefühl für immer anhalten würde.

Doch hinterhältig, wie die Realität nun mal ist, holte sie mich nach und nach ein. Ruthie fuhr zurück nach Hause, Seth nahm wieder seinen Platz in unserem Bett ein, und dank der Fachkräfte in Linus' Tagesbetreuung gewöhnte er sich an einen früheren Rhythmus. Kaum war ich abends zu Hause, begann ein regelrechter Sprint, um die Kinder ins Bett zu bringen. Die Anforderungen bei der Arbeit wuchsen, und mit der Zeit wurde klar, dass Seth und Linus nicht im selben Maße eine Bindung zueinander aufbauten, wie es bei Bridget der Fall gewesen war. Zu Hause wich Linus mir nicht von der Seite, auf der Arbeit saß mir das schlechte Gewissen im Nacken. Was passierte, war … das normale Leben.

Wehmütig sitze ich neben Hugh und der kleinen Joy und lausche dem entspannten Atmen der beiden. Glücklicherweise habe ich mein Handy wieder, also kümmere ich mich in Ruhe um ein paar Mails, die übers Wochenende reingekommen sind, und denke dann darüber nach, was ich jetzt tun soll. Hugh wecken, damit er in seinem Bett weiterschlafen kann? Versuchen, die schlummernde Anna Joy in ihr kleines Bett im Zimmer ihres Bruders zu tragen, in der Hoffnung, dass sie währenddessen nicht aufwacht? Auf jeden Fall fühlt es sich nicht richtig an, dass ich ganz allein in einem großen Zimmer in völliger Ruhe schlafen darf, nachdem ich heute absolut nichts für diese Familie getan habe, die mich als einen Teil von sich betrachtet. Und dennoch: Das Bett mit dem Ehemann einer anderen zu teilen, erscheint mir ebenso falsch. Nein, wenn heute irgendwer auf der Couch schläft, sollte ich das sein.

Nur würde das bedeuten, dass ich zwei selig Schlummernde wecken muss, die ich so gut wie nicht kenne.

Ich fühle mich absolut überflüssig und sehne mich nach meinem eigenen Zuhause, wo ich jetzt vielleicht an Bridgets Bett sitzen und mit ihr plaudern oder vor dem Fernseher an meinem Laptop arbeiten würde. Ich schaue noch einmal bei Samuel vorbei. Es scheint, als wäre Joys weißes Kinderbettchen bisher nur als Ablage benutzt worden. Es ist perfekt gemacht und mit Plüschtieren und gefalteten Jungenunterhosen übersät. Akkurat zusammengelegte Unterhosen in Größe hundertvierunddreißig, was meinen Verdacht bestätigt, dass sich Celeste vor allem selbst Tag und Nacht zusätzliche Arbeit aufbürdet. Vielleicht gehört sie zu den Leuten, die jede Aufgabe so ausdehnen, bis sie zur Zeitspanne passt, die sie dafür übrig haben. Vielleicht würde ich das auch tun, wenn ich den ganzen Tag allein durch dieses große Haus spuken würde so wie jetzt.

Morgen sei Waschtag, erwähnte sie vorhin – ein ganzer Tag, um sich um die Wäsche zu kümmern! Ich stelle mir vor, wie sie ganz für sich zu Hause ist, während ihre Kinder in der Schule sitzen, wie sie die Kleidung Stück für Stück auf einer Wäscheleine aufhängt, anstatt sie alle mit einem Duftball in den Trockner zu werfen, und später liebevoll jede einzelne Spider-Man-Unterhose zusammenlegt, während sie einem vom Feuilleton gelobten Hörbuch lauscht und sich möglicherweise um ein Schmorgericht fürs Abendessen Gedanken macht. Es klingt nach dem reinsten Luxus, wenn ich ehrlich bin. Meditativ. Keine Hektik, kein Stress, keine Nervenzusammenbrüche wegen irgendwelcher Getränke, die man für eine Party organisieren muss.

Andererseits: Wie oft schon habe ich einen Artikel darüber gelesen, dass man dem Leistungskult den Kampf ansagen solle, und wollte den wohlmeinenden Autor anschreien: Als ob ich eine Wahl hätte!

Die habe ich nämlich nicht.

Wobei – im Moment schon.

Als Celeste kann ich dem Leistungskult in unserer Gesellschaft tatsächlich eine Nase drehen. Ich kann heute Nacht ganz allein in dem Riesenbett schlafen, mir morgen Gedanken um den farbcodierten Familienkalender machen und mich einfach durch Celestes idyllische Hausfrauenfantasie treiben lassen, bis all das vorbei ist. Eine Woche, in der ich im Grunde nichts zu tun habe, ganz für mich allein, geht es mir durch den Kopf, während ich zum Elternschlafzimmer tappe. Mit einer Woche Nichtstun komme ich klar. Es wird mir möglicherweise sogar richtig guttun.

9
Manischer Montag

Wendy

Am nächsten Morgen werde ich von der Sonne geweckt. Ich komme im Glauben, ich selbst zu sein, langsam zu mir, und als mir die Sache mit dem Körpertausch dämmert, bin ich weniger überrascht, als man meinen sollte. Schließlich ist das Bett, in dem ich liege, nicht mein Bett, der hübsche rosafarbene Pyjama nie im Leben meiner, die Schmerzen in der Hüfte sind nicht meine Schmerzen, und auch die eiskalten Zehen, die sich in meinen Rücken bohren, gehören nicht meinem Kind. Widerstrebend schaue ich in den Badezimmerspiegel, aber natürlich blickt mir immer noch Celeste entgegen. Mit den Fingern fahre ich unter ihren Augen entlang, über die Stellen, die in meinem Gesicht montagmorgens üblicherweise geschwollen und fahl sind. Stattdessen sehe ich glatte, olivfarbene Haut und volle, strahlende Wangen. Überrascht neige ich den Kopf und betrachte diese andere Frau mal etwas genauer. Celeste gehört zu den Menschen, die eine natürliche Schönheit besitzen, aber nichts daraus machen. Es ist sieben Uhr morgens, und ich sollte in die Küche gehen, weil ich dort vermutlich gebraucht werde, aber vielleicht könnte ich ihr später ein kleines Glow-up verpassen. Möglicherweise lag Celeste nur zur Hälfte falsch – vielleicht ist diese seltsame Erfahrung dazu gedacht, ihr Leben zu verbessern, nicht meins. Jedenfalls scheint es das Mindeste zu sein, was ich tun kann als Ausgleich für den Urlaub.

In der hübschen weißen Küche mit den Kupfertöpfen an der Wand läuft alles wie am Schnürchen. Hugh isst ein gekochtes Ei. Die Kinder essen … was ist denn das? Ich riskiere einen genaueren Blick. Frühstücks-Burritos? Die Erdmutter lässt also ihre Kinder morgens Tiefkühl-Burritos essen, hm? Nun ja, sie sehen verdammt lecker aus, und mir knurrt der Magen. Von mir aus gerne!

Im Tiefkühlschrank erwartet mich jedoch ein erschreckender Anblick. Fächerweise akribisch beschriftete Gefrierbeutel, vollgestopft mit Unmengen an selbst gemachtem Essen zum Aufwärmen. Zwei riesige Pakete voller *Frühstücks-Wraps: Speck* und *Frühstücks-Wraps: Spinat*. Ich ziehe sie nach vorn, um zu schauen, was sich dahinter verbirgt, und entdecke fünf – *fünf* – hausgemachte Pizzen, wie Mumien in mehrere Lagen Plastik verschnürt und jeweils mit einem Kärtchen versehen, auf dem die Backanleitung vermerkt ist. Es geht weiter mit zwei Lasagnen. Eine mit Brokkoli und Wurst, eine traditionelle. Eine Moussaka. Eine Shepherd's Pie und eine Cottage Pie. Ich weiß noch nicht einmal, was der Unterschied zwischen diesen beiden Pasteten ist, aber Celeste anscheinend schon, denn sie hat sie entsprechend beschriftet. Des Weiteren finde ich vakuumierte Päckchen mit frischen rohen Zutaten, hochkant wie Bücher in den Tiefkühlschrank gestapelt. *Fajitas für Schongarer. 6 Std., Medium. Lachspilaw für Schnellkochtopf. Spargel nach Schnellentlüftung hinzufügen.* So geht es munter weiter. Ich entdecke vorbereitete Gemüsesuppen. Vorgekochtes Quinoa. Tütenweise Hühnerbouillon.

Oh mein Gott. Erwartet diese Frau eine Apokalypse? Während der alle Küchengeräte fleißig weiter ihren Dienst tun?

»Mom«, sagt der Junge, »ich habe den letzten Würstchen-Wrap gegessen.«

»Okay«, antworte ich, denn so wie er es sagt, klingt es, als würde dies eine Handlung meinerseits erfordern. Als ob ich mich hinstellen und ein Dutzend frische Würstchen-Wraps zubereiten, sie einzeln verpacken und für diese Kinder in der Tiefkühltruhe verstauen würde, damit sie diese essen können, wenn es sie – hallo! – im Laden *zu kaufen* gibt. Ganz zu schweigen von Müsli – hat davon jemand in diesem Haus schon einmal etwas gehört?

»Eier sind noch genügend da, Schatz, danke dir«, sagt Hugh. Er kommt auf mich zu, als wollte er mich küssen, und ich weiche ihm aus wie ein Boxer in der Defensive. Rollen und Abducken? Oder war das Schweben und Stechen? Keine Ahnung, ich weiß nur, dass ich irgendein Sportklischee anwende, um Celestes Mann nicht zu nahe zu kommen. Außerdem kann ich mir Schöneres vorstellen, als frühmorgens jemanden zu küssen, der aus dem Mund nach hart gekochtem Ei riecht. Danke, ich verzichte.

Zoey sieht mich an und gleichzeitig durch mich hindurch, genauso, wie es auch Bridget drauf hat. Das muss etwas sein, was nur Tweens können. »Mom, hast du dir Gedanken gemacht, was ich heute anziehen soll?«

Ich schaue sie ausdruckslos an. »Wie meinst du das?«

»Zum Softball«, antwortet sie. »Mom!«

»Ach so, ja«, sage ich, und mir kommt eine der Regeln wieder in den Sinn. So wie Zoey gerade reagiert hat, bin ich gerade dabei, etwas sehr Wichtiges gehörig zu vergeigen. Ich sollte wirklich einen Blick in den Familienplaner werfen. »Ich hatte noch keinen Kaffee«, sage ich ihr.

Hugh schaut auf. »Ich dachte, du lässt den Kaffee sein? Wegen der Frösche im Regenwald? Du trinkst doch schon seit drei Monaten keinen mehr!«

Ich habe keinen blassen Schimmer, wovon er redet, also nicke ich einfach und zwinge mich, mit einem Lachen zu sagen: »Ja, genau, so lange ist es her, seit ich meinen letzten Kaffee hatte! Und es werden noch drei weitere Monate werden. Mach dir keine Gedanken.« Von wegen. Sobald mir dieser Mann den

Rücken zukehrt, werde ich mir sofort einen doppelten Espresso genehmigen. Was will Celeste mir hier antun? »Ist nur so eine Redensart, weißt du. Wie auch immer, Sportkleidung. Du ziehst einfach ein T-Shirt und Shorts an. Irgendetwas, worin du dich gut bewegen kannst.«

»Bist du sicher?«, fragt Zoey. »Hast du mit Bridgets Mom geredet, wie du es versprochen hast?«

Ich ziehe eine Augenbraue hoch. »Habe ich, ja, absolut«, versichere ich ihr. Tatsächlich spreche ich in genau diesem Moment mit ihr.

»Dann bin ich angeschissen«, sagt sie.

»Sie hat ›angeschissen‹ gesagt«, stellt Samuel fest.

Hugh sieht beide sehr väterlich-streng an. Daraufhin blicken beide einen Moment zu Boden, dann gibt Zoey Hugh einen Vierteldollar aus ihrem Rucksack.

»Warum bist du angesch–, äh, angeschmiert?«, hake ich nach.

»Na, weil ich keine Shorts habe, weißt du doch. Du meintest, mein Tennis-Skort würde gehen. Ich werde so blöd aussehen, Mom.«

Ich lege die Hand an mein Kinn. »Keine Shorts?«, frage ich. »Keine einzige?«

»Ich hatte die alten von letztem Jahr, aber damit sehe ich klein und dick aus«, erwidert sie. »Weißt du noch? Ich hab ausgesehen wie ein Baumstumpf. Hast du selbst gesagt.«

Hugh und Samuel verfolgen unseren verbalen Austausch wie die Zuschauer eines Tennis-Matches den hin und her flitzenden Ball. Sie wirken sehr interessiert am Geschehen, ungefähr so, als stünden sie im Begriff, Zeuge eines Handgemenges auf offener Straße zu werden. Also schüttele ich den Kopf. »Wenn das stimmt, muss es an der Shorts gelegen haben. Du siehst bestimmt in jeder halbwegs tragbaren Shorts super aus. Du wirst wie eine richtige Athletin aussehen. Ich besorge dir eine, während du heute in der Schule bist. Und nicht vergessen: Das Training ist dazu da, besser im Softball zu werden, nicht um eine Modenschau zu gewinnen.«

Zoey verzieht das Gesicht und fragt schnippisch: »Kann man eine Modenschau überhaupt gewinnen?«

Ich will schon die Augen verdrehen, als mir Zoeys schöne handgenähte Sachen einfallen und mir klar wird, dass Mode vermutlich eine ziemlich große Rolle im Leben dieses Mädchens spielt. »Wenn sie jemand gewinnen kann, wärst du es«, gebe ich zurück.

Überrascht sieht sie mich an: »Danke, Mom! Das ist lieb von dir.«

»Gerne«, antworte ich. »Du wirst das heute Abend rocken.« Sie strahlt. Und weil ich einfach nicht widerstehen kann, füge ich hinzu: »Mach einfach, was Bridget macht. Eine Freundin wie sie kannst du an einem Tag wie heute gut gebrauchen.« Im Stillen sende ich ein Dankesgebet gen Himmel, dass Bridget in der Lage ist, auf dem Spielfeld einfach sie selbst zu sein und keinerlei Gedanken daran zu verschwenden, wie sie in der verschwitzten, dreckigen und immer müffelnden Softball-Ausrüstung aussieht. Mal abgesehen von dem lilafarbenen Rock ist sie ein ziemlich bodenständiges Kind. Das um Himmels willen einige Shorts besitzt wie ein normaler Mensch.

»Samuel, brauchst du auch Shorts?«, wage ich mich vor.

Er sieht mich an, als wäre ich verrückt. »Ich bin versorgt, Mom.«

Hugh lacht. »Wenn es keine Basketball-Shorts gäbe, würde der Junge dreihundertfünfundsechzig Tage im Jahr ohne Hosen herumlaufen, Celeste! Außerdem bringst du ihm jedes Mal zwei neue Shorts mit, wenn du zu Costco fährst. Ich denke, er ist ausgestattet.«

Oha, so läuft der Hase also. Das Töchterchen wird mit handgenähter Kleidung nach Schnittmustern für Teenager aus der *Vogue* wie eine Puppe ausstaffiert. Der Rest darf mit der

Sport-Freizeit-Abteilung von Costco vorliebnehmen. Sogar Celeste selbst hält sich an Yogahosen im Dreierpack. Etwas, was ich definitiv ändern sollte, solang ich hier bin …

»Weißt du was, Hugh?«, wage ich einen weiteren Vorstoß, da er in diesem Moment satt und glücklich wirkt. »Wenn ich sowieso einkaufen gehe, bringe ich mir selbst vielleicht auch ein paar Sachen mit. Das macht dir doch nichts aus, oder?«

»Ob mir das was ausmacht? Das sage ich dir doch schon seit Wochen! Außerdem brauchst du noch etwas für dieses Arbeitsevent am Mittwoch. Soll ich den Babysitter, den Gary empfohlen hat, mal anrufen?«

Ich habe zwar keine Ahnung, wer Gary ist, aber er wird schon kein Serienkiller sein, wenn er mit diesen Spießern befreundet ist.

»Ja, das wäre toll.« Ich kann gar nicht ausdrücken, *wie* toll! Dieser Mann schickt mich zum Shoppen, um mir ein Kleid zu besorgen, das ich auf einem Event tragen werde, wofür ich noch nicht einmal selbst den Babysitter anheuern muss. Hugh sollte Seth mal etwas Nachhilfe geben.

»Hol dir was Heißes«, sagt Hugh. Zoey gibt ein Würgegeräusch von sich. Ich muss an mir halten, es ihr nicht gleichzutun. »Sie ist eine schöne Frau, Kinder«, fügt er hinzu. »Auch wenn sie eure Mutter ist.«

Wie aufs Stichwort kommt die kleine Joy mit verquollenen Augen in die Küche getapst. Ich bin nicht sicher, wo sie die letzte Nacht geschlafen hat. Oder Hugh. Ich hoffe, nicht in dem kleinen Kinderbettchen. »Mommy«, weint sie, »geht es dir gut genug, dass ich Milch haben kann?«

Hugh wirft mir einen Blick zu. Ich schaue ihn an und ziehe eine Augenbraue hoch – nur eine. Das habe ich noch nie gekonnt, es scheint zu Celestes besonderen Talenten zu gehören. »Ich frage mich, ob es nicht langsam Zeit wird«, sage ich leise zu ihm. »Sie ist beinahe vier.«

Er reißt die Augen auf. »Amen!«, ruft er und klatscht in die Hände. »Gelobt seist du! Okay, Kids, esst auf und dann gebt mal Gas! Ich fahre euch heute zur Schule. Mom hat hier einen Spezialauftrag zu erledigen. Lunchpakete?«

Erst denke ich, das ist sein Signal an die Kinder, sich ihre Mittagssnacks zusammenzupacken, aber aus irgendeinem Grund sieht er mich an. Dann fallen mir wieder die Sandwiches ein, die ich gestern Abend versäumt habe zu machen. Ups. »Heute esst ihr in der Schulmensa!«, verkünde ich fröhlich.

Die Kinder gucken mich an, als wäre mir plötzlich ein zweiter Kopf gewachsen. »Im Ernst?«, fragt Zoey.

»Meine Güte! Ja, im Ernst. Es ist immerhin Chili-Montag. Kauft euch einfach am Automaten ein Päckchen Fritos, die ihr ins Chili dippt und, tadaa, habt ihr Nachos!« Meine Kinder lieben den Chili-Montag. Drei Dollar und fünfzig Cent pro Nase fürs Mittagessen, die Chips, eine Dose Cola. Das reinste Schnäppchen.

»Was sind denn Fritos?«, fragt Samuel.

Ich unterdrücke das Bedürfnis, wie in einer Slapstick-Nummer so zu tun, als würde ich mich bei dieser Frage vor Überraschung an meinem Getränk verschlucken, und beschränke mich auf: »Du wirst sie lieben.«

Hugh sieht mich geradezu ehrfürchtig an. »Darf ich auch Fritos haben?«

»Ich habe keine Ahnung, was ich dir darauf antworten soll«, sage ich ehrlich. »Schließlich ist es nicht meine Sache, was ein erwachsener Mann auf der Arbeit zu Mittag isst.« Ebenso wenig wie es Celestes Sache ist, ergänze ich im Stillen.

Hugh entfährt ein überraschtes Husten. »Also, wenn du da sicher bist …«

»Fritos für alle!«, rufe ich. »Geht auf meine Rechnung.«

Ein dünnes Stimmchen weht aus der Höhe meiner Kniescheiben zu mir herauf: »Darf ich auch Fritos haben, Mommy?«

»Wenn du es einen Tag ohne Milch schaffst, bekommst du so viele Fritos, wie du magst«, verspreche ich ihr.

Das versetzt sie so in Aufregung, dass sie durchs ganze Haus läuft und »Fritos! Fritos! Fritos!« ruft.

Hugh verzieht angesichts dessen ein wenig das Gesicht. Vielleicht habe ich das Nur-gesundes-Essen-Familiencredo mit etwas zu viel Enthusiasmus vom Thron gestoßen. Nichtsdestotrotz sammelt er die Schulkinder zusammen, verteilt Lunch-Geld, lädt sie beide ins Auto und fährt, nach zwei weiteren erfolglosen Kussanläufen, von dannen.

»Viel Glück, Schatz«, sagte er noch, da war er schon mit einem Fuß zur Tür hinaus. »Viel Spaß dabei, zur Abwechslung mal etwas für dich zu shoppen«, fügt er hinzu.

Celeste

Ich werde jetzt mal geradeheraus einen Verdacht aussprechen, den wir Vollzeitmütter über berufstätige Mütter hegen. Keine von uns würde es ihnen jemals ins Gesicht sagen – wir stehen schließlich über dem »Krieg der Mamis«, aber trotzdem: Wir glauben, dass sie es leichter haben.

Während wir jeden unserer Tage in den Dienst anderer Menschen stellen, ziehen sie sich was Nettes an und verbringen ihre Zeit in der Gesellschaft anderer Erwachsener an einem Ort, an dem sie dafür bezahlt werden, gemütlich herumzusitzen und ganze, komplexe und sinnvolle Gedankengänge zu formen. Meistens gibt es dort auch rund um die Uhr kostenlos Kaffee und einen Kuchen zum Geburtstag.

Ja, Arbeit bleibt Arbeit, und nein, nicht jeder Tag ist das reinste Zuckerschlecken. Aber was mir persönlich nicht klar war, als ich meine Kündigung beim College einreichte und zur Vollzeitmutter wurde: Wenn man außerhalb des eigenes Zuhauses arbeitet, muss man wochentags für rund acht volle Stunden absolut keinen anderen Hintern als den eigenen abputzen.

Nur damit das klar ist, das Hinternabwischen gehört zu den lockersten Übungen einer Vollzeitmom. Ich würde sofort zehn Pos mehr pro Tag abputzen, wenn mir dafür wenigstens alle Wutanfälle erspart blieben, die mit der Sichtung einer einzelnen Rosine einhergehen. Wenn es bedeuten würde, dass ich nicht bei jedem Wetter im Freien stehen und nonstop »Ich sehe dich, ich schaue zu!« rufen müsste, während eines einer ganzen Bande Kleinkinder irgendetwas zum zehnten Mal macht, was nicht mal ansatzweise spannend ist.

Ein Vollzeitjob außerhalb der eigenen vier Wände bedeutet, dass man an acht ganzen Stunden des Tages niemandem zuliebe eine nasse Rutsche runterschliddern muss und auch kein Kind zu heulen anfängt, weil man es »nicht richtig« anschubst, während es auf einer unmöglich niedrigen Schaukel sitzt, an der man dann mit krummem Rücken steht, ins Leere starrt und krampfhaft versucht, nicht auf die Uhr zu schauen, weil während der letzten siebzehn Stunden exakt null Minuten vergangen sind. Es ist immer noch genauso spät, wie es eben war, als man auf dem Spielplatz ankam, sich in irgendeine übel riechende Flüssigkeit gesetzt, an eine Stange gefasst hat, an der Vogelmist klebte, und einem ein völlig fremdes Kind direkt ins Gesicht geniest hat.

Während für uns Hausfrauen die Zeit stillsteht, fragen berufstätige Mütter immerzu: »Puh, wo ist nur der Tag geblieben?«, und ich denke: Der Tag ist nirgendwo geblieben. Er wird niemals enden. Der Moment, in dem ich mich mit einem Glas Wein in einen gemütlichen Sessel fallen lassen kann, wird niemals kommen, denn dies ist der längste Tag meines Lebens. Zumindest bis der nächste Tag anbricht.

Ich bin also dementsprechend begeistert darüber, heute in Wendys hübschem Büro zu sitzen. Es liegt in einem umgebauten alten Lagerhaus mit toller Architektur und riesigen Alkovenfenstern, die sich über anderthalb Stockwerke erstrecken und auf einen der schönsten und hippsten Plätze der Stadt hinausgehen.

Wendy hat einen schicken ergonomischen Stuhl und einen höhenverstellbaren Schreibtisch, an dem man sowohl sitzend als auch stehend arbeiten kann. Die Menschen in diesem Büro legen also Wert auf eine gesunde Körperhaltung am Arbeitsplatz. Sie sollen es hier angenehm haben. Anna Joy kommt manchmal mitten in der Nacht in unser Schlafzimmer, kuschelt sich an ihren Dad und legt ihre eiskalten Kinderfüße schnurstracks auf dem weichen beutelartigen Etwas ab, zu dem sie und ihre Geschwister meinen Bauch geformt haben und wo meine inneren Organe in einem unkoordinierten, postnatalen Knäuel verwurschtelt sind. Dann stemmt sie ihre Füße, so fest sie kann, in meinen Bauch und lässt auf mir unerklärbare Weise selbst dann nicht damit nach, wenn sie wieder eingeschlafen ist. Was dazu führt, dass ich zusammengefaltet wie ein Klappmesser aufwache, mein Hintern hängt aus der Decke heraus im Kalten, und mein Kopf befindet sich unweit meiner Knie, um ihren im Schlaf wild stampfenden Füßen zu entkommen. Eine solche Nachtruhe ist nicht gerade erholsam. Wenn ich morgens aufstehe, gibt mein Körper geradezu unmenschliche Geräusche von sich.

Einen ergonomischen Stuhl hätte ich also auch gern.

Wendy hat mir gefühlt hundert Nachrichten geschrieben, damit ich mich in ihrem Büro zurechtfinde. Es überrascht mich kein Stück, dass sie als Produktivitäts-Coach arbeitet. In einer ganzen Latte an Nachrichten hat sie mir Log-in-Daten und Passwörter, ein Who's who des Kollegiums und eine Blitzeinführung in die Gepflogenheiten der internen Kommunikation via Slack geschickt. Ich bin bereit, den Stier bei den Hörnern zu packen, was die Arbeit anbelangt, aber nachdem ich einige ihrer Mails überflogen habe, stelle ich fest, dass ihr Job nicht nur eine Verschwendung ihrer geistigen, körperlichen und intellektuellen Fähigkeiten ist, sondern auch ganz und gar nicht dringend. Wenn sie, beziehungsweise ich es ein oder zwei Tage ruhig angehen lasse und stattdessen versuche, ihr Privatleben zurechtzurücken, und ihr so eine Chance eröffne, weniger zimtzickig durchs Leben zu gehen, fällt das nicht weiter ins Gewicht. Wendy ist keine OP-Schwester oder Versicherungssachverständige. Sie erzählt Leuten, wie sie noch mehr Arbeit in ihren Tag quetschen. Alles, wirklich absolut alles, was mit diesem Job zusammenhängt, kann warten.

Ich schließe ihr E-Mail-Postfach und öffne ein Browserfenster. Heute ist der perfekte Tag, um ein paar unterhaltsame Aktivitäten für die anstehenden Sommerferien zu recherchieren, bei denen die Kinder auch ein bisschen was lernen können. Zu meiner Überraschung vervollständigt Pinterest automatisch ihre Adressleiste, ehe ich überhaupt nur das N getippt habe. Hm. Ich hätte sie gar nicht als jemanden eingeschätzt, der Pinterest nutzt. Ich klicke mich durch ihr Profil, um herauszufinden, was sie so interessiert.

Es ist mehr als erhellend. Neben ein paar Hosenanzügen, Kurzhaarfrisuren und dem »einzigen Makronährstoff-Zähler, den Sie jemals brauchen werden«, sind sonst alle Pins ausschließlich Artikel. Eine ganz bestimmte Art von Artikeln.

WIE BERUFSTÄTIGE MÜTTER IHRE ZEIT NACH 17 UHR
MINUTE FÜR MINUTE PLANEN SOLLTEN

SO WIRD AUS ZEITMANGEL QUALITY TIME:
DREIZEHN SPIELREGELN FÜR GESTRESSTE MÜTTER

SECHS MÖGLICHKEITEN, WIE MAN WÄHREND DER ARBEITSZEIT
BEI SEINEN KINDERN TROTZDEM PRÄSENZ ZEIGT

GEHEIMTIPPS FÜR MEHR ENERGIE VON ECHTEN
BERUFSTÄTIGEN MÜTTERN

WAS SIE VON EINER MUTTER, DIE ZU HAUSE BLEIBT,
ÜBER IHRE KINDER LERNEN KÖNNEN

Sofort klicke ich diesen Artikel an.

Ich werde auf einen Blog namens *Only Real Moms Know* weitergeleitet, was bei mir direkt die Frage aufwirft, was zur Hölle wohl eine »unechte« Mutter ist, wenn angeblich nur »echte Mütter Bescheid wissen«. Ein Model, das in einem Kinderklamotten-Katalog die Rolle der Mutter spielt? Ein Alien, das sich beim Versuch, unsere Spezies zu unterwandern, als menschliche Mutter ausgibt?

Als ich weiterlese, dämmert es mir. Oh.

Ich bin gemeint.

Ich bin die Fake-Mom.

Laut der »Über uns«-Rubrik wissen echte Mütter darüber Bescheid, wie wichtig es ist, dass sie ihren Töchtern und Söhnen ein Vorbild sind. Echte Mütter arbeiten hart und haben auch noch jede Menge Spaß im Leben. Echte Mütter wissen, dass es zu Hause nur mit ihren Lieben gemeinsam geht, aber auf der Arbeit gehen sie allen anderen voran. Echte Mütter können es sich leisten, die Talente ihrer Kinder zu fördern, denn sie müssen nicht jeden Cent dreimal umdrehen, damit die Familie mit nur einem Gehalt über die Runden kommt. Echte Mütter lieben es, zu arbeiten und dass sie nicht darauf angewiesen sind, dass ihr Partner alle Rechnungen bezahlt.

Oh, und war mir bewusst, dass wissenschaftlich bewiesen ist, dass die Töchter echter Mütter

- im Laufe ihres Lebens höhere Gehälter verdienen?
- über eine bessere Ausbildung verfügen?
- wesentlich seltener in der neunten Klasse dabei erwischt werden, wie sie einem beliebigen Jungen hinter der Sportplatz-Tribüne einen runterholen?

Okay, den letzten Punkt habe ich möglicherweise hinzugedichtet. Ich scrolle auf dem Touchscreen zurück zu Pinterest, um dieser bescheuerten Schwarz-Weiß-Malerei zu entkommen. Glaubt irgendwer ernsthaft an diesen Mist?

Natürlich lande ich beim nächsten Klick auf einem Essay mit dem Titel »Zehn Gründe, weshalb ich es bereue, zu Hause bei meinen Kindern geblieben zu sein«. Ich überlege, ob ich mir die Lektüre um meiner geistigen Gesundheit willen vielleicht lieber erspare. Aber Wendy hat es gepinnt, und ich will schließlich wissen, welcher Kokolores ihr den Kopf verstopft. Der Einstieg lässt meine Hoffnung steigen: eine Grafik, die zeigt, dass sechzig Prozent der Mütter glauben, dass die Kindererziehung besser gelingt, wenn man zu Hause bleibt, anstatt arbeiten zu gehen. Nun gut, ich sollte nichts auf »besser« oder »schlechter« geben, aber der letzte Artikel nagt noch ein wenig an mir. Ich scrolle weiter.

Und verziehe das Gesicht. Am allermeisten bereut die Autorin ihre Jahre als Hausfrau, weil es sie zur Enttäuschung für die Frauen der Generationen vor ihr mache.

Mir entfährt ein Grabesseufzer. Als ob es Gloria Steinem interessiert, ob ich arbeite oder nicht, denke ich abwehrend.

Doch wenn ich ehrlich bin, hat mein Seufzen nichts mit Genervtheit zu tun. Nicht wirklich. Vielmehr erkenne ich mich in den Worten wieder. Wie könnte es Feministinnen der ersten und zweiten Generation *egal* sein, was die Frauen von heute mit den Freiheiten anfangen, die sie erstritten haben? Was schulde ich Bell Hooks, Margaret Sanger, Sojourner Truth? Was ist mit all den Frauen, die vor meiner Zeit geboren wurden und ein viel glücklicheres Leben gelebt hätten, hätte ihnen die Wahl offengestanden zu arbeiten, über ihr eigenes Geld zu verfügen, frei zu sein? Ich frage mich ständig, ob ich ihnen irgendetwas schulde. Ich sage mir andauernd, dass diese Frauen dafür gekämpft haben, dass ich eine Wahlmöglichkeit habe … und hoffe und bete, dass sie meine Wahl als eine legitime anerkannt hätten. Ein weiterer tiefer Seufzer. Ich sollte aufhören, mir diese Liste durchzulesen, aber ich kann nicht anders.

Beim nächsten Punkt dreht sich mir der Magen um: *Ich hatte zu viel Zeit zur Verfügung.*

War ich beschäftigt?, fragt die Autorin. *Sicherlich. Ich war damit beschäftigt, mir zu viele Sorgen zu machen, meine Kinder auf Schritt und Tritt zu bemuttern und perfektionistische Standards zu zementieren, die nur dazu gut waren, dass sich andere Mütter unzureichend fühlten. Ich erinnere mich daran, dass ich wie verrückt durch die Gegend rannte, Ersatzmutter für die Kinder anderer spielte, mich für jede noch so winzige ehrenamtliche Aufgabe meldete und meine Kinder für zu viele Aktivitäten und Events anmeldete, weil ich das Gefühl brauchte, nützlich zu sein. Doch fragt man meinen Sohn, was ich getan habe, als er klein war, wird er wohl sagen: »Du hast gar nichts gemacht, Mom. Du bist erst wieder arbeiten gegangen, als ich in der Highschool war.«*

Ich schiebe den Stuhl vom Tisch zurück und stehe auf. Das ist alles Quatsch und Unsinn, und ich kaufe das niemandem ab.

Nur leider ist es genau das, was mir jeden Tag im Kopf herumgeht, in beinahe identischen Worten. Bin ich sinnvoll beschäftigt oder einfach nur beschäftigt? Erdrücke ich meine Kinder? Klar, ich liebe es, Zoeys Klamotten zu nähen, und wir beide haben im Stoffgeschäft einen Riesenspaß, aber was ist, wenn sie älter wird und echte Klamotten aus einem Laden möchte? Was ist, wenn Samuel erst einmal alt genug ist, um mit dem Fahrrad zu seinen Hobbys und Freunden zu fahren? Lange wird das nicht mehr dauern. Wird er, wenn es hart auf hart kommt, seinen Kumpels, deren Mütter Rechtsanwältinnen und Ärztinnen sind, sagen: »Meine Mom kann uns zum Kino fahren. Keine Sorge, sie hat nichts anderes zu tun«?

Wendy

Nachdem ich in der kompletten Küche der Mason-Familie keinen Kaffee gefunden habe und mir sehr klar ist, dass ich sofort Fritos brauche oder meine Brust neuerlichen Angriffen ausgesetzt sein dürfte, schnappe ich mir die Kleine, stecke sie in ihre Marienkäfer-Stiefelchen und eine Regenjacke und mache mich auf den Weg zum größten Supermarkt in diesem Teil der Stadt. Er ist ein gigantischer, hell erleuchteter Albtraum. Hier kostet alles mindestens ein Drittel weniger als in anderen Läden – außer der Wein, der stets um die Hälfte reduziert ist. Was auch der Grund ist, weshalb ich jede Woche hier einkaufe, seit ich Kinder habe. Obst und Gemüse liegt lose in riesigen Pappkartons, die sich gefährlich neigen und biegen. Die in Scheiben geschnittenen Wurstspezialitäten werden in Packungen zu einem halben Pfund angeboten und sind mit Unmengen Plastik umwickelt – ob sie heute Morgen oder vor sechs Wochen so verpackt wurden, bleibt ungewiss. Besonders schockierend: In der hinteren linken Ecke neben der Corn-Dog-Auswahl steht eine Gefriertruhe mit Chicken Nuggets, aus der man sich mit einer großen Plastikschaufel bedient. Aber hey, diese Sonderpreise!

Anna Joy war noch nie in dem Laden, und kaum habe ich sie auf dem Boden abgesetzt, ist sie auf und davon, wie eine kleine, dicke Bowlingkugel in einem Regenmantel, die durch die ellenlangen Gänge direkt auf die aufgestapelten Käsecracker zurollt, den Strike vor Augen. Sie schlingert zwischen Einkaufswagen hindurch, und ich kassiere einige finstere Blicke, bis mir klar wird – ach ja, dieses Kind gehört ja eigentlich zu mir. Ich bin wieder die Mutter eines Kleinkinds, deren Aufgabe es ist, diesem hinterherzuhechten. Besonders böse sieht mich eine Mutter an, in deren Wagen vorne zwei Kinder unter drei Jahren sitzen. Da mein Jüngster schon acht Jahre alt ist, ist mir diese Option überhaupt nicht in den Sinn gekommen. Ich sammele Anna Joy ein, verfrachte sie in den Kindersitz und schnalle sie fest. Sie bricht in Tränen aus. »Mach mich los, ich will frei sein!«, ruft sie kläglich.

Ich lache sie an. »Kindchen, ich dachte, ich wäre frei, bis mir klar wurde, dass du den ganzen Tag zu Hause bist.«

Vor Verwirrung hört sie auf zu weinen.

»Wie auch immer, ich habe gute Nachrichten für dich, meine Süße«, verkünde ich ihr. »Ich werde etwas tun, von dem ich wünschte, ich hätte es mit meinen Kindern getan. Mit deinen Geschwistern, meine ich. Ich werde dich bestechen, damit du brav bist und ich es leichter habe. Und ich werde mich deshalb kein bisschen schlecht fühlen.«

Sie sieht mich völlig verblüfft an.

»Anna Joy, was hältst du von billigem Plastikspielzeug?«

Sie beäugt mich aufmerksam. Argwöhnisch.

Ich drehe mich nach links. Wie üblich sind neben den Regalen mit dem ganzen Junkfood etliche Aufsteller voll Spielzeug aufgebaut – wie Sprengfallen für Erziehungsberechtigte. Uns am nächsten liegen Plüschtiere mit unnatürlich großen Augen in Regenbogenfarben. Ich greife mir ein Kätzchen.

»Kätzchen!«, juchzt Joy auf.

»Der Name des Kätzchens ist«, ich werfe einen Blick auf das Label, »Miausi. Miausi, das ist Anna Joy.« Anna Joy nimmt zögernd die Katze entgegen. »Miausi gehört dir, wenn du brav bist. Du kannst sie die ganze Zeit, die wir hier im Laden sind, im Arm halten, und wenn du lieb bist und das Einkaufen so für uns beide angenehm wird, darfst du sie sogar behalten, wenn wir gehen. Aber wenn du unartig bist, stelle ich das Kätzchen zurück ins Regal.«

Sie drückt Miausi fest an sich. »Ich bin sehr lieb«, verspricht sie.

»Das glaube ich dir. Ich kenne schließlich deine Geschwister. Also, wo finden wir in diesem Laden Espressobohnen und die 100-Kalorien-Snackpacks von Starburst?«

Gemeinsam schlendern wir durch den riesigen Laden, der an einem Montag etwas leerer ist als am Wochenende, wenn es mich normalerweise hierher verschlägt, aber immer noch gut besucht. Anna Joy ist – völlig unter dem Bann der großäugigen

Miausi – so brav und engelsgleich, dass mich einige Leute darauf ansprechen, wie lieb und hübsch sie sei. Ich muss an Linus und Bridget denken, die in diesem Alter beide anhänglich und laut waren. Damals hat sich niemand bemüßigt gefühlt mir mitzuteilen: »Wow, diese beiden kratzbürstigen Heulbojen, die Ihnen am Rockzipfel hängen, während Sie versuchen einzukaufen, sind aber brav und niedlich«.

Abgesehen davon hätte ich damals sowieso keine Zeit gehabt, mit irgendwem ein Wort zu wechseln, auch wenn es jemand versucht hätte. Fürs Einkaufen hatte ich vom Betreten des Ladens bis zum Bezahlen an der Kasse nie mehr als eine Stunde Zeit und schoss in der Regel wie ein geölter Blitz durch die Reihen, während ich meine danach geordnete Liste abarbeitete, als gäbe es einen Rabatt für Schnelligkeit.

Ganz anders heute: Ich wandele an Regalen entlang, die ich noch nie im Leben wahrgenommen habe, einfach weil ich die Zeit dafür habe. Haustiere – wer hätte gedacht, dass sie hier tatsächlich Siamesische Kampffische verkaufen? Jede Menge Sportgetränke. Und sieh einer an! Hier verstecken sie also diese zuckrigen Frappuccinos in Glasflaschen, von denen ich dachte, es gäbe sie nur an der Tankstelle. Ich lege einen Viererpack in meinen Wagen, öffne dann ein Fläschlein und kippe ein Viertel des Inhalts herunter, ehe wir überhaupt in den nächsten Gang einbiegen.

Als wir endlich den Laden verlassen, habe ich für siebzig Dollar Lebensmittel für unkomplizierte Gerichte eingekauft und mich mit weiterem »Abstillbestechungsmaterial« für die Zeit gerüstet, die ich noch in Celestes Körper stecken werde. Ich bezahle mit Celestes Kreditkarte, da ich keine Ahnung habe, ob das Konto, das zu ihrer EC-Karte gehört, überhaupt gedeckt ist. Da sie nicht arbeitet, sind die Masons am Ende vielleicht arm wie Kirchenmäuse. Andersherum gedacht: Da sie nicht arbeitet, sind die Masons am Ende vielleicht steinreich? Wenn ich es mir recht überlege, habe ich keine Ahnung, wie es finanziell tatsächlich um sie steht. Miausi kostet nur 3,99 Dollar. Meine geistige Gesundheit ist mir jeden Cent davon wert, aber da ich nicht sicher bin, wie Celeste das sieht, kaufe ich das Bestechungsgeschenk separat und bezahle es bar. Den Kassenzettel für den Rest behalte ich, um ihr das Geld später zurückzuzahlen.

Meine Erwägungen über Geld bringen mich ins Grübeln. Ich bin bisher immer davon ausgegangen, dass alle Menschen, die in Birchboro Hills leben, ungeachtet von Ethnizität, Religionszugehörigkeit oder Glauben, finanziell so aufgestellt sind wie wir: eine Riesenhypothek, ein üppiges Gehalt, ein mickriges Gehalt und sehr kostenintensive Kinder. Dieser Lebensstil lässt uns nach außen hin reich wirken – ein großes Haus, zwei Autos, schick gekleidete Kinder, die jeglichen Hobbys nachgehen, die sie interessieren, und fünfmal die Woche wird Essen bestellt. Allerdings fühlen wir uns arm – für Reisen bleibt kein Geld übrig, zum Schlafen keine Zeit und keine Energie für Sex, Bücher, Hobbys, Kochen, sprich all die Dinge, für die man ab und an mal innehält und sich schlicht an seinem Leben erfreut.

Aber vielleicht leben ja gar nicht alle so. Celeste kann es sich offensichtlich leisten, ihr Haus aufzuhübschen – etwas, was jenseits unserer Möglichkeiten liegt. Sie muss nicht arbeiten, das heißt sie kann sich ausruhen, wann auch immer sie sich müde fühlt. Wenn sie möchte, kann sie Mahlzeiten zu Hause zubereiten – der Inhalt ihres Tiefkühlschranks ist eindeutiger Beweis, dass sie das gerne tut, und der Stapel Bücher auf ihrem Nachttisch zeigt, dass sie auch was im Kopf hat.

Und dann ist da die bevorstehende Gala.

Was hat Hugh noch mal gesagt, als es darum ging, dass ich mir etwas zum Anziehen kaufen will? Er versucht mich seit Monaten zu überreden, ein bisschen Geld für mich auszugeben? Vielleicht sind die Masons wirklich steinreich.

Ich bezahle im Laden für den Service, dass man mir die Tüten ins Auto lädt. Dann schnalle ich das kleine Wesen im Kindersitz an, das sich gurrend mit seiner regenbogenäugigen Katze unterhält, und sage: »Anna Joy, Liebes, Mami möchte sich etwas Schönes zum Anziehen kaufen.«

Sie blickt auf. »Aber Shorts für Zoey«, sagt sie. »Und ich möchte auch Shorts.«

Ich lächele sie an. »Dann auf zu Macy's. Shorts für alle und ein paar neue Looks für Mommy. Und wenn du sehr brav bist, gibt es für dich vielleicht auch eine süße neue Kleinigkeit.«

Ihre Augen werden tellergroß. »Darf ich das Kätzchen behalten?«

»Das Kätzchen gehört dir, Süße«, antworte ich. »Du hast es dir verdient.«

Und offenbar habe ich mir das ebenfalls verdient. Keine Ahnung, warum. Aber während ich mit Anna Joy, die ohne zu murren in meiner Nähe bleibt, durch Macy's schlendere, frage ich mich, womit genau ich es verdient habe, dass ich, anstatt mich in meinem eigenen stressigen Leben durch den Tag zu kämpfen, mit dem Geld und der Zeit von jemand anderem einkaufen gehen darf – und seit vielen Jahren zum ersten Mal genug von beidem habe.

10

Wendy

Als ich gerade in der Damenabteilung an der Kasse stehe, macht sich bei Anna Joy der Hunger bemerkbar. Nachdem ich erst einmal die richtige Größe herausgefunden hatte, habe ich fünf tolle Teile für Celeste entdeckt, die ihre Taille schön betonen, außerdem zwei BHs, die ihre Brust wieder an Ort und Stelle rücken, und ein Paar Schuhe, das sowohl »Ich bin ein wunderbarer Mensch mit Persönlichkeit« als auch »Wenn du Glück hast, lasse ich die beim Sex an« zu raunen scheinen. Hugh kann sich glücklich schätzen, geht es mir durch den Kopf, dann fällt mir wieder ein, dass Celeste gerade keinen Sex mit Hugh haben kann, denn dann würde auch ich Sex mit Hugh haben, und unsere Regeln gibt es ja schließlich nicht ohne Grund. Vielleicht schreibe ich Celeste einfach ein paar Tipps auf, wie sie diese Schuhe, die BHs und die Spitzenslips in Zukunft einsetzen kann. Was die Dessous angeht, habe ich jedoch meine Zweifel, ob Celeste tatsächlich begeistert sein wird, sie in ihrer Schublade vorzufinden, wenn sie ihren Körper zurückhat.

Nachdem alles bezahlt und eingepackt ist, schnappe ich mir Anna Joy und gehe mit ihr zu dem hervorragenden Restaurant, das nur einen Block weiter asiatische Dumplings serviert. Genauso wie die Kleine noch nie einen Frito gesehen hat, sind auch die gefüllten Teigtaschen in Brühe völlig neu für sie. Ihr Blick wandert argwöhnisch zwischen dem Gericht und meinem Busen hin und her.

»Ich möchte Milch«, sagt sie.

»Du kannst Kuhmilch haben«, antworte ich entschieden.

»Ich möchte Mami-Milch!«, lässt sie mich in markerschütternder Lautstärke wissen. »Von deinem Busen!«

Ich bin die Ruhe selbst. Es ist Celestes Kind, das gerade in einem Dim-Sum-Lokal lauthals »Busen« geschrien hat, nicht meins.

Ich hole eine Packung Starbust-Süßigkeiten aus meiner Tasche.

»Diese Bonbons sind ganz weich«, erkläre ich ihr. »Komm, setz dich doch mal auf Mamas Schoß, als wolltest du Milch trinken, und lutsche stattdessen ein Bonbon, während ich dir über den Kopf streichel.«

Sie blickt mich zweifelnd an. Ich wickele ein Erdbeer-Kaubonbon aus, beiße übertrieben genussvoll die Hälfte davon ab und verkünde: »Hmm, so lecker!«

Anna Joy klettert auf meinen Schoß, und überrascht stelle ich fest, dass meine Brüste zu kribbeln anfangen und die Milch einschießt. Mir ist egal, was die Leute im Restaurant über Celeste denken, und ich stopfe mir kurzerhand jeweils drei Servietten in jedes BH-Körbchen, presse den einen Arm gegen meine Brustwarzen, während ich mit dem anderen das süße Mädchen halte, das vermutlich gerade seine echte Mama furchtbar vermisst, ohne so richtig zu wissen, warum. Eine Welle an Emotionen und das schiere Bedürfnis, einfach nachzugeben und die Kleine zu stillen, spielen in meinem Kopf und Herzen verrückt. Der Hormonschub, der das Einschießen der Milch begleitet, weckt schöne Erinnerungen an meine eigenen Babys. Auch Bridget hatte mit drei Jahren noch ihren Babyspeck und war ebenso aufgeweckt wie Anna Joy, aber sie ließ sich von neuen Dingen nicht so schnell einfangen. Hätte ich ihr in dem Alter gesagt, sie solle eine bestimmte Speise essen – egal wie süß diese gewesen wäre, sie hätte sich schon aus Prinzip geweigert. Hätte ich gesagt, sie solle auf meinem Schoß sitzen, sie wäre nach kaum zwei Minuten unruhig geworden, mir auf die Schultern geklettert und hätte versucht, einen Purzelbaum über meinen Kopf hinweg zu schlagen. Aber ach, was hatten wir für einen Spaß mit ihr.

Anna Joy hingegen kuschelt sich eng an mich, nimmt eins der Bonbons, steckt es in den Mund, umfasst dann eine Strähne von Celestes dunkelbraunem Haar mit ihrer kleinen Hand und wird nicht müde, diese immer und immer wieder um ihre Finger zu wickeln.

Zu meiner Überraschung kann ich mich gut in die Misere des kleinen Mädchens hineinversetzen. Linus würde wahrscheinlich immer noch an meiner Brust hängen, hätte ich nicht wieder arbeiten gehen müssen. Erst habe ich versucht, im Büro Milch abzupumpen, doch meine Brüste hielten nichts von der Idee, und so war schon nach drei Wochen nichts mehr zu holen. Damals wie heute liebt er es, intensiv mit mir zu kuscheln. Als er in Anna Joys Alter war, schleppte er zu jeder Tages- und Nachtzeit Bücher an – sogar wenn ich gerade schlief – und schmiegte sich so nah an mich wie irgend möglich. Dann hielt er mir das geöffnete Buch direkt vor die Nase. Wenn ich zu müde war, um ihm vorzulesen, teilte er mir den Titel mit und trug den Inhalt aus dem Gedächtnis vor, während er völlig wahllos die Seiten umblätterte. Es trieb Seth in den Wahnsinn. »Ich versuche, zu schlafen«, maulte er von seiner Seite des Betts rüber.

»Immerhin hast du kein Buch mitten im Gesicht«, gab ich zurück.

»Es ist drei Uhr morgens!«

»Dann geh ins Gästezimmer«, schlug ich vor. »Wenigstens kriegst du Luft! Linus, Liebes, hör mal bitte auf, Mami die Luft abzudrücken, ja?« Daraufhin verlagerte Linus seine Umklammerung etwas, sodass er stattdessen meine Nieren fast zerquetschte, während er mit seinem Vortrag fortfuhr.

Anna Joy seufzt. Nicht zufrieden, sondern sehnsuchtsvoll,

und ich tue es ihr nach. Es ist eine seltsame Ironie des Mutterseins, dass man sich bereits nach einem weiteren Baby sehnt, noch ehe das erste überhaupt seinen eigenen Namen sagen kann, man seit Ewigkeiten mal wieder eine Nacht ordentlich geschlafen hat und der eigene Körper auch nur annähernd in der Lage ist, die nächste Schwangerschaft zu verkraften. Man glaubt, dass der Babywunsch verschwinden würde, wenn man nach neun Monaten des Wartens ein gesundes, wunderschönes Kind im Arm hält, doch er flammt so schnell und sogar heftiger als je zuvor wieder auf. Ich war sicher, dass das bei mir nach Linus – der mir sechs Monate lang Morgenübelkeit und achtundvierzig Stunden Wehen bescherte – vorbei sein würde, aber nein. Rund neun Monate später dachte ich darüber nach, dass, wenn mein ausgeleierter, sackartiger Körper schon Sex haben müsse, ich es dabei doch wenigstens auf ein drittes Kind ankommen lassen könnte.

Linus ist inzwischen acht, Seth hat sich einvernehmlich einer Vasektomie unterzogen, und trotzdem ertappe ich mich dabei, wie ich neidisch Mütter mit ihren drei Kindern beobachte, als ob ich nicht selbst unverschämtes Glück gehabt hätte. Doch diese Perspektive verschwindet plötzlich, und ich sehe nur noch das, was ich nicht habe. Schau dir diese Frauen an, mit ihrem letzten Baby, ihren letzten Kuschelnächten, ihren letzten Kinderwagenspaziergängen. Zum letzten Mal Elternzeit, zum letzten Mal Windeln wechseln, zum letzten Mal ein lauwarmes Bad. Die Chance zu haben, sich richtig von jeder einzelnen Phase verabschieden zu können, in dem Wissen, diesmal alles richtig gemacht zu haben, alles verstanden zu haben, was es zu verstehen gibt. Dass dieses Kind ganz sicher dasjenige sein wird, das einem drei perfekte Enkelkinder schenken wird, die man nach Herzenslust verwöhnen darf, als wären sie die eigenen Kinder, wenn es erst einmal so weit ist.

Mit zwei Kindern denkt man: Ich bin so müde. Zwei müssen reichen. Zwei gesunde Kinder, so viel Glück muss man erst einmal haben. Während dein Mann, zumindest meiner, eh schon drauf und dran ist, alles hinzuwerfen und abzuhauen.

Trotzdem gibt es rund um den Eisprung den einen oder anderen Morgen, an dem man einknickt. Wenn du von einem weiteren Baby träumst und dann beim Aufwachen feststellst, dass alles nur ein Traum war, weinst du. Du weinst, wenn du deinen Kinderwagen an die Nachbarn verkaufst, du weinst, wenn du deine Babyflaschen zum Secondhandladen bringst. Jedes Mal, wenn du die Wäsche machst, sortierst du aus, was deinem jüngsten Kind zu klein geworden ist, und dir kommen die Tränen. Du überlegst, ob drei Kinder wirklich so schlimm wären. Die anderen beiden wären den ganzen Tag in der Schule, und du hättest Zeit für dich und das Baby. Und nun sitze ich hier, in Celestes Körper mit ihrem Kind auf meinem Schoß, presse den Arm auf ihre auslaufenden Brüste und denke: Hätte ich doch nur auch noch ein Kind mehr bekommen. Dann wäre dies mein Leben. Ein Kleinkind auf dem Schoß, das mich voller Liebe anblickt, und keinerlei Verpflichtung, irgendwo anders sein zu müssen außer hier, mit meiner Lieblings-Dumplingsuppe vor der Nase.

Dies ist Celestes Leben.

Eine tiefe Traurigkeit steigt in mir auf.

»Mami, warum weinst du jetzt?«, fragt Anna Joy. Sie ist ganz offensichtlich der Meinung, dass sie diejenige ist, die hier weinen müsste, und scheint den Tränen tatsächlich nahe, auch wenn sie mit ganzem Herzen versucht, ihr neues Leben ohne Mamas Milch zu meistern.

Ich überlege, was ich antworten könnte, ohne sie für den Rest ihres Lebens zu traumatisieren. »Ich bin einfach so froh, dass es dich gibt, das ist alles. Du bist ein wertvolles Geschenk, und deine Mami kann sich glücklich schätzen, dich zu haben.«

Sie lächelt. »Bekomme ich jetzt Milch?«

»Nein«, sage ich, »da lasse ich mich nicht erweichen. Sorry, Liebes.«

»Vielleicht morgen«, antwortet sie und greift nach einem weiteren Bonbon. Zitrone.

»Man weiß nie«, sage ich. Sowohl zu ihr als auch zu mir selbst.

Celeste

Es klopft an der Bürotür. Wendy hat mir unmissverständlich zu verstehen gegeben, dass ich die Tür offen lassen soll – anscheinend hat sie zum Thema »Architektonische/sublinguale Kommunikation in einer einfühlsamen Arbeitsumgebung« promoviert. Mir ist das schnuppe, denn sie hat ja keine Ahnung, wie es ist, wenn man einfach niemals allein ist. Sie darf den ganzen Tag in diesem Büro herumsitzen und all diese Artikel lesen, um sich auf ihre Lebensentscheidungen schön was einzubilden. Sie kann eine Toilette mit einem Schloss an der Tür benutzen. In ihrer Schreibtischschublade liegt ein Vorrat an Süßigkeiten, der von Ostern übrig geblieben zu sein scheint und den ihre Kinder niemals entdecken werden.

Ich rufe die Person herein.

»Wendy?«, fragt ein Mann, der gut einen Kopf größer ist als ich – also, größer als Wendy, die so klein ist, dass aus ihrer Perspektive die ganze Welt ein wenig größer wirkt. Er hat attraktiv breite Schultern, die er seitwärts durch die halb geöffnete Tür zwängt, um hindurchzupassen. Mein beziehungsweise Wendys Körper scheint regelrecht zu erwachen, sobald er den Raum betritt. Der erste Gedanke, der mir durch den Kopf schießt, lautet: Schläft Wendy etwa mit diesem Typen?

Wenn ich ihn mir so anschaue, muss ich sagen, dass ich ihr kaum einen Vorwurf machen könnte.

»Alles okay hier drinnen?«, fragt er mit einem ausgeprägten, schönen britischen Akzent und wirkt dabei aufrichtig besorgt.

Sehe ich seltsam aus? Merkt man Wendy die Celeste in ihr an?, geht es mir durch den Kopf, als ich frage: »Warum willst du das wissen?«

»Wegen der Tür«, antwortet er, »du machst sie sonst nie zu.«

Alles klar, mein mangelndes architektonisches Einfühlungsvermögen.

»Ich wollte ein paar neue Dehnübungen fürs Büro ausprobieren«, erkläre ich, und die Lüge kommt mir überraschend leicht über die Lippen. »Ich dachte, bei den ersten Versuchen sehe ich vielleicht ein wenig albern aus.«

Er lächelt. »Als ob es dich jemals von etwas abgehalten hätte, dass du dabei albern aussehen könntest«, gibt er mit Wärme in der Stimme zurück.

Ich lege den Kopf schief. Die beiden Worte »Wendy« und »albern« vertragen sich aus meiner Sicht einfach nicht in einem Satz. Albern sein zu können würde voraussetzen, dass man Sinn für Humor besitzt. Und den hat Wendy Charles sicher nicht. Aber der Mann, dieser heiße, große Typ, deutet mit einer Kopfbewegung auf ein dreizehn mal achtzehn Zentimeter messendes Foto, das an Wendys Wand getaped ist und das ich bisher noch nicht bemerkt habe. Und tatsächlich: Darauf ist Wendy als Cheri Oteri in ihrer Rolle als überambitionierte Cheerleaderin zu sehen, als die sie in *Saturday Night Live* gemeinsam mit Will Ferrell auftrat. Der heiße Typ vor mir macht sich hervorragend als attraktiver Will Ferrell in engen weißen Trainingshosen und rotem Tanktop. Und mit Pompons.

Mir bleibt der Mund offen stehen, und ich muss mich anstrengen, ihn wieder zuzubekommen. »Na ja«, bringe ich heraus. Es vergeht ein Moment, in dem ich versuche, meinem Hirn eine schlagfertige Antwort abzuringen. »Wenn ich mein Cheerleaderkostüm anhätte, sähe die Sache vielleicht anders aus.«

Der heiße Typ zieht die Augenbrauen in die Höhe, und eine Hitzewelle erfasst meinen Körper, als mir klar wird, dass wir beide uns in diesem Augenblick vorstellen, wie ich in einem Cheerleaderkostüm Dehnübungen vollführe. In meiner Vision ist er dabei definitiv mit im Raum. Und die Tür ist definitiv zu.

Wow, Celeste.

Wow, füge ich im Geiste hinzu, Wendy, du Luder. Ich brauche diesem Mann nur einmal ins Gesicht zu sehen, um mit absoluter Gewissheit sagen zu können, dass, sollte sie nicht bereits mit ihm geschlafen haben, er das auf jeden Fall sehr gerne sehr bald tun würde. Meine Güte.

Genau in diesem Moment ruft mich Wendy an. Die echte Wendy. Ein verstohlener Blick auf mein Handy lässt mich einiger Nachrichten gewahr werden, die ich bisher übersehen habe. Oje. Irgendwie ist es bereits Nachmittag geworden, und das bedeutet, bald ist es Zeit, die Kinder abzuholen, was wiederum heißt, dass ich »mal besser die Hose wieder zuknöpfen«, wie es Hughs etwas ungehobelter Bruder ausdrücken würde, und mich vergewissern sollte, dass die richtigen Kinder in meinem Minivan sitzen, ehe Wendy losfährt und das halbe Softballteam stehen lässt. Ich atme aus.

»Tut mir leid, da muss ich rangehen. Die Schule meiner Kinder«, lüge ich den heißen Typen an.

»Gar kein Problem. Tatsächlich habe ich nur reingeschaut, weil die Tür zu war. Wollte sehen, ob du einen Nickerchen-Tag einlegst.«

Oh, gibt es so etwas? Wenn ich heute wieder so lange wach bin, weil ich kochen und putzen muss, würde mir das morgen recht gut passen. »Hellwach und am Grübeln, wer seine Fußballschuhe vergessen hat«, sage ich, denn ich habe festgestellt, wenn eine Mutter das Wort Fußball in den Mund nimmt, verlassen sofort alle Kinderlosen, egal ob Männer oder Frauen, fluchtartig den Raum. (Profitipp: Im Fall einer Zombie-Apokalypse bekommt man jeden überfüllten Bunker im Nu leer, indem man ausschweifend über den Vereinssport der eigenen Kinder schwadroniert.)

Der heiße Typ sagt entgegenkommend: »Ich lass dich das mal regeln, wir können ja später noch mal sprechen« und macht sich eiligst aus dem Staub. Die Tür lässt er sperrangelweit offen stehen, und ich frage mich, ob er das aus Gewohnheit tut oder ein Zeichen setzen möchte, aber wie auch immer, ich lasse sie offen. Mein Versprechen an Wendy vom vorherigen Abend klingt in meinem Gedächtnis wie ein heiliger Schwur nach: »Versau mir mein Leben nicht.« Ich mag ihre Bürotür geschlossen und den halben Arbeitstag vertrödelt haben, aber ich hatte weder Sex mit dem heißen Typen, noch habe ich mich von ihrem Mann scheiden lassen oder die Kinder in Zirkuskostümen zur Schule geschickt. Ich hab alles im Griff.

Und was mein Gegenstück betrifft … gehe ich zu spät ans Telefon. Als ich zurückzurufen versuche, nimmt niemand ab. Ich scrolle mich durch ihre Nachrichten, um herauszufinden, was los ist.

Warum wollen hier zehn Kinder in deinem Minivan mitfahren?, lese ich als Erstes. Oh okay, heißt es in der zweiten, die sie zwei Minuten später geschickt hat. Dann:

Ich sehe drei Mädchen, zwei Jungs und ein Kleinkind in meinem Rückspiegel. Klingt das richtig für dich?

Ich runzele die Stirn. Tut es nicht.

Eine weitere Nachricht poppt auf.

Warte mal, soll ich diesen Jungen wirklich mitnehmen? Hugo? Angeblich sagt seine Mom, das ginge in Ordnung.

Schnell schreibe ich ihr zurück.

Hugo soll zu seiner Großmutter eigentlich laufen, und das weiß er auch. Es sind zwei Blocks. Sag Samuel, dass du außer freitags keine seiner Freunde mitnehmen kannst. Und schau bitte nach, ob er seinen Rucksack dabei hat. Hugo, nicht Samuel.

Ich tippe weiter:

Hat er heute ein Lob für eine besondere Leistung bekommen? Samuel, nicht Hugo.

… und weiter:

Was hat Zoey an? Hast du im Planer gesehen, dass du ihr Klamotten fürs Softballtraining besorgen solltest? Kannst du erkennen, ob Merine Lippenstift aufgelegt hat? Ihre Mom hat mich gebeten, darauf zu achten, ob sie sich heimlich schminkt.

Keine Antwort. Dafür schreibe ich weiter.

Oh, und ehe du losfährst, kannst du Zoey in die Schulkantine schicken, um dort ein Nesco-Gerät für den Suppenverkauf abzuholen?

Sie antwortet ausschließlich auf diese Nachricht:

Dieses Truthahn-Ofendings?
Den Kochtopf. Aber nur einen.

Ich schreibe SMB, und mein Handy macht *Sag mir bitte Bescheid* daraus, ehe ich auf »Senden« tippe. Für diesen kleinen technologischen Zen-Moment musste ich fünfzehn Minuten

YouTube-Tutorials gucken und akribisch die Einstellungen meines iPhones durchkämmen, aber das war es absolut wert. Wenn ich einmal sterbe, wird irgendjemand sagen: »Ruhe in Frieden, Celeste Mason. Ihre Textnachrichten bestanden stets aus ganzen Sätzen, und sie waren darüber hinaus auch noch höflich formuliert.«

Ich warte auf eine Antwort von ihr zu all meinen anderen Fragen, aber es tut sich nichts. Hm.

Zehn Minuten lang überlege ich, wer alles in diesem Minivan sitzt. Ich schicke zwei weitere Nachrichten an Wendy. Dann erstelle ich eine Liste, welche Mädchen ich an welchem Wochentag mitnehmen soll, und mache mir Sorgen, ob nun einige der Kinder an der Schule festsitzen. Was würden sie tun, wenn dem so ist? Aber würde nicht Zoey Wendy sagen, wenn noch jemand fehlen sollte? Würde Wendy ihr überhaupt zuhören?

Ich brüte vor mich hin. Wenn Wendy nicht an den Topf gedacht hat, muss sie nach dem Training noch einmal zur Schule fahren und ihn abholen. Dann ist das Gebäude aber schon abgeschlossen. Mist. Vielleicht ist Dr. Randall ja noch da. Vielleicht aber auch nicht, denn an diesem Montag findet das Treffen des Schulvorstands statt. Wenn ich das Ding nicht habe, was dann? Dann können wir beim monatlichen »Abend der offenen Tür« an der Schule morgen keine Gazpacho in Pappbechern an die Kinder verkaufen. Und dann fehlen uns im kommenden Schuljahr die zusätzlichen fünfzig Dollar, mit denen wir das staatlich finanzierte Mensa-Essen mit frischem Gemüse aufpeppen.

Komm schon, Wendy. Sag mir einfach nur, ob du den Nesco hast.

Okay, keine Antwort, also wird es Zeit für Plan B. Wenn ich stattdessen Hummer-Kochtöpfe benutze, kann ich wahrscheinlich genug Gazpacho für die Spendensammlung machen. Ich nehme an, Wendy besitzt so etwas. In einen Nesco passen gute siebzehn Liter, also dürften zwei Zehn-Liter-Töpfe reichen. Allerdings dünste ich die Zwiebeln gerne zuerst etwas an, weil sie den Kindern sonst zu scharf sind, also werde ich sie zuerst in den einen Topf geben, dann auf beide aufteilen und anschließend die Tomaten und Gewürze hinzufügen, ehe ich alles mit dem Stabmixer püriere. Und wenn ich genügend Küchenfolie verwende, bekomme ich die Töpfe hoffentlich so gut abgedichtet, dass ich sie ohne Zwischenfälle morgen in die Schule bugsieren kann. Der Nesco hat jedoch einen verschließbaren Deckel … das wäre so viel einfacher … und Tomaten in meinem hellen Minivan …

Ich schrecke hoch. Zu meinem Entsetzen stehen drei Frauen vor meinem Tisch und sehen mich mit großen Augen an. Ich habe keine Ahnung, wo die so plötzlich herkommen. Sie sind mir alle völlig fremd, aber ich tue so, als wüsste ich, wen ich da vor mir habe, und sage: »Huch, ich war total in Gedanken.« Und dann, weil ich wohl mehr von der Rolle bin, als mir klar ist, füge ich hinzu: »Was kann ich für euch tun?«, wie der Serientrottel in einer dieser Büro-Sitcoms.

Die drei starren mich immer noch an.

Schließlich erwacht eine von ihnen aus ihrer Starre und fragt: »Hast du meine E-Mail bekommen?«

»Oder meine?«

»Oder unsere«, sagen sie alle im Chor.

E-Mails. Habe ich nicht eben noch irgendwo gelesen, dass E-Mails eine Plage für produktives Arbeiten seien? Meine E-Mails plagen mich eigentlich nie besonders – aber als ich auf Wendys Outlook-Fenster klicke, schrecke ich aufs Neue zusammen. So. Viele. E-Mails. Was macht Wendy eigentlich noch mal? Wie kriegt sie überhaupt jemals etwas zustande, wenn so viele Leute dauernd etwas von ihr wollen? Meine Güte.

»Tut mir leid, Leute«, sage ich. »Ich melde mich dazu später bei euch. Ich muss los. Ein Notfall in der Schule.«

Eine der drei schnappt hörbar nach Luft. Es ist die Frau, die mich heute Morgen ganz überrascht mit den Worten »Wow, Wendy! Deine Haare sind ja trocken« begrüßt hat.

»Ist alles okay mit deinen Kindern?«, fragt sie jetzt.

»Alles bestens. Es ist nur … ich glaube … äh … dass Bridget heute an der Schule von der Mutter, die sie zum Softball fahren sollte, vergessen wurde. Und ich weiß auch nicht, was mit Linus ist.«

»Geht Linus nicht jeden Tag direkt in die Nachmittagsbetreuung?«, fragt nun die Kleinste der drei Frauen, die in meinem Büro stehen.

Oh, stimmt. Er ist in der Ganztagsbetreuung. Das hat Wendy mir gestern erzählt. Ich muss ihn nur um halb sechs aus dem Hort abholen.

Wie mir jetzt erst bewusst wird, ist mir überhaupt nicht klar, was das eigentlich genau heißt. Bekommt er dort auch etwas zu essen? Und wenn nicht, ist er dann nicht schon am Verhungern?

Ich denke an diesen Riesenhaufen E-Mails und vor allem die ganz oben in der Liste. Der Betreff versprach unheilvoll die *Bestätigung des heutigen Erstgesprächs um 16 Uhr*, und ich habe nicht den leisesten Hauch einer Ahnung, was das heißen könnte.

Ich sollte wirklich los und mich darum kümmern, dass Linus etwas zu essen bekommt.

Ich greife mir Schlüssel, Portemonnaie und das leichte Wolljäckchen, das ich mir heute Morgen über die Bluse geworfen habe, um wie eine Chefin rüberzukommen. »Ich muss jetzt wirklich losdüsen.«

Die kleine Versammlung in meinem Büro sieht mich an, als wäre ich aus einer Irrenanstalt geflohen. »Was?«

»Aber was ist mit dem Erstgespräch mit dem Kunden, der auf Empfehlung zu uns kommen will?«, fragt die Erste.

»Hast du dir das neue Layout meiner Präsentation angesehen?«, kommt von der Zweiten.

»Die Kalender-Druckfahnen müssen bis Freitag zurück an die Druckerei«, verkündet die Dritte.

»Äh … okay. Macht einen neuen Termin mit dem Kunden aus – aber frühestens nächste Woche«, antworte ich Nummer eins. »Und das neue Layout ist wunderbar, hast du super gemacht«, sage ich Nummer zwei. »Und die Druckfahnen … dazu sage ich dir später Bescheid«, vertröste ich Nummer drei, während ich auf die Tür zusteuere. Mach dich schleunigst vom Acker, Celeste, schießt es mir durch den Kopf. Ehe dich noch jemand nach dem Sinn des Lebens fragt.

Ich bin keine zwei Schritte den Flur hinunter, als mir jemand »Vergiss nicht, deine Tür abzuschließen!« hinterherruft, ich mache also kehrt, schaue jeden einzelnen Schlüssel an Wendys Bund durch und betätige dann einfach die Drucktastensperre auf der anderen Seite der Tür. Bitte schön. Oh, Mist. Sämtliche Kollegen, inklusive des heißen Typs, starren mich unverhohlen an. Offenbar erfordert Wendys Job, worin auch immer er besteht, drei Angestellte und hält den einen oder anderen stressigen Moment bereit. Ist notiert.

Zum Glück habe ich den ganzen Tag nichts gemacht, also habe ich wahrscheinlich auch nichts verbockt. Das war ein schlauer Schachzug von mir, denke ich bei mir, als ich aus dem Büroflur und weg von den starrenden Menschen renne. Es ist drei Uhr nachmittags, was jetzt nicht ganz fünf ist, aber auch nicht mehr Mittag, und ich habe soeben einen kompletten Arbeitstag damit verbracht, eine berufstätige Person zu spielen, und ich glaube, man hat es mir abgenommen. Ta-da!, denke ich im Siegestaumel. Nimm das, Madame »Viel Glück dabei, ich zu sein, mein großes, wichtiges Leben ist so schwer und kompliziert, das bekommst du nie auf die Reihe«.

Der Rausch hält leider nur so lange an, bis ich draußen vor Wendys Auto stehe. Obwohl ich noch nie in meinem Leben ein solches Teil zu Gesicht bekommen habe, ist mir sofort klar, was da an ihrem Hinterrad klemmt, und ich bin mir ziemlich sicher, dass ich entgegen all meiner Bemühungen bei Regel eins der Statuten des Körpertauschclubs gepatzt habe. Yep. Dieses große gelbe Metallding ist definitiv eine Parkkralle, was bedeutet, dass Wendys Körper und ich so schnell nirgendwo hingehen werden.

11

Celeste

Ich bin ein braves Mädchen. So kam ich auf die Welt, und so wurde ich erzogen. Bis zum College habe ich mich niemals auch nur ansatzweise unverantwortlich verhalten, und selbst dann fühlte ich mich extrem schlecht deshalb. Demzufolge habe ich also auch noch nie im Halteverbot geparkt. Gott, ich habe in meinem Leben keinen illegalen Atemzug getan. Das Grenzwertigste, was ich mir in puncto skrupellosen Verhaltens bisher erlaubt habe, war, eine bereits geöffnete Packung Algen-Snacks zu Costco zurückzubringen, weil sie nach … nun ja, Algen schmeckte.

Das ist Jahre her. Nun stehe ich hier, mit den Gedanken bei der Gazpacho-Orga und einem beschlagnahmten Auto. Auf der Parkkralle ist eine Nummer vermerkt, also rufe ich dort an.

»Da sich die Menü-Optionen geändert haben, bitten wir Sie, aufmerksam zuzuhören«, informiert mich eine Stimme, und ich frage mich, wer dort wohl so häufig wegen einer Parkkralle anrufen muss, um das Menü auswendig zu kennen. Dennoch höre ich aufmerksam zu. Ein weiterer Beweis, dass ich nicht zur Rebellin tauge.

Ich wähle die Option »Wegfahrsperren und Beschlagnahmung vor Ort«.

Diese leitet mich auf eine Website weiter.

»Mitarbeiter!«, rufe ich ins Handy. Das funktioniert immer, wenn ich für Hugh einen Flug seiner Dienstreisen umbuchen möchte.

Nichts passiert. Stattdessen rattert die automatische Frauenstimme weiter ihre Menü-Optionen herunter. Ich bleibe in der Leitung, um vielleicht doch noch einen Mitarbeiter zu erwischen, und gehe gleichzeitig auf die genannte Website. Dort stellt sich heraus, dass ich per Kreditkarte eine Strafe zahlen muss, also gebe ich automatisch meine persönlichen Daten ein. Dies ist alles andere als Wendys Schuld, und ich habe die leise Ahnung, dass sie sich die Gebühr auch nicht leisten könnte, selbst wenn es so wäre. Nachdem ich Wendys Autokennzeichen eingegeben habe, klicke ich auf »Zahlung abschließen«. Puh. Jetzt kann ich zur Schule fahren, alle übrig gebliebenen Kinder abholen, nach meinen eigenen und Wendys sehen, und sicher sein, dass die Suppe bis zur Spendenveranstaltung morgen fertig wird. Dem Himmel sei Dank.

Auf der nächsten Seite erfahre ich, dass ein Außendienstmitarbeiter innerhalb der nächsten zwei bis vierundzwanzig Stunden vorbeikommen und die Parkkralle an meinem Auto abnehmen wird.

Ich könnte schreien.

Was wäre, wenn ich das jetzt tatsächlich tue? Normalerweise schreie ich nicht rum, wenn etwas nicht so läuft, wie ich es gern hätte. Das ist nicht meine Art. Andererseits kutschiere ich gerade ja eine nicht näher definierte Gruppe von Kindern in meinem Minivan zum Softballtraining in Birchboro Hills – so hat es zumindest für alle anderen Menschen den Anschein. Es ist Wendy, die dermaßen illegal geparkt hat, dass sie für die nächsten zwei bis vierundzwanzig Stunden hier festsitzt.

Wendy kann also auf jeden Fall schreien.

Ich öffne den Mund und stoße ein Geräusch aus, das einem das Blut in den Adern gefrieren lassen könnte. Es fühlt sich fantastisch an. Die Menschen auf dem Bürgersteig in meiner Nähe drehen sich um und starren mich an. Ich schreie, bis kein bisschen Luft mehr in meinen Lungen ist, hebe dann die Hand, winke ab und teile meinem Publikum mit: »Mir geht's gut. Alles in Ordnung.«

Und das stimmt tatsächlich, mir geht es wirklich richtig gut.

Am Ende nimmt mich die Person in ihrem Auto mit, von der ich es am wenigsten erwartet hätte. Okay, von der Celeste es am wenigstens erwartet hätte. Nachdem ich mir die Seele aus dem Leib geschrien habe, überlege ich, ob ich Hugh anrufen soll. Doch dann fällt mir die Sache mit der Heckenschere wieder ein, und ich ahne, dass ihn das völlig in Verwirrung stürzen würde. Seths Nummer habe ich nicht. Ich grübele darüber nach, mit welchen Frauen Wendy eng befreundet ist – so eng befreundet, dass sie bereit wären, sie in dieser Situation zur Schule zu fahren und ihre Kinder abzuholen –, aber mir will einfach niemand einfallen, bei dem ich mir dessen sicher sein könnte. Sieht also so aus, als müsste ich eine Mitfahragentur anrufen.

Aber dann entdecke ich ihn. Den heißen Typen. Meine Güte. Er hat in der warmen Maisonne seine Jacke ausgezogen und sieht so gut aus wie … man überhaupt aussehen kann. Sorry, Hugh, entschuldige ich mich in Gedanken. Nicht mein Körper. Nicht meine Hormone.

»Du hast eine Parkkralle am Wagen«, stellt er fest.

»Ich …«, setze ich an, um dann lediglich herauszubringen: »habe eine Parkkralle am Wagen …«

»Warum hast du denn im Halteverbot geparkt?«, fragt er.

Gute Frage. Man sollte annehmen, dass sich die echte Wendy mit der Parksituation in der unmittelbaren Nähe ihres Büros auskennt. Die falsche Wendy hat das Verbotsschild leider übersehen. Die falsche Wendy war mit den Gedanken heute Morgen ein wenig woanders.

»Um ehrlich zu sein«, sage ich, obwohl Ehrlichkeit heute wohl kaum das Motto des Tages ist, »habe ich keine Ahnung. Hast du manchmal das Gefühl … dass du im falschen Leben steckst?«

Er lacht. Es ist ein schönes Lachen. Kein polterndes, wie ich es erwartet hätte, gemessen daran, wie groß und breit er ist und bei dieser Brust …

Du meine Güte, Celeste.

»Ich weiß genau, was du meinst. Als ich vor ein paar Tagen in meine Garage gefahren bin, konnte ich mich plötzlich nicht mehr daran erinnern, wie ich da überhaupt hingekommen bin«, erzählt er, und ich versuche mir meine Verzückung über seinen britischen Akzent nicht zu sehr anmerken zu lassen. »Ich war mit den Gedanken so sehr bei der Arbeit, dass ich einfach … wie auf Autopilot gefahren bin. War kein gutes Gefühl.«

»Absolut!«, stimme ich ihm zu. »Das trifft es gut. Ich war einfach nicht … wirklich präsent in meinem Körper. Als ob jemand anderes die Kontrolle hätte.«

»Dem Himmel sei Dank fürs motorische Gedächtnis«, stellt er fest. »Lustig, dass du gerade ›präsent‹ erwähnt hast. Nach der Sache mit der Garage habe ich mir vorgenommen, den alltäglichen Momenten in meinem Leben mehr Aufmerksamkeit zu schenken und generell präsenter zu sein. Ich möchte nicht rein auf Autopilot durch mein Leben gehen und mich nur aufs motorische Gedächtnis verlassen. Tatsächlich warst du es, die mich zu dieser Entscheidung bewogen hat.«

»Wirklich?«

»Ja, als du mir davon erzählt hast, dass du dich nach der Arbeit richtig konzentrieren musst, um ganz im Moment und bei deinen Kindern zu sein und bewusst Zeit mit ihnen verbringen zu können. Weißt du noch, wie wir vor ein paar Wochen beim Mittagessen darüber gesprochen haben? Das hat großen Eindruck bei mir hinterlassen. Komm, steig ein, ich fahre dich und erzähle dir im Auto davon. Wo musst du denn hin?«

Einen Augenblick lang weiß ich nicht, was ich sagen soll. Wo muss ich noch mal hin? Wenn ich mich richtig an die Anweisungen in Wendys Nachrichten erinnere, fährt sie normalerweise nach der Arbeit in den Supermarkt, um für die Familie ein Tiefkühlgericht oder eine Pizza und Salat in der Tüte zu kaufen, die sie in eine Kühltasche packt, dann sammelt sie Bridget beim Softball ein. Anschließend holt sie Linus um halb sechs vom Hort ab, hetzt nach Hause, wo sie das Tiefkühlgericht in den Ofen schiebt und im Keller zwanzig Minuten auf dem Fitnessrad strampelt, während die Kinder ihre Hausaufgaben machen. Dann essen sie gemeinsam und schauen fern, bis Seth nach Hause kommt.

Hm, nö, Planänderung: Ich könnte heute Abend eine leckere Gemüse-Frittata machen – mit Brokkoli, Cheddar und karamellisierten Zwiebeln. Ein frisches, warmes und köstliches Gericht, in zwanzig Minuten zubereitet aus Zutaten, die man ohnehin immer da hat. Das Ganze serviere ich im Esszimmer auf dem nun makellosen Tisch, und die Reste packe ich fürs Lunch morgen ein. Das Fitnessrad kann ich mir auf jeden Fall sparen. Und jetzt kann ich Linus abholen, ehe ich zum Softball fahre, und ihn mit den anderen Jungs an der frischen Luft ein wenig Fußball spielen lassen, mir die zweite Trainingshälfte ansehen, einen Blick auf meine eigenen Kinder werfen und Bridget das Gefühl vermitteln, dass ihre Mutter ihre Hobbys für wichtig hält, für so wichtig, um mal den Blick von ihrem E-Mail-Postfach loszueisen.

»Können wir zwei kurze Stopps machen?«, frage ich den heißen Typen. »Sie liegen recht nah beieinander.«

Er lächelt. »Natürlich. Bedeutet das, dass wir am Ende zusammen auf einer Decke im Park liegen?«

Oh, dieses Bild bekomme ich wohl so schnell nicht mehr aus dem Kopf. Aber Moment mal, er sollte eigentlich keine Witze darüber machen, wie er sich mit Wendy mitten im Grünen auf einer Decke wälzt! Celeste! Reiß dich zusammen! Was würde Wendy tun?

Sie würde sich künstlich aufregen. »Wie bitte?«, frage ich

und versuche dabei möglichst typisch nach Wendy zu klingen: empört bis in die Haarspitzen.

Die Wangen des heißen Typen glühen vor Scham. »Ich wollte sagen, dass wir beim Softball zusehen.« Er hustet und gerät ins Stottern. »Du weißt schon. Das letzte Mal, als ich dich zufällig im Park getroffen habe, lagst du doch auf der großen karierten Decke. Das hab ich gemeint. Die Decke. Zum Draufsitzen. Während du den Mädchen beim Softball zuschaust. Aber nicht auf eine komische Art und Weise.«

Ich kann nicht anders und pruste los vor Lachen. Der arme Kerl. Fast eins neunzig groß, gebaut wie ein Schrank, der vor sich hin stammelnd am liebsten im Boden versinken würde. Er versucht mitzulachen, aber ist immer noch puterrot im Gesicht und bringt kein Wort heraus.

»Ich hab's kapiert«, versuche ich ihm zu versichern. »Ich dachte kurz … aber natürlich, nein.«

»Natürlich«, wiederholt er und fügt hinzu: »Nein. Du bist verheiratet!« Wenn er das als Grund heranzieht, weshalb er seine Worte nicht so gemeint hat, bedeutet das wohl, dass er sich nur zu gern mit Wendy auf einer Decke wälzen würde, hätte sie keinen Ehering am Finger, denke ich im Stillen. Sehr interessant.

Während ich ihm zu seinem Auto folge, muss ich immer noch vor mich hin lächeln. »Erzähl mal, was du meintest mit dem Präsent-Sein«, fordere ich ihn auf.

Während wir uns anschnallen, berichtet er davon, dass er und ich – also Wendy – darüber gesprochen hätten, wie sie sich nach einem langen Arbeitstag mithilfe spezieller Impuls-Reminder wieder auf ihre Mutterrolle einstelle. Mich beeindruckt, was ich da höre. Bei allem, was sie tut, geht sie sehr strukturiert vor, aber es ist ihr eindeutig sehr wichtig, ihren Kindern das Gefühl zu geben, dass sie in der gemeinsamen Zeit ganz und gar bei ihnen ist. Darüber denke auch ich ständig nach. Wenn man permanent bei seinen Kindern zu Hause ist, vergisst man bisweilen, wirklich *da* zu sein. Weil man so viel Zeit miteinander verbringt, ist einem die Bedeutung der miteinander verbrachten Zeit nicht unbedingt immer bewusst. Doch manchmal, wenn man sich wirklich auf sie einlassen und ganz präsent bei ihnen sein kann, merken sie das sofort und reagieren auch anders darauf. Egal wie unterschiedlich wir sonst sein mögen, das hat Wendy offensichtlich auch herausgefunden. Ich denke an den Ausdruck in Bridgets und Linus' Augen in den Momenten, in denen sie ihre Mutter wirklich wahrnehmen. Sie sind kleine, faule Stinker, aber sie lieben sie. Ihr Vertrauen in sie kann nichts in der Welt erschüttern.

»Es hat mich zum Nachdenken gebracht, als du mir erzählt hast, dass du auf dem Weg zu deinen Kindern immer das Radio ausschaltest, ganz in Stille fährst, dich auf deine Atmung konzentrierst und darauf, den Arbeitstag hinter dir zu lassen. Ich weiß, es ist etwas anderes, wenn man keine Kinder hat, aber ich möchte nicht einfach … nun ja, mit offenen Augen träumen …« Er hebt die Stimme, wie um das Wort anzutesten. »Genau, mit offenen Augen mein Leben verträumen. Als Kind habe ich Tagträume geliebt. Aber jetzt denke ich nicht mehr darüber nach, wie ich den perfekten Fußballschuh entwerfe oder Comics animiere, sondern über die Mails, die ich noch nicht verschickt habe, oder dass ich den Filter im Backofen wechseln muss oder was wohl passiert, wenn ich in drei Monaten vergesse, meine Nummernschilder zu erneuern, und mich dann die Polizei anhält. Daraus entsteht nichts Sinnvolles. Es lenkt mich einfach nur vom eigentlichen Leben in diesem Moment ab.«

»Wenn dich je die Polizei anhält …«, sage ich langsam. Zwar wird in der Zeitung ständig darüber berichtet, dass die lokale Polizei jede Menge Trainingseinheiten zum Thema implizite Vorurteile absolviert, aber wie in jeder anderen Stadt sind das immer noch Menschen mit Waffen und voller Adrenalin, die ihr Leben lang auf eine bestimmte Art und Weise sozialisiert wurden. Ich kenne zwar nicht einmal den Namen des heißen Typs, aber mir wird bange um ihn.

»Ich weiß, ich weiß. Hast du mir schon hundertmal gesagt. Ebenso wie meine Mutter, meine Tanten, meine Cousins …«

»Ich erneuere deine Kennzeichen gleich jetzt«, sage ich, »am besten für die nächsten zehn Jahre, wenn ich kann.«

»Als ob es für jemanden mit dunkler Hautfarbe sicherer wäre, mit dem Auto unterwegs zu sein, wenn man sich an die Gesetze hält.«

Ohne nachzudenken, lege ich meine Hand auf seine. Er zuckt zusammen, und ich ebenso. Aber ich ziehe meine Hand nicht zurück – irgendwie kann ich es nicht.

»Ich nehme an, wir fahren zum Softball-Platz«, sagt er nach einem Augenblick.

»Eigentlich zuerst zur Grundschule in Birchboro Hills«, antworte ich und nehme meine Hand weg. »Ich möchte Linus etwas eher abholen heute.«

»Oh. Okay, okay. Wunderbar. Ich wollte den kleinen Kerl schon lange kennenlernen.«

Oh-oh. Er kennt ihre Kinder nicht. Ich stelle mir vor, wie ich Wendy erzähle, dass ich ihren Sohn und ihren außerehelichen Flirt einander vorgestellt habe. Vorausgesetzt, dass sie ein Auge auf ihn geworfen hat und es nicht nur von ihm ausgeht. Was an sich eine gewagte Annahme ist, aber … ich meine, so wie er aussieht – wenn sie nicht in ihn verschossen ist, muss sie innerlich tot sein.

Andererseits: Wendys Mann ist … sagen wir mal so, er hat mich in den letzten vierundzwanzig Stunden, die ich als seine Frau verbracht habe, nicht gerade von den Socken gehauen. Vielleicht strengt er sich ja ein bisschen mehr an, wenn er das Gefühl hat, dass er Konkurrenz bekommt.

»Super! Du wirst ihn mögen. Linus ist sehr … liebenswert.«

»Da bin ich mir sicher. Ich hoffe nur, dass er mich auch mag«, erwidert er, und das sagt so viel über ihn aus, dass es mir ein wenig im Herzen wehtut.

»Es ist warm heute«, merke ich an, denn ich weiß genau, wie man vorgehen muss, um sich bei einem achtjährigen Jungen beliebt zu machen. »Wenn du es nicht eilig hast, wie wäre es, wenn wir Eis und vier Löffel besorgen?«

Wendy

Das Komische daran, sich als Mutter der Kinder einer anderen Frau auszugeben, und sei es auch nur für zwei Tage: Man findet ziemlich schnell heraus, dass man sich gar nicht so sehr verstellen muss.

Wenn ich es zum Softballtraining schaffe, konzentriere ich mich normalerweise auf mein eigenes Kind. Bridget strengt sich mehr an als ihre Mitspielerinnen, und sie bringt sich mehr für ihr Team ein als andere. Niemals muss ich sie unter Druck setzen oder sie daran erinnern, sich voll und ganz aufs Spiel zu fokussieren. Ich weiß, sie träumt davon, eines Tages ein Sportstipendium zu ergattern, und das wäre wunderbar, aber es ist mir dabei völlig egal, ob sie in der Mannschaft einer großen, renommierten Uni oder in der gemischten Liga an einem Community College spielt – Hauptsache, sie kann studieren, ohne einen Schuldenberg anzuhäufen, wie es bei mir der Fall war. Jeden Monat lege ich pro Kind einen Betrag fürs College auf die Seite, und manchmal habe ich das Gefühl, dass wir dieses Geld eigentlich nicht haben. Wir könnten damit das Bad modernisieren, einen Trockenbauer für die Wand engagieren oder wenigstens den Keller abdichten lassen, sodass er das ganze Jahr über trocken wäre. Aber ich glaube, dass ein Studium für ein Kind, das es zu etwas bringen will, wesentlich wertvoller ist.

Ich freue mich darüber, dass ich Bridget heute beim Training zusehen kann, aber auch Zoey zieht meine Aufmerksamkeit auf sich. Die Mädchen haben sich in einer Reihe aufgestellt, um die grundlegenden Techniken des Werfens zu üben: die richtigen Fußpositionen, der tief angedrehte Wurf des Balls, und all die anderen Aufgaben, bei denen es für die meisten Utility Player vor allem um die Einheit des Teams geht. Aber Zoey weiß nicht, wo vorn und wo hinten ist, sie schaut sich bei Bridget ab, wo die Fersen hingehören und wie sie die Arme korrekt hält, sie wirkt verloren und unsicher und hängt stets einen Tick hinterher.

Sie könnte Seths Training gebrauchen, denke ich. In seiner Jugend hat mein Mann Baseball gespielt, und als Bridget mit Softball anfing, brachte er ihr alles bei, was er als Kind gelernt hatte – was bedeutete, dass sie immer ein wenig anders warf und den Ball schlug, als man es beim Softball eigentlich sollte. Als sie ungefähr sieben Jahre alt war, ging er zu einigen ihrer Spiele, stellte fest, wie hart sie an sich gearbeitet hatte, und ließ sich wiederum einiges von ihr erklären. Jetzt weiß er genau, wie ein guter langsamer Pitch beim Softball geworfen werden muss, und kann das auch Zoey beibringen. Zumindest könnte er es, wenn er zu Hause wäre.

Mir wird das Herz ein wenig schwer. Seth war seit zwei Jahren nicht mehr zu Hause. Damit will ich nicht sagen, dass er ausgezogen ist oder so etwas. Er ist anwesend. Aber er ist nicht wirklich da.

Einmal in der Woche bringt er die Kinder ins Bett, damit ich außerhalb der üblichen Arbeitszeiten ein paar weniger dringliche E-Mails abarbeiten kann, wenn mir auf keinen Fall jemand darauf antworten wird. Ich liebe es, wenn keine ungelesenen Mails im Postfach warten.

Außerdem holt er mittwochs Linus aus dem Hort ab und kümmert sich ums Abendessen, damit ich in Ruhe mit meiner Schwester sprechen und mit ihr eine Happy Hour machen kann.

Am Wochenende schaut er mit den Kindern zusammen einen Film. Und an manchen Samstagen geht er mit Bridget ein paar Bälle schlagen oder mit Linus zum Lasertag.

Aber der Umstand, dass ich die Dinge, die er für unsere Familie tut, an einer Hand abzählen kann, beschäftigt mich so sehr, dass ich mir manchmal ein Leben ohne ihn vorstelle. Rein theoretisch – ich habe nicht vor, irgendwohin zu gehen –, aber ich glaube, er weiß das. Ist das vielleicht der Grund, warum er so viel Zeit in seinem Atelier verbringt? Oder steht er mit seiner Kunst tatsächlich kurz vor dem ganz großen Durchbruch? Ich kann es wirklich nicht sagen. Früher war ich von dieser Frage wie besessen, besuchte ihn im Studio, in der Hoffnung, dort etwas Großartiges vorzufinden, an dem er gerade arbeitete und das uns bald ein wenig Luft verschaffen würde. Aber das letzte Mal, als ich da war, habe ich nur Metallschrott und unvollendete Arbeiten gesehen, E-Zigaretten und eine Couch, die lang genug ist, um darauf ein Schläfchen zu machen. Etwas Durchbruchwürdiges habe ich nicht entdecken können. Und als ich ihn danach gefragt habe, erklärte er mir, dass seine Arbeit stets aus einem Schritt vor und zwei Schritten zurück bestehe, und nein, er habe nicht wieder mit dem Rauchen angefangen. Außerdem: »Wendy, du hast an mir immer geliebt, dass ich Künstler bin, und Künstler haben nun mal schlechte Angewohnheiten. Das weißt du doch.« Tatsächlich? Ist das wahr?

Wenn ich mit meiner Schwester über Seth spreche, scheint sie ihm stets zu unterstellen, dass er mich mit Absicht verletzen würde. Diese falsche Vorstellung von Seth haben offenbar so einige Leute. Wenn ich erwähne, dass ich mich über ihn ärgere, dass er kein Geld für die Familie verdient oder seinen Anteil zu Hause nicht leistet, dann will ich Dampf ablassen. Mehr nicht. Dies ist der Mann, den ich geheiratet habe, auf den ich mich eingelassen habe. Wenn ich mich über Seth beschwere, möchte ich eigentlich sagen: Einen gequälten Künstler zu heiraten, ist nicht gerade ein Spaziergang. Er liebt mich und seine Kinder, aber seine Arbeit bedeutet ihm alles. Seine Arbeit ist nicht etwas, was er macht – er *ist* seine Arbeit.

Meine kleine Schwester hat einen Anwalt geheiratet. Sein wichtigster Klient ist eine große Bürgerrechtsorganisation. Er arbeitet lange und manchmal am Wochenende, ist als Gerichtssachverständiger viel auf Reisen. Die beiden wollen ein Kind, und ich versuche sie darauf vorzubereiten, was es bedeutet, mit einem leidenschaftlichen Karrieretyp eine Familie zu gründen. Darauf antwortet sie, dass sie zur Not mit dem Kind zu Hause bleibt. Sie kann es sich leisten, schätze ich. Ruthie ist Lehrerin für Englisch als Fremdsprache, und ich weiß, sie liebt die Kinder, die sie unterrichtet, aber sie scheint davon überzeugt, dass sie mit ihrem Job einfach aufhören und wieder einsteigen kann, wie es in ihre Familienplanung hineinpasst. Vermutlich hat sie recht.

Ja, der heutige Tag war schön. Anna Joy ist ein liebes Kind, sie hat genau zu der Zeit ihr Schläfchen gemacht, wie es Celeste angekündigt hatte, und beinahe zwei Stunden geschlafen. Außer unserer Einkaufstour und dem Lunch im Lokal haben wir heute im Grunde nichts getan. Um drei Uhr nachmittags habe ich eine Horde Kinder in den Minivan geladen, um hierherzufahren, und auch das hat mir null Hirnschmalz abverlangt. Die Kinder waren alle freundlich, haben sich benommen und sogar Danke gesagt. Ich habe sie mit Fritos belohnt. Jetzt sitze ich in der warmen Sonne, als eine von drei Elternteilen, die sich das Training ansehen, und träume vor mich hin, während Samuel sich auf dem Klettergerüst austobt und Anna Joy auf meinem Handy Kinderfernsehen guckt.

Celeste hat ein gutes Leben.

Wären da nicht meine eigenen Kinder, würde ich mein altes Leben wohl gar nicht so schnell zurückhaben wollen. Aber ich vermisse sie. Mehr als ich gedacht hätte.

Als ob ich ihn heraufbeschworen hätte, kommt Linus in

diesem Moment wie aus dem Nichts vom Parkplatz herübergerannt. Erfreut ihn zu sehen, stehe ich auf und rufe seinen Namen. Ich kann eine Kuscheleinheit gut vertragen und bin sicher, ihm geht es genauso.

Er schaut zu mir herüber und winkt mir dann etwas merkwürdig zu, während Verwirrung auf sein Gesicht tritt. »Hi, Samuels Mom!«, ruft er.

Ach ja. Eigentlich bin ich ja Samuels Mutter. Was wiederum bedeutet, dass Linus' Mom … wo genau ist?

Celeste steigt – in meinem Körper – mit einer Mehrweg-Einkaufstasche in der Hand aus einem Auto, das ich nicht kenne, und hinter ihr, auf der Fahrerseite …

Ist das Davis?

Hat sie meinen Arbeitsehemann zum Softballtraining mitgebracht?

Was. Zur. Verdammten. Hölle?!

»Mommy! Fluchen!«, sagt Anna Joy. Offenbar habe ich das laut ausgesprochen. »Mommmmmmmmy!«, quietscht sie vergnügt. »Verdammte Hölle!«

Als Celeste das hört, verzieht sie das Gesicht – mein Gesicht – und wirft mir einen Blick zu, der wohl manch andere auf der Stelle hätte tot umfallen lassen. Sehr lebendig bedenke ich sie mit einem ebensolchen Blick. Warum hat sie Davis Pereira zum Softballtraining mitgebracht? Warum hat sie Linus früher abgeholt und hierhergeschleppt, obwohl er jetzt viel lieber mit seinen Freunden Lego im Hort spielen würde? Warum ist sie eigentlich nicht im Büro?

Und was hat sie mit meinem Auto angestellt?

»Was dagegen, wenn wir hier unsere Decke aufschlagen?«, fragt Celeste mich. Als ob ich sie jetzt auch nur eine Sekunde aus den Augen lassen würde. Sie breitet meine große Picknickdecke aus und holt Schüsseln und Löffel aus einer wiederverwendbaren Kühltasche.

Ich sage nichts.

Davis lehnt sich zu mir herüber. Verwirrt sehe ich ihn an und frage mich, was er vorhat. Aber er möchte sich lediglich vorstellen. »Hi, ich bin Davis Pereira«, sagt er. »Ich arbeite mit Wendy zusammen.«

Ich schlucke. Davis ist ein Sportpsychologe aus Großbritannien und seit einigen Jahren Partner bei Wendy Charles Consulting. Wir sind gut befreundet, aber bisher hat sich unsere Verbindung rein auf die Arbeit beschränkt. Außerhalb dieses professionellen Rahmens ist seine männliche Präsenz kaum zu übersehen. Ohne sein Jackett und mit den bis zum Ellbogen aufgerollten Hemdsärmeln sieht er so unverschämt gut aus, dass ich mich kaum traue, ihn länger anzusehen. »Celeste Mason, nett Sie kennenzulernen«, sage ich. Ich zermartere mir das Hirn, was ein normaler Mensch sonst noch sagen könnte. »Das Mädchen da drüben, das die Wurfübungen macht, ist meine Tochter.«

»Sieht so aus, als ob sie langsam den Dreh raus hat. Wendy hat mir erzählt, dass heute der erste Trainingstag ist.«

Ich nicke. Warte mal ab, bis er Bridget sieht, denke ich. Das nenne ich mal ein enthusiastisches Wurftraining.

Er wendet sich von mir ab und sagt: »Wow, Wendy.«

»Hm?«, antworte ich, huste dann aber und tue so, als würde mich etwas im Hals kratzen. Dieses Körpertauschding ist aber auch verwirrend.

»Deine Tochter gleicht dir aufs Haar.«

Celeste lächelt. »Nicht wahr?«

Ich schaue mir erst Bridge genauer an, dann Celeste in meinem Körper. Es ist verdammt selten, dass man sein eigenes physisches Ich von außen betrachten kann. Bin ich so hübsch wie meine Tochter? Nee. Ich meine, ich bin alt, ich habe Krähenfüße, und durch meine Kaiserschnittnarbe stülpt sich mein Bauch über jeden Slip, den ich besitze.

Und trotzdem … mein Blick wandert wieder zu Celeste.

Mein Gesicht, das jetzt sie mit Leben erfüllt, wirkt sorglos, nicht so mürrisch und faltig, wie ich es mir immer vorstelle. Mein Oberkörper erscheint weniger kastenförmig, sondern eher muskulös. Die cremefarbene Seidenbluse, die Celeste trägt, sitzt vorteilhaft an meinen kantigen Schultern. Seit Jahren habe ich diese Bluse nicht mehr getragen. Ich sollte sie wieder öfter anziehen.

Ich sehe ziemlich gut aus, auch wenn ich immer noch mit den fünf Kilos kämpfe, die ich in der Schwangerschaft mit Linus zugenommen habe.

»Eiscreme!«, verkündet Celeste.

Oh, bitte. Mir fällt auf, dass ich gerade gut aussehe, und ihr fällt nichts Besseres ein, als das direkt mit Eis zu ruinieren. Verstohlen schaue ich auf den Becher. Sahneeis? Was erlaubt die sich? Diese Kalorien werden auf meinen Hüften landen, und ich darf noch nicht einmal probieren!

»Wendy«, spreche ich sie an, »eine Frage, ehe du anfängst zu essen: Bist du um diese Zeit nicht normalerweise im Büro?«

»Ich habe heute etwas eher Schluss gemacht«, gibt sie unbekümmert zurück. »Es ist der erste Trainingstag, weißt du, und ich war ein wenig nervös, ob alles mit den Fahrgemeinschaften klappt.«

»Da hättest du dir keine Sorgen machen müssen«, antworte ich in einem etwas zu scharfen Ton, »wie du siehst, ist Bridget hier.«

»Aber natürlich ist sie das. Sieht so aus, als ob es gar kein so großes Ding ist, dass eine Elfjährige sechs Blocks weit mit dem Rad fährt«, stellt sie mit einem leichten Schulterzucken fest.

»Nun ja, jetzt, da du dich davon überzeugt hast, kannst du beruhigt zurück ins Büro«, dränge ich.

»Um ehrlich zu sein, habe ich mir nicht nur darüber Gedanken gemacht, ob bei meiner eigenen Tochter alles klappt«, gibt sie spitz zurück. »Ich war vorhin nämlich mit einer der Mütter in

Kontakt, die einige Kinder zum Training bringt. Nur hat sie mir auf meine Fragen, ob alles in Ordnung ist, nicht geantwortet.«

Ich kneife die Augen zusammen. »Wahrscheinlich saß sie gerade am Steuer oder war damit beschäftigt, irgendwelche Erledigungen zu machen. Kochtöpfe abzuholen. Fremde Jungs bei ihren Großmüttern abzuliefern. So was in der Art.«

Davis beobachtet das Hin und Her unseres Gesprächs mit großen Augen.

»Sind die fremden Jungs denn nicht wie verabredet zu ihrer Großmutter gelaufen?«

»Fremde Jungs brauchen nicht so viel Platz in einem Van, vor allem nicht, wenn es nur zwei Blocks sind.«

»A-ha. Haben sie sich also einen Gurt zum Anschnallen geteilt?«, fragt sie, und ihre Stimme erreicht dabei eine Frequenz, die normalerweise nur Hunde hören können.

»Und es hat alles wunderbar funktioniert«, sage ich, »vier Softball-Spielerinnen, Samuel, Anna Joy und ich, alle wohlbehalten am Sportplatz angekommen.«

Einen Moment scheint sie sich damit zufriedenzugeben, wenn auch widerwillig. Dann fragt sie mit einer leichten Kopfbewegung: »Was macht Anna Joy da eigentlich an so einem herrlich sonnigen Tag?«

»Sie guckt Kinderfernsehen«, antworte ich unbekümmert. »Sie liebt *Martha Speaks*.«

»Tatsächlich? Und ich dachte immer, Hugh und du legt so viel Wert darauf, dass Fernsehen an Schultagen tabu ist«, erwidert sie spitz.

»Na ja, von ein wenig Fernsehen am Montag geht die Welt nicht unter. Sie ist drei. Es ist ja nicht so, als müsste sie noch Mathehausaufgaben machen oder Musiktheorie büffeln.«

Celestes Miene wird düster. »Dabei habe ich gelesen, dass neurologisch gesehen drei ein wunderbares Alter ist, in dem Kinder neue pädagogische Inhalte geradezu aufsaugen.«

»Sie saugt ja auch gerade diese Sendung auf wie nichts«, sage ich daraufhin, nur um zu sehen, ob ihr vor Wut wohl gleich Qualm aus den Ohren schießt.

»Isst sie … isst sie da außerdem in Gemüseöl frittierte Maischips?«

»Yep. Sie liebt Fritos total«, teile ich Celeste mit einem überfreundlichen Grinsen im Gesicht mit.

Sie stößt hörbar die Luft aus, und einen Augenblick lang glaube ich, sie gibt sich geschlagen. »Weißt du, was ich total liebe?«, fragt sie mich dann und ein unheilvolles Lächeln breitet sich auf ihren Zügen aus. »Eine Riesenportion Ben-and-Jerry's-Eis auf Haferbasis.«

Ich runzele die Stirn. Diese Frau ist in der Tat nicht zu unterschätzen. »Das klingt nach vielen Kalorien«, sage ich.

»Ja, sicher, aber ich habe heute einen dieser Glückstage, an denen ich essen kann, was ich möchte, ohne auch nur ein Gramm zuzunehmen«, kommt ihre glattzüngige Antwort. »Ich könnte den ganzen Becher verputzen.«

Davis lacht etwas nervös, die passiv-aggressive Stimmung zwischen uns gibt ihm offenbar so einige Rätsel auf. »Ich hoffe, du lässt mir etwas übrig.«

»Oh, aber klar! Für dich mach ich alles«, sagt Celeste, den Körper Davis zugewandt, doch den Blick auf mich gerichtet. »Du hast mir heute wirklich den Tag gerettet!«

Was geht hier vor? Flirtet sie gerade mit Davis? Sie sollte auf gar keinen Fall mit meinem Geschäftspartner flirten! Vor allem weil der mir so schon ein bisschen zu viel Aufmerksamkeit schenkt. Und schon gar nicht vor den Kindern!

Während er sie ansieht, fahre ich mir wie ein Henker mit der flachen Hand quer über den Hals, um ihr zu signalisieren, dass sie damit sofort aufhören soll. Sie wendet sich lediglich Davis zu und schenkt ihm ein absolut umwerfendes Lächeln. Mir war gar nicht klar, dass ich so lächeln kann.

Davis scheint völlig verzückt, und die Art und Weise, wie er sie ansieht … ich komme nicht umhin, mich zu fragen, ob ich mir in Bezug auf ihn nicht etwas vorgemacht habe.

»Also, Linus«, spricht er meinen Jungen an, der daraufhin zum ersten Mal, seit er hier ist, von seinem Erdbeer-Swirl aufblickt. »Was machst du denn gerne?«

»Ich spiele gerne mit Lego«, kommt seine scharfe Antwort. »Das mache ich sonst eigentlich mit meinen Freunden nach der Schule.«

Mach sie fertig, feuere ich Linus innerlich an.

Davis lässt sich nicht abbringen. »Deine Mum hat mir erzählt, dass du sehr gerne liest. Das finde ich super. Als ich acht war, war ich so begeistert von einer Buchreihe, dass ich sie dreimal gelesen habe. Ein Fantasy-Roman, das ist vielleicht nicht dein Ding.«

»Wie heißt es?«, lässt Linus sich einfangen.

»*Redwall*«, antwortet Davis. Ich merke auf.

»Das habe ich als Kind geliebt« werfe ich ein, »von Brian Jacques, oder?«

»M-hm«, macht Davis nur, als hätte ich quasi nichts gesagt, und wendet sich sofort wieder an Celeste-in-meinem-Körper. »Wendy, hast du es je gelesen?«

Am liebsten würde ich mit ausgestreckten Armen winken und rufen: Ich bin hier drüben! Aber das würde für Davis natürlich wenig Sinn ergeben. Also suche ich Celestes Blick und wackele mit den Augenbrauen, während ich ihr zunicke.

Sie sieht mich an und antwortet dann zögerlich: »Ja …? Aber! Das ist eine ganze Weile her? Und ich kann mich überhaupt nicht daran erinnern?«

Ich zucke mit den Schultern. Das reicht mir so weit. Davis und ich können uns ein andermal ausgiebig über »Cluny, den Tyrann« und die anderen Charaktere des Zyklus unterhalten.

»Vielleicht kann Linus deine Erinnerung auffrischen«, sagt

Davis, tippt dann auf seinem Handy herum und reicht es meinem Sohn. »Ich habe es in meiner Bücher-App. Linus, scrollst du lieber, oder blätterst du gern echte Seiten um?«

»Auf jeden Fall blättern!«, ruft Linus aufgeregt. »Aber ich weiß trotzdem, wie die App funktioniert. Was ist denn ein Novize?«, fragt er, bereits mit der Zusammenfassung des Buches beschäftigt.

»Ein angehender Mönch«, antwortet Davis in genau dem Moment, in dem ich sage: »Ein zukünftiger Mönch«.

»Genau«, fügt er mit einem entzückenden kleinen Kopfnicken in meine Richtung hinzu. Diese Geste habe ich bei ihm noch nie bemerkt. Oder vielleicht ist sie mir nur nie aufgefallen? Das wird es sein – entzückende Gesten oder überhaupt alles Entzückende an Davis sollten mir nämlich eigentlich nicht auffallen. Er ist derjenige, der mich nach dem Mittagessen darauf hinweist, wenn ich ein Salatblatt an den Zähnen kleben habe oder wenn unsere Assistentin an ihrem Schreibtisch heimlich wegen einer schlimmen Trennung heult. Ich bin diejenige, die ihm bei einer Tasse Jasmintee in der Lounge zuhört, wenn er von einem verpatzten Date erzählt oder berichtet, wie seine Nichte in der Notaufnahme gelandet ist.

»Was bedeutet Tyrann?«, will Linus wissen.

Mir liegt auf der Zunge, ihm zu erklären, dass dies jemanden beschreibt, der Schmerz und Leid verursacht, wie zum Beispiel eine aufdringliche Nachbarin, die einem den Körper klaut. Aber Celeste kommt mir zuvor: »Merk es dir, und wir schlagen es später nach. So kannst du erst einmal versuchen, es im Zusammenhang des Textes zu verstehen, und nachher, wenn wir zu Hause sind, schauen, ob du richtiglagst.«

»Wie nachschlagen?«, fragt Linus. »Willst du damit sagen, dass du es nicht weißt?«

Celeste lächelt einfach. »Wir können zusammen ins Wörterbuch schauen. Das dicke Buch voller Wörter, weißt du?«

Ich bin mir zu neunundneunzig Prozent sicher, dass ich kein Wörterbuch besitze. Linus sieht Celeste an, als wäre sie verrückt geworden, schaut dann aber wieder ins E-Book und sagt: »Ich denke, damit ist jemand gemeint, der böse ist oder der Schlimmes anrichtet. Der anderen das Leben schwer macht.«

Davis klopft ihm auf die Schulter. »Genau richtig, Kleiner.«

Verlegen wende ich den Blick ab. Warum gehe ich mit seinen Fragen nie so um, sondern platze direkt mit der Antwort heraus, um mich schnell wieder anderen Dinge widmen zu können?

Einige Minuten später folgt die nächste Lektion: Als Linus bei Celeste Durst anmeldet, kauft sie ihm nicht einfach für fünfzig Cent einen Tetrapack Supermarkt-Saft aus der Kühlbox des Teams, wie ich es machen würde, sondern sagt: »Du hast doch heute Morgen deine Wasserflasche mit in die Schule genommen. Die kannst du gern am Trinkbrunnen auffüllen.«

Linus wird blass. »Die habe ich in der Schule gelassen. Glaube ich.«

Wieder lächelt Celeste einfach nur. »Macht nichts. Der Trinkbrunnen ist ja nicht weit weg.« Dann wendet sie sich wieder Davis zu.

Sprachlos beobachte ich, wie Linus ohne Murren aufsteht, zum Brunnen hinübergeht und ein paar Schlucke des kostenlosen Wassers nimmt. Das heißt, ich wäre sprachlos, wenn sich jemand mit mir unterhalten würde. Und da wird mir bewusst, dass ich heute bis auf einige Worte im Laden oder eben mit Celeste noch mit keinem Erwachsenen gesprochen, einen Satz geschrieben oder einen Abschnitt gelesen habe. Ich drehe mich auf meiner Decke zur anderen Seite, wo die Mutter von Davi sitzt und auf ihrem Handy herumscrollt. »Hi, Sumeta!«, grüße ich sie. Ich bin unsicher, was ich als Nächstes sagen soll.

Sie schaut auf und schenkt mir ein kleines Lächeln. »Hallo, Celeste. Wie geht's dir?«

»Super. Ich hatte einen richtig entspannten Tag.«

»Das ist ja schön«, antwortet sie kühl. Dann brummt ihr Telefon fünfmal hintereinander in ihrer Hand. »Tut mir leid, die Arbeit. Eigentlich habe ich mir den Nachmittag freigenommen, um beim ersten Training dabei sein zu können, aber mein Team fragt sowieso wegen jeder Kleinigkeit bei mir nach – was bringt das einem dann überhaupt?«

»Oh ja, ich weiß genau, was du meinst«, sage ich. »Und man fragt sich: Warum können sie diese Entscheidungen nicht allein treffen? Liegt es an meinem Führungsstil, dass sie so unselbstständig sind? Ich kann mir aber auch gut vorstellen, dass die jüngste Generation an Absolventen einfach mehr Wert auf Kommunikation legt. Diese übereifrige Mitteilsamkeit, die so typisch ist für jüngere Mitarbeitende, bekommt man meiner Meinung nach mit Geduld irgendwann in den Griff.«

Sumeta hört mir mit wachsendem Interesse zu. »Ich wusste gar nicht, dass du arbeitest, Celeste. Ich dachte, du wärst den Tag über einfach zu Hause.«

Ich beiße mir auf die Lippe. Erwischt. »Also, ich meine … das ist das, was Hugh mir oft erzählt, mein Mann. Er hat immer viele … Praktikanten den Sommer über.«

Sie nickt. »Oh. Ja, natürlich, verstehe. Und ich hätte nicht ›einfach zu Hause‹ sagen sollen. Bitte entschuldige. Mit drei Kindern daheim, das ist sicherlich ordentlich viel Arbeit.«

Ich zucke mit den Schultern. »Ach, ich weiß nicht. Die zwei Älteren sind den ganzen Tag in der Schule, und die Kleine ist superlieb. Wenn man ihr ein Handy oder Tablet in die Hand drückt, ist alles prima. Eigentlich ist es sogar ein wenig langweilig. Heute hat mich die ganze Zeit über gar niemand gebraucht.«

Nun gibt sich Sumeta noch nicht einmal mehr Mühe, ihr falsches Lächeln echt wirken zu lassen. »Wenn das so ist, solltest du mal bei mir zu Hause vorbeikommen. Da wirst du dich bestimmt nicht langweilen, das kann ich dir versprechen.« Und mit diesen Worten wendet sie sich wieder ihrem Handy zu.

Ich richte meine Aufmerksamkeit zurück aufs Spielfeld und schäme mich ein wenig. Ich hatte angenommen, Sumeta wäre froh darüber, die Wahrheit zu hören. Aber natürlich fällt mir jetzt auch auf, dass ich mich ziemlich selbstgefällig angehört habe. Sie kann ja nicht wissen, dass es in meinem Leben normalerweise genauso zugeht wie in ihrem. Sie kann nicht ahnen, dass dieser langweilige Tag eine Atempause für mich war. Alles, was sie in Celeste sieht, ist eine Pinterest-Mom, die alle Zeit der Welt und keine einzige Sorge hat. Eine, die mit ihren perfekten Lunchpaketen, perfekten Kindergeburtstagspartys, perfekten pädagogisch wertvollen Hobbyprojekten, Bildschirmzeit-Regeln und gesunden Snacks, die sie auf kompostierbaren Tellern serviert, den Rest von uns komplett unfähig erscheinen lässt. Anders ausgedrückt: Sie sieht Celeste genauso, wie ich es tue – als einen persönlichen Affront gegen all das, was ich mit maximaler Kraftanstrengung als Mutter gerade so zustande bringe.

Ich schaue Bridget, Zoey und Davi zu, die zusammen spielen, übers Spielfeld flitzen und lernen, wie man richtig über den Boden rutscht, um einen Ball noch zu erwischen, ohne sich dabei zu verletzen. Sie machen sich schmutzig und haben Spaß, ständig klatschen sie sich ab. Werden sie in zwanzig Jahren wie ihre Mütter hier auf drei separaten Decken sitzen und genauso hitzig die unterschiedlichen Entscheidungen verteidigen, die sie für ihre eigenen Familien getroffen haben?

Ehrlich gesagt, ich hoffe nicht, dass es so kommt.

Nur habe ich keine Ahnung, wie ich es verhindern könnte.

Celeste

Meine Mom hatte wirklich viel Geduld, aber ich erinnere mich an eine Angewohnheit von ihr in meiner Kindheit, bei der die komplette Familie vorsichtshalber in Deckung ging.

Als ich zu Wendy nach Hause komme und die Lebensmittel auspacke, die Waschmaschine anstelle, mir etwas fürs Abendessen überlege, den Geschirrspüler belade, fällt es mir daher direkt auf – irgendwie mache ich das alles mit einer Lautstärke von mindestens hundert Dezibel. »Wie kriegt man es hin, laut Wäsche zusammenzulegen?«, haben wir meine Mom früher immer aufgezogen, wenn ihr Ärger verflogen und die Gefahr vorüber war. Nun, der Trick ist jede Menge empörtes Schnauben.

Ich schnaube empört, als ich die Müslischüsseln vom Morgen rund um und in der Spüle stehen sehe. Ich schnaube empört, als ich merke, dass auf dem Küchenboden, den ich gestern gewischt habe, drei klebrige Flecken prangen. Ich schnaube wieder empört, als ich sehe, dass Bridget ihre Softballklamotten in Richtung des Wäscheraums, aber nicht hineingeworfen hat, ihre Sporttasche mitten im Flur hat stehen lassen und ihren Hintern wieder auf dem Sofa geparkt hat, auf dem sie bereits den ganzen gestrigen Tag verbracht hat.

Ich schnaube empört, weil Linus seine schlammverschmierten Schuhe angelassen hat und jetzt in der Küche nach etwas Essbarem sucht, obwohl ich offensichtlich dabei bin, Tomaten fürs Abendessen zu schneiden.

Ich schnaube empört, weil es fast sechs Uhr abends ist und von Wendys Ehemann jede Spur fehlt.

Ich schnaube empört, weil Bridget, Linus und ich mit Wendy und meinen Kindern zurück zu ihrem Auto fahren mussten, nachdem Davis zu seinem wöchentlichen Pokertreff aufgebrochen war. Die Parkkralle war weg, als wir ankamen, und ich dachte schon, ich würde damit davonkommen, ohne dass Wendy jemals erführe, was vorgefallen ist, aber es klebte bereits ein neues Knöllchen an der Windschutzscheibe. Als ob ich das Auto hätte wegfahren können, selbst wenn ich das gewollt hätte. Und alles nur, weil ich Wendy dazu bewegen wollte, meine Kinder nicht mit ultraverarbeitetem Fertigessen vollzustopfen und ihr

Frontalhirn mit zu viel Bildschirmzeit zugrunde zu richten, woraufhin sie antwortete, dass nur ein Vollpfosten im Halteverbot parken würde und ob ich bitte ihr Privatleben und die Arbeit – oder wie ich es ausdrücken würde: eine Büroaffäre mit Ansage – auseinanderhalten könne.

Das geschah, während die Kinder hinten im Van fröhlich durcheinander schrien, Linus und Samuel sich über Anna Joys Kindersitz hinweg Schläge verpassten, Bridget Zoey mitteilte, dass sie neue teure Sportschuhe brauche, und Wendy absolut kein Wort gegenüber den Kindern über deren Verhalten verlor.

Mir ist jetzt also glasklar, warum meine Mutter es sich zu eigen gemacht hat, ihre Gefühle an Küchengeräten auszulassen. Tatsächlich frage ich mich, wie oft ich eigentlich die Tür der Mikrowelle lautstark zukrachen lassen muss, bis mich endlich jemand fragt, ob alles in Ordnung ist.

Beim vierten Krachen rege ich mich allerdings langsam ab. Ich verhalte mich lächerlich, und um nichts in der Welt sollten zwei Kinder unter zwölf Jahren eine Antenne dafür haben müssen, warum ich hier drinnen gerade einen passiv-aggressiven Anfall habe. Bei den beiden Kindern muss ich Worte bemühen und mir das Meckern für die Erwachsenen aufheben. Für Seth zum Beispiel, falls der jemals hier auftaucht. Ich beuge meinen Oberkörper vornüber, lasse mich locker aus der Hüfte heraus hängen und nehme ein paar tiefe Atemzüge.

Dann schleiche ich mich wie ein Ninja ins Wohnzimmer und sage sehr ruhig, fast flüsternd: »Bridget, ich habe ein Angebot.«

Wenn man seinen Kindern mit Ninja-Methoden kommen will, muss man Geduld beweisen. Zuerst passiert: nichts. Damit habe ich gerechnet, also schnappe ich mir einfach ein Klatschmagazin – warum sieht Wendys Couchtisch eigentlich aus wie der Wartebereich eines billigen Nagelstudios? – und bringe mich auf den neusten Stand, was bei den Royals gerade los ist.

Nach einer Seite *Stars sind Menschen wie du und ich* blickt Bridget von ihrem Handy auf.

»Was?«, fragt sie.

Ich antworte ihr mit so leiser Stimme, dass sie mich unmöglich verstehen kann.

»Warum flüsterst du?«

»Komm mal hierher«, sage ich, »dann verstehst du mich auch.«

Sie schaut mich verblüfft an, kommt aber zu mir und setzt sich neben mich.

»Ich frage mich, wie dir das Mittagessen in der Schulmensa schmeckt«, sage ich.

»Boah, das ist eklig, das weißt du doch.«

»Wenn du jeden Tag etwas zu essen mit in die Schule nehmen könntest, egal was, was wäre es?«

Sie zögert keine Sekunde. »Sushi. California Rolls.«

»Hm«, mache ich, dann stehe ich auf und begebe mich auf die Suche nach Linus.

»Warte mal! Mom?«, ruft sie mir hinterher, aber ich achte nicht darauf. Ich verfolge eine langfristige Bekehrungsmission, da kann ich nicht jeden meiner Schritte erläutern. Es geht darum, eine Aura der Ungewissheit zu erzeugen.

»Ich muss mich ums Abendessen kümmern, Liebes!«, rufe ich ihr im Weggehen zu. Linus finde ich vor dem geöffneten Tiefkühlschrank, in den er hineinstarrt.

»Wir haben keine Bagels mehr«, teilt er mir mit.

Die Frage, warum er im Tiefkühlschrank nach Bagels sucht, liegt mir auf der Zunge, aber dann verstehe ich es. Er hat eine leere Schachtel mit der Aufschrift *Pizza-Bagels* daraus hervorgefischt, die er hin und her schüttelt, während er geflissentlich die Mini-Stückchen Pepperoni-Wurstimitat ignoriert, die dabei auf den Boden segeln.

Warum steht ein leerer Karton im Tiefkühlschrank? Warum

passt er kein bisschen auf, den Boden nicht dreckig zu machen? Warum will er sich genau zur Abendessenszeit mit Junkfood vollstopfen? Alles sehr nachvollziehbare Fragen, ich entscheide mich jedoch für: »Komm, wasch deine Hände, ich brauche hier mal eben deine Hilfe.«

Linus sieht mich an, als wäre ich übergeschnappt.

»Mach schon«, sage ich und tue so, als wollte ich ihn mit dem dünnen Ende eines Holzlöffels anstupsen. Er lacht, bewegt sich aber und wäscht sich die Hände, ehe er zu mir an die Kücheninsel tritt.

»Eier«, fange ich an. »Sag einmal, kannst du die mit einer Hand aufschlagen?«

Er schüttelt den Kopf.

»Kannst du sie überhaupt aufschlagen?«

»Ich denke schon?«

»Oh, das wird ein Spaß«, sage ich. Ich nehme einen Becher – damit kriegen Kinder das Eieraufschlagen am besten hin. »Eier aufzuschlagen ist eine der größten Meisterleistungen der Menschheit. Ich habe mal gelesen, dass es bisher keine künstliche Intelligenz fertiggebracht hat, einem Roboter beizubringen, wie man beim Kochen ein Ei richtig aufschlägt. Es geht im Grunde darum, nicht zu wenig, aber auch nicht zu viel Druck anzuwenden.« Ich führe es ihm vor, indem ich ein Ei mittig auf meine Handfläche lege und es mit dem Daumen auf seinem oberen Ende am Rand der Tasse aufschlage, dann die Finger spreize, um die Eierschalen auseinanderzuziehen. Das Ei fließt mit intaktem Dotter heraus in den Becher, und ich fülle es in eine Schüssel um. »Jetzt bist du dran.«

Er haut das Ei zu doll gegen den Tassenrand und hat die Hand voller Schalenstückchen. »Ich kann das nicht«, sagt er.

»Natürlich kannst du das. Wir haben acht Eier zum Üben. Versuch es weiter, bis die alle sind, und dann wird's ernst.«

»Ich soll acht Eier verschwenden?«

»Du sollst ein Ei nach dem anderen aufschlagen, bis du den Trick raushast«, antworte ich.

»Und dann?«

»Dann brätst du die Eier, Dummerchen.«

»Auf dem Herd?«

»Noch ist es nicht so heiß, dass wir es auf dem kochenden Asphalt draußen auf dem Bürgersteig machen können«, gebe ich zurück. »Wir brauchen Musik.« Auf dem Handy suche ich mir meinen Lieblings-Salsa-Sender heraus. So geht mir das Kochen schneller von der Hand. »Und los geht's! Lass mal sehen, wie schlägst du dich?«

»Oh, Mom, du bist so albern«, sagt Linus fröhlich.

Mit den Tomaten in der Hand tanze ich zur Salsamusik durch die Küche. Linus macht sich ans Eieraufschlagen. So langsam wird's, das vierte Ei ist perfekt. Ich werfe die Hände in die Luft, um ihn zu feiern.

»Geh mal und zeig deiner Schwester dieses perfekt aufgeschlagene Ei«, trage ich ihm auf und drücke ihm den Becher in die Hand. Er ist mit Eiweiß verschmiert und ziemlich eklig, aber was soll's. Der Boden ist eh hin, und wir wollen ja auch nicht davon essen.

Linus rennt ins Esszimmer und zeigt Bridget seine Meisterleistung.

Wie von Zauberhand taucht sie in der Küche auf und fragt, was wir machen. Innerlich gratuliere ich mir selbst.

Ich kläre sie darüber auf, dass wir Musikvideos drehen. Dann tanze ich mit einer Pfanne in der einen Hand und einem Bund Petersilie in der anderen eine komplizierte Jive-Schrittfolge, die Zoey mir letzte Woche beigebracht hat. Nur dass sie nie das Wort Jive in den Mund nehmen würde.

»Bist du auf TikTok? Wie kriegst du das mit der Armbewegung hin?«

»Was ist das?«, fragt Linus.

»Mach ein Video«, trage ich ihr auf. »Lege aber bitte unbedingt ein Emoji über mein Gesicht, wenn du es hochladen willst, sonst wissen deine Freunde sofort, dass es von deiner Mom ist.«

Ich wiederhole mein Tänzchen, während Bridget mich aufnimmt.

»Mom, das ist voll OP!«

Ich kann mich zwar nicht erinnern, was OP heißt, aber ich weiß, dass es etwas Gutes ist. Ich wende mich von ihr ab und Linus zu: »Du bist ja ein Naturtalent.« Sechs perfekt aufgeschlagene Eier schwimmen in der Schüssel.

Er strahlt vor Freude und demonstriert mit großer Geste seiner Schwester mit einem weiteren Ei sein Können.

»Wie machst du das?«, fragt sie ihn.

Bald ist auch sie mit einem Becher beschäftigt. Ich brauche nur acht Eier für dieses Rezept, aber Bridget macht sich bereits ans zweite Dutzend. Ich unterdrücke ein Lachen, zeige Linus, wie er die Eier verquirlt, und nehme die in Stücke gebrochenen Bucatini-Nudeln vom Herd, um sie abzugießen – Pasta macht sich in einer Frittata überraschend lecker. Während wir drei uns beim Arbeiten im engen Eck zwischen Herd, Spüle und Kücheninsel drängeln, schwinge ich die Hüften im Takt der Musik und schubse dabei die Kinder mit dem Po wie Bälle in einem Flipper umher.

Auf diese Weise brauchen wir für die Frittata, die man normalerweise in fünfzehn Minuten fertig hat, zwar eine Dreiviertelstunde, aber uns ist das egal. Wie sich herausstellt, hat Linus noch nie den Herd bedient, und Bridget durfte bisher den Ofen nicht einmal anfassen. Beide saugen meine kleine Lehrstunde über die perfekte Garstufe von Eiern förmlich auf und streiten sich dann um die Pfeffermühle. Als wir fertig sind, bestaunen sie die Frittata mit grünem Salat darüber wie einen extragroßen Pizzabagel mit doppelter Portion Käse.

»Ich bin sooooo hungrig«, verkündet Linus.

»Es riecht sooooo gut«, sagt Bridget.

»Ich esse gleich im Stehen«, entscheide ich. Aus irgendeinem Grund habe ich einen Bärenhunger. Wahrscheinlich liegt das an dem albernen Salat mit gebratenen Hähnchenstreifen – ohne Käse, ohne Dressing, ohne Brot –, den Wendys Sekretärin ihr als Mittagessen bestellt hat.

Ich teile das Gericht in vier Teile auf und richte drei Portionen auf Tellern an. Wir essen und lachen über den Riesenberg Eierschalen, als Seth endlich durch die Verbindungstür zur Garage das Haus betritt.

»Dad!«, ruft Linus, als sein Vater im Vorraum herumtrödelt. »Ich habe Abendessen gekocht!«

»Was?«, fragt er. »Das ist toll, Kleiner.« Mit mürrischem Blick in meine Richtung schiebt er hinterher, als er um die Ecke kommt: »Tiefkühlpizza?«

»Wie heißt das noch mal, Mom?«

»Bucatini-Frittata«, antworte ich. »Haben die Kinder zusammen gemacht.«

Seth sieht uns überrascht an. Ich erwarte enthusiastische Begeisterung oder wenigstens eine Nachfrage dazu, aber alles, was von ihm kommt, ist: »Das ist toll. Wie geht's meiner Schlagfrau?«

»Möchtest du auch probieren, Dad?«, fragt sie.

»Hab im Studio gegessen, Bridge. Bleibt mehr für dich übrig. Schon eine Ahnung, auf welcher Position du spielen wirst?«

Sie zuckt mit den Schultern. »Heute war der erste Trainingstag. Das wird noch eine Weile dauern, bis ich das weiß.«

»Dritte Base oder gar nichts, richtig, Kleines?«, fragt er.

Bridget blickt auf ihr Essen. Ihr Gesicht ist teilnahmslos.

Irgendetwas ist hier gerade passiert zwischen Wendys Mann und ihrer Tochter. Irgendetwas Kompliziertes. Aber ich bin mir nicht sicher, was genau. Es hinterlässt kein gutes Gefühl. Bisher trifft das auf das meiste zu, was mit Seth zu tun hat.

Na ja, ihn anzusehen hinterlässt ein gutes Gefühl. Er ist heiß – das kann man schwer abstreiten. Aber der Effekt nutzt sich ziemlich schnell ab.

Ich werde Wendy heute Abend fragen, wie genau diese Ehe eigentlich funktionieren soll. Ich füge das meiner bereits ellenlangen innerlichen Liste hinzu und schicke ihr dann eine kurze Nachricht.

Heute Abend – selbe Zeit, selber Ort?

Während ich das tippe, fühle ich mich etwas mutlos. Ich möchte meinen Körper zurück, ich will, dass das hier vorbei ist. Aber hier gibt es so viel zu erledigen, so viel in Ordnung zu bringen. Und Seths ständigem Kommen und Gehen nach zu urteilen, gehe ich stark davon aus, dass das alles mehr oder weniger komplett an mir hängen bleiben wird.

12

Celeste

Um Viertel nach acht an diesem Abend bin ich zum Umfallen müde. Obwohl ich auf der Arbeit vor Wendys Computer den ganzen Tag kaum etwas gemacht habe, war danach quasi jede Minute komplett vollgepackt. Ich räume nach dem Essen auf, wische ein weiteres Mal die Böden, schicke die Kinder Hausaufgaben machen und flitze noch mal kurz los, um Lebensmittel einzukaufen. Kaum wieder zu Hause werfe ich noch eine Ladung Wäsche in die Maschine und falte zusammen, was bereits gewaschen ist, sehe mir online drei Sushi-Tutorials an und mache dann zwei California Rolls, die ich Bridget fürs Mittagessen einpacke. Für Linus gibt es eine Abwandlung davon: Truthahn, Spinat und Käse in einer Weizentortilla zusammengerollt zum Riesen-Sushi.

Dann bereite ich schon mal alle Zutaten für ein Gericht für morgen vor, die dann nur noch in den Schongarer wandern müssen. Anschließend räume ich das Wohnzimmer auf und versuche dabei nicht bei jedem Handgriff empört vor mich hin zu schnauben, obwohl dort drei Leute sitzen und fernsehen. Ich bereite einen Haushaltsplan vor, den ich diesen Faulpelzen in den nächsten Tagen nach und nach näherbringen werde. Damit ich nicht die Einzige bin, die sich daran hält, lade ich eine Software herunter, mit deren Hilfe das WLAN-Passwort jeden Morgen automatisch erneuert wird und die den neuen Code nur an mich schickt – so habe ich ein Druckmittel, oder sagen wir: eine Motivationshilfe. Die widerlich verdreckte Mikrowelle säubere ich nach der bewährten Heißer-nasser-Schwamm-Methode. Eigentlich wollte ich für die Kinder noch als Snack nach der Schule ein paar mit Öl und Kräutern gewürzte Fladenbrot-Ecken im Ofen vorbacken, die sich wunderbar in frischen Hummus dippen lassen, doch mir geht die Zeit aus, ehe ich sie ins Bett stecken muss und mein Treffen mit Wendy ansteht.

Als ich mich an unserem frisch getrimmten Strauch einfinde, fehlt von ihr allerdings jede Spur.

Ich schreibe ihr noch einmal, verfasse eine elaborierte Nachricht, warum wir uns treffen sollten und dass ich sehr gern mit ihr darüber sprechen würde, wie die Dinge heute gelaufen sind. Ich drücke kurzerhand auf Senden.

Zehn Minuten verstreichen.

Ist bei dir alles in Ordnung?, schreibe ich.

Weitere fünf Minuten gehen vorbei.

Dann stürmt sie plötzlich zur Hintertür heraus und kommt zum Busch herübergestapft. »Ich kann nicht glauben, dass du meinen 16-Uhr-Termin verschoben hast«, wirft sie mir an den Kopf. Obwohl ich gedacht habe, dass ich ganz in Ruhe Bildschirmzeiten und eine ausgewogene Ernährung für die Kinder mit ihr würde besprechen können, platzt mir innerlich dabei fast schon wieder die Hutschnur. Ich habe tausend wütende Schnauber heruntergeschluckt, aber jetzt brechen sie irgendwie alle auf einmal aus mir heraus und »Birchboro Hills' Mutter des Jahres« Wendy Charles sollte sich besser warm anziehen.

»Ich kann nicht glauben, dass du meinen Kindern irgendwelchen Müll zu essen gibst und sie den ganzen Tag vorm Fernseher parkst«, sage ich also scharf. »Ich habe dich um ein paar einfache Dinge gebeten. Hast du den Nesco geholt?«

»Ich habe deinen geliebten Nesco geholt«, antwortet sie. »Hast du das Knöllchen bezahlt?«

»Mach dir deshalb keine Sorgen«, versichere ich ihr.

»Ich entscheide, worüber ich mir Sorgen machen möchte«,

schnauzt sie zurück. »Ich habe heute Abend in mein E-Mail-Postfach geschaut. Du hast nicht einmal die einfachen Anfragen beantwortet, ein Meeting abgesagt, und vor allem hast du mich nicht auf dem Laufenden gehalten. Was genau hast du dann den ganzen Tag gemacht?«

»Was ich gemacht habe? Was hast du denn gemacht?«

»Ich habe deine Tochter entwöhnt«, ist ihre selbstgefällige Antwort.

Mir klappt die Kinnlade herunter. »Wie bitte?«

Wendy zeigt auf die dunklen Ringe unter ihren – meinen – Augen. »Sieh dir diese Augenringe an, Celeste. Hugh sieht nicht besser aus. Eure Tochter ist im Kindergartenalter und kein Baby mehr. Es ist an der Zeit, dass sie die Nacht durchschläft.«

»Du kannst doch nicht einfach mal eben *mein* Kind entwöhnen!«, schreie ich sie an. »Sie ist noch nicht so weit.«

»Sagt wer?

»Ihre Mutter! Wer hat denn da sonst mitzureden?«

»Nun, dein Mann zum Beispiel. Du hättest erleben sollen, wie erleichtert er war, als ich ihm gesagt habe, dass ich die Milchbar schließe. Es geht nicht nur um die Milch, weißt du. Sondern auch um genügend Schlaf, das eigene Bett wieder für dich zu haben und nicht diese furchtbaren Rückenschmerzen aushalten zu müssen.« Sie zeigt auf ihre komplette linke Körperseite, die, wie ich bereits vergessen habe, normalerweise schmerzt, egal ob ich sitze, stehe oder mich in irgendeine Richtung drehe. »Denk mal darüber nach, wie Hugh sich erst freuen wird, wenn deine Brüste nach elf Jahren wieder nur zum Spaß da sind.«

Ich verschränke die Arme vor der Brust. Mir ist bewusst, dass Hugh dieses Kapitel gern beendet sehen würde, aber es sind ja nicht seine Hormone oder sein Extra-Kalorienverbrauch. »Das Stillen hat nichts mit ihm zu tun«, sage ich. »Da hat er nicht mitzureden.«

»Es ist seine Tochter, über die du da sprichst, und für die tut er einiges – wie auch für dich. Herrje, hast du überhaupt eine Vorstellung davon, wie viel er für deine Familie leistet?«

»Hast du überhaupt eine Vorstellung davon, wie wenig dein Mann für deine Familie leistet?«

Ihre Miene wird traurig. »Ja. Die habe ich in der Tat.«

Ich reiße die Augen auf. »Oh Mann, Wendy! Warum zum Kuckuck lässt du dir das gefallen?«

»Gefallen lassen? Sonst passiert was? Wende ich den Schachzug der Frauen von Lysistrata an und mache auf Sexentzug? Dafür müsste der Typ erst mal Lust haben, mit einem zu schlafen.«

Puh. Bei diesem Geständnis fällt es mir schwer, nicht wenigstens ein wenig Mitgefühl ihr gegenüber zu empfinden. Aber sie braucht nicht mein Mitgefühl, sie braucht meine Expertise. »Sonst passiert das«, antworte ich und zeige ihr meinen Haushaltsplan. Ich habe zwei Papierkreise mit einer Bürozwecke übereinandergepinnt, der obere ist ein mit Namen versehenes Tortendiagramm, der untere ist mit Aufgaben beschriftet – Spülen, Wäsche, Wischen, Aufräumen.

»Du willst mich wohl auf den Arm nehmen.«

»Es funktioniert! So haben Hugh und ich das in den Griff bekommen, nachdem wir geheiratet hatten.«

»Erwachsene Menschen teilen sich doch nicht gegenseitig für die Hausarbeit ein«, sagt sie.

»Warum denn nicht? Wenn er im Haushalt nicht seinen Teil beiträgt?«

»Nun, zum einen ist er nicht mein Kind, und er wird es sicherlich nicht toll finden, wenn ich ihn wie eins behandele. Und zum anderen, eine Maschine voll Wäsche ist das nicht wert«, antwortet sie. »Seth ist nicht irgendein Angestellter, der um fünf ausstempelt und dann zu Hause den Rasen mäht. Er ist ein talentierter Bildhauer, den seine Arbeit sehr fordert. Wenn ich einen Mann gewollt hätte, der die Wäsche macht, hätte ich einen anderen heiraten sollen.«

»Da sind wir uns einig.« Ich wedele mit dem Haushaltsplan herum. »Aber das hier ist günstiger als eine Scheidung.«

Wendys Miene verdüstert sich. »Na gut, dann lass dich nicht stören und infantilisiere mal ruhig weiter meinen Mann. Wer braucht schon eine glückliche Ehe?«, fragt sie sarkastisch.

»Okay, und du entwöhne ruhig weiter mein Baby. Wer braucht schon ein glückliches Kind?«, gebe ich ihr Kontra.

»Was hat denn Abstillen mit einem glücklichen Kind zu tun?«, fragt sie. »Abstillen heißt, dass du durchschlafen kannst und dich wieder fitter fühlst.«

»Was stimmt mit meiner Fitness nicht? Mir geht es prima.«

»Nennst du das prima?«, fragt Wendy, rollt ihren kurzen Ärmel hoch, streckt den Arm aus und wackelt damit so hin und her, dass mein Winkeärmchen nur so schlackert. Wie ein Flügel – bereit zum Abheben.

»Welche Frau kennt das denn bitte nicht?«, rufe ich.

»Ich zum Beispiel«, antwortet sie.

Neugierig hebe ich den Arm und überprüfe das. Nichts außer Muskeln. Diese blöde … »Schön, herzlichen Glückwunsch, du bist dünner als ich. Und, geht's dir jetzt besser?«

»Das hat nichts mit dünn zu tun. Ich habe definierte Muskeln, weil ich Sport treibe und somit etwas für meine Gesundheit tun kann. Die Zeit dafür habe ich, weil ich nicht jeden Nachmittag ein Schläfchen machen muss, um den Tag zu überstehen. Und warum muss ich nicht jeden Tag ein Mittagsschläfchen machen? Weil meine Kinder die Nacht durchschlafen. Weshalb sie mich auch nicht mitten in der Nacht aufwecken, um sich einen leckeren, frischen Milchshake abzuholen.«

»Muttermilch ist wahnsinnig gesund«, sage ich.

»Anna Joy ist auch so schon wahnsinnig gesund«, gibt sie zurück. »Man muss Kinder nicht stillen, bis sie im College sind, damit sie gesund aufwachsen.« Sie hält inne. »Linus habe ich kaum gestillt, und ihm geht's super.«

»Ihm geht's super? Wir haben Mai, und er könnte problemlos Schneewittchen Konkurrenz machen, so blass wie er ist. Geht er jemals vor die Tür? Oder bewegt sich freiwillig?«

»Und du?«, fragt sie. Es klingt bitter.

»Willst du damit sagen, dass ich fett bin?«, frage ich mit schriller, immer lauter werdender Stimme.

»Ganz und gar nicht! Ich will sagen, dass du erschöpft bist. Ich stecke nämlich gerade in deinem erschöpften Körper, und ich kann dir mit bestem Gewissen versichern, dass Abstillen eine gute Idee ist.«

»Nicht, wenn ich das nicht möchte!« In mir steigt Trotz auf, ich fühle mich angegriffen.

Wendy wird etwas nachgiebiger. »Aber wirst du das denn jemals wollen? Anna Joy wird größer. Sie ist gesund, glücklich und ein wunderbares Kind.«

»Sie wird nichts als Bananen und Toast essen wollen.«

»Dann isst sie eben Bananen und Toast. Es wird sicher nicht gleich das Jugendamt bei dir klingeln, nur weil du dir die Ruhe gönnst, die du brauchst, und ihr in ihren nächsten Lebensabschnitt hilfst. Davon mal abgesehen sprach Hugh heute Morgen darüber, dass du das bereits seit einem Jahr vorhast.«

Die Gefühle drohen mich zu überwältigen. »Sie ist mein letztes Baby«, sage ich. Wut und Nostalgie verschmelzen zu einer seltsamen emotionalen Mischung in mir.

Ihre Stimme verliert die Schärfe. »Ich verstehe das. Das fällt schwer. Und die Hormone machen es einem nicht gerade leichter. Ich musste heute in einem chinesischen Restaurant heulen.«

Ich sehe sie an und verziehe das Gesicht. »Was hast du denn da gemacht?«, frage ich. »Das Essen ist nicht gerade gesund.«

»Du bist ein ganz schöner Kontrollfreak«, stellt Wendy fest. »Das ist dir doch klar, oder?«

»Was hast du meiner Tochter zu essen gegeben?«, frage ich sie.

»Außer Crack?«, kommt ihre Antwort.

Ich fauche sie regelrecht an.

»Vegetarische Tofu-Dumplings«, sagt sie.

»Soja steht im Verdacht, zu früh einsetzender Pubertät zu führen.«

»Menschen mit ausgeprägtem Analcharakter stehen im Verdacht, zu Mordlust zu neigen«, feuert sie zurück.

Mir platzt endgültig die Hutschnur. »Ich hätte wirklich mit niemand Schlimmerem auf dieser Welt den Körper tauschen können«, sage ich und klinge dabei ziemlich gemein.

»Was glaubst du, wie es mir geht? Du hast heute nicht einmal auf die einfachsten Mails geantwortet und drei Meetings verpasst. Du hast einen Mann aus meinem Büro zum Training mitgebracht und meinen Kindern vorgestellt und mich so zum Klatschthema Nummer eins bei den Softball-Müttern gemacht. Du hast dir einen Strafzettel auf mein Kennzeichen eingefangen, viertausend Kalorien verdrückt und meine Kinder links liegen lassen, um lieber mit einem Typen zu flirten, der nicht mein Ehemann ist.«

»Ach, wirklich? Das ist deine Vorstellung davon, wie ich den Tag verbracht habe?«, antworte ich darauf. »Das lässt ziemlich tief blicken, wo deine Prioritäten liegen. Wenn man es mal aus der Warte einer vernünftigen Mutter betrachtet, könnte man auch sagen, dass ich deinen Kindern zur Abwechslung mal gesunde Lebensmittel vorgesetzt habe und ihnen beigebracht habe, wie sie sich selbst etwas zu essen machen, ich habe mir etwas Mühe gegeben, freundlich zu deinem Geschäftspartner zu sein und deinen Kühlschrank mit vorbereiteten Gerichten, die sich schnell zubereiten lassen, befüllt. Und, ach ja, ich habe außerdem diesen Saustall von Küche sauber gemacht. Das Zeug auf den Mikrowellenknöpfen konnte ja beinahe schon sprechen.«

»Warum bist du so besessen vom Putzen?«, fragt sie mich.

»Warum sind deine Kinder so faul?«, schieße ich zurück.

»Und dein Mann! Der Sonntag bei dir war der surrealste Tag in meinem Leben. Als ob es im Haus ein Gasleck gegeben hätte.«

Wendy ist völlig konsterniert. »Wir lassen es am Sonntag gern entspannt angehen. Bridget hängt sich wie verrückt beim Softballtraining rein und hat Spitzennoten in der Schule. Wenn es zu arg wird, lassen wir eine Haushälterin kommen.«

»Also, wir machen am Sonntag gern sauber. Und Zoey hängt sich bei allem, was sie tut, wie verrückt rein. Dazu gehört auch, dass sie zu Hause mithilft.«

Wendys Gesichtsausdruck wirkt nun so verkniffen wie ihr … nun ja, es sei mir verziehen, aber es ist wohl klar, was ich meine. »Glaub es oder nicht, Celeste«, setzt sie an, »aber ich erziehe Bridget nicht dazu, dass sie eines Tages die perfekte Hausfrau abgibt.«

Ich weiche zurück, als hätte sie mir eine Ohrfeige verpasst. Wie kann sie es wagen?

»Ein bisschen Hausarbeit wird deinen Kindern kaum wehtun«, sage ich. Rachedurst steigt in mir auf. »Genauso wenig wie ein wenig Sonne, was Linus betrifft. Schau ihn dir an. Seine Hautfarbe gleicht … nun, ich will nicht sagen, sie gleicht einer Jordan-Mandel, aber sie hat schon einen leicht grünlichen Schimmer.«

»Oh, bitte, Linus hat dir nun wirklich nichts getan.«

Mir schießt das Blut ins Gesicht – das ging zu weit. »Du hast recht. Ich kann etwas defensiv werden, wenn es um meine Kinder geht …«

»Sag bloß.«

»Aber was ich eigentlich ausdrücken möchte, ist, dass es wirklich Schlimmeres gibt, als wenn deine Kinder später Hausfrau oder Hausmann werden, wenn sie das wollen. Sie könnten zum Beispiel jemanden heiraten, der sie nicht respektiert. Sie könnten die komplette Kindheit ihrer Kleinen verpassen, weil sie ständig am Handy hängen und Mails beantworten.«

»Du weißt nicht alles über meine Familie«, antwortet Wendy.

»Ich weiß, dass du in einem Haus mit lauter Löchern lebst, und zwar auf mehreren Ebenen, die du versuchst, mit Fernsehen und bestelltem Essen zu stopfen.«

Ich hole tief Luft, da mir klar ist, dass ich mich gegenüber dieser Frau komisch aufführe, aber ich weiß auch, dass ich recht habe. »Dir kommen ein paar Pflichten wie ein persönlicher Affront vor – es wirkt, als wäre sich deine gesamte Familie zu schade, um zu kochen oder zu putzen oder sich um euer Haus zu kümmern. Aber genau darum geht es, Wendy! Ein gutes Essen und eine liebevolle Familie machen am Ende das Glück deiner Kinder aus, daran werden sie sich später erinnern, egal womit sie mal ihren Lebensunterhalt verdienen. Auch wenn sie keine Unternehmer werden wollen, die anderen erzählen, wie sie sich fertigmachen.«

Sie seufzt, und ich realisiere, dass ich mich nicht nur unmissverständlich ausgedrückt, sondern mit meinem Missionseifer vielleicht ein klitzekleines bisschen übertrieben habe.

Wendy stützt ihren Kopf in die Hände, und einen Augenblick lang frage ich mich, ob ich sie zum Weinen gebracht habe. »Seth wird das mit Davis zu Ohren kommen.«

»Vielleicht ist das gar nicht so schlecht, Wendy. Und Davis ist ein toller Typ, der aus irgendeinem Grund sehr viel für dich übrig hat. Was läuft da eigentlich zwischen euch beiden?«

»Da läuft überhaupt nichts«, antwortet sie. »Davis ist nett. Er ist freundlich und hat immer ein offenes Ohr für mich. Ein toller Kollege. Aber das war's.«

»Na ja«, beginne ich, alles andere als davon überzeugt, »ist nicht das Blödeste, wenn Seth den Eindruck bekommt, dass er nicht der Einzige ist, der deine Aufmerksamkeit genießt.«

»Wir sind nicht in der Highschool, Celeste. Hier geht es um meine Ehe und um meine Firma.«

Ich zucke mit den Schultern. »Okay. Mir wird nur gerade klar, warum du immer Überstunden machst.«

»Das stimmt doch gar nicht!«

»Ich habe deinen Posteingang gesehen, vergiss das nicht. Du beantwortest im Grunde rund um die Uhr Mails. Und ich habe dein Haus gesehen. Das würde in tausend Jahren nicht so aussehen, wenn du nicht ein Workaholic wärst.«

»Manche Menschen müssen eben arbeiten!«, schreit sie zur Überraschung von uns beiden.

Dann sind wir still. Ich komme mir furchtbar vor. Wir sind beide rot im Gesicht, wütend und erschöpft. Wir sind beide absolute Wracks. Ich sehe sie mir in meinem Körper an, meinem müden, schlaffen, überforderten Körper, dem in ganzen fünf Jahren noch nicht mal eine fünfminütige Stuhlmassage vergönnt war. Ich schaue mir die seltsamen Klamotten an, die Wendy mir angezogen hat – viel zu formell für mich. Ich denke darüber nach, was ich anziehen würde, wenn ich es könnte. Pyjamahosen.

Ich muss lachen.

»Was ist los?«, fragt sie.

»Es ist nur … wir stellen uns so blöd an«, erkläre ich ihr. »Man sollte glauben, dass wir das besser hinkriegen, wenn wir schon die Opfer einer Massenhysterie oder so sind.«

Sie schüttelt verwirrt den Kopf, während sie mich ansieht.

»Wir sind doch beide ziemlich kompetent und schlau, oder? Ich meine, ich habe Mathe unterrichtet. Du hast einen Doktortitel. Wir haben insgesamt fünf glückliche Kinder. Führen langjährige Ehen und haben ein sicheres Zuhause samt Garagen mit jeweils zwei Autos darin. Warum tun wir uns mit dieser Sache so schwer? Wir sind doch erfolgreiche Frauen!«

»Ich tue mich damit nicht schwer«, entgegnet sie. »Dein Leben ist einfach, Celeste.«

»Weil du es völlig falsch angehst«, antworte ich schlicht. »Ich mache das nämlich eigentlich so: Ich koche jede Mahlzeit von Grund auf selbst, damit wir Geld sparen und bio essen können. Ich setze meine Kinder unter der Woche nie vor irgendeinen

Bildschirm, wenn sie stattdessen spielen oder Hausaufgaben machen könnten. Ich gehe niemals zu Macy's, weil ich dort vielleicht Geld ausgeben würde. Ich mache Gazpacho für den Abend der offenen Tür in der Schule, gebe Nachhilfe und fahre vierhundert Kinder durch die halbe Stadt, weil deren Mütter arbeiten. Verstehe mich nicht falsch, ich finde es toll, was du mit meinen Augenbrauen angestellt hast« – ich zeige auf die elegante Linie, in die sie heute gezupft wurden, als ich nicht Herrin über meinen Körper war – »aber ich habe normalerweise für diesen nervigen Beautykram weder Zeit noch Energie, und mir guckt sowieso niemand ins Gesicht.«

»Das hat vielleicht damit zu tun, dass man es unter deiner Augenbrauenmähne kaum sehen konnte«, sagt Wendy. Die Art und Weise, wie sie das sagt, ist nicht gemein, sondern einfach witzig. Genauso witzig, wie es diese ganze Situation wäre, wenn sie nicht so miserabel wäre.

»Vielleicht«, entgegne ich mit einem kleinen Lächeln. »Und du liegst richtig – ich bin sehr vorsichtig, was die Kinder betrifft. Aber sie sind die einzigen, die ich habe!« Ich muss an Davis denken. Seth. Bridget. Linus. »Ich weiß, wir haben uns versprochen, dass wir uns nicht gegenseitig das Leben vermasseln –«

»Nicht versauen. So haben wir es formuliert …«, unterbricht Wendy mich.

»Wie auch immer. Dann nenn es eben so. Aber wir vermasseln es trotzdem total.«

Wendy lächelt schwach. »Ja, da stimme ich dir zu.«

Wir seufzen beide.

Sie streckt etwas unbeholfen ihre Hand aus, legt sie auf meinen Arm und tätschelt ihn gewissermaßen. »Lass uns die Dinge einfach so machen, wie es uns in dem jeweiligen Moment richtig erscheint, okay? So lange kann das doch nicht mehr dauern.«

»Nicht?«, frage ich.

»Auf keinen Fall. Der Wodka ist auf dem Weg, oder?«

Ich öffne die Bestätigungsmail auf meinem Handy und zeige sie ihr. Der Liefertermin ist für Freitag bis 15 Uhr angesetzt.

»Oh, Gott sei Dank«, stößt sie hervor.

»Du hast ja ganz schön viel Vertrauen in diesen Wodka.«

Sie schüttelt den Kopf. »Es muss daran liegen. Es muss einfach. Am Samstagmorgen muss ich wieder in meinem Körper stecken.«

»Das Riesenarbeitsevent.«

»Riesig. Eine der Keynotes bei der Upland South Women's Expo. Hunderte verkaufte Eintrittskarten. Live-Übertragung per Online-Stream. Meine Firma muss dort punkten. Und zwar dringend.«

Ich schlucke. »Hunderte Gäste?«, wiederhole ich. »Vielleicht sollte ich mich ein wenig vorbereiten, nur für den Fall.«

»Es gibt kein ›für den Fall‹«, beharrt sie. »Wir tauschen am Freitag wieder die Körper.«

Ihr Wort in Gottes Ohr. »Aber auch wenn du damit richtigliegst, müssen wir immer noch den Rest der Woche überstehen. Wir müssen die Dinge am Laufen halten, uns von unseren Familien fernhalten und dabei auch noch alle an der Nase herumführen, mit denen wir in Kontakt kommen.« Ich versuche, die Fassung zu bewahren.

Für einen Moment sieht es aus, als würde auch Wendy beinahe die Panik übermannen. Aber dann strafft sie die Schultern und atmet tief durch. »Hör zu, Celeste. Wir können das hinkriegen. Wir müssen einfach nur unsere Ansprüche ein wenig runterschrauben. Wenn ich auf der Arbeit ein bisschen in Verzug gerate und deine Kinder ein wenig fernsehen, ist das nicht das Ende der Welt – solange alle noch am Leben sind, wenn das hier vorbei ist.«

Ich tue es ihr nach und atme dankbar tief ein, dann nicke ich ihr zu. »Du hast recht. Das klingt nach einer guten Idee.«

»Wir halten uns einfach an die anderen beiden Regeln.«

»Keinen Sex mit irgendwem«, bestätige ich.

»Und nichts den Kindern erzählen«, ergänzt sie.

Wir geben uns die Hand darauf.

»Tut mir leid wegen Davis«, sage ich dann. »Ich sehe jetzt ein, warum das keine besonders tolle Aktion war.«

»Mir tut es wegen des Abstillens leid«, antwortet sie. »Ich hätte das mit dir absprechen sollen. Ich habe einfach Panik bekommen.«

»Ist schon okay. Ich denke eigentlich auch, dass es an der Zeit ist«, gebe ich zu. »Ich bin bereit dafür, da hast du recht.«

»Und du hast recht, was Seth betrifft. Vielleicht kitzelt die Konkurrenz das Beste in ihm hervor.« Sonderlich überzeugt davon klingt sie jedoch nicht.

»Ich hoffe es. Du kümmerst dich um die Kids?« Keine Ahnung, warum ich sie das frage, aber irgendwie brauche ich ihre Bestätigung.

»Was man nicht weiß, macht einen nicht heiß. Sie werden absolut –« Sie bricht mitten im Satz ab, als uns ein dumpfes Geräusch aufschrecken lässt. »Was war das?« Sie sieht mich mit vor Schreck geweiteten Augen an. Ich starre sie an.

Und einfach so löst sich Regel Nummer zwei in Luft auf.

13

Wendy

Das Geräusch ist weder Blättersäuseln noch das Knacken eines Zweigs. Sondern ein dumpfer Aufprall. Der die nächste Hiobsbotschaft ankündigt. Das Upgrade von einer Halluzination-für-zwei-Frauen auf das Familien-Psychose-Komplettpaket.

Es ist das Geräusch, das ein kleiner Junge macht, der vom Baum fällt.

»Samuel!«, brüllt Celeste. Wir rennen beide zu ihm, er liegt unter einem Kirschbaum, und sein Körper zeichnet sich dunkel auf den hübschen herabgefallenen Blüten unter sich ab. Einen Moment lang bewegt er sich nicht, und mir bleibt fast das Herz stehen. Ich habe das seltsame Gefühl, als würde die Zeit stillstehen, ich verspüre keine Panik, keine Angst, nur reinen Urinstinkt, der mich an seine Seite eilen lässt.

Ehe wir überhaupt bei ihm sind, ist er schon wieder auf den Beinen und zeigt mit dem Finger auf uns, während sich ein gemeines Grinsen auf seinem Gesicht breitmacht. »Wie bitte!?«, fragt er. »Was sollen wir nicht wissen?«

»Samuel Mason, du hast mich zu Tode erschreckt!«, ruft Celeste. Ich gebe ihr einen Stoß mit dem Ellbogen.

»Junger Mann«, sage ich dann. »Was machst du denn da oben im Baum? Hast du uns hinterherspioniert?«

Samuel schüttelt sich wie ein nasser Hund. »Interessiert es dich, ob es mir gut geht?«

Prüfend mustere ich ihn. »Wie es aussieht, bist du putzmunter. Jetzt komm mal her.«

»Ich muss erst Linus herunterhelfen.«

Linus? Auf einem Baum? Ich werfe Celeste einen besorgten Blick zu, aber sie achtet nicht darauf, sondern ist immer noch damit beschäftigt, so unauffällig wie möglich zu prüfen, ob wirklich alle Gliedmaßen ihres Sohns an Ort und Stelle sind.

»Linus?«, rufe ich.

»Hi, Mrs. Mason. War nicht meine Idee.«

»Verräter!«, ruft Samuel.

»Schon in Ordnung, alles gut«, sagt Celeste. »Keiner von euch bekommt Ärger, wenn ihr uns sagt, was ihr hier draußen macht, anstatt im Bett zu liegen … und was ihr glaubt, gehört zu haben.« Sie hebt den Arm, um Linus zu stützen, der langsam aus dem Baum auf sicheren Boden gleitet.

»Wir haben gar nichts gehört, weil ihr geflüstert habt, und Mom, du sollst doch keine Geheimnisse haben, weißt du noch?«, meckert Samuel weinerlich.

Ich blicke Celeste an. Was ist das denn für eine bescheuerte Regel? Die einzige Aufgabe von Eltern besteht darin, Geheimnisse vor ihren Kindern zu haben. Die Zahnfee? Die Welt der Zauberer? Der verwunschene Elf auf seinem Regal? »Sorry, Schatz, aber du sollst Erwachsene nicht belauschen. Oder zu dieser Zeit noch wach sein. Also, ab ins Bett.«

Samuel lässt den Kopf hängen und trottet in Richtung Haus davon. Linus, ganz mein Sohn und um einiges weniger folgsam, dreht sich jedoch zu Celeste um und kneift die Augen zusammen: »Redet ihr beiden über mich?«

»Nein, Dummerchen, wir haben uns einfach unterhalten.«

»Was für eine Art von Unterhaltung?«, fragt er.

»Die Art, die Freundinnen miteinander haben«, erklärt ihm Celeste.

Linus beäugt sie skeptisch. »Aber ihr seid doch gar nicht befreundet. Du hast gesagt Mrs. Mason macht dich fuchsteufelswild.«

Celestes Augenbrauen wandern ein Stück in die Höhe, und ich stelle mich schon auf einen ihrer Gefühlsausbrüche ein, doch zu meiner Erleichterung zuckt sie nur mit den Schultern und sagt: »Ach ja, stimmt schon. Aber manchmal nerven dich die Leute am meisten, die dir eigentlich am ähnlichsten sind.«

»Und manchmal«, schalte ich mich ein, »ist man auch extrem genervt von Leuten, die sehr anders sind als man selbst.«

»So oder so ist man genervt, aber das heißt nicht, dass man nicht miteinander befreundet sein kann. Nicht wahr, Celeste?«

Ich hole tief Luft. »Absolut, Wendy.«

»Also gut«, sage ich zu Linus, »jetzt aber ab ins Bett, sonst bist du morgen in der Programmier-AG nach der Schule hundemüde.«

Er schaut mich an. »Woher wissen Sie denn davon?«

»Ich hab ihr davon erzählt«, schaltet sich Celeste geistesgegenwärtig ein. »Abmarsch! In fünf Minuten komme ich rein, um dich noch einmal zuzudecken. Ich werde nur eben … meiner Freundin Celeste hier Gute Nacht wünschen.«

Linus macht sich auf den Weg nach drinnen. Er lässt sich ziemlich viel Zeit dabei – könnte ja sein, dass er noch was aufschnappt –, aber immerhin tut er wie geheißen. Nachdem er endlich durch unsere Hintertür verschwunden ist, stoßen sowohl Celeste als auch ich einen der tiefsten Erleichterungsseufzer der Menschheitsgeschichte aus.

»Du meine Güte«, sagt sie, »das war knapp.«

»Zu knapp. Wir müssen vorsichtig sein, oder uns blühen größere Probleme als Gazpacho und E-Mails.«

Celeste nickt. »Da hast du recht. Von jetzt an müssen wir versuchen, zusammenzuarbeiten. Keine ständigen Zickereien mehr, oder die Kinder werden wirklich herausfinden, was hier läuft.«

»Und werden es dann Hugh und Seth stecken«, fahre ich fort.

»Was bedeutet, dass wir direkt in die Gummizelle wandern«, beendet sie den Gedanken.

Ich nicke. »Was sagt es über mich aus, dass ich die Aussicht auf eine Gummizelle im Moment gar nicht so furchtbar finde?«

»Nachdem ich einen Tag in deiner Haut gesteckt habe«, erwidert Celeste, »kann ich das zu hundert Prozent nachempfinden.«

14

Drama-Dienstag

Celeste

Sämtliche Kleidung in Wendys Schrank ist ein bisschen zu klein. Was absurd ist, denn ihre tatsächliche Größe entspricht ziemlich genau dem gesellschaftlichen Ideal. Sie hat kein Gramm zu viel auf den Rippen, und kein einziges ihrer Kleidungsstücke gibt auch nur einen Zentimeter nach. Das heißt, diese Frau fühlt sich an einundzwanzig Tagen im Monat, wenn man mal vom üblichen Wasserverlust nach der Periode ausgeht, ohne guten Grund unwohl in ihren Klamotten.

Es ist lächerlich.

Damit nicht genug, schrieb sie mir am Morgen, als wir ein paar Nachrichten austauschten:

Bitte gehe heute zum Pilates. Biittee. Du hast keine Ahnung, wie schnell ich zunehme. Oder wie lange ich brauche, um etwas wieder loszuwerden.

Der Sinn dieser Dynamik erschließt sich mir überhaupt nicht. Zu enge Klamotten, mörderische Workouts, ausgelassene Mahlzeiten – mit voller Absicht. Wäre ich Wendy, würde ich die ganze nicht recht passende Kleidung in einen Müllsack stecken und direkt zum Secondhandladen bringen. Wäre ich Wendy, hätte ich sie mir sogar nie gekauft. Man denke an das viele Geld, das sie hätte sparen können. Geld, das sie nicht erst so mühsam verdienen müsste. Wenn Zeit Geld ist, dann stehen Wendys Kleiderschrank voll Markenklamotten, die überteuerten Fertiggerichte, das edle Fitnessstudio und der absolut nutzlose Haushaltsservice synonym für Stunden ihres Lebens, die sie zurückhaben könnte.

Ich kann mich nicht beherrschen und grabe mich durch ihren Schrank. Auf dem Boden liegt bereits ein Haufen Kleidungsstücke, die offensichtlich in die Reinigung gehören, abgeändert werden müssen oder denen Knöpfe fehlen. Eine Hose, an der noch das Preisschild hängt, ist locker zehn Zentimeter zu lang, als ich sie an Wendys Taille halte. An ihrer Stelle hätte ich die in zwanzig Minuten geändert.

Wenn ich es mir recht überlege, bin ich ja an ihrer Stelle. Ich könnte im Nu Knöpfe annähen, Flecken entfernen und Reißverschlüsse reparieren. Ich könnte alles raussuchen, was zu eng, zu kratzig oder zu unbequem ist, und es an Frauen spenden, die dringend formelle Kleidung benötigen und denen die Sachen wirklich eine Hilfe wären. Ich könnte Wendy einen viel natürlicheren Look verpassen, der ihr um einiges besser stehen würde, ohne dass sie dafür einen Cent ausgeben muss.

Abgesehen davon, dass das ein wenig übergriffig rüberkommen könnte, wenn ich mal eben ihre Klamotten veräußere. Also nehme ich mir stattdessen frühmorgens eine halbe Stunde Zeit und räume die zu kleinen Sachen in den Schrank des Gästezimmers. In einem großen Stoffbeutel verstaue ich die reparaturbedürftigen Teile und packe eins dieser Hotel-Nähtäschchen aus dem Flurschrank dazu, um mich auf der Arbeit beschäftigen zu können, wenn mir langweilig wird. Was übrig bleibt – Stretch-Röcke, vorteilhaft geschnittene Jacken und leichte Baumwoll-Cardigans –, reicht mir und wirkt um einiges weniger konservativ als das, was sie sonst so trägt. Während ich den Schrank schließe und meine neue Wendy-Persönlichkeit in Augenschein nehme, überlege ich: Vielleicht ist sie so eine Nervensäge, weil sie in ihren normalen Klamotten langsam, aber sicher erstickt.

Als Nächstes sehe ich mir ihre Sammlung spitzer schwarzer High Heels an, die in an der Badezimmertür aufgehängten Schuhfächern stecken. Ich könnte auch diese in Kisten verstauen, aber als ich in ein Paar hineinschlüpfe, merke ich, wie sich meine Körperhaltung verändert und ich automatisch die Schultern straffe. Wie Wonder Woman lege ich die Hände an meine Hüften und denke daran, wie ich – ehe ich die Kinder bekam – solche Schuhe trug, wenn ich ein Date mit Hugh hatte. Wie glamourös ich mir damals vorkam. Wie die zehn Zentimeter mehr Größe mir Vertrauen einflößten, sodass mich Hughs Welt weniger einschüchterte, die so anders war als die, in der ich aufgewachsen und von der Hand in den Mund gelebt hatte.

Okay, gut. Solange ich Wendy bin, werde ich Absatzschuhe und hübschen roten Lippenstift tragen. Selbst zum Sport werde ich gehen, wenn sie das so möchte. Wahrscheinlich macht es sogar Spaß.

Ich stöckele zu Seth hinüber, der im Bett liegt. Ja, richtig, im Bett. Er bringt es fertig, eine komplette Schrank-Umräumaktion am frühen Morgen und eine High-Heel-Modenschau zu verschnarchen. Im wahrsten Sinne des Wortes. »Seth«, sage ich, während ich sanft an seiner Schulter rüttele. »Ich fahre etwas früher zur Arbeit.«

»Mmrfph«, macht er nur.

Mir kommt der Gedanke, dass er sich an unsere Unterhaltung möglicherweise nicht erinnern wird, wenn ich nicht zu drastischeren Mitteln greife. »Seth«, wiederhole ich und schalte die Nachttischleuchte ein. »Ich gehe früher zur Arbeit. Du fährst die Kinder zur Schule, ja?«

Er öffnet nun ganz die Augen, stöhnt und kneift sie wieder zu. »Schule?«, fragt er, als wäre er schwer von Begriff.

»Genau. Du musst deine Kinder zur Schule fahren«, sage ich

und setze den Blick auf, mit dem ich meine Kinder anstelle des Satzes »Und das ist mein letztes Wort« bedenke. Jetzt bekommt ihn Seth ab.

»Jaja, schon gut«, antwortet er und dreht sich vom Licht weg. »Kannst du mir einen Pin über Google Maps schicken?«

»Einen Pin für was?«, frage ich ihn.

Er seufzt genervt. »Wo ich sie absetzen soll. Das letzte Mal habe ich sie an der falschen Stelle rausgelassen, und dann kam diese passiv-aggressive Mail von dieser blöden Kuh. Weißt du noch?«

Ich überlege, welche blöde Kuh gemeint sein könnte. Wahrscheinlich Mrs. Kranz, die Schulsekretärin, die mit Argusaugen darüber wacht, wer wann genau welche Kinder wo an der Schule absetzt, und dabei auch noch ihre helle Freude zu haben scheint. Ich für meinen Teil bewundere sie ja dafür, denn ehe sie das zu ihrer persönlichen Lebensmission auserkoren hat, war die Situation auf dem Parkplatz das reinste Chaos. Aber es erscheint absolut schlüssig, dass Wendy, die viel zu gestresst ist, um sich an irgendwelche Regeln zu halten, sie für eine blöde Kuh hält.

»Ich schick dir einen Pin«, verspreche ich, obwohl ich sehr versucht bin, das nicht zu tun und zu sehen, wie er die Situation in Eigenregie meistert. Wenn Hugh mich fragen würde, wo er die Kinder an der Schule absetzen soll, würde ich ihm dringend ein Kopf-CT nahelegen. Ich wette, Wendys sämtliche Probleme wären um einiges schneller gelöst, wenn sie nur mal ihre Erwartungen hochschrauben und etwas Hilfe einfordern würde. Allerdings, grummele ich leicht verächtlich in Gedanken vor mich hin, könnte sie dann schlecht so tun, als wäre sie die Geschäftigkeit in Person.

Seth rollt sich weg und kuschelt sich wieder in die Kissen. Er wird definitiv weiterschlafen. Mir geht – kurz – die Frage durch den Kopf, ob die Kinder es rechtzeitig zur Schule schaffen werden oder ob ich meine Pläne für heute überdenken sollte.

Schließlich entscheide ich, dass es in Ordnung ist, wenn sie zehn Minuten zu spät sind. Heute möchte ich nämlich wirklich früh bei der Arbeit sein.

Immerhin ist Wendy zum Frühstück mit Davis verabredet.

Wendy

Es ist Dienstagmorgen, und ich stecke immer noch in Celestes Körper. Das versetzt mich inzwischen weniger in Schockstarre als an den vergangenen beiden Tagen, aber man kann mit Sicherheit behaupten, dass es immer noch nicht das angenehmste Erwachen ist. Es hebt meine Laune nicht gerade, dass ich auf meinem Handy eine Reihe Nachrichten von Celeste mit Anweisungen für den Tag entdecke – welche Lunchpakete vorbereitet werden müssen, wann ich wo sein muss und welche Kinder ich dafür ins Auto zu stapeln habe. Das hält mich nicht davon ab, den Kids Geld fürs Mittagessen in der Schulmensa mitzugeben – immerhin ist heute Taco-Dienstag – und den Tag erst einmal damit zu beginnen, mit Joy zu spielen. Irgendwie habe ich in den wenigen Jahren bereits vergessen, wie beschäftigt so ein Kleinkind sein kann. Sie verpasst entweder den Töpfchengang (ich vergaß, man muss sie daran erinnern, sobald sie anfangen zu tänzeln), stöbert irgendwelche Gegenstände auf, die ihr gefährlich werden könnten, obwohl das Haus bis in den letzten Winkel kindersicher gemacht wurde (oder hat sie etwa die Schubladenschlösser geknackt?), oder sie schnappt sich Dinge, die man nur für den Bruchteil einer Sekunde irgendwo ablegt, und lässt sie auf Nimmerwiedersehen verschwinden. Bei all dem sind wir immer noch auf Abstillkurs, aber ich muss ordentlich Gebrauch von den Bestechungsmitteln machen. Gott sei Dank hat mir Celeste gestern ihren Segen gegeben, sonst würde ich mich heute schrecklich fühlen. Im Nachhinein war es vielleicht nicht die beste Idee, einer anderen Frau erzählen zu wollen, was sie mit ihren Brüsten anfängt – auch wenn ich gerade übergangsweise an ihnen dranhänge.

Gleichermaßen muss ich wohl zugeben, dass ihr Leben nicht nur aus Feinschmecker-Lunchpaketen und nachmittäglichen Spazierfahrten im Minivan besteht. Jedes Mal, wenn ich einen kurzen Blick in ihren Planer werfe – den ich übrigens unbedingt mit einem aus meiner Kollektion ersetzen muss, sie würde ihn lieben! –, stelle ich fest, dass ich schon wieder einen Bock geschossen habe. Während ich versuche, Arbeitsmails zu beantworten, die, wie ich eingestehen muss, nicht alle von höchster Bedeutung sind, leitet sie mir wiederum Mails weiter, die sich um das anstehende Schultheaterstück und eine Bürgerversammlung zum Thema Schusswaffen-Sicherheit drehen, für die sie Umschläge mit Broschüren bestücken soll. Ich versuche mir einzureden, das wären alles reine Beschäftigungsmaßnahmen – Arbeit, die warten oder schlicht liegen bleiben kann. Andererseits: War mir überhaupt bewusst, dass sie jede Woche die Begabtenförderung bei den Drittklässlern übernimmt? Im vergangenen Jahr mussten wir uns entscheiden, ob wir den Musikunterricht oder diese Förderung für die dritten Klassen finanzieren, ohne Celeste gäbe es Letztere also nicht. Nächstes Jahr wird Linus in die dritte Klasse gehen. Fürs Schwimmteam bestickt sie außerdem für alle Kinder die neue Aufwärmkleidung mit deren Initialen, um das Budget fürs Sommersportprogramm nicht zu sprengen – was pro Nase fünfzehn Dollar bei der Bestellung einspart. Dabei ist Zoey noch nicht einmal im Schwimmteam. Ach Mann. Celeste. Sie ist einfach so … unerträglich … hilfsbereit.

Dann wäre da noch die Tatsache, dass sie die perfekte Hausfrau ist, ohne die der Laden quasi vor die Hunde geht. Auf dem Boden der einst makellosen Waschküche liegt ein verdächtiger Berg nasser Handtücher, und die Lebensmittelvorräte neigen sich rasant dem Ende zu – Samuel verdrückt mehr als Bridget und Linus zusammen. Heute Morgen verkündete Hugh freudestrahlend, während ich seinen Küssen und einem Klaps auf dem Po auszuweichen versuchte – der Gute ist einfach so unglaublich verliebt in seine Frau –, dass er sich schon auf eines meiner selbst gekochten Gerichte freue. Seine genauen Worte lauteten: »Das schlägt einfach alles um Längen, was man im Laden kaufen kann.«

Da wird er wohl bald große Augen machen.

Und dann bot sich mir heute Morgen ein wahrhaft schockierender Anblick an der Schule: Seth, der mit dem Auto meine Kinder dort absetzte. Sie hatten beide Lunchpakete in der Hand, als sie ausstiegen. Irgendwie übertrumpft mich Celeste sogar in meinem eigenen Leben.

Während ich mit den zu bestückenden Umschlägen kämpfe – die mit den für sie vorgesehenen Broschüren einfach nicht zusammenpassen wollen –, geht mir unablässig durch den Kopf, was Celeste gestern zu mir gesagt hat. Hat sie vielleicht recht? Leben meine Kinder ungesund? Sind sie verzogen? Fehlen ihnen gewisse Fähigkeiten, um als Erwachsene im Leben bestehen zu können? Diese Gedanken lassen mich nicht mehr los. Ich denke an Begebenheiten, an denen ich Seth mit seiner Mutter zusammen erlebt habe, und mir läuft es kalt den Rücken hinab, dass sich Linus' Beziehung zu mir in eine ähnliche Richtung entwickeln könnte. Andererseits habe ich keine Ahnung, was ich an meiner Erziehung ändern soll. Ich bin den kompletten Tag außer Haus, manchmal sogar am Wochenende. Ich schaffe es nicht, genügend Zeit zu Hause zu verbringen, und wenn ich dann bei ihnen bin, will ich jegliche Unstimmigkeiten vermeiden. Ich möchte, dass das eine rundum schöne Zeit für uns alle ist. Ich möchte ihnen alles geben, was sie sich wünschen. Das schulde ich ihnen.

Oder nicht?

Sollte ich morgen noch nicht wieder in meinem eigenen Körper stecken, tue ich bei ihr zu Hause vielleicht einmal wirklich so, als wäre ich Celeste. Mal sehen, wie mir das gelingt. Ich könnte eine Celeste-light-Version sein. Ja, beschließe ich, morgen bereite ich Mandelbutter und Marmelade für die Lunchpakete vor und versuche mich fürs Abendessen an dem Auflaufrezept, das auf der Seite der Nudelpackung abgebildet ist, wenn ich nach der Vorbereitung für meine Expo-Rede noch Zeit dafür habe. Ich könnte mich sogar ein wenig um die Wäsche kümmern. Das kann sehr entspannend sein, wenn dabei keine Elfjährige neben einem die Krise kriegt und man nicht in einer Stunde eine Besprechung mit seinen Angestellten hat. So war das in meiner Erinnerung zumindest in meinen Zwanzigern.

Aber wie sie mir, so ich ihr. Wenn ich mir also Celestes Worte zu Herzen nehme, sollte ich auch ein wenig Wendy in ihr Leben bringen. Zum Beispiel geht sie in zwei Tagen mit ihrem Mann zu diesem schicken Event, bei dem sie auf all seine Kollegen treffen wird und sich auf gutes Essen, Livemusik und interessante Unterhaltungen mit Menschen freuen darf, die weder Klienten noch Kinder sind. Es klingt nach einem Heidenspaß. Ich werde sämtliche Register ziehen – à la Wendy. Schicke Klamotten, geistreiche Konversation und so viel kostenfreier Chardonnay wie reinpasst. Hugh wird zu Gesicht bekommen, was eine Dusche und etwas Make-up aus seiner Frau machen können. Einen Abend lang kann Celeste all ihre liebevolle, unendliche Energie der Person widmen, die ihr – wie nannte sie es? – das gegeben hat, was Glück für sie ausmacht.

Da ich heute etwas Zeit für mich habe, während Joy in der Kindermusikschule unter Aufsicht ist, gebe ich telefonisch in meinem Fitnessstudio Bescheid, dass eine Freundin von mir vorbeikommt, die einen meiner virtuellen Gastpässe nutzen möchte, und mache mich dann auf den Weg an den Ort dieser so erquicklichen Torturen. Ich kann es kaum erwarten, Celestes Körper ein kleines Workout zu verpassen, das Blut in Wallung zu bringen und ihre schlaffen Muskeln an ihre Aufgabe zu erinnern. Es ist nicht so, dass Celeste keine Energie hätte – tatsächlich fühle ich mich in ihrem Körper trotz ihrer Verfassung vitaler als in meinem eigenen, wahrscheinlich weil sie nicht so unter Dauerstress steht – aber sie hat etwas Mattes an sich, was mich auf Unsicherheit oder Unachtsamkeit schließen lässt. Ich vermute, es liegt an mangelnder Selbstfürsorge. Sie gönnt sich weder die Zeit, um Freunde zu treffen, noch einen Besuch im Spa, obwohl sie das leicht einrichten könnte. Auf jeden Fall würde sie ein paar Barre-Workouts pro Woche hinkriegen. Wenn sie sich fitter fühlen will, hat sie alle Voraussetzungen dazu.

Zumindest glaube ich das, bis ich eine qualvolle Bootcamp-Session hinter mir habe. Celeste ist alles andere als in Form, was ich in meinem Körper mit Leichtigkeit absolviere, wird in ihrem zu einem Experiment in Sachen Schmerztoleranz. Ihre Beine fangen nach wenigen Kniebeugen an zu zittern, ihren Armen sind das kleinste Gewicht schon zu viel und ihre von all dem Kinderhochheben eigentlich muskulösen Schultern scheinen bei jeder Wiederholung höher an ihre Ohren zu wandern. Übungen auf dem Minitrampolin – mein liebster Stresskiller – sind sofort vom Tisch, als ich feststelle, dass Celeste mehr als nur leicht inkontinent zu sein scheint.

Doch das Schlimmste kommt, als es auf der Bodenmatte ans Core-Training geht. Ich liege mit angewinkelten Knien auf dem Rücken und versuche, meine Bauchmuskeln anzuspannen und Kopf und Schultern anzuheben, aber nichts passiert. Ein Blick an mir herunter auf Celestes Körpermitte verrät, dass die zwar angespannt ist, aber als ich zumindest einen Sit-up schaffe, merke ich, dass irgendwas nicht stimmt. In der Mitte meines Bauches bildet sich eine große Beule wie eine Art Buckel. Während ich auf meinem Steißbein umherschaukele, um wenigstens ein paarmal den Medizinball von einer Seite auf die andere zu befördern, kommt eine Trainerin zu mir, führt meine Schultern sanft wieder auf den Boden und fragt: »Wurde bei Ihnen eine Rektusdiastase festgestellt?«

Ich liege keuchend auf dem Boden und versuche zu verstehen, wovon sie spricht.

»Es sieht so aus, als ob Ihre geraden Bauchmuskeln zu weit auseinanderstehen, wenn Sie sie anspannen«, fügt sie hinzu, und ich erinnere mich daran, dass ich während meiner Schwangerschaft mit Linus davon gehört habe. Es ist nicht ungewöhnlich, dass bei schwangeren Frauen die Bauchmuskeln so stark überdehnen, dass ein größerer Spalt zwischen ihnen entsteht – in der Regel heilt das nach der Geburt wieder, manchmal aber auch nicht. Meine Güte, denke ich. Arme Celeste. Ihr Körper ist total kaputt.

»Worauf sollte ich achten, falls ich das habe?«, frage ich die Trainerin, die wahrscheinlich ungefähr so viel von Medizin versteht wie mein Automechaniker, aber was soll's.

»Sprechen Sie mit Ihrer Ärztin und lassen Sie sich Physiotherapie verschreiben«, antwortet sie. »Und machen Sie auf keinen Fall Bauchmuskelübungen, solange Sie nicht wissen, was los ist. Ich bewundere Ihre Disziplin, überhaupt herzukommen und trainieren zu wollen, aber Sie haben gerade ein Baby bekommen. Vielleicht ist es jetzt besser, sich etwas auszuruhen«, sagt sie freundlich.

Ich strecke mich flach auf dem Boden aus und schüttele verwundert den Kopf. Es macht wohl keinen Sinn, ihr zu erklären, dass das Baby schon drei Jahre alt ist. Nun denn. Celeste darf eben auch beim Bauchmuskeltraining ein Schläfchen machen.

15

Celeste

Kann man sich in den Kollegen einer anderen Person vergucken, während man in deren Körper steckt? Diese Frage wurde im Lauf der Weltgeschichte vermutlich noch nie gestellt, und doch brennt sie mir gerade unter den Nägeln. Davis ist so attraktiv, so groß und so anders als Seth, aber eben auch – und ich habe ein ziemlich schlechtes Gewissen, das zuzugeben – anders als Hugh.

An dem Tag, als ich Hugh kennenlernte, änderte sich mein ganzes Leben. Wir studierten beide BWL an der Uni, und er hatte etwas an sich, das ich von Anfang an liebte. Ich erinnere mich daran, dass mein allererster Gedanke war, wie stark seine Brust wirkte. Seine Herkunft (solides Mittelklasse-Elternhaus), seine Träume (ein Job mit gutem Gehalt und Sozialleistungen), sein Appetit (Unmengen an herzhaftem Essen und ausgiebiges Fummeln auf seinem Futon, während alte Filme im Hintergrund liefen): All das erschien mir gleichermaßen bodenständig wie aufregend.

Inzwischen muss ich fast darüber lachen, wie ich ihn so sehen konnte. Hugh ist mein Ein und Alles, meine Nacht und mein Tag, meine große Liebe, und doch kenne ich nach zwölf Jahren Ehe die meisten seiner Witze und auch seinen Körper in- und auswendig. Er hat meine Ziele und Träume mit mir geteilt und mir zum sozialen Aufstieg verholfen, stand mir zur Seite, als wir meine Mom verloren haben, war unseren Kindern stets ein wunderbarer Vater und hat mir zugehört, als ich ihm zu erklären versuchte, welche Fallstricke das Leben in Birchboro Hills für eine Hausfrau und Mutter bereithält. Und trotzdem gibt es irgendwie immer noch diese Momente, in denen ich mich einsam, missverstanden und übergangen fühle.

Meine Mom hätte gesagt, so ist das eben, wenn man sich bindet. Es bedeutet nicht, dass man sich niemals einsam fühlt oder nicht auch mal auf andere Gedanken kommt. Es bedeutet vielmehr genau all das und dennoch mit ganzem Herzen dabei zu sein. Es ist ein guter Rat, ich weiß. Nur bin ich nicht sicher, wie ich ihm so ganz gerecht werden kann.

In jeder ernsten Liebesbeziehung erwarten wir von unseren Partnern, zugleich der Fels in der Brandung als auch aufregend und witzig zu sein, und es ergibt überhaupt keinen Sinn, dass wir ihnen übel nehmen, wenn sie nicht beides auf einmal in sich vereinen. Dass sich mein Partner als verlässlich und ein wenig langweilig entpuppt hat, macht ihn nach meinem Dafürhalten zu einem ziemlich guten Fang. Die Typen, mit denen man Spaß hat, kann man in der Pfeife rauchen. Nicht zuletzt erzählte auch meine Mom uns immer, wie viel Spaß sie mit meinem Vater gehabt hätte.

Nehmen wir Seth, Wendys Mann. Er verdient kein Geld, zeigt kaum Interesse und weiß nicht mal, wo genau er die Kinder an der Schule absetzen soll. Sein gutes Aussehen fällt kaum ins Gewicht: Er geht entweder eine gute Weile nach oder vor mir ins Bett, und das ohne irgendwelche Absichten, obwohl Wendy in jeder Hinsicht sehr attraktiv ist. Was bringt einem ein heißer Typ, der quasi im Zölibat lebt?

Ganz im Gegenteil dazu Hugh: Er hat in seiner Aufmerksamkeit mir gegenüber nie nachgelassen. Gelegentlich musste ich mich gar mit dem Kochbuch, das ich gerade las, seiner Avancen erwehren. Wenn ich nicht in Stimmung bin, gehe ich mit uralten Boxershorts und fleckigen Shirts schlafen, und selbst dann sagt er noch: »Wow, Babe, an dir sieht einfach alles sexy aus.«

Ohne Frage, ich habe es besser getroffen.

Diese Gedanken führen mich zur Überlegung, zu welchem Männerlager wohl Davis gehört? Er ist ein Hingucker, und sein Akzent zum Niederknien. Er zeigt Interesse an den Kindern und an Wendy als Person. Er hat einen Job und ein gutes Einkommen. Und mit der Parksituation an der Schule kennt er sich jetzt schon bestens aus.

Außerdem steht er offensichtlich auf Wendy.

»Hast du ganz Dunkin' Donuts leer gekauft?«, frage ich ihn, als ich heute Morgen die im Konferenzzimmer angerichtete Auswahl betrachte.

Ich habe noch nie so unvergleichliche und stylishe Büroräume wie die von Wendy gesehen. So richtet man sich ein, wenn man gern in Hochglanzmagazinen auftauchen möchte, und tatsächlich finden sich an den Wänden im Eingangsbereich gerahmte Fotos von Artikeln aus lokalen Zeitschriften neben farbenfrohen Drucken und Werken einheimischer Fotografen. Hinter dem Empfangstresen und der luxuriösen Samt-Chaiselongue folgen Davis' Büro, Wendys Büro, eine kleine Küche, drei durch Trennwände abgeteilte Arbeitsplätze und dieser luftige Raum mit seinen Sprossenfenstern und schönen salbeifarbenen Tapeten im William-Morris-Look. Auf die Glastür ist *Der Exzellenzraum* eingraviert, was mir normalerweise ein Stöhnen entlocken würde, wäre er nicht so verdammt exzellent.

Wenn man den langen, beschrifteten Schubladenschränken an der hinteren Wand Glauben schenkt, ist dies die *Visionen-Werkstatt*, lagern hier die *Erstberatungsmaterialien* und finden an diesem Ort sowohl der *Griff nach den Sternen* als auch die *Mitarbeiterbesprechungen* statt. Ich muss über die Mischung aus Fachjargon und Pragmatismus lachen und staune, wie gut alles organisiert ist. Von derselben Frau, die gejagt von E-Mails und To-do-Listen geradezu durch ihr Leben sprintet. Hier im Büro sehe ich eine andere Wendy, jemanden, der sich um Details und

Präsentation bemüht. Die nach Perfektion strebt und, wie man aus den Referenzen auf der Website entnehmen kann, diese auch häufig erreicht.

Ich möchte Davis fragen, was genau beim *Griff nach den Sternen* passiert, aber da ich ja Wendy sein soll, lobe ich stattdessen die breite Gebäckauswahl.

»Die sind von der Italian Labor Society«, erzählt er mir. Ich kenne diesen Laden in der Innenstadt, aber da es vor Ort keine Parkplätze gibt, war ich noch nie dort einkaufen und werde es wohl auch nie schaffen. Die Bäckerei befindet sich in den umgebauten Räumen eines früheren Arbeiterclubs, wo jetzt tagsüber frische europäische Backwaren und abends italienische Speisen verkauft werden.

»Das ist das Beste daran, in der Innenstadt zu wohnen: Ich kann vor der Arbeit zu Fuß an dem Laden vorbeigehen«, klärt Davis mich auf.

»Wusste ich schon, dass du in der Innenstadt wohnst?« sichere ich mich, beziehungsweise Wendy, ab.

»Wahrscheinlich nicht«, räumt er ein. »Ich meine, warum solltest du?«

In der Tat, stimme ich innerlich zu. Natürlich nicht, weil ich mich gefragt habe, ob Wendy ihm schon mal einen mehr als freundschaftlichen Besuch abgestattet hat. »Weil ich mich für meine Kollegen interessiere«, sage ich mit einem sanften Lächeln.

Davis hält kurz inne. Dann fragt er: »Wirklich?«

Ich kann nicht genau sagen, ob er flirtet oder meine Wendy in den Mund gelegte Aussage infrage stellt. Flirten würde ich vorziehen, aber so wie ich Wendy kenne, hat sie vermutlich noch nie jemandem, mit dem sie zusammenarbeitet, jemals eine persönliche Frage gestellt. Diesbezüglich verfolgt sie sicherlich eine ähnlich strenge Grundsatzpolitik wie in Hinblick auf die offenen Bürotüren. Nach dem Frühstück sollte ich mich einmal in ihrem Büro nach einem mit *Grundsatzpolitik* beschrifteten Ordner umsehen. Oder einem Ordner mit dem Titel *Dinge, die ich zu meinen Kollegen sagen kann, damit sie glauben, ich interessiere mich noch für irgendetwas anderes außer Arbeit.*

»Wo wir von Interesse an den Kollegen sprechen«, sagt Davis. »Es war schön, deinen Sohn kennenzulernen. Er ist eine etwas blassere Version von mir selbst in diesem Alter.«

Ich sehe Davis an, der ziemlich gut in Form ist, richtiggehend muskulös. »Wirklich?«

»Ja, ich war ein Bücherwurm und kein bisschen so wild wie meine Schwestern, die um nichts in der Welt auch nur einen Moment stillsitzen konnten. Meine Mom meldete mich zum Fußball an, und das war … na ja, sehr komisch, im wahrsten Sinne des Wortes. Du solltest die Aufnahmen der Spiele sehen. Aber ich hatte Spaß, und es hat mir dabei geholfen, Freunde zu finden.« Er legt auf anbetungswürdige Art den Kopf schief. »Es hat in mir aber keine lebenslange Leidenschaft zu Mannschaftssportarten entfacht. Ich würde einen Kraftraum jederzeit irgendwelchen Ballspielen vorziehen.«

Das erklärt zumindest seinen Bizeps, Trizeps und all die anderen -zepse. »Linus kann ich mir nicht in einem Kraftraum vorstellen«, erwidere ich. »Natürlich ist er trotzdem ein toller Kerl.« Ich überlege fieberhaft, wie ich dieses Kind beschreiben könnte, das so komplett anders als jeder andere kleine Junge ist, den ich bisher kennengelernt habe – vor allem als mein Sohn und meine kleinen Brüder. »Er ist einfach klein … und etwas zart.«

»Das liegt daran, dass er acht Jahre alt ist und in seiner eigenen Fantasiewelt lebt«, sagt Davis leichthin. »Wenn er ein Teenager ist und anfängt, launisch und aggro zu werden, gib Bescheid, dann zeige ich ihm, wie er sich auf einer Hantelbank abreagieren kann.«

Ich stelle mir Davis ohne Hemd auf einer Hantelbank vor

und denke, dass Wendy ein solcher Anblick sicherlich wesentlich willkommener wäre als Linus' Pubertät. »Linus macht nicht den Eindruck, als würde aus ihm jemals ein Jugendlicher werden«, bemerke ich. Verglichen mit meinem kräftigen, draufgängerischen Samuel ist er geradezu noch ein Baby. »Zoey andererseits …«

Davis schaut mich verwirrt an. »Moment mal, wer ist Zoey?«

Oh, verdammt. Falsches Kind. »Ähm, Bridgets Freundin. Sie ist, ähm, also …«

»Mädchen werden schnell erwachsen, wenn ich von meiner Nichte ausgehe«, schaltet sich Davis in mein auffälliges Gestammel ein. »Aber Bridget ist so toll. Sie erinnert mich an die Sportstudenten, die ich an der Uni betreue, obwohl sie zehn Jahre jünger ist. Unglaublich, was diese Kinder auf dem Spielfeld leisten.«

Ich runzele die Stirn bei dem Gedanken, dass Zoey und Bridget so schnell zu kleinen Erwachsenen werden. Das ist nicht das, was ich mir für sie wünsche. »Um ehrlich zu sein, bin ich ein bisschen besorgt darüber, wie kompetitiv es im Team zugeht.«

Davis stutzt. »Wirklich? Ich dachte … du hast mir erzählt, dass für dich darin überhaupt erst der Sinn des Softballspiels besteht. Du warst doch besorgt, dass den Kindern der Wettbewerb zu unwichtig ist und sie nicht hart genug arbeiten für das, was sie wollen.«

»Habe ich das gesagt?« frage ich. Meine Güte, Wendy, denke ich im Stillen. »Nun, darüber mache ich mir keine Gedanken mehr. Vielleicht war das albern von mir, sich Sorgen über den Konkurrenzkampf unter Teenagern zu machen.«

»Nicht albern. Wenn eine weiß, wie wichtig Wettbewerb sein kann, dann du. Du bist beruflich nicht so weit gekommen, weil du auf der faulen Haut gelegen hast.«

Ich denke kurz nach. Auch wenn ich selbst Wendys Arbeit bisher eher als eine Art Hobby betrachtet habe, ist das hier ein absolut ernst zu nehmendes Unternehmen. Ich habe nie wirklich darüber nachgedacht, was es gekostet haben mag, diese Firma aufzubauen, oder warum eine Frau, die – zumindest dem Anschein nach – alles hat, sich so stark dafür einsetzt, andere Frauen von Grund auf zu coachen.

»Und dann wäre da noch die Tatsache, dass dein Wettbewerbsdenken dir schon in jungen Jahren so viele Türen geöffnet hat. Ich bin achtunddreißig Jahre alt und habe immer noch zehntausend Dollar Studienkredit zu tilgen. Du hast deinen in, was, zwei Jahren, abbezahlt?«

»Tatsächlich?«, frage ich. »Ich meine, ja. Nun, das stimmt«, schiebe ich hinterher. In Wahrheit bin ich schockiert. Ohne Hughs fantastisches Einkommen würde ich immer noch meine Kreditkartenschulden samt mörderisch hohen Zinsen abstottern, die ich im Grundstudium für Bücher und Ramennudeln angehäuft habe. Wie in aller Welt hat sie es geschafft, die Studiengebühren in zwei Jahren zurückzuzahlen?

Außerdem, mischt sich meine Libido ein, Davis ist achtunddreißig? Ist das zu jung für mich? Ich meine, für Wendy?

»Vielleicht hat Bridget einfach die Liebe ihrer Mutter zum Wettbewerb geerbt«, fährt Davis fort.

»Vielleicht. Aber vielleicht hat sie auch einfach … du weißt schon, nicht genügend andere Interessen. Sie muss sich nicht zwingend die ganze Zeit nur auf eine einzige Sache konzentrieren.«

»Manchmal übertragen wir auch das auf andere, was uns in unserem eigenen Leben am meisten stört«, sagt Davis.

Ich nicke. »Das ergibt Sinn. Aber … mein Leben ist in Ordnung. Zumindest glaube ich das«, antworte ich. Wendy tut immer so, als hätte sie die Patentlösung dafür entdeckt, wie man im Leben alles auf einmal haben kann, und darauf scheint sie stolz zu sein.

Davis runzelt die Stirn. »Du hast mir selbst erzählt, dass du dich ständig gestresst fühlst. Du hast über deine ständigen

Schuldgefühle als Mutter gesprochen und wie alle anderen so viel mehr für ihre Kinder tun würden als du.«

Ich versuche, mir den Schock nicht allzu sehr anmerken zu lassen, aber mir fällt nichts ein, was ich sagen könnte, ohne mich zu verraten. Wir sitzen einen Moment lang schweigend da.

»Weißt du, was ich glaube?«, fragt er mich.

»Was?«

»Ich glaube, das hier sind die Erdbeer-Mojitos.« Er zeigt auf einen der gefüllten Donuts mit weißer Glasur.

»Ist das überhaupt eine Donut-Sorte?« frage ich, dankbar für den Themenwechsel.

»Kokosnuss-Rum-Glasur, Erdbeer-Minze-Creme.«

»Um Himmels willen.«

»Ich habe den Cocktail-Mix genommen«, erklärt er mir, »weil ich nicht sicher war, was du möchtest. Ich habe dich noch nie was Süßes essen sehen, um ehrlich zu sein.«

Ich lache. »Ja, manchmal bin ich wohl zu streng mit mir selbst. Aber ich arbeite daran«, sage ich und nehme mir einen der beiden Mojitos. »Und zwar ab sofort. Willst du den anderen?«

»Ne, ich konzentriere meine Energie auf den Mudslide.«

»Was machen wir mit den ganzen Donuts?«, frage ich ihn.

Er sieht mich mit verschlagenem Blick an. »Sie alle essen?«

»Lieber nicht«, antworte ich. Andererseits, wäre das wirklich so schlimm?

»War nur ein Scherz«, versichert er. »Du weißt ja, dass ich versuche, weniger Zucker zu mir zu nehmen.« Aha! Dieser Musterknabe hat also doch eine Schwäche. Und zwar eine, die Wendy mögen würde. »Aber die Donuts werden ihre Abnehmer finden. Wir haben heute volles Haus. Die Buchhalterin kommt vorbei, und du hast die Vorstellungsrunde mit Wie-heißt-sie-noch, und die Women's Expo ist auch schon in ein paar Tagen, da kommt ein kleiner Muntermacher später vielleicht gerade recht.«

Ich tue so, als würde mich der Gedanke, vor einem überfüllten Saal über Produktivität zu dozieren, nicht beinahe dazu bringen, mein Frühstück wieder von mir zu geben. »Ah … die Women's Expo.« Ich halte inne und schicke ein kurzes Stoßgebet gen Himmel für die rechtzeitige Ankunft des Wodkas. »Du wirst doch auch da sein, oder?«

Er sieht mich komisch an. »Natürlich werde ich das. Vierzig Prozent meines Jahreseinkommens hängen von dieser Expo ab. Und deine Keynote ist bereits ausverkauft, nur für das Webinar gibt es noch Tickets.«

»Ausverkauft?«, frage ich und bin plötzlich ziemlich besorgt. Was, wenn ich diese Rede tatsächlich halten muss? »Wie lang sollte eine Keynote deiner Meinung nach genau sein?«

»Sehr witzig. Als ob du sie nicht schon geschrieben und perfekt gelayoutet hättest. Vielleicht sogar schon zum zweiten Mal. Ich weiß, wie das läuft. Du sitzt zwar hier vor mir, aber im Geiste fügst du irgendwelche Grafiken in deine PowerPoint-Präsentation ein.«

»Haha, genau. Ich halte also die Ansprache, auf die ich top vorbereitet bin«, sage ich langsam. »Und du …?«

»Ich mache die Begrüßung, stelle dich vor und halte das Seminar über Gehaltsverhandlungen. Ein Klacks. Du bist diejenige, die mit all den neuen Erkenntnissen aufwarten und die Aufmerksamkeit der Medien auf sich ziehen muss.«

»Genau«, bestätige ich wieder. Ich habe keine Ahnung, was das alles heißen soll. Also frage ich stattdessen: »Wie genau kommen wir an unsere Aufträge?«

»Bist du sicher, dass es dir gut geht?«, fragt er mich.

»Ja, sicher, alles prima«, antworte ich. »Nur etwas nervös wegen der ausverkauften Keynote.«

»Denk einfach daran, was wir unserer Kundschaft sagen: Leidenschaft gewinnt. Wenn ich dort oben sprechen würde, wäre das okay, ich bin kein schlechter Redner. Aber wenn du darüber sprichst, was dir wirklich am Herzen liegt, wie Frauen trotz der vielen Herausforderungen ihren Weg finden ... dann tobt der Saal einfach.« Davis schüttelt den Kopf und hebt einen Finger, um mir zu signalisieren, dass ich warten soll, bevor ich etwas dazu sage. »Ich glaube, die Türen sind offen.« Er steckt seinen Kopf aus dem Zimmer in Richtung Rezeption. »Ja, Cat ist hier.«

»Wie kann es schon neun sein?«

»Ja, oder? Ich mache mich besser an die Arbeit. Wir sehen uns um elf wieder hier«, sagt er beim Rausgehen.

»Um elf?«, frage ich.

»Die interne Planungssitzung für diese Wohltätigkeitssache, von der du so schwärmst? Die kostenlosen Seminare für Frauen auf Bewährung. Das ist doch heute, oder?«, fragt er, als er schon halb zur Tür raus ist. Er schaut auf seine Uhr. »Ja, das ist heute. Wir sehen uns dann später.«

»Warte, was?«, rufe ich in den leeren Raum hinein.

Ich stehe mit offenem Mund da. Ich wollte eigentlich Davis näher kennenlernen, aber stattdessen habe ich einen Crashkurs in Sachen Wendy bekommen. Und die Erkenntnisse passen nicht zu dem, was ich bisher zu wissen geglaubt habe. Plötzlich habe ich das Gefühl, nicht nur im Körper einer anderen Person zu stecken – sondern zu jemandem geworden zu sein, den ich überhaupt nicht kenne.

Wendy

Als ich nach meinem Workout schließlich versuche, vom Boden hochzukommen, tut mir alles weh. Waden, Schenkel, Hüfte, Hintern, Schultern, und vor allem all diese winzigen Muskeln an Stellen, von denen man bisher nicht wusste, dass sie existieren. Ich versuche, nicht laut vor mich hin zu stöhnen, während ich wie Frankensteins Braut zur Umkleide und aus dem Studio wanke und mich in den herrlich bequemen Minivan sinken lasse. Als ich so hinterm Steuer sitze, taste ich Celestes Körpermitte ab, die bei meinem eigenen Körper aus einer bescheidenen Muskelwand besteht. Bei ihr ist es eine Art offener Raum, der sich erstreckt bis … ja, wohin eigentlich? In ihre Bauchhöhle? Ein leichter Schauer überkommt mich.

Warum war sie deshalb nicht beim Arzt? Ich schreibe ihr eine Nachricht mit genau dieser Frage und schicke einen Link zum Krankheitsbild von der Uniklinik hinterher. Dann ziehe ich einen Pulli über, den ich heute eingesteckt habe, obwohl es draußen nicht kühl ist, um meinen empfindlichen Unterbauch zu schützen. Während ich Joy, Samuel und die Mädchen abhole und alle zum Softball fahre, genieße ich dankbar den entspannenden Effekt der Sitzheizung des Minivans. Am Spielfeld angekommen, packe ich eine Tüte Cracker aus, die ich auf dem Weg besorgt habe, damit mir die Kinder nicht verhungern. Als ich es mir eben gemütlich machen und ein bisschen *Martha Speaks* für Joy anstellen möchte, räuspert sich Samuel. »Ähm, Mom?«, fragt er leise.

»Ja?«, antworte ich, wohl wissend, dass etwas nicht stimmt. Jede Mutter spürt so etwas sofort.

»Ich brauch hierfür deine Unterschrift«, erklärt er und reicht mir ein Stück Papier.

Es ist eine Notiz von seiner Schule, aus der hervorgeht, dass Samuel morgen nachsitzen muss, es sei denn, ein Elternteil oder ein Erziehungsberechtigter – das wäre dann wohl ich – kommt heute noch persönlich vorbei, um über sein Benehmen zu sprechen, und zwar bevor die Schule um 17 Uhr schließt.

»Was zum Henker ist das bitte?«, frage ich ihn.

»Nicht fluchen, Mom!«, ruft Anna Joy.

Ich hebe abwehrend die Hand in ihre Richtung. »Oh doch, ich fluche. Dein Bruder war sehr ungezogen.«

Sofort rufe ich die Schule an. Die wollen mir nichts sagen. Ich müsse vorbeikommen, heißt es. Ich teile ihnen mit, dass ich gerade mehrere Kinder zu beaufsichtigen habe und meine Tochter beim Softballtraining ist. Vielleicht könne ja dann mein Partner herkommen, meinen sie.

»Mein Partner hat einen Job!«, antworte ich. »Berufstätige Menschen arbeiten zu dieser Uhrzeit!«

»Aber wir haben hier den Vermerk, dass Sie arbeitslos sind.«

»Das heißt aber nicht, dass ich den ganzen Tag herumhocke und darauf warte, dass mich jemand nach Gutdünken zur Schule zitiert!«, verkünde ich.

Am anderen Ende der Leitung entsteht eine lange Pause.

»So sind unsere Regeln, Mrs. Mason. Wenn Samuel nicht vorbeikommen kann, damit wir mit ihm persönlich über sein Verhalten sprechen können, wird er mit Beginn des morgigen Tages vom Unterricht suspendiert. Das Gesetz schreibt eindeutig vor, dass Sie oder eine andere erziehungsberechtigte Person bei einem solchen Gespräch dabei sein müssen.«

Ich seufze vernehmlich ins Telefon. Was würde Celeste tun? Sie würde sich auf jeden Fall auf Samuels Seite stellen. Wie sie es für alle ihre Kinder tun würde. »Wissen Sie was, gute Frau?«, beginne ich. »Machen Sie doch, was Sie wollen. Samuel ist ein lieber Junge, und ich bin stolz auf ihn und werde jetzt hier nicht Hals über Kopf wegrennen. Ich behalte ihn morgen zu Hause, und dann können wir beide das Ganze selbst besprechen.«

Dann lege ich auf, reiche Anna Joy das Handy und sage in ernstem Tonfall, im Geiste immer noch Celeste heraufbeschwörend: »Samuel Mason, was hast du gemacht?«

»Ich habe jemanden beschimpft. Er hast ein kleineres Kind geärgert, und das hat mich wahnsinnig gemacht, also habe ich ihn gefragt: ›Willst du dich stattdessen mit mir anlegen?‹ Dann meinte er, er würde mich verpetzen, und da habe ich gesagt: ›Dann bist du eine Pussy.‹«

Wenn mir vor Überraschung plötzlich alle Haare ausfallen könnten, hätte ich jetzt eine schicke Glatze. »Wie bitte?«, bringe ich heraus, und da ich nicht möchte, dass er seine Worte wiederholt, schließe ich schnell an: »Seit wann geht es für dich in Ordnung, einfach so Streit zu suchen? Oder so etwas zu sagen?«

Er blickt schuldbewusst zu Boden, ich habe also einen Nerv getroffen. »Tut mir leid, Mom.«

Ich zucke mit den Schultern. »Es tut mir für dich leid, denn jetzt musst du dich damit auseinandersetzen, was dieses Wort wirklich bedeutet, damit du verstehst, warum das kein Schimpfwort ist und man es auch nicht als solches benutzen darf, und außerdem fünfzigmal in Schreibschrift *Ich bin nicht misogyn* schreiben.«

Er sieht mich an, als hätte ich den Verstand verloren, womit er im semantischen Sinne richtigliegt.

»Mom«, sagt er. »Ich weiß wirklich nicht, was das bedeutet – dieses Wort.«

»Misogyn?«

»Ja, aber auch das andere. Wegen dem du so böse geworden bist.«

Ich seufze. »Das werde ich dir später erklären. Aber kannst du fürs Erste versprechen, dass du so etwas nie wieder machst?«

Samuel runzelt die Stirn. »Hmm …«

»Warum versprichst du es mir nicht?«, will ich wissen.

»Weil ich nicht weiß, ob ich mich daran halten kann, und dann würde ich Ärger bekommen, weil ich ein Versprechen gebrochen habe.«

Ich schlucke mein Bedürfnis herunter, angesichts dieser hieb- und stichfesten Argumentation in Lachen auszubrechen. »Du kannst aber nicht durch die Gegend laufen, Streit anfangen und andere beleidigen, Samuel«, sage ich und versuche dabei ernst zu bleiben. »Dafür gibt es keinen guten Grund.«

»Aber du hast es mir doch gesagt: ›Behandele Linus wie jemanden, der noch nicht dein Freund ist, aber der es vielleicht irgendwann sein könnte.‹«

»Das habe ich gesagt?«

»Und ich kann doch niemanden einfach einen meiner Freunde ärgern lassen, oder?«

Diese simplen Worte nehmen mir völlig den Wind aus den Segeln. Ich sehe Samuel an, ich sehe ihn mir genau an, und zum ersten Mal erkenne ich in ihm ein Kind, dessen Herz ebenso groß ist wie sein Appetit. Wie konnte mir das entgehen? Weiß Celeste, wie viel Glück sie hat?

Natürlich weiß sie das. Sie ist diejenige, die dafür verantwortlich ist, dass er überhaupt so denkt.

»Du wirst dich bei diesem Kind entschuldigen müssen«, sage ich schließlich, als ich mich wieder im Griff habe. »Und deine Strafaufgabe erledigen.«

Er nickt.

Aber dann nehme ich ihn in den Arm. »Samuel, Kleiner, weißt du was?«

»Was?«

»Linus kann sich ziemlich glücklich schätzen, einen möglichen zukünftigen Freund wie dich zu haben.«

16
Miserabler Mittwoch

Wendy

Als Hugh eine halbe Stunde vor Beginn der Gala ins Schlafzimmer kommt und mich in meinem Outfit sieht, habe ich kurz Bedenken, dass er mir direkt an die Wäsche gehen könnte.

»Du bist wunderschön«, sagt er. »Dieses Kleid – wann hast du das gekauft?«

Ich schaue von meinem Spiegelbild zu seinem auf. Celeste sieht wirklich gut aus. Er hat recht. Das Make-up habe ich aufgelegt, während Joy nach ihrem Schläfchen geduldig auf meinem Schoß saß. Bei Nordstrom habe ich vorher ein paar Kleider ausgesucht und über meinen Yogahosen anprobiert, während Samuel Joy direkt vor der Umkleidekabine Bücher vorgelesen hat. Das Kleid habe ich mit Celestes Kreditkarte bezahlt (mit ihrer Erlaubnis, soll noch mal jemand sagen, ich lerne nicht dazu), und ich trage erstmals die spitz zulaufenden Schuhe, die ich am Montag gekauft habe.

Nachdem ich Zoey vom Softballtraining abgeholt hatte, bat ich sie, Bridget zu uns einzuladen – vor allem weil ich sie vermisse –, und ließ mir von den beiden Mädchen die Haare zu einem umwerfenden Dutt stecken, der Celestes Locken hübsch auf ihrem Kopf drapiert und die silbergrauen Strähnen wunderbar zur Geltung bringt, als wären sie bewusst nicht gefärbt. Es überraschte mich, wie begeistert Zoey davon war – offenbar möchte sie mit ihrem eigenen Haar schon seit geraumer Zeit aufwendigere Frisuren ausprobieren, darf das aber nicht, damit sie nicht zu »erwachsen« aussieht. Ich verstehe Celestes Beweggründe, aber mir ist auch klar, dass Zoey darauf brennt, sich über ihr Aussehen auszudrücken, und jeder, der ihr dabei in die Quere kommt, wird früher oder später zum Feindbild werden, egal wie gut man es wirklich meint.

»Jetzt bist du schön, Mom«, teilte mir Zoey stolz mit. Sie hielt kurz inne und fuhr dann fort: »Ich meine, du bist immer schön. Entschuldige. Aber es ist wie … bist du größer geworden?«

»Das macht das Selbstbewusstsein. Man drückt einfach die Schultern durch, zieht sich etwas an, in dem man sich wunderbar fühlt, und sagt: ›Welt, hier bin ich!‹«

Die beiden Mädchen warfen sich einen verschwörerischen Blick zu. Ich nahm je eine von Zoeys und Bridgets Händen in meine. »Ist bei euch alles in Ordnung?«

Bridget legte den Kopf schief. »Mrs. Mason, Sie und meine Mom benehmen sich in letzter Zeit richtig seltsam. Seit Sie sich mit meiner Mom treffen, kocht sie plötzlich und bringt uns alle möglichen Sachen bei. Und sie ist irgendwie gemein zu meinem Dad.«

Ich versuchte mich an einem Pokerface und fragte: »Wie meinst du das?«

»Sie ist einfach … anders zurzeit. Zum Beispiel, als Sie gestern Zoey zu uns geschickt haben, damit Dad Softball mit ihr trainiert. Er meinte, er wäre zu beschäftigt, aber er wirkte gar nicht so, und das hat meine Mom total durchschaut und dann ganz laut gesagt, dass sie jetzt den Ofen reinigen will und ohnehin alle nach draußen gehen müssten wegen der giftigen Dämpfe, und da könnte er uns doch genauso gut helfen. Und das hat sie ziemlich, na ja, bestimmt gesagt. Ich meine, ich wusste nicht einmal, dass man einen Ofen sauber machen kann, das war also schon mal ungewöhnlich. Ich glaube, sie ist sauer auf meinen Dad.«

»Diese Dinge sind manchmal zu kompliziert zu durchschauen für ein Kind«, setzte ich an. Aber es klang lächerlich aus meinem Mund. Ich gehöre nicht zu der Art Mütter, die ihre Kinder mit solch pauschalen Floskeln abspeisen.

Zoey zog eine Augenbraue hoch. »Aber, Mom, du bist auch komisch.«

»Bin ich das?«

»Sieh dich doch mal an«, sagte sie und zeigte auf den Spiegel. »Als ob du ein komplettes Makeover bekommen hättest. Und du hast plötzlich nichts mehr dagegen, dass wir wie andere ein ganz normales Mittagessen essen, und wir müssen nicht mehr unbedingt in unserem Viertel bleiben, solange wir um sieben zu Hause sind. Ich darf mir sogar die Haare flechten und hochstecken, und Samuel hat erzählt, dass du dich geweigert hast, zur Schule zu fahren und mit Dr. Randall zu sprechen, weil du einfach keine Lust darauf hattest.« Sie hielt kurz inne, um Atem zu schöpfen. »Außerdem, na ja, bis vor drei Tagen hast du Mrs. Charles noch gehasst.«

»Ach, komm. Ich habe sie nicht gehasst. Oder doch?«

Zoey runzelte leicht die Stirn. »Ich glaube schon? Ich meine, sie ist schon ziemlich lange alles andere als nett zu dir. Tut mir leid, Bridget.«

Mein liebes Kind zuckte nur mit den Schultern. Verräterin.

Ich runzelte die Stirn und legte den Kopf schief. »Inwiefern war sie nicht nett?«, fragte ich. Aber ich bereute es schnell.

»Na ja …« Zoey ließ den Blick aufs Waschbecken sinken. »Zum Beispiel bei der Sache mit den Keksen, oder?«

»Welche Sache mit den Keksen?«, fragte Bridget.

Nun zuckte Zoey mit den Schultern. »Wir sind vor einem Jahr hierhergezogen, weil mein Dad befördert wurde, und wir waren alle wirklich aufgeregt, weil wir an einen Ort so weit weg von zu Hause gezogen sind. Aber deine Mom ist nie mit Keksen rübergekommen.«

»Sie ist nie mit Keksen rübergekommen?«

»Du weißt schon. Das macht man so. Immer wenn jemand in unsere alte Nachbarschaft gezogen ist, haben wir Kekse gebacken. Glutenfrei, falls jemand allergisch ist. Und die haben wir den neuen Leuten gebracht, zur Begrüßung.«

»Okay«, sagte ich vorsichtig. »Um das mal klarzustellen: Das ist schön und gut, aber die meisten Leute machen das nicht. Das ist etwas … was nur unsere Familie tut.«

»Ach so?«

»Ich meine, nichts dagegen, Kekse für jemanden zu backen, aber man muss das nicht tun, um nett zu sein. Die meisten Menschen haben viel zu viel um die Ohren, um alles stehen und liegen zu lassen und zu backen, sobald jemand in einem Umzugswagen auftaucht. Davon mal abgesehen mögen auch nicht alle Menschen Kekse.«

»Klar, aber wir haben Pflanzen geschenkt bekommen. Und einen Käsekuchen und dieses Biryani-Gericht, das ich dann im Schnellkochtopf nachgekocht habe. Und die meisten Leute sind einfach vorbeigekommen, um Hallo zu sagen.«

»Genau«, sagte ich. »Geschenke sind kein Muss.«

»Aber Mrs. Charles hat nicht einmal Hallo gesagt.«

»Na ja«, wich ich aus, »es ist eine große Nachbarschaft.«

»Aber in der ganzen Zeit, in der ihr jetzt hier wohnt, ist außer euch niemand neu eingezogen«, stellte Bridget fest. »Und unsere Gärten hinter den Häusern grenzen direkt aneinander.«

»Bridget!«, schimpfte ich. »Du solltest doch auf meiner, ich meine, auf der Seite deiner Mutter sein.«

»Bin ich auch. Deshalb versuche ich ja herauszufinden, warum Sie sie früher gehasst haben.«

»Ich habe sie nie gehasst«, sagte ich und betete, dass darin wenigstens ein Fünkchen Wahrheit steckte. »Schon gar nicht wegen der Kekse. Ich kann nachvollziehen, dass die Leute in Birchboro Hills viel um die Ohren haben. Wisst ihr, was es bedeutet, produktiv zu sein?«

»Es bedeutet, etwas auszuhusten«, antwortete Zoey.

»Was?« Ich warf ihr einen Blick von der Seite zu.

»Ein produktiver Husten ist, wenn man krank ist und dann zum Arzt gehen muss, weil man Rotz aus der Lunge hochhustet.« Sie wendete sich an Bridget. »Einmal haben sie mich geröntgt, und es kam heraus, dass es eine Lungenentzündung war, und meine Mom hat den Arzt gefragt, ob ich das bekommen habe, weil mein Dad mich bei zehn Grad in einem Freibad hat schwimmen lassen. Und der Arzt meinte, nein, das müsse nicht daran gelegen haben, aber meine Mom sagte zu meinem Dad, wenn er das noch einmal täte, müsse er sich um seine eigene Lunge Sorgen machen, und er meinte: ›Ich schlafe besser mit einem offenen Auge, Kids‹, und Samuel sagte zu ihm, dass das ja niemand könnte, und Papa meinte, er schon. Samuel ist die ganze Nacht wach geblieben, um zu beweisen, dass er es nicht kann. Und dann ist Samuel auch krank geworden.«

Tolle Geschichte. »Damit das klar ist«, sagte ich, »das Wort ›produktiv‹ bedeutet, etwas zu produzieren, nicht nur etwas auszuspucken. Man kann zum Beispiel Arbeit, Sachen oder zufriedene Kunden produzieren. Bridget, deine Mutter weiß eine Menge über Produktivität, sie ist eine Expertin in ihrem Job. Und wir beide sind … auf verschiedene Arten produktiv.«

Zoey sah mich an. »Du meinst also, dass du eine Menge Dinge wie zum Beispiel Kinder und Mahlzeiten und Kekse und Kleidung nach Schnittmustern produzieren kannst, aber Bridgets Mom schafft nicht so viel, weil sie den ganzen Tag in ihrem Büro sitzt?«

Ich unterdrückte ein Knurren.

»Zoey«, versuchte ich es, »nicht alles, was jemand tut oder herstellt, ist produktiv. Nur wenn man etwas Nützliches macht, ist man produktiv.«

»Samuel ist nicht nützlich«, sagte sie. »Also zählt er wohl nicht für deine Produktivität.«

Bridget lachte sich darüber kaputt.

»Okay, sicher«, sagte ich, wobei ich nicht weiß, ob ich ihnen wirklich verständlich machen konnte, was ich meine. »Schaut mal, Mrs. Charles arbeitet, beschäftigt Angestellte und unterstützt so die Wirtschaft. Sie zahlt Steuern auf ihre Einkünfte, und dieses Geld kommt dem Gemeinwohl zugute. Was sie auf der Arbeit macht, sieht vielleicht nicht so aus, als würde sie etwas herstellen, aber dabei ist sie tatsächlich viel produktiver, als sie es zu Hause sein könnte.«

Bridget nickte. »Meine Mutter ist eine Wucht«, erklärte sie, worüber ich mich freute.

Zoey dachte nach und nickte dann. »Okay. Okay, ich versteh schon.« Sie wendete sich an Bridget. »Deine Mom wollte uns nicht mit Absicht ignorieren, als wir eingezogen sind. Aber sie kocht und backt so schlecht, dass ihre Kekse nicht nützlich gewesen wären, und weil sie ein Produktivitäts-Coach ist, kann sie keine Dinge tun, die nicht produktiv sind. Wie zum Beispiel schreckliche Kekse backen.«

Die beiden Mädchen schütteten sich aus vor Lachen. Ich beschloss, dass sie sich besser wieder meinen Haaren widmeten.

Celeste

Am Mittwoch gegen Mittag fällt es mir auf – es sind die zwei Kinder, die ständig zwischen unseren Häusern hin und her flitzen, und Wendys Nachrichten, die es mir dämmern lassen: So langsam fängt mein Pendant an, sich an ihren Teil der Abmachung zu halten. Noch viel besser ist die Nachricht, dass der Birkensaft-Wodka versandt wurde und bis morgen hier sein sollte, einen ganzen Tag früher als angekündigt. Ich schreibe Wendy eine Nachricht und schlage Drinks bei einem gemeinsamen Lunch am Donnerstag vor. Ihre Antwort folgt prompt.

Du isst mit Davis und dem Team zu Mittag. Das ist Cats Babyparty. Abendessen.

Ach, okay. Gibt es ein Geschenk?

Ich habe einen Stapel Geschenkgutscheine für Target in meiner oberen rechten Schreibtischschublade. Wie wäre Donnerstagabend um sechs Uhr?

Ich muss abends bei deinen Kindern bleiben, schreibe ich zurück. Was ich lieber nicht sage: Ich habe keine Ahnung, ob oder wann dein Mann hier auftauchen wird.

Sie können mit zu mir nach Hause kommen. Zu dir nach Hause. Hugh kann alle Kinder zusammen hüten.

Da hat sie allerdings recht. Warum habe ich Wendy bisher nie angeboten, auf ihre Kinder aufzupassen? Wie sie sich abhetzt, habe ich ja durchaus mitbekommen.

Von dieser Erkenntnis etwas in Verlegenheit gebracht, gebe ich mir an diesem Tag in Wendys Leben besondere Mühe, was bedeutet, dass ich mich durch zwei Meetings mogeln muss. Sie hat mir bereits PDFs all ihrer Schulungsunterlagen und Checklisten meiner heutigen Aufgaben geschickt, und wenn man mal ehrlich ist, läuft es darauf hinaus, dass sie anderen Leuten erzählt, wie sie es schaffen, mehr Dinge zu erledigen. Das kann ich auch! Weniger fernsehen, zum Beispiel. An den Wochenenden vorkochen. Vielleicht gemeinsam mit den Kindern Sport machen, so lassen sich zwei Fliegen mit einer Klappe schlagen. Ich hab's total drauf, was diese Produktivitätsgeschichte angeht. Oder?

Als ich an diesem Abend nach Hause komme, ist jeder Zentimeter meines Körpers mit einer Schicht getrockneten Angstschweißes bedeckt. Wie sich herausgestellt hat, sind die Menschen, mit denen ich heute zu tun hatte, nicht gerade unbeleckt, was das Dinge-Erledigen angeht. Die erste Klientin kam mit einem Markenplaner daher – natürlich einem aus Wendys Kollektion, so was aber auch! –, der bis auf die letzte Lücke mit akribischen Notizen vollgeschrieben war. Auf die naheliegenden Dinge war sie bereits selbst gekommen: Fernsehen, Schlafen. Sie war auf dem besten Weg, achtundvierzig Stunden in jeden einzelnen Tag zu quetschen. Ich habe sehr viele »Ahs«, »Ohs« und »M-hms« von mir gegeben und sie dafür gelobt, was sie bereits erreicht hat.

Und dann war da noch die Besprechung über die anstehende ehrenamtliche Beratung: Ein Heim für Frauen, deren Haftstrafen auf Probe verkürzt wurden, möchte Wendy als Coach für seine Bewohnerinnen engagieren, damit sie diese beim Übergang vom Gefängnisalltag ins normale Leben unterstützt. Wie kann es sein, dass Wendy solche coolen, sinnvollen Dinge macht und mir trotzdem so dermaßen auf die Nerven geht? Auf diese Frage bin ich im Meeting natürlich nicht näher eingegangen, aber ich habe definitiv delegiert, als ginge es um mein Leben, und gleich alle ihrer drei Mitarbeiterinnen darauf angesetzt, mich bei dem Coaching zu vertreten.

Dann habe ich mir gefühlt tausend verschiedene Druckfarbenmuster angesehen, um die perfekte Balance zwischen Kosten und einem klaren Erscheinungsbild für die Planerkollektion des nächsten Jahres zu finden, Layouts freigegeben, die für mich alle identisch aussahen, und die Gehaltsabrechnung in einem Programm namens QuickBooks abgezeichnet, was aber weder schnell ging noch Bücher beinhaltete. Anschließend habe ich in ihrer Terminkalender-App herumgestöbert, in der Hoffnung, nicht alles durcheinanderzubringen, mich bei einer Videokonferenz versehentlich auf zwei Geräten gleichzeitig eingeloggt und mich mit dem daraus folgenden Chaos der Rückkopplungsschleife herumgeschlagen. Oh, und das alles, während ihre neueste Mitarbeiterin ständig in mein Büro gerannt kam – die junge Frau kann nicht die einfachste Aufgabe erledigen, ohne Wendy vorher, während und nachher darüber zu informieren.

Die Wahrheit ist, dass ich allmählich verstehe, wie fordernd ihr Job ist, und ich schäme mich ein wenig dafür, wie schnell ich die Kontrolle über ihren Haushalt verloren habe. In ihrem Haaransatz sind mir inzwischen einige graue Haare aufgefallen – und ich dachte, ich wäre die einzige Frau in unserem Alter, die bereits grau wird. Außerdem vergesse ich ständig, ihre Beine zu rasieren, da ich normalerweise jeden Tag Jeans anziehe, und Seths Zahnpastareste verkrusten wieder einmal das Waschbecken im Bad. Nach den langen Tagen voller Meetings, Arbeit und Kämpfen mit den Kindern bin ich so erschöpft, dass sich das Abendessen mit jedem Tag, der vergeht, vom Gourmetessen weg und zu Fertiggerichten hin bewegt. Hätte ich es inzwischen nicht geschafft, dass Bridget sich um ihre eigene Wäsche kümmert und Linus seine Sachen aufräumt, wäre ich völlig aufgeschmissen.

Und dann ist da noch dieser Keynote-Vortrag. Sollte der Wodka nicht wirken und ich die Rede halten müssen, wird es ein absolutes Desaster geben. Ich habe Wendys Recherche dazu auf ihrem Bürocomputer gesehen, sie ist pickepackevoll gespickt mit extrem einschüchternden Ratschlägen – zum Beispiel sollte man nie schlafen gehen, ehe man nicht die nächsten sieben Tage durchgeplant und mit »Zielpunkten versehen« hat. Man sollte stets als Erste im Haushalt aufstehen, denn Studien zeigen, dass Menschen dann am effektivsten arbeiten. Vorausgesetzt, man bleibt wach. Multitasking ist zwar schlecht, aber beim Autofahren empfehle es sich dennoch, immer eine App für Notizen griffbereit zu haben, in die sich Ideen diktieren lassen. Am besten präpariert man auch die Dusche entsprechend. Von Ablenkungen wie sozialen Medien bleibt man besser fern, es sei denn, man will mal um die Ecke denken, dann sollte man erwägen, neuen Leuten zu folgen, um die Perspektive zu ändern. Auch gut für frische Perspektiven: sich im Büro oder zu Hause mal an einen anderen Platz setzen oder vom Café aus arbeiten. Aber natürlich nicht in einem Café, wo Ablenkungen lauern. Außerdem ist Essen beim Arbeiten zu vermeiden. Bleibt also ein ruhiges Café, in dem man um fünf Uhr morgens mutterseelenallein ohne Handy und ohne etwas zu essen rumhockt.

Super.

Gerade als ich nach Hause gehen und mir unterwegs – machen wir uns nichts vor – ein Brathähnchen holen will, kommt eine Nachricht von Wendy, die mich daran erinnert, dass heute Abend ein Videoanruf mit ihrer Schwester Ruthie in Alabama ansteht.

Ich habe jetzt noch Zeit vor der Gala, fügt sie hinzu. Komm zu mir rüber. Ich setze mich versteckt dazu und helfe dir, wenn du nicht weiterwissen solltest.

Ich seufze und lenke ihren Jeep in Richtung Vorstadt. Vor meinem eigenen Haus zu parken, fühlt sich surreal an, aber es wird noch besser, als ich mir selbst die Tür öffne, nur bin ich viel, viel hübscher als sonst.

»Du siehst toll aus«, sage ich zu Wendy.

Sie lächelt. »*Du* siehst toll aus«, meint sie etwas selbstgefällig und dreht sich kurz in einem schönen neuen Outfit, das ich noch nie gesehen habe, einmal um die eigene Achse. »Die Mädchen haben mir diesen Dutt gemacht, und Samuel und Joy haben mir geholfen, das Kleid auszusuchen.«

Ich starre sie an. Es ist so seltsam, sich selbst zu betrachten, nur ist dieser Jemand nicht man selbst, steht aber im eigenen Haus, spricht über die eigenen Kinder, Kleider und Haare, als ob sie nicht dir gehörten. Mit einem Mal überkommt mich große Sehnsucht – ich würde alles dafür geben, jetzt, in diesem Augenblick, in meinen eigenen Körper zurückkehren zu können, nur um meine Kinder in den Arm nehmen zu können.

»Hey!«, sagt Wendy. »Weinst du etwa? Du musst nicht weinen. Der Wodka kommt bald. Das Ende ist nah.«

Ich presse meine Lippen zusammen und nicke. »Es ist nur so, dass es heute ein langer Tag war. Dein Leben …«

»Ich weiß«, sagt sie. »Anstrengend. Und warte, bis du erst meine Schwester kennenlernst. Ich logge mich ein. Atme mal kurz durch und nimm dir ein Glas Wein.«

Ich folge Wendys Anweisungen. Beeindruckend, wie sie Tag für Tag selbst unter den schwierigsten Umständen eine Sache nach der anderen bewältigt, ohne völlig durchzudrehen. Aber sobald ich vor dem Zoom-Bildschirm sitze, wird mir klar, wo die leicht erregbaren Gene in der Familie gelandet sind.

»Oh mein Gott, Wendy! Du bist so pünktlich heute!«, erklärt eine strahlende Blondine, die mit einem noch stärkeren Südstaatenakzent als Wendy spricht. Ruthies Stimme ist fröhlich, und ihr Haar wippt bei jeder Bewegung ihres Kopfes, als wäre es ebenso aufgeregt wie sie.

»Danke!«, sage ich etwas stumpf. »Ich meine, war ein ruhiger Tag im Büro.«

Ihre Augen werden groß. »Lügnerin. Ich weiß, dass du danach direkt nach Hause gehst, um dich mit deinen E-Mails zu vergnügen. Wo bist du denn eigentlich?«

Ich sehe zu Wendy auf, die pantomimisch einen Clown imitiert, der mit Wasserbällen jongliert. Ich ignoriere das und sage: »Ich bin bei einer Freundin zu Hause. Ich bin, äh …« Jetzt tut Wendy so, als würde sie ein brennendes Haus mit einem Gartenschlauch löschen. »Ich gieße ihre Pflanzen.«

»Ach, das ist aber nett von dir. Und bei der Gelegenheit trinkst du auch gleich ihren Wein?«

Mir steigt die Röte ins Gesicht. »Sie hat es mir angeboten«, sage ich, »und zu Hause war es wieder ziemlich hektisch.«

»Ist es das nicht immer? Ehrlich gesagt, hatte ich schon befürchtet, du sagst wieder ab.«

Ich runzle die Stirn. »Meiner Schwester?«

Ruthie verdreht die Augen. »Ich brauche auch einen Drink«, verkündet sie. »Die erste Runde geht auf mich, haha.«

Sie hüpft mit derselben unerschöpflichen Energie von ihrem Küchen-Barhocker, die ich auch von Wendy kenne. Solange sie weg ist, schalte ich kurz die Kamera aus. »Was erzähle ich deiner Schwester?«, frage ich Wendy.

»Du musst gar nichts erzählen«, antwortet sie. »Sie redet wie ein Wasserfall. Lehn dich einfach zurück und lass dich berieseln.«

»Hast du deine Kamera ausgemacht? Mit wem redest du da?«, fragt Ruthie, während sie wieder auf den Hocker klettert. In der kurzen Zeit hätte ich noch nicht einmal den Kühlschrank aufgemacht, geschweige denn mir ein Glas Wein eingeschenkt.

»Niemand. Also, das heißt, ich habe eine Nachricht geschrieben, an eine … ähm, Freundin. Celeste.«

»Die Lunchpaket-Ziege?«, fragt sie. Ehe ich dazukomme, darauf zu antworten, hebt sie ihr Glas in die Höhe und sagt: »Ich möchte einen Toast ausbringen! Aber stopp, einen Moment, ehe du trinkst, schau mal!« Sie hält ein hohes, schlankes Glas in die Kamera, dessen Inhalt klar und sprudelnd ist. »Rate mal, was ich trinke?«

Ich betrachte ihr Glas. »Hm … Gin Tonic?«

»Ich trinke Sprite«, sagt sie in ihrem lässigen Südstaatenakzent. »Du weißt, was das heißt!«

Das weiß ich zwar erst einmal nicht, aber sie hilft mir rasch auf die Sprünge. »Ich bin schwanger!«

Man braucht nicht die Schwester dieser Frau zu sein, um darauf angemessen reagieren zu können: ein schrilles Kreischen und eine am Bildschirm angedeutete Umarmung. »Herzlichen Glückwunsch, Ruthie!«, rufe ich. »Das ist ja aufregend!« Ich sehe auf und suche Wendys Blick, ihre Augen sind vor Überraschung weit aufgerissen. Egal was zwischen uns steht, in diesem Moment würde ich am liebsten zu ihr gehen und sie in die Arme nehmen.

»So! Aufregend!«, wiederholt Ruthie. »Ich bin völlig fertig, ich habe mir schon langsam Sorgen gemacht! Und dann haben wir einen Termin vereinbart, wie du gesagt hast, und: Peng! Darf ich vorstellen? Spermium, Eizelle. Eizelle, Spermium.« Ich schaue etwas verstohlen in Wendys Richtung, die amüsiert den Kopf schüttelt. »Dickie ist begeistert. Er ist fast ausgeflippt wegen all der Proben. Ich hab ihm gesagt: ›Du holst dir mit einem Becher in der Hand einen runter, während ich Tag und Nacht mit Nadeln traktiert werde‹, und er meinte: ›Wie soll ich denn nur den Partnern in der Kanzlei erklären, dass ich weniger Stunden leiste, weil ich mir auf einer Kliniktoilette einen von der Palme wedele?‹«

Wendy biegt sich beinahe vor Lachen, und ich habe meine liebe Not, mich nicht von ihr anstecken zu lassen. Aber Ruthie nimmt von all dem nichts wahr und erzählt munter weiter: »Da habe ich zu ihm gesagt: ›Richard Pickely Kleinbaum der Dritte, du gehst jetzt da rein und tust, was ein Mann tun muss, damit wir unsere Familie gründen können.‹ Und an dem Abend, ich weiß nicht, ob er sich einfach zu sehr um seine Stundenanzahl in der Kanzlei gesorgt hat oder woran es lag, aber es hat auf jeden Fall funktioniert!«

Dann, als ich schon denke, es wäre mal an mir, etwas zur Konversation beizutragen, bricht sie in Tränen aus.

»Acht Jahre!«, schnieft sie. »Acht Jahre werden die Cousins im Alter auseinanderliegen. Wie kann das sein? Was sollen wir nur machen?«

Hah! Darauf weiß ich eine Antwort. Zoey und Joy sind acht Jahre auseinander. »Weißt du was, Ruthie, ich glaube, das wird ganz wunderbar funktionieren. Linus wird sich auf der Stelle in das Baby verlieben, und Bridget ist schon beinahe alt genug zum Babysitten. Du wirst dich sicher über die Unterstützung freuen.«

Ich sehe zu Wendy auf und bemerke, dass sie bei diesem Gedanken lächeln muss.

»Du hast ja so recht! Ehrlich gesagt, mache ich mir schon jetzt ein wenig Sorgen, wie hart es wohl werden wird. Ich weiß, die ersten drei Monate wird das Baby nur essen, schlafen und in die Windeln machen, aber danach … Ich möchte einfach ungern meinen Job aufgeben müssen.«

»Ja, ich kann mich sehr gut daran erinnern, dass mir das auch durch den Kopf ging.«

»Na klar«, antwortet sie. »Selbst wenn du deinen Job hättest aufgeben wollen, wäre das auf keinen Fall möglich gewesen. Bei Dickie und mir ist es haarscharf an der Grenze. Wir können es ohne mein Gehalt hinbekommen, aber ich habe einfach total Angst, dass ich es zu Hause nicht packe. Und was ist, wenn das Kind erst einmal etwas älter ist? Was wird dann aus mir?«

Oje. Ich konzentriere mich auf mein Weinglas, um nicht Wendys Reaktion auf all das mitzubekommen. Wenn ich diese Fragen beantworten könnte, würde ich nachts um einiges besser schlafen. Genau darüber mache ich mir die ganze Zeit Sorgen. Egal wie glücklich ich mit meiner Entscheidung im Hier und Jetzt bin, irgendwann wird der Tag kommen, an dem auch ich wieder mit dem Beruf konfrontiert sein werde, den ich vor elf Jahren an den Nagel gehängt habe und den ich nie besonders gern mochte. Hugh sagt, das werde meine Zeit. Doch ich finde, meine Zeit ist genau jetzt. Mutter zu sein ist wohl ziemlich sicher das Einzige, worin ich wirklich gut bin.

Ich nehme einen großen Schluck Wein. Sein Geschmack ist mir so vertraut wie die Küche, in der ich ihn trinke – einer meiner Favoriten aus dem Acht-Dollar-Regal bei Kroger –, und außerdem kann ich so ein wenig Zeit schinden. Aber Ruthie ist sowieso schon beim nächsten Thema.

»Ich nehme an, Seth hat noch nicht weiter über diese Assistenzstelle als Kunstlehrer nachgedacht, von der ich dir erzählt habe? Ich weiß, es ist eigentlich unter seiner Würde, aber es wären nur zehn Stunden die Woche. Ihr könntet noch einmal darüber reden, oder?«

»Hmm …«, mache ich und bemerke, wie Wendy im Hintergrund immer unruhiger wird, je länger das Gespräch dauert.

»Wann hat er eigentlich das letzte Mal eines seiner Werke verkauft? Dickie meinte gestern zu mir: ›Vielleicht sollten wir Seth als Betreuung für das Kind anheuern‹, und ich hab nur gesagt: ›Wohl kaum, hahaha!‹, aber dann hat Dickie mitbekommen, dass er sich noch nicht einmal für die aktuelle Ausschreibung des Downtown Initiatives Fund beworben hat. Er versucht es nicht einmal? Wendy, du solltest etwas unternehmen.«

Ich runzele die Stirn und überlege kurz, ob ich mich mit dem Laptop irgendwohin verziehen sollte, wo uns Wendy nicht hören kann. Aber natürlich sollte diese Unterhaltung ja eigentlich mit Wendy stattfinden. Diese Worte sind für ihre Ohren bestimmt, so überraschend sie für meine auch sind. »Was schlägst du vor?«, frage ich sie, während ich versuche, Wendys Blick aufzufangen.

»Ihn zu verlassen?«

Mir fällt die Kinnlade herunter. Wendy weicht meinem Blick aus, sie dreht sich zum Kühlschrank um und nimmt die Weinflasche heraus.

»Okay, okay, tut mir leid. Das habe ich nicht so gemeint. Mir ist klar, dass du ihn liebst. Ich weiß, wie talentiert er ist, wirklich. Aber was nützt einem Talent, wenn man nichts daraus macht? Es ist, als hätte man ein Riesending, bekommt aber keinen hoch und weigert sich dann auch noch, ein Potenzmittel zu nehmen. Was Seth ja auch tut«, sagt Ruthie.

Oh nein. Das erklärt einiges. Ich blicke wieder zu Wendy hinüber, die sich hochkonzentriert ein Glas Wein einschenkt. Ein ziemlich großzügiges Glas.

»Ruthie«, sage ich, irgendwie möchte ich sie warnen, obwohl mir nicht wirklich klar ist, wovor eigentlich.

»Okay, okay. Du bist immer direkt so gereizt, wenn ich auch nur die kleinste Kritik an Seth äußere. Ich bin deine Schwester. Ich sage dir das, weil ich dich lieb habe.«

Ich räuspere mich und sehe Wendy in die Augen. »Denk bitte auch daran, dass es vielleicht wehtut, zu wissen, dass die eigene Schwester und ihr Mann über deine Ehe reden«, sage ich – und das geht sowohl an Ruthies als auch an Wendys Adresse.

Über den Laptopbildschirm hinweg verfolge ich, wie Wendy ihr Weinglas abstellt und mich prüfend ansieht. Ruthie lächelt indessen nur traurig. »Du hast absolut recht, Schwesterherz. Ich höre sofort damit auf und sage nie wieder ein Wort. Außerdem weiß ich doch, wie glücklich du mal mit ihm warst. Man muss ihm auch zugutehalten, dass er dich darin bestärkt hat, deine eigene Firma zu gründen. Und sieh an, wie weit du gekommen bist. Keynote-Speakerin am Samstag! Du wirst das so was von rocken.«

Ich öffne den Mund, um ihr zu antworten, aber sie fährt fort: »Dickie und ich haben darüber gesprochen, wie wir die Arbeit untereinander aufteilen, wenn das Baby erst mal da ist. Ich weiß noch, wie du meintest, das wäre alles schön und gut, bis man um vier Uhr morgens mit einem schreienden Baby dasitzt und den eigenen Mann nicht wach kriegt. Aber Dickie meinte: ›Wenn du mich nicht wach bekommst, zieh mir mit dem Baseballschläger eins über, wenn's sein muss.‹ Ist das nicht süß?«

Ich nehme noch einen Schluck Wein. »Ich schätze schon?«

»Und da musste ich wieder an deinen Deal mit Seth denken, weißt du?«

»Meinen Deal?«, wiederhole ich etwas stumpf. Im Hintergrund schraubt Wendy schon wieder die Weinflasche auf und schenkt sich weiter nach, obwohl sie bisher kaum einen Schluck genommen hat. Entweder schmeckt ihr der Wein richtig gut, oder ihr schmeckt diese Unterhaltung überhaupt nicht.

»Also, ich habe ja jetzt am eigenen Leib erfahren, dass die

Hormone einen ganz schön verrückt machen können, und mir ist bewusst, wie unbedingt ich dieses Baby will und dass man an jeder Ecke frischgebackene Mütter mit Kinderwagen und Windeltaschen sieht. Ich verstehe total, warum du Seth versprochen hast, dass du dich allein um die Kinder und ihre Erziehung kümmern würdest, um ihn dazu zu überreden, dass ihr überhaupt welche bekommt. Aber ich denke einfach, nach immerhin elf Jahren musst du dich nicht mehr an diesen Deal halten.«

Einen Augenblick lang starre ich sie nur schockiert an und vergesse dabei völlig, dass Wendy auch im Raum ist. Sie hat versprochen, ihr Leben lang alles, was mit den Kindern zu tun hat, allein zu machen? Und Seth war damit einverstanden?

»Du willst mir doch immer erzählen, dass du eine gute Feministin bist, stimmt's?«, fragt Ruthie. »Aber trotzdem machst du zu Hause alles allein. Du kümmerst dich um die Kinder, kochst, machst die Wäsche, verdienst das Geld. Es ist irre!«

Wendy hüstelt. Sie hat die Lippen zu einer undeutbaren Linie zusammengepresst, und ihr Blick scheint hart, aber ich kann mir gut vorstellen, was gerade in ihr vorgeht, und ich fühle mit ihr.

»Er hat neulich abends mit den Mädchen Softball gespielt«, stottere ich perplex. Ich bin völlig erschüttert. Ist das der Grund, warum Wendy nichts delegiert? Weil sie ein unmögliches Versprechen einzuhalten versucht?

Ruthie scheint nicht klar zu sein, dass sie sich auf sehr dünnes Eis begeben hat. »Ich weiß, Eltern zu sein ist heutzutage ziemlich kompliziert, und Seth ist ein Künstler, der sich das anders vorgestellt hat, als ihr beiden geheiratet habt, aber Dickie meinte, und ich finde, da hat er absolut recht: ›Welcher Ehemann erwartet von seiner Frau überhaupt, so ein Versprechen zu halten? Was für ein Mann möchte seinen Kindern nicht ein Vater sein oder mutet seiner Partnerin permanente Überlastung zu?‹«

Aus den Augenwinkeln nehme ich wahr, wie Wendy den

Wein stehen lässt und sich ins Wohnzimmer zurückzieht, wo Joy mit ein paar Pappbilderbüchern spielt. Da sie nicht ganz außerhalb meiner Sicht ist, beobachte ich, wie sie meine Tochter hochhebt, sie fest in den Arm nimmt und ihr einen traurigen Kuss auf den Scheitel drückt, der Bände spricht – über ihre Sorgen, ihren Schmerz. Ich würde ihr gern hinterhergehen, aber was soll ich Ruthie sagen? Und was könnte ich wohl Wendy sagen, das auch nur ansatzweise Trost spenden würde?

»Okay«, fährt Ruthie fort, »das ist das Letzte, was ich zu Seth sage, ich schwör's.«

Sie sieht mich erwartungsvoll an. Ich suche nach den richtigen Worten, bekomme aber nur ein »Danke« zustande. Innerlich bin ich mehr als aufgewühlt. Die arme, arme Wendy. Das erklärt so viel in Bezug auf ihre Ehe und warum sie so unglaublich niedrige Erwartungen hat. Es erklärt allerdings nicht, wie Seth es fertigbringt, sie auf dieses Versprechen festzunageln. Andererseits fiele mir dafür sowieso kein Grund ein.

So schnell wie möglich bringe ich das Gespräch zu Ende. Weitere überschwängliche Glückwünsche, ein virtueller Toast, der gegenseitig bekundete Wunsch, sie so bald wie möglich in echt zu drücken, und vage Terminvorschläge für die Babyparty. Sobald ich den Laptop zugeklappt habe, mache ich mich auf die Suche nach Wendy, finde aber nur meine drei Kinder – meine wunderbaren Kinder. Zu meiner großen Überraschung sitzen sie alle zusammen, sie sind vertieft in ein *Harry-Potter*-Onlinequiz, das mir gänzlich unbekannt ist und das ich sie vermutlich nie hätte spielen lassen. Samuel liest in seinem eigenen stockenden Leserhythmus die Hinweise für Joy vor, und alle drei müssen lachen, als sie gleich zweimal hintereinander mit »Hermine« falschliegt.

Als sie mich bemerken, frage ich sie nach ihrer Mutter, wobei ich nur ein klein wenig über die Worte stolpere, und Joy sieht mich einen Moment prüfend an, ehe sie in ihrer Kleinkind-Syntax antwortet: »Diese Mami ist hochgegangen, um ihre Augen auszuruhen, bis der Babysitter kommt.«

Ich überlege kurz, ob ich nach oben gehen soll. Aber als ich mich schweren Herzens aus meinem eigenen Haus schleppe, meinem wahren Leben, um das einer anderen zu leben, wird mir klar, dass ich dazu nicht das Recht habe. Ich bin weder Wendys Freundin noch gehöre ich zu ihrer Familie. Und doch weiß ich nun viel mehr über ihre tiefsten Geheimnisse, als sie mich jemals wissen lassen wollte. Ich verstehe endlich, dass sie, um das zu bekommen, was sich so viele von uns sehnlich wünschen, einen teuflischen Pakt geschlossen hat. Und nun, da sie dafür den Preis zahlen muss, hat sie sich eingeredet, dass es kein Zurück mehr gibt.

Wendy

Ich stehe in Celestes großem Badezimmer, starre mich – sie – im Spiegel an und fühle mich so verloren wie noch nie in meinem Leben, als ich im Flur Schritte auf dem Holzboden höre. Hugh lugt durch die offene Tür herein und schenkt mir ein breites Lächeln, so strahlend, als hätte jemand eine zusätzliche Birne ins Deckenlicht gedreht. Er betrachtet mich bewundernd, als wäre ich die Perfektion in Person. »Was habe ich nur für ein Glück, Babe«, sagt er. Ehe ich mich versehe, gibt er mir einen Kuss auf die Wange – und ich stelle fest, dass das voll und ganz in Ordnung ist. Es tut keinem weh, wenn ein winziges bisschen der Liebe, die Celeste jeden Tag wärmt, zu mir durchsickert.

Und ich spüre sie. Ich spüre, was auch immer ich jetzt tue, es würde nichts an Hughs Gefühlen für mich – für Celeste – ändern. So langsam verstehe ich, dass dies der Grund ist, der hinter Celestes Wunsch steckt, sich mit Haut und Haar dieser Familie zu widmen und für sie da zu sein. Dieser Mann ist kein Teenieschwarm oder ein künstlerisches Genie. Aber er ist ganz und gar bei ihr, immer an ihrer Seite, hat immer ein offenes Ohr. Und dasselbe gilt für die Kinder. Die ganze bisherige Woche über, während ich versucht habe, diesen Balanceakt hier irgendwie auf die Reihe zu bekommen, musste ich Hugh kein einziges Mal darum bitten, mir etwas abzunehmen. Er tut von sich aus einfach das, was getan werden muss. Wenn sich jemand um die Kinder kümmern und ihnen was zu essen geben muss, kümmert er sich darum und macht etwas zu essen. Wenn Celeste einen Abend zum Abschalten braucht, bekommt sie ihn.

Und ich, flüstert mein schlechtes Gewissen, habe ihr diese Auszeit weggeschnappt und sie stattdessen mit Seth sitzen lassen.

Das Event wird in einem schönen historischen Hotel in der Innenstadt abgehalten – mit von den Decken herabhängenden originalen Kronleuchtern, luxuriösem roten Teppich, verschnörkelten Stuckelementen und edel bezogenen Bänken an den Eingängen. Im Saal drängen sich eine Menge chic angezogener Menschen. Diese Magie, die von Smokings und eleganten Abendkleidern ausgeht und alle ein wenig aufrechter dastehen, ein wenig zeitloser wirken lässt, löst in mir das Gefühl aus, in einem Kostümfilm zu stecken. Vor dem blöden Videocall mit Ruthie hat Celeste mich noch auf ein beneidenswertes Schmuckkästchen hingewiesen, in dem sie Hughs Valentinstagsgeschenke aufbewahrt, sodass ich meinen Look mit Goldohrringen in Tropfenform, die auf halber Höhe zwischen Ohr und Schulter funkeln, und einem Edelstein-Armband vervollständigen konnte, was mir zwischen all diesen piekfeinen Stiftern sofort mehr Selbstvertrauen verleiht.

Ich werde es brauchen. Selbst wenn das Gespräch mit Ruthie mich nicht bereits aus der Bahn geworfen hätte, würde es spätestens diese Gala tun. Als Unternehmerin bin ich auf vielen Events zu Gast, aber meine Klientel gehört im Allgemeinen nicht zu der Sorte Leute, die angesehenen Wohltätigkeitsorganisationen riesige Schecks ausstellt. Zumindest nicht, bevor sie mich engagieren. Denn das hier ist unser Ziel, wenn wir hart genug und zusammen arbeiten.

Fairerweise muss man wohl erwähnen, dass ich, ehe Linus zur Welt kam, mit Seth jede Menge Künstlerveranstaltungen besucht habe. Aber dort kam ausschließlich die kulturelle Elite zusammen, und die ist naturgemäß chronisch pleite. Das heißt zwar nicht, dass man mit ihnen keinen Spaß haben kann, aber wohl, dass ich mich heute Abend etwas fehl am Platze fühle. Celeste, nehme ich mal an, ist wie dafür gemacht. Und Hugh ist ohnehin der geborene Gastgeber. Er stellt mich rundum allen möglichen Leuten vor. Hugh scheint wirklich jeden im ganzen Saal nicht nur zu kennen, sondern auch zu wissen, in welcher Beziehung derjenige zu dem Wohltätigkeitsverein steht, der an diesem Abend um Spenden für die lokalen Hilfsorganisationen für Opfer häuslicher Gewalt wirbt. Angesichts der bestimmt zweihundert Gäste und der hier versammelten Handtaschen, deren Preise ich dank ausgiebiger Online-Schaufensterbummel genau zu beziffern in der Lage bin, kann man davon ausgehen, dass heute richtig viel Geld zusammenkommen wird.

Hugh ist auf Einladung eines beruflichen Kontakts hier, sein Ansprechpartner in einer anderen Firma, die auf etwas noch Langweiligeres spezialisiert ist als Hughs Unternehmen – was auch immer dessen Firma macht. Das erfahre ich, als ich ihn bitte, mir zu erklären, was sich hinter »betrieblichen Rückversicherungen« verbirgt. Wir sitzen an ihrem Tisch und offenbar ist Celeste zwei der Frauen hier bereits schon einmal begegnet. Beide begrüßen mich mit Küssen auf die Wange, und eine von ihnen, eine kleine Frau mit dunklem Teint und einem Kurzhaarschnitt, tätschelt die Sitzfläche des Stuhls neben sich. Dankbar lasse ich mich nieder. Hughs Begrüßungsrunde hat mehr als fünfundvierzig Minuten gedauert, und obwohl ich mich für einigermaßen aufmerksam und clever halte, kann ich mich an gerade einmal zwei Namen erinnern, und das auch nur, weil diese Dandelion und Ziggy lauteten. Mir tut regelrecht das Hirn weh. Ganz zu schweigen von meinen Füßen in den spitzen Schuhen.

»Schön, dass wir uns hier sehen«, sage ich, als ich mich gesetzt habe, um auf der sicheren Seite zu sein, falls die beiden die besten Freundinnen sind.

»Gleichfalls! Dieses Kleid! Das muss neu sein.« Bingo, sie kennen sich! Celeste hat eine Freundin! *Quelle surprise.*

»Findest du?«, frage ich sie. »Ich hatte drei Stück in der Auswahl und konnte mich nicht entscheiden.« Am Ende fiel meine Wahl auf dieses gefältelte, bestickte Kleid in Creme, da es mir als das aufwendigste und am schwersten selbst zu schneidernde Stück erschien, in der Hoffnung, dass Celeste dies zu schätzen wissen würde.

Außerdem sieht sie heiß darin aus.

»Ich liebe es. Ich hatte mit dem schwarzen gerechnet. Das liebst du doch.«

»Das schwarze sieht aus wie ein Müllsack«, platze ich heraus. Sie verschluckt sich beinahe an ihrem Drink. Als sie sich wieder erholt hat, will sie etwas antworten, starrt mich aber nur um Worte ringend mit offenem Mund an.

»Siehst du«, ich lache sie an, »du denkst das Gleiche. Ich habe es gestern in meinem Schrank hängen sehen und mir gesagt: Celeste Mason, das kannst du besser. Nicht dass ich mich zu sehr dem Patriarchat anheimgeben möchte, aber wenn Hugh schon so nett ist, mich auf diese Events zu schleppen, kann ich wenigstens meine Taille ausgraben und zur Schau stellen.«

Die Frau – Celestes Freundin – kichert vergnügt. »Du und das Patriarchat, immerzu in hitzigen Verhandlungen begriffen.«

Ach, tatsächlich?

»Ach, tatsächlich?«, frage ich laut.

»Na klar. Egal, wie oft ich dir sage, dass es völlig legitim ist, als Hausfrau und Mutter zu Hause zu bleiben, ist es dir immer irgendwie unangenehm. Ich glaube, das liegt an dieser piefigen Vorstadtsiedlung, in der ihr wohnt.«

Ich schlucke. »Übrigens siehst du auch toll aus«, sage ich, verzweifelt darum bemüht, das Thema zu wechseln.

»Danke. Du weißt, wie ich diese Events hasse, aber es ist für eine wirklich gute Sache, und Ziggy ist die Mutter von einem von Arvinds Klassenkameraden. Ich spreche sie in ein paar Wochen wegen eines Tischs beim Präsidenten-Dinner an.«

Ich tue so, als wüsste ich, wovon und von wem sie spricht. »Ach ja, natürlich«, kriege ich unbeholfen zustande.

»Apropos Schule, hast du schon die Nase voll von dieser staatlichen Schule?«, fragt sie mich vergnügt. »Ich weiß, ihr könnt euch das Schulgeld leisten, jetzt, wo Hugh wieder eine Beförderung bekommen hat …«

»Wir sind zufrieden«, antworte ich. Wow. Celeste ist mit Leuten befreundet, die ihre Kinder auf Privatschulen schicken. Und näht die Kleidung ihrer Kinder selbst. Stell sich das mal einer vor. »Sie liegt in einem wunderbaren Bezirk, weißt du«, füge ich hinzu. Wirklich. Unser Vorort mag zwar piefig sein, aber die Schule der Kinder ist mit ihren ausgezeichnetem Kollegium, der vielfältigen Schülerschaft und dem Fokus auf die Gemeinschaft ziemlich außergewöhnlich. Deshalb sind wir dort gelandet. Privatschulen sind Seths Albtraum.

»Ich weiß, ich weiß«, antwortet die Frau. »Aber unsere Schule ist wunderbar, und fünfundvierzig Prozent der Kinder schaffen es später auf eine Elite-Uni.«

Ich versuche, mir die Überraschung nicht allzu stark anmerken zu lassen. Meine Güte, das ist ziemlich viel. Sollte ich Bridget auf eine solche Schule schicken, damit sie eines Tages nach Harvard oder Yale gehen kann?

Sei realistisch, rufe ich mich selbst zur Räson. Schulen wie diese sind für die Kinder von Frauen wie Celeste. Nicht für uns. Ich suche fieberhaft nach einem neuen Thema.

»Wie macht sich Arvind?«, greife ich mir die einzige handfeste Information, die sie bisher von sich preisgegeben hat.

»Neunmalklug. Zoey?«

»Ebenso. Aber sie hat mir heute Abend die Haare gestylt, also sollte ich sie mal loben – Ehre, wem Ehre gebührt.«

»Es sieht umwerfend aus!«

Stolz steigt in mir empor, ganz so, als wäre sie meine eigene Tochter. »Zoey hat so ein gutes Gespür für Stil – irgendwann wird sie noch mit Tim Gunn zusammen in einer Show auftreten.«

Ich werde davon unterbrochen, dass eine fremde Person an unseren Tisch tritt. Nein, keine Fremde. Es ist Ziggy.

»Da bist du ja, Jaina!«, ruft sie. Und los geht's: Küsschen links, Küsschen rechts. »Und Sie sind Celeste, richtig? Hughs Frau?«, fragt sie mich.

»Sehr beeindruckend«, gratuliere ich ihr, insgeheim dankbar für ihr hervorragendes Gedächtnis – wir haben vorher keine zehn Sekunden miteinander gesprochen. Außerdem kenne ich so nun den Namen von Celestes Tischnachbarin, was mich dem Rest des Abends um einiges gelassener entgegenblicken lässt. »Ziggy? Darf ich Sie so nennen?«

»Das ist die Abkürzung für Ghislaine«, erklärt sie, ohne wirklich etwas zu erklären. »So ein Zungenbrecher. Was würde ich nicht für einen schönen normalen Namen geben. Sehe ich überhaupt aus wie eine Ghislaine?«, fragt sie an mich gewandt. Da sie weder einer Meerjungfrau noch einem Parfumflakon ähnelt: klares Nein.

»Wie schön, euch beide hier zu treffen«, fährt Ziggy fort. »Um diese Zeit des Jahres haben alle so unfassbar viel zu tun! Es ist absolut nicht selbstverständlich, diesen Termin wahrzunehmen, zumal es eher eine kleine, intime Veranstaltung ist.«

Ich konzentriere mich darauf, meine Augenbrauen nicht an meinen Haaransatz wandern zu lassen.

»Celeste, ich bin nicht sicher, ob Sie das wissen, aber ich bin in leitender Funktion beim Downtown Initiatives Fund aktiv. Unser großer Abend steht jedes Jahr im Januar an – der Schnee-Ball?«

»Natürlich«, antworte ich. Ich war noch nie auf dem Schnee-Ball – keine Ahnung, ob er ausschließlich für geladene Gäste ist –, aber ich habe in den lokalen Magazinen davon gelesen und Fotos gesehen. »Wie ist es gelaufen?«

»Oh, lassen Sie sich eines gesagt sein, im Vorfeld bin ich immer ein absolutes Wrack, aber dieses Jahr war einfach fantastisch. Fantastisch! Der einzige Nachteil ist, dass ich mich nun im kommenden Jahr selbst übertreffen muss. Wo wir gerade davon sprechen, Sie brauchen nicht zufällig noch einen Tentpole-Film für die nächste Eventsaison?«, fragt sie mit einem Zwinkern.

Ich denke über Celeste und Hugh nach. Sollten sie Feste bei sich ausrichten, höre ich zum ersten Mal davon. Ich frage mich, ob sie sich über eine Einladung zum Schnee-Ball freuen oder innerlich stöhnen und das Müllsack-Kleid aus dem Schrank zerren würde. »Auch wenn noch Zeit ist bis zum nächsten Ball, ich sollte Sie mal mit meiner Freundin in Verbindung setzen«, sage ich zu Ziggy. »Sie leitet eine Beratungsfirma für Produktivitäts-Coaching und wäre vielleicht interessiert, dabei zu sein. Ihr Mann ist ein gefeierter Bildhauer. Seth Charles?«

»Oh, Seth. Natürlich. Sehr talentiert. Tatsächlich war er früher im DIF ziemlich aktiv. Letztes Jahr hat er ein Projekt eingereicht, das wir natürlich liebend gern verwirklicht hätten, aber vielleicht könnten Sie ihm unauffällig die Info zukommen lassen, dass seine Preise sich für eine junge Organisation wie die unsere in unerreichbaren Höhen bewegen.« Ich stöhne innerlich auf. »Nicht dass seine Arbeiten nicht jeden Cent wert wären, da bin ich sicher.« Sie schnippt mit den Fingern. »Warum buchen Sie und Hugh nicht nächstes Jahr einen Tisch und bringen seine Frau einfach mit? Ich könnte definitiv eine neue Freundin gebrauchen, die Expertin in Sachen Produktivität ist, nicht wahr?« Sie kichert über ihre eigene Bemerkung.

»Das könnten wir doch alle«, sagt Jaina. »Jedes Jahr denke ich, dass ich bereits völlig ausgelastet bin und es nicht schlimmer werden kann. Und dann wird es schlimmer.«

»Wohl wahr. Man muss heutzutage eigentlich schon eine Produktivitätsexpertin sein, um mal einen winzigen Augenblick für sich zu haben«, stimmt Ziggy zu. »Was machen Sie eigentlich, Celeste?«

Jaina wirft mir einen besorgten Blick zu, und als mir bewusst wird, dass ich diese Frage jetzt irgendwie in Celestes Sinne beantworten muss, wird mir selbst etwas bange. »Ich bin Familienmanagerin«, wage ich einen Anfang. So hat es Celeste ausgedrückt, als wir uns das erste Mal begegnet sind. Vermutlich ist es der Begriff, in dem sie sich am ehesten wiederfindet. Auf jeden Fall besser als »ein Leben in Sklaverei«.

»Familienmanagerin? Das klingt wunderbar«, erwidert Ziggy floskelhaft. »Ihr Mann kann sich glücklich schätzen, dass Sie sich zu Hause um alles kümmern. So kann er sich voll und ganz auf seinen Job konzentrieren, nehme ich an. Wie sagt man? Hinter jedem erfolgreichen Mann steht eine starke Frau, die ihm den Rücken freihält.«

Ich erschaudere. Wenn das alle zu Celeste sagen, wenn sie diese Bombe platzen lässt, dann tut sie mir leid. Wie habe ich reagiert, als sie mir erstmals davon erzählte? Ich versuche mich daran zu erinnern. Sicherlich irgendwas in der Art, wie entspannt ihr Leben wohl sein muss.

»Ich gebe Nachhilfeunterricht an der Schule meiner Kinder«, höre ich mich selbst sagen, aber Ziggy hat sich bereits Jaina zugewandt und redet über ihre Arbeit. Die einzigen Zeugen meiner Wortmeldung sind die kunstvoll geformten Butterstückchen, die seit Menschengedenken auf jedem Hotelbuffet zu finden sind. Ich bin verlegen und fühle mich plötzlich ziemlich ausgeschlossen, also stehe ich auf und sehe mich nach Hugh um. Er wartet in der Schlange an der Bar, um mir das Glas Wein zu besorgen, um das ich vor Ewigkeiten gebeten habe, also gehe ich zu ihm hinüber.

»Oh, Dale«, sagt er zu einer großen, beeindruckenden Frau, als er mich auf sich zukommen sieht. »Darf ich dir meine reizende Gattin Celeste vorstellen?« Dass er mit der Schmeichelei so dick aufträgt, ist mir für uns beide etwas unangenehm.

»Hi«, sagt Dale. »Schön, Sie kennenzulernen.«

»Dale arbeitet hin und wieder als Beraterin für uns«, erklärt Hugh. »Sorgt immer für jede Menge Ärger«, fügt er mit einem Lachen hinzu. »Vor allem wenn die Rechnung kommt.«

Dale und ich schütteln uns die Hände. »Und was machen Sie?«, fragt sie.

»Ich …« Diesmal versuche ich es mit einer anderen Formulierung. »Ich bin Hausfrau und Mutter.«

»Oh«, macht Dale. »Wie nett.« Sie fügt dem nichts hinzu, und ehe ich irgendwie reagieren kann, senkt sich ein unangenehmes Schweigen auf uns herab. Hugh tätschelt mir tröstend den Rücken, und als Dale irgendetwas von mit Krabbenfleisch gefüllten Pilzen murmelt und sich davonstiehlt, sagt er mir, ich solle mich deshalb nicht grämen. »Sie wissen einfach nicht, was sie sagen sollen«, meint er, und mir ist klar, dass er diese Begründung nicht zum ersten Mal bemüht. »Alle sind so daran gewöhnt, bei solchen Veranstaltungen immer nur über ihre Arbeit zu reden. Es hat nichts mit dir zu tun.«

Aber das Muster wiederholt sich im Laufe des Abends immer und immer wieder. Ich habe mir stets gewünscht, dass Menschen, die sich zum ersten Mal begegnen, dem Drang, direkt über ihre Jobs zu reden, widerstehen könnten. Aber ich verstehe andererseits auch das Bedürfnis, schnell eine Verbindung zueinander zu finden. Nun muss ich feststellen, dass diese Frage für Celeste jede Hoffnung auf diese Verbindung direkt zunichtemacht und dass meine Antwort die meisten Menschen in Verlegenheit zu bringen scheint. Sie antworten mit »Da hast du aber Glück, Hugh«, als wäre ich nicht da. Oder »Fehlt Ihnen nicht die Arbeit?«. Eine Frau fragt sogar laut, wie viel Hugh wohl verdienen muss, damit wir uns das leisten können.

Ein einziges Mal kommt eine halbwegs einfühlsame Reaktion.

»Ich könnte niemals bei meinen Kindern zu Hause bleiben«, sagt eine Frau in ungefähr meinem Alter. »Ihr Job ist wahrscheinlich der härteste auf der ganzen Welt.«

Ich laufe tiefrot an. Keineswegs, möchte ich sie beruhigen. Es ist viel schlimmer, dass ich mir tagtäglich rund um die Uhr Sorgen um mein kleines Unternehmen mache und mir gleichzeitig wie eine schlechte Mutter vorkomme. Aber dann denke ich einen Moment nach. Celeste hat recht: Würde ich ihren Job richtig erledigen, wäre ich zu diesem Zeitpunkt total fertig. Und ohne mein Unternehmen, über das ich mich identifiziere, wer wäre ich an einem solchen Abend wie diesem? Ich wäre die Person, mit der sich niemand so recht zu unterhalten weiß.

Ich wäre Celeste.

17
Durstiger Donnerstag

Celeste

Mir ist nicht ganz klar, warum, aber zwischen Mittwochabend und Donnerstagmorgen bekomme ich eine solche Flut an Nachrichten von Wendy, dass ich kurz befürchte, sie wäre nun vollends übergeschnappt. Doch dann wird mir klar, dass wir beide immer noch auf exakt demselben Level der Übergeschnapptheitsskala rangieren und vielmehr auf der Gala irgendetwas passiert sein muss, was sie bestürzt hat. Vielleicht das Übliche, was diese Events häufig so unangenehm macht, weil niemand so recht weiß, wie und worüber man sich mit mir unterhalten könnte, wenn ich es ihnen mal nicht leicht mache und Witze darüber reiße, wie ich den ganzen Tag Soaps gucke und Süßigkeiten esse, um dann das Gesprächsthema direkt wieder auf sie zu lenken.

Was auch immer dahinterstecken mag, sie ist auf jeden Fall auffallend freundlich zu mir, wenn man mal bedenkt, was bei unserem letzten Aufeinandertreffen geschehen ist. Sie will wissen, wie es so läuft und ob ich etwas brauche, schreibt mir, was für ein schönes Haus ich doch habe und wie toll Zoey bei allem mithelfe. Und verdammt will ich sein, wenn sich mein Herz nicht auch langsam für sie erweichen lässt. Diese Bombe, die ihre Schwester da gestern platzen ließ, hat meinen Blick auf sie komplett verändert. Ihre Erziehungsmethoden mag ich zwar hin und wieder kritisch sehen, aber sie hätte aus Liebe wohl kaum ein größeres Opfer bringen können, um Bridget und Linus in die Welt zu setzen.

Vielleicht sage ich ihr das einfach mal, wenn wir uns heute Abend sehen, um uns Spezial-Sangria (mit Wodka) hinter die Binde zu kippen und unsere Körper zurückzutauschen. Wie bereits hunderte Male in den letzten Tagen rufe ich noch einmal die Sendungsverfolgungs-ID auf, um herauszufinden, wann das Paket heute ankommen wird.

Dann lasse ich das Handy sinken und verliere kurz den Boden unter den Füßen.

Als ich mich einigermaßen erholt habe, schreibe ich Wendy:

Der Wodka hat Verspätung und kommt erst morgen. Willst du dich trotzdem heute Abend mit mir treffen?

Innerhalb kürzester Zeit blinkt das wild fluchende Emoji auf meinem Display auf.

Ein paar Augenblicke später schreibt sie:

18 Uhr im Taco Barn. Brauche Margaritas.

Ich war noch nie im Taco Barn, einem Restaurant im Stil einer Scheune vor den Toren der Vorstadt. In einem längst vergangenen Leben wäre mir das Taco Barn wie der reinste Luxus erschienen. Aber in dem Leben, das ich jetzt führe, gehen Hugh und ich an unseren beiden Paar-Abenden pro Monat in Lokale, die uns die zehn Dollar pro Stunde wert sind, die der wunderbare Babysitter kostet, der währenddessen unsere Kinder am Leben erhält.

Außerdem probiert Hugh gern die Restaurants aus, die in unserem alternativen Wochenmagazin frisch rezensiert wurden – in dieser Hinsicht ist er hip. Weil unter dem Neon-Sombrero-Logo der Schriftzug *Margaritas – so groß wie dein Kopf* prangt, habe ich den leisen Verdacht, dass man hier nicht unbedingt dem Fine Dining huldigt und das Fleisch in den Carnitas nicht von Schweinen aus artgerechter Haltung stammt.

Tatsächlich muss ich feststellen, als ich mich um Punkt sechs Uhr auf die mit Kunststoff bezogene Bank der Sitznische quetsche, dass alle hier angebotenen Texmex-Gerichte ausschließlich mit Rinderhack und Käse mit der Bezeichnung *Scheunenmischung* serviert werden. Für einen Aufpreis von zwei Dollar fünfzig gibt es die Shrimps *Diablo*, und ein kleines Sternchen auf der Karte verweist darauf, dass alle *Diablo*-Speisen für die etwas empfindlicheren Gaumen zu scharf sein könnten. Ich sehe um mich herum jede Menge empfindlichere Gaumen, die meisten von ihnen sind unter zehn oder über siebzig Jahre alt. Die Kids sind zappelig und die älteren Semester angeschickert. Aus diesem Grund koche ich für meine Kinder alle Mahlzeiten lieber selbst zu Hause.

Wendy hingegen scheint sich, obwohl sie in meinem Körper steckt, ganz wie zu Hause zu fühlen, als sie mir gegenüber auf die Bank rutscht und direkt eine Bedienung heranwinkt, um einen der Hauscocktails zu bestellen: »Marg, Eis, kein Salz.« Ich tue es ihr nach – andere Bauernhöfe, andere Sitten.

»Du bist zu spät«, platze ich heraus.

Sie sieht mich an und schüttelt den Kopf. »Vor diesem Experiment dachte ich, du hättest einen Stock im Allerwertesten«, antwortet sie. »Mittlerweile glaube ich, dass dir Big Ben im Hintern steckt und zur vollen Stunde schlägt.«

»Willst du mich auf den Arm nehmen?«, frage ich sie. »Du bist doch diejenige, bei der alles bis ins Letzte durchgetaktet ist. Normalerweise ist dieses schöne, entspannte Leben, das du gerade lebst, nämlich meins. Wegen dir renne ich im Moment herum wie ein kopfloses Huhn.«

»Willst du mich auf den Arm nehmen?«, wiederholt sie meine Frage. »Du warst es schließlich selbst, die mich mit der

Nase auf deinen Tagesplaner gestoßen hat. Wenn ich mich daran halten würde, hätte ich inzwischen sechs Liegematten für den Kindergarten genäht, kaltes Tomaten-Knoblauch-Püree für einen Dollar pro halbem Becher verkauft und fünfzig Cupcakes für eine Schulveranstaltung gebacken, die bestens ohne jeden Cupcake auskommt. So viel zum Thema kopfloses Huhn.«

»Oh, nein. Ich habe die Cupcakes vergessen!«, rufe ich und schlage mir die Hände vors Gesicht. »Moment mal, du hast kein Gazpacho gemacht?«

»Ich habe kein Gazpacho gemacht«, gibt sie ungeniert zu. »Niemand mag Gazpacho.«

»Damit hole ich jede Woche mindestens dreißig Dollar an Spenden rein«, führe ich an.

»Du bekommst eher dreißig Dollar von mir, wenn mir dafür erspart bleibt, kalte Suppe aus einem Pappbecher zu schlürfen«, antwortet sie.

Ich ziehe scharf die Luft ein. »Viele Eltern mögen diese Suppe.«

»Das mag ja sein, aber die Kinder hassen sie, und denen versuchen sie sie unterzujubeln. Bis du etwas gefunden hast, was der ganzen Familie schmeckt, verschone ich die Leute. Hast du schon mal eine Büchse Campbell's-Suppe in Betracht gezogen?«

»Du bringst mich echt auf die Palme! Mein Gazpacho ist bio und gesund. Ein super Essen für die Kinder.«

»Nicht, wenn sie es nicht essen.«

Ich funkele sie an. »Wenn ein Kind genug Hunger hat, isst es alles.«

»Für 'nen Dollar fünfzig bekommen die Kids bei McDonald's vier Chicken Nuggets.«

»Für 'nen Dollar fünfzig können sich die Kids ein Mayonnaise-Sandwich schmieren und die restlichen eins vierzig behalten«, gebe ich zurück, ehe mir bewusst wird, wie viel diese Aussage über mich preisgibt.

Zum Glück kommt in diesem Moment das Essen: Drinks, Chips und extrascharfe Salsa, die Wendy bestellt hat, ohne mich zu fragen. Ich bin entzückt, als sie einen Bissen nimmt und feststellen muss, dass meine Geschmacksknospen der Aufgabe nicht gewachsen sind. Sie fängt an zu keuchen und kippt Wasser in sich hinein, um das Brennen zu lindern. Neugierig, ob auf mich das Gegenteil zutrifft, probiere ich ebenfalls.

Meine Herren, ist das köstlich. Eine wunderbare, fruchtige Mischung aus Tomatillos und Chilis, aber wo ich sonst nichts außer schmerzhafter Schärfe spüre, schmecke ich Rauchnoten, Röstaromen und etwas strahlend Grünes, und ja, ich weiß, das ist eine Farbe, aber es beschreibt es wirklich am treffendsten. Grün und strahlend und richtig gut. »Wow«, sage ich. »Das ist unglaublich! So soll Salsa also schmecken?«

»Igitt. Um Gottes willen«, antwortet sie. »Mein ganzer Mund brennt. Argh! Warum sind wir überhaupt hergekommen, wenn ich die Salsa nicht essen kann?«

»Das wollte ich dich auch schon fragen. Aber das war, bevor ich die Salsa probiert habe.«

»Ich bin andauernd mit den Kindern hier. Dienstags essen sie umsonst. Freitags gibt es ein Sonderangebot, bei dem sie pro zehn Lektürestunden eine Kugel Eis und die Erwachsenen ein Freigetränk bekommen. Das ist genial – überleg mal, wer dafür sorgt, dass die Kinder ihr monatliches Lesepensum schaffen? Die Mütter natürlich. Und verdienen wir dafür nicht auch eine Belohnung? Außerdem bekommen die Kinder Tablets zum Spielen, sodass du dich noch nicht mal um die kleinen Monster kümmern musst, sondern in Ruhe deinen Drink genießen kannst.«

Ich starre sie nur an. Wo soll man da anfangen, wenn einem jemand so etwas erzählt?

»Jaja, verurteile mich ruhig. Aber so habe ich herausgefunden, dass die Salsa dermaßen gut schmeckt. Sie ist göttlich, gib's zu.«

Ich blicke auf die Salsa hinunter und stelle fest, dass ich im Begriff bin, sie mit dem Löffel zu essen. »Okay, sie ist genial. Aber nur mit deinen Geschmacksknospen.«

»Allerdings«, sagt Wendy, während sie sich mit einer Serviette die Augen tupft. »Hast du als Kind nichts außer Haferbrei gegessen? Ich fühle mich, als wäre ich von einer Chilischote verprügelt worden.«

»Haferbrei wäre schön gewesen.« Als ich ihren Gesichtsausdruck sehe, ergänze ich: »Wir hatten nicht besonders viel, als ich klein war.«

»Vermutlich wart ihr aber nicht zu arm für Taco Bell«, meint sie. »Kann man so arm sein, dass man sich das nicht mehr leisten kann?«

Ich sehe sie scharf an.

Ihr Gesicht nimmt die knallrote Farbe der Salsa an. Mindestens. »Ich Hornochse. Entschuldige. Ich … es war daneben, das zu sagen. Ich hatte keine Ahnung.«

Ich lächele schwach. Wie könnte ich irgendwem hier einen Vorwurf daraus machen, nicht zu wissen, wie sich Hunger anfühlt? Allein für die monatliche Hypothekenrate dieser Leute hätten meine Geschwister und ich ein ganzes Jahr lang Lebensmittel kaufen können. »Ist schon okay«, sage ich. »Die scharfe Salsa ist vermutlich Strafe genug.«

»Furchtbar!«, bestätigt sie. »Außerdem schmeckt mein Mund irgendwie nach Fuß. Ich glaube, ich brauche so langsam eine zweite Margarita.«

»Trink nicht zu viel«, warne ich sie. »Sogar nüchtern kommen wir kaum miteinander klar.«

»Aber das ist das Ding«, sagt sie zwischen mehreren Schlucken ihres Drinks. »Genau das machen wir falsch.«

»Dass wir uns miteinander auseinandersetzen?«

»Na ja, okay. Das wollte ich zwar nicht sagen, aber ja«, meint sie und schüttelt den Kopf. »Wenn wir unsere Körper zurückgetauscht haben, werden wir wohl nie wieder ein Wort miteinander sprechen.«

Aus irgendeinem Grund trifft mich das. Ich nehme einen großen Schluck von meinem Cocktail. Und dann noch einen.

»Ganz richtig so – gib dich der dunklen Seite hin«, spornt mich Wendy an. »Gönn dir einen starken Drink im Taco Barn. Spüre, wie es sich anfühlt, am Leben zu sein.«

»Warum kannst du nicht einfach die Cupcakes backen?«, platze ich heraus. »Im Vergleich zum letzten Jahr sind sie so was von einfach. Die mussten mit Vulkanen verziert werden, die tatsächlich ausbrechen.«

»Zoey meinte, du sollst fünfzig Cupcakes backen, weil fünfzig Kinder am Wissenschaftswettbewerb der Schule teilnehmen und alle, die keinen Preis bekommen, einen Cupcake erhalten. Stimmt das?«

Ich nicke. »Es werden nur drei echte Preise verliehen. Also wird es jede Menge enttäuschte kleine Wissenschaftler geben.«

Wendy schnaubt belustigt. »Mir fallen keine überflüssigeren Cupcakes in der Geschichte der Cupcakes ein. Und das schließt die Zeit ein, als im Stadtzentrum vier Cupcakes-Foodtrucks ihren Standort direkt nebeneinander hatten und sich gegenseitig das Wasser abgegraben haben.«

»Was ist mit all den Kindern, die nicht gewinnen?«, frage ich sie.

»Dabei sein ist alles.«

Ich schüttele den Kopf. »Sie bekommen auch einen Cupcake.«

»Nicht in diesem Jahr.«

»Wendy, bitte. Wenn du sie nicht machst, muss ich sie selbst backen und werde morgen die ganze Nacht dafür brauchen.« Ich kneife die Augen zusammen. »Wann sollen wir dann die Körper zurücktauschen, wenn ich bis vier Uhr morgens damit beschäftigt bin, aus Zuckerguss kleine DNA-Helices zu formen?«

Sie legt den Kopf in den Nacken und starrt an die Decke. Genau das macht meine Tween-Tochter, wenn ich »übertreibe«, und ich hasse es.

»Okay, Celeste, stell dir Folgendes vor: Eine Welt, in der du einfach nach Hause fährst und eine inspirierende Biografie liest, anstatt dir eine zusätzliche Aufgabe für den Wissenschaftsbasar ans Bein zu binden.«

»Hah! Das sagt die Richtige. Ich habe dein Haus auf den Kopf gestellt und nur vier Bücher gefunden, die nichts mit Selbstoptimierung zu tun haben. Keines davon sah auch nur im Geringsten so aus, als ob schon mal jemand einen Blick hineingeworfen hätte«, antworte ich.

Wie ein Sheriff in einem Western seinen Revolver zückt Wendy ihr Handy. »E-Books«, sagt sie und zeigt mir ihre digitale Bibliothek. Es scheinen unzählige Titel zu sein. »Sieh dir das an und weine. Im wörtlichen Sinn, ich lese nämlich größtenteils historische Romane, die zur Zeit des Zweiten Weltkriegs spielen.«

Ich unterdrücke ein Grinsen, weil ich nicht zugeben will, dass sie mich beinahe zum Lachen gebracht hätte. »Okay, in Ordnung. Sagen wir mal, ich lasse es sein, die bescheidene Anzahl von fünfzig Cupcakes zu backen, und führe mir stattdessen ein paar Kapitel …«, ich zoome den Titel heran, den Wendy als Letztes gelesen hat, »über einen französischen Widerstandskämpfer, der eine Brie-Fabrik vor den Nazis rettet, zu Gemüte. Was habe ich davon? Vor lauter Anspannung esse ich einen ganzen Brie, und siebenundvierzig Kinder gehen nach der Forschermesse nach Hause, ohne dass ihnen die Wissenschaft wirklich, ähm, schmackhaft gemacht wurde.« Ich gratuliere mir innerlich zu meinem kleinen Wortspiel. »Unter diesen siebenundvierzig Kindern ist ein kleines Mädchen, das eines Tages ein Heilmittel gegen Krebs entdecken könnte. Aber in dem Moment, in dem sie beim Wissenschaftsbasar nichts gewinnt und mit leeren

Händen nach Hause geschickt wird, beschließt sie, später Kunstgeschichte zu studieren.«

»Du willst mir erzählen, dass genau das Mädchen, das eines Tages Krebs heilen könnte, sich so einfach entmutigen lässt und seine Pläne über Bord wirft, weil es keinen Trostpreis bekommt?«, fragt Wendy mich amüsiert. »Dann hoffe ich mal, dass sie das mit dem Krebsheilen direkt beim ersten Versuch auf die Reihe bekommt. Außerdem frage ich mich, warum dieses angebliche Genie eigentlich nicht gleich den ersten Preis bei der Birchboro Hills Elementary School Science Fair gewinnen sollte? Wie stellst du dir diesen Wettbewerb denn vor? Nehmen da nur frühere Nobelpreisträger teil?«

Ich verschränke die Arme vor der Brust. »Es ist einfach schön, den Kindern einen Cupcake zu schenken«, sage ich.

»Es ist schön, wenn man etwas tut, was dem Leben Sinn verleiht. Trostpreise zu backen gehört nicht dazu.«

»Verleiht gemein zu sein deinem Leben Sinn?«

Wendy hält einen Finger in die Luft und nimmt dann einen sehr, sehr großen Schluck von ihrer Margarita. »Celeste, jetzt mal im Ernst. Ich stecke seit einer knappen Woche in deiner Haut, und auch wenn ich inzwischen durchaus die Unwägbarkeiten in deinem Leben verstehe, so kann ich immer noch nicht ganz und gar alle deine Entscheidungen nachvollziehen. Wenn ich das richtig verstehe, widmest du dein Leben komplett dem Komfort dreier kleiner Menschen, von denen zwei noch nicht einmal ein voll entwickeltes Stirnhirn haben. Außerdem setzt du, sobald du mal eine freie Minute hast, deine Zeit dafür ein, etwas für die Kinder völlig fremder Leute zu tun. Backst Cupcakes für den Wissenschaftsbasar und übernimmst unbezahlte Taxifahrten, alles Dinge, die im Großen und Ganzen weder wirklich wahrgenommen noch geschätzt werden. Gestern Abend war ich auf diesem großen Event mit Hugh, alle hatten sich in Schale geworfen und taten piekfein, und ich – also, du – sah wirklich atemberaubend aus. Und trotzdem wollte im Grunde niemand mit mir – dir – reden, außer Jaina, und das wahrscheinlich auch nur, weil Hugh und du für einen Tisch bei ihrer Privatschul-Gala gespendet habt. Dabei gehen eure Kinder noch nicht einmal auf die Privatschule! Wie hältst du das nur aus?«

Ich zucke mit den Schultern. »Ganz so furchtbar ist das alles auch wieder nicht.«

Wendy hüstelt. »Sobald mich jemand gefragt hat, was ich beruflich mache, war die Unterhaltung quasi vorbei. Niemand hat eine Ahnung, worüber er mit dir reden soll. Über deinen Lebensweg zu sprechen ist ungefähr damit vergleichbar, als würde man sein Gegenüber fragen, was der fiese Ausschlag macht. Ist das wirklich, was du willst?«

Es fühlt sich an, als hätte sie eine Luftpistole aus meiner hübschen großen Handtasche gezogen und mir in den Kopf geschossen. Zwar bin ich nicht tot, aber stinkwütend. »Du«, sage ich, während ich mein Margaritaglas auf den Tisch knalle, »bist schrecklich. Einfach schrecklich. Dabei fing ich gerade an, zu glauben, dass vielleicht doch ein normaler Mensch in dir steckt.«

»Hey, ich war verständnisvoll«, antwortet sie.

»Du warst unhöflich. Weißt du, was ich alles für dich getan habe, seit wir die Körper getauscht haben?«, frage ich sie. »Und für deine Kinder?«

»Wenn ich gemein wäre, würde ich jetzt fragen: Was hast du gemacht, was nicht auch eine Haushälterin hätte erledigen können?«

Wäre ich eine Comicfigur, würde jetzt Rauch aus meinen Ohren schießen. »Du willst wissen, was ich gemacht habe? Deinen Kindern das Kochen beigebracht zum Beispiel. Und wie man den Hintern mal von der Couch hochbekommt. Deine Elfjährige hatte keine Ahnung, wo die Waschmaschine überhaupt ist, und dein Achtjähriger wusste nicht, wie man ein Stück Brot toastet. Er hat mir erzählt, dass er tatsächlich noch nie den Toaster benutzt hat.«

Wendy schaut etwas betreten drein, aber schüttelt den Kopf. »Das kannst du nicht verstehen. Wenn ich von der Arbeit komme, habe ich meine Kinder seit Stunden nicht gesehen«, erzählt sie mir, als ob ich das nicht wüsste, nachdem ich seit einer Woche in ihrem Körper festsitze. »Ich vermisse sie, sie sind mir wichtig, ich denke den ganzen Tag an sie. Wenn Linus einen Toast möchte, mache ich ihm gern einen.«

»Aber kein Abendessen«, sage ich scharf. »Sofern ich das beurteilen kann, ernähren sich deine Kinder beinahe ausschließlich von Pizzabagels.«

Sie reibt sich den Nacken. »Celeste, spielt es wirklich eine Rolle, was genau sie essen, solange sie satt, gesund und in Sicherheit sind? Sei ehrlich.«

Ich denke über diese Frage nach. Mein altes Ich hätte Nein gesagt. Satte Kinder, die geliebt werden … natürlich ist das gut genug.

Aber jetzt, in diesem Moment, bin ich mir nicht mehr so sicher. »Sie brauchen dich als Vorbild für eine gesunde Ernährung. Sie sollten Biolebensmittel essen, damit sie keine krebserregenden Farbstoffe zu sich nehmen, und zu viele Kohlenhydrate meiden, damit sie nicht gemobbt werden, und jeden Tag Lebensmittel aller Farben des Regenbogens auf dem Teller haben, obwohl das bei Blau wirklich nicht leicht ist. Und sie müssen regionale Produkte essen. Darauf zu achten, was man seiner Familie zu essen gibt, ist eine der letzten Bastionen des Umweltaktivismus«, erkläre ich.

»Ich glaube, wir haben dieselben Mami-Blogs gelesen«, antwortet Wendy. »Kommt mir alles mehr als bekannt vor. Aber wenn man nicht gerade den ganzen Tag nichts anderes zu tun hat, außer zu kochen, bedeutet das im Grunde: Du musst die ganze Zeit rundum perfekt sein und darfst nichts tun, was deinen wertvollen Nachwuchs nicht auf irgendeine Weise fördert, sonst bist du als Erziehungsberechtigter gescheitert.«

Ich runzele die Stirn. »Hast du generell ein Problem mit Frauen, die bei ihren Kindern zu Hause bleiben?«, frage ich. »Oder nur damit, dass ich bei meinen Kindern zu Hause bleibe?«

»Es geht darum, wie du es machst, Celeste«, erwidert sie. Sie spricht meinen Namen mit dermaßen viel Mitgefühl aus, dass ich mich ihr unweigerlich ein wenig zuneige, um besser hören – oder ihr bei Bedarf eine Ohrfeige verpassen – zu können. »Wir wissen beide, dass daran nichts Falsches ist, wenn man sich dafür entscheidet, Hausfrau und Mutter zu sein. Wenn man nicht genug verdient, um sich die Kinderbetreuung leisten zu können, hat man möglicherweise noch nicht einmal die Wahl. Und umgekehrt, wenn man nicht arbeiten möchte und sich das leisten kann, wunderbar, nur zu, Lady Geldsack. Aber was du alles machst – das Gebäck wie aus der Nobelpatisserie und die perfekt organisierten Geburtstagspartys, die veganen Biosnacks für die Schule und die scheinheiligen Gesundheitstipps –, all das würde mich auf die Palme bringen, egal ob du es tagsüber oder nach der Arbeit am Abend erledigst. Du erfindest im Grunde Aufgaben, damit der Rest von uns sich schlecht fühlt. Die meisten Frauen müssen arbeiten, nicht nur weil sie das Geld brauchen und ihre Krankenversicherung bezahlen müssen, sondern auch weil wir außer unseren Kindern noch einen anderen Lebensinhalt haben wollen.«

»Ach so, jetzt bin ich daran schuld, dass du ein schlechtes Gewissen hast.«

»Tatsächlich bist du sogar schuld, dass wir beide ein schlechtes Gewissen haben«, führt sie aus. »Denn all das geht zulasten deines eigenen Glücks. Wenn es dich wirklich erfüllt und dein Herz hüpfen lässt, Kinderklamotten zu nähen und wochentags Drei-Gänge-Menüs zum Abendessen zu kochen oder aus Sandwiches mit Sonnenblumenkernbutter vom Aussterben bedrohte

Tiere in 3D zu schnippeln, dann wunderbar. Sag mir, dass es so ist, und ich halte den Mund. Aber wenn du einfach nur auf Facebook die Supermutti spielst, um anderen das Gefühl zu geben, dass sie bei einem Spiel verlieren, das niemand gewinnen kann …«

Ich schweige. Erfüllen mich diese Dinge wirklich? Die Lunchpakete, die Bastelprojekte, die Essensplanung? Ich weiß es nicht. Vielleicht, gewissermaßen, mehr oder weniger?

Schon als ich so alt war wie die Jungs jetzt, war mir klar, dass ich später einmal Kinder haben möchte. In dem Alter fing ich an, auf meine kleinen Geschwister aufzupassen, während meine Mom arbeiten war, und dabei habe ich mich immer am meisten gebraucht gefühlt. Aber auch davor schon habe ich überall ein Püppchen mitgeschleppt. Ich hab ihr die Windeln gewechselt, sie getröstet und mit ihr Bäuerchen gemacht, nachdem ich ihr die »Flasche« gegeben hatte – bei der es sich um Wasser handelte, das ihr das Plastikkinn hinablief.

Aber diese Tage sind gezählt. Und danach … keine Ahnung, was dann aus mir wird.

»Sag ich doch«, kommentiert Wendy mein Schweigen.

»Kann ich dich was fragen?«, erwidere ich schließlich. »Was ist mit dir? Erfüllt es dich, wie du dein Leben führst? Nach der Arbeit, die, wie ich jetzt weiß, darin besteht, anderen unfassbar beschäftigten Menschen zu erklären, wie sie noch mehr Aufgaben übernehmen können, kommst du nach Hause zu zwei ziemlich anspruchsvollen Kindern. Du stopfst sie mit minderwertigem Essen voll, machst im Grunde für sie ihre Hausaufgaben und lässt sie dann fernsehen, während du hinter ihnen her räumst, übernimmst auch noch den Vaterpart für deinen Mann und quälst dich dann im Keller auf einem Heimtrainer ab.«

Wendy macht ein verächtliches Geräusch. »Du beschreibst ja nur die zweite Schicht. Endlich hast du verstanden, wie neunundneunzig Prozent der weiblichen Bevölkerung leben.«

»Na ja, ich kann dir versichern, die zweite Schicht ist erstgradig beschissen.«

Darüber muss sie tatsächlich lachen.

»Entschuldige meine Ausdrucksweise«, füge ich hinzu. So langsam steigt mir die Margarita zu Kopf, aber ich fahre fort. »Dein Leben wäre um so vieles leichter, wenn du deinen Klienten beibringen würdest, dich außerhalb der Bürozeiten in Ruhe zu lassen, deinen Kindern ein paar Aufgaben zuteilen und deinen Mann darum bitten würdest, wenigstens ein wenig zum Familienleben beizutragen.«

Sie gibt ein humorloses Lachen von sich. »Hattest du in dieser Woche bei mir zu Hause denn damit Glück bei Seth?«

Ich schüttele den Kopf. »Dafür hatte ich ein bisschen Glück bei Davis«, erwidere ich etwas zu schnell.

Wendy verschluckt sich beinahe an ihrer Margarita. »Fang bloß nicht wieder damit an. Davis ist ein Freund auf der Arbeit. Ich werde bestimmt keine Affäre anfangen.«

»Ich weiß. Wirklich – das ist mir klar. Aber er ist verrückt nach dir. Es könnte sein, dass du ihm falsche Hoffnungen machst.«

»Ich mache ihm keine falschen Hoffnungen!«, ruft sie. »Ich gebe mir wirklich große Mühe, ihm nichts vorzumachen. Er ist ein wunderbarer Mann, er verdient nur das Beste.«

»Sieht so aus, als ob er dich für das Beste hält.«

»Hah, wenn der wüsste …«, witzelt Wendy.

Ich zucke mit den Schultern. »Er scheint dich verdammt gut zu kennen. Er weiß, dass du ein Workaholic mit einer heimlichen Schwäche für Außenseiter bist«, sage ich und muss an das Meeting mit dem Leiter des Rehabilitationszentrums denken. »Er weiß, was dir wichtig ist und was deinen Kindern wichtig ist. Anders als ich scheint er sogar zu wissen, wie du wirklich tickst.«

Eine verräterische Röte stiehlt sich auf Wendys Gesicht. »Du hast recht, Celeste. Davis ist toll. Er bringt mich zum Lachen, er hört mir zu – es steht völlig außer Frage, dass ich ihn lieben könnte, wenn ich nicht verheiratet wäre. Aber das bin ich. Und ja, die Dinge sind nicht perfekt, aber wenn das nötig war, um meine Kinder zu bekommen …« Nun zuckt sie mit den Schultern. Sie muss diesen Satz nicht beenden, jede Mutter weiß wohl nur zu gut, worauf sie hinauswill.

Vielleicht ist es das, was mich am Ende einlenken lässt. Die Einsicht, dass, so unterschiedlich Wendy und ich auch sein mögen, wir beide uns in diesem entscheidenden Punkt absolut einig sind. Es gibt nichts, absolut nichts, was wir nicht für unsere Kinder tun würden, und das war bereits so, ehe sie überhaupt zur Welt gekommen sind. Egal ob man achtzehn Stunden am Tag arbeitet, damit die Kinder etwas zu essen haben, wie meine Mom, man sein eigenes Leben aufgibt für ein Baby, wie Wendy, oder alles andere hinten anstellt, um den eigenen Kindern die perfekte Kindheit zu ermöglichen, von der man selbst immer geträumt hat, wie ich. Wie viel wir Mütter aufgeben. Wie viel wir bereitwillig hergeben. Unseren Körper. Schlaf. Manchmal Sicherheit. Oft Leidenschaft. Und natürlich: unsere Träume. Wir geben unsere größten Träume auf, wenn es sein muss, damit wir ihre verwirklichen können.

Zu meiner Überraschung streckt Wendy die Hand quer über den Tisch aus und drückt mir eine Serviette in die Hand. »Nicht weinen, Celeste. Zumindest nicht wegen mir.«

»Ich weine nicht«, widerspreche ich. Aber ich tupfe mir die Augen mit der Serviette ab und lächele sie schwach an. »Es liegt an der Margarita. Kommt diese Bedienung eigentlich in diesem Leben noch mal zurück, um unsere Bestellung aufzunehmen?«

»Oh. Nein.« Wendy gibt ein kleines Lachen von sich. »Ich setze mich immer an einen ihrer Tische und bestelle nie etwas anderes außer Chips und Drinks«, erklärt sie mir. »Wir können nicht zu Abend essen *und* trinken. Zu viele Kalorien. Zumindest wenn ich noch in meine normalen Klamotten passen will, wenn ich meinen Körper zurückhabe.«

»Und wenn nicht, Wendy?« Ich zeige auf den diagonal geschnittenen Rock und die fließende Bluse, für die ich mich heute Morgen entschieden habe. »Diese Klamotten sind schön, und man bekommt darin sogar Luft. Und außerdem«, ergänze ich, während ich die Bedienung herüberwinke, um nicht nur ein paar der Tacos für zwei, sondern auch einen weiteren Drink zu ordern, »Davis mag diese Sachen.« Ich ziehe die Augenbrauen so weit hoch, wie ich kann.

Sie seufzt. »Davis ist ein guter Mann.«

»Das ist er. Ihm würde alles gefallen, was du trägst. Noch besser würde ihm allerdings gefallen, wenn du gar nichts trägst.«

Wendy

Der Gedanke an Davis lässt mich an diesem Abend auch zu Hause nicht mehr los. Er spukt mir durch den Kopf, als ich Hugh höflich anlüge, dass mich ein fieser Scheidenpilz plage und ich etwas Freiraum bräuchte, ich mich bei geschlossener Tür im Bad bettfertig mache und zehn Minuten später unter die Decke schlüpfe, nachdem er bereits eingeschlafen ist. Ich wünschte, ich könnte mir die Zeit nehmen, solange ich noch in Celestes Körper stecke, um mich mit Hugh auszutauschen und ihn besser kennenzulernen. Aber ich habe solche Angst, dass ich, nach allem worüber Celeste und ich die letzten Tage gesprochen haben, dann vielleicht feststellen muss, dass er gar nicht die glorreiche Ausnahme ist und ein Partner, der seinen Teil beiträgt, nicht zu viel verlangt ist. Und wenn ich das einmal erkenne, gäbe es dann überhaupt noch Hoffnung für meine Ehe?

Ich denke an Celestes Worte zurück. Könnte sie richtigliegen damit, dass ich nun etwas Besseres verdiene, ungeachtet dessen, was ich Seth vor zwölf Jahren versprochen habe, als mein Babywunsch so übermächtig geworden war, dass ich bereitwillig eine Niere im Austausch für ein Kind hergegeben hätte?

Mir fehlt der Mut, es zu versuchen. Nicht noch einmal. Es könnte unserer stillschweigenden Übereinkunft, uns gegenseitig Raum zu geben und im Gegenzug dafür an dem festzuhalten, was wir haben, und es eines Tages wieder besser hinzukriegen, den Rest geben. Ich bin ein harter Brocken, was ich mir einmal vorgenommen habe, bekomme ich auch hin, aber ich glaube nicht, dass ich es überleben würde, dieses fragile Gleichgewicht durcheinanderzubringen.

Die Freundschaft zu Davis verdanke ich dem Umstand, dass ich dieses schreckliche Gespräch vor Jahren schon einmal zu führen versucht habe. Seth war damals an einem heiklen Punkt in seiner Karriere, seine Kunst kostete uns beinahe genauso viel, wie sie einbrachte, und mein Unternehmen wuchs schneller, als ich Schritt halten konnte. Dann wurde ich mit Linus schwanger. Seth und ich hatten nie wirklich, wie noch bei Bridget, über die Rahmenbedingungen für ein zweites Kind gesprochen, aber wir waren meiner Erinnerung nach in dem Moment beide an Bord, ohne Überreden oder irgendwelche Versprechen. Seth war völlig vernarrt in Bridge, vereinnahmte sie geradezu, wenn wir als Familie unterwegs waren, er liebte ihre wilde Art und ihren freien Geist, ließ sie sogar hin und wieder in seinem Atelier mit kleinen Objekten spielen, die er extra für sie gefertigt hatte. Seine positive Reaktion auf die Ankündigung von Baby Nummer zwei ließ Ähnliches erwarten. Seine Freude hatte allerdings bereits stark nachgelassen, als ich im sechsten Monat war und es immer klarer wurde, dass ich schlicht zu müde war, um mich allein um den Haushalt und die Kinderbetreuung zu kümmern. Ich war mit der Wäsche im Rückstand, wie mit allem anderen auch, und an einem Samstag schlief ich mitten beim Spielen mit Bridget einfach auf dem Boden ein. Ihr mörderisches Schreien weckte mich. Während ich weggetreten war, hatte sie einen halben Karamellbonbon-Riegel gegessen, sich die Süßigkeit in ihre krausen Löckchen geschmiert und sie so völlig verklebt. Um es wieder herauszubekommen, war sie zu ihrem Daddy gerannt. Panisch schreiend lief ich auf die beiden zu und sah zu, wie Seth der schluchzenden Bridget das widerliche Bonbon aus dem Haar schnitt. Der Blick, den er mir zuwarf, war vernichtend. Nicht wütend, nicht mitfühlend. Einfach genervt. Es war ein Blick, mit dem man eine Angestellte bedenkt, die ihren Job königlich vergeigt hatte.

Danach war es ein stetes Auf und Ab, doch als Linus' Wechsel in den Kindergarten anstand, ging alles schief. Meine naive Schwester ermutigte mich, und so wartete ich einen von Seths guten Tagen im Studio ab, um ihn darauf anzusprechen. Ich schenkte ihm ein Glas Wein ein, mir ein halbes, und schmiegte mich auf der Couch an ihn. Er erzählte mir, dass er ein neues Atelier mit einer Hoffläche anmieten wolle, um Schweißarbeiten wieder in seinen künstlerischen Prozess integrieren zu können. Er wisse da auch schon etwas, eine ehemalige Fabrik in der Stadt, die zu Ateliers umgewandelt worden war, nur einen Steinwurf vom Kunstmuseum und drei renommierten Galerien entfernt lag und somit ideal fürs Kontakte-Pflegen in der Szene wäre. Die Kosten für das neue Studio erschienen mir als fairer Tausch für etwas Hilfe daheim, also stimmte ich schnell zu und brachte dann mein eigenes Anliegen vor.

»Ich habe zurzeit Schwierigkeiten, alles unter einen Hut zu bekommen.« Die Gründe sprudelten nur so aus mir heraus. »Es liegt an der Arbeit«, erklärte ich ihm. »Ich hätte nie geglaubt, dass die Firma so schnell wachsen oder so erfolgreich sein würde. Ich möchte diese Karrierechance nicht ungenutzt verstreichen lassen, aber wenn ich erst mal Bridget von der Schule und Linus vom Kindergarten abgeholt habe und ihnen etwas zu essen gegeben, sie gebadet und ins Bett gebracht habe, bin ich so müde, dass ich kaum noch die Augen offen halten kann. Wenn du dich nur an den Wochenenden mehr um die Kinder kümmern könntest, wäre mir schon viel geholfen.«

»Puh, Babe«, kam seine Antwort. »Du musst ja völlig erledigt sein.«

»Das bin ich auch«, gab ich ehrlich zu. »Ich kann mich nicht daran erinnern, dass ich so müde war, als Bridget in dem Alter war. Ich schätze, es lag daran, dass ich mich damals nur um ein Kind kümmern musste, und Linus ist ja auch nicht gerade die Selbstständigkeit in Person.«

Seth legte seine Hand auf mein Knie. »Wendy, die Wochenenden bedeuten mir sehr viel. Wenn ich arbeite, geht es nicht nur um E-Mails und Meetings oder dass ich …«, er fuhr mit der Hand durch die Luft, als wollte er irgendeine Art von Zauber heraufbeschwören, »irgendwelchen Kunden PowerPoint-Präsentationen zeige. Ich kann mir nicht einfach einen Hörer ans Ohr klemmen und den ganzen Tag vorm Computer sitzen. Ich muss mich stundenlang extrem fokussieren.« Er schüttelte den Kopf. »Diese Art Konzentration ist in unserem ›Bonus-Zimmer‹ nicht möglich. Ich möchte dir ja helfen, aber wenn ich nicht auch an den Wochenenden an meinen Stücken arbeite, bin ich achtzig, ehe ich meine nächste Ausstellung fertig habe.«

Ich machte ein langes Gesicht. »Du arbeitest ja sowieso schon so lange daran«, versuchte ich es.

»Das musst du mir nicht noch unter die Nase reiben«, meinte er verschnupft. »Hör zu, ich weiß, du bist müde. Es ist ziemlich viel, für uns beide. Ich kann auf jeden Fall an einem Abend in der Woche babysitten, wenn das hilft. Du könntest dann so lange im Büro bleiben und arbeiten, wie du willst.«

»Seth«, sagte ich zögerlich, da ich mir unsicher war, wie ich weiter vorgehen wollte, ob ich beim Wort »babysitten« ansetzen oder einfach darüber hinwegsehen sollte. »Bridget geht sowieso eine oder spätestens anderthalb Stunden, nachdem ich von der

Arbeit komme, ins Bett. Ich will nicht erst zu Hause sein, wenn sie schon schläft, dann sehe ich sie an diesem Tag überhaupt nicht mehr.«

»Du kannst sie doch morgens sehen«, meinte er, und ich weiß nicht genau warum, aber es war dieser harmlose Satz, der das Fass zum Überlaufen brachte.

»Ich weiß, dass ich sie am Morgen sehen kann«, fauchte ich. »Tatsächlich bin ich die Einzige, die sie morgens sieht, denn du stehst ja nie auf, ehe wir beide für den ganzen Tag aus dem Haus gehen. Da könnte man schon annehmen, dass du am Wochenende vielleicht gern ein bisschen mehr Zeit in Ruhe mit ihr verbringen möchtest.«

Seht wirkte verletzt. »Willst du damit sagen, dass ich kein guter Vater bin?«

»Das habe ich nicht gesagt«, erwiderte ich. Und dachte: Ein guter Ehemann bist du auf jeden Fall nicht.

»Morgens um sechs Uhr aufzustehen hat doch nichts damit zu tun, ob man ein guter Vater oder eine gute Mutter ist«, sagte er mit Überzeugung. »Ich bin kein Morgenmensch, und Bridget würde bestimmt auch nicht zu dieser Uhrzeit aufstehen, wenn sie es nicht müsste, damit du sie den ganzen Tag in der Betreuung lassen kannst.«

Die Tagesbetreuung. Meine Achillesferse und Quell steten schlechten Gewissens. »Hast du ein Problem damit, dass wir Kinderbetreuung in Anspruch nehmen?«, fragte ich scharf. »Du könntest nämlich prima mit ihr zu Hause bleiben.«

»Ich habe kein Problem mit der Tagesbetreuung. Ich habe ein Problem damit, dass du andauernd die Regeln unserer Beziehung änderst«, antwortete er glatt. »Du weißt doch, wen du geheiratet hast. Aber jedes Mal, wenn ich mich hinsetze, um mal in Ruhe ein Glas Wein zu trinken, bekomme ich zu hören, was für ein schrecklicher Vater und nachlässiger Ehemann ich bin.«

Es war, als würde der Boden unter mir wanken. »Diese Dinge habe ich nie gesagt.«

»Wendy, hast du überhaupt eine Vorstellung davon, wie in die Enge getrieben ich mich fühle, wenn wir über diese Dinge sprechen? Jedes Mal, wenn du davon anfängst, möchte ich am liebsten alles stehen und liegen lassen und einfach um mein Leben laufen. Dass du mich in eine Falle gelockt hast, ist dir doch wohl bewusst, oder? Du hast mich als den Künstler geliebt, der ich war, und dann hast du mich Stück für Stück versucht zu ändern, mal hier, mal dort eine Freiheit genommen. Du wolltest ein Baby, du hast ein Baby bekommen. Du wolltest gute Schulen, wir sind in diese Vororthölle gezogen. Dann Baby Nummer zwei, deine eigene Firma, eine Badsanierung, überall schön einen Haken dran. Wendy will, Wendy kriegt. Und nun willst du mich in einen Raum sperren, den der Makler uns als ›Partyraum für Teenager‹ schmackhaft machen wollte. Und dort soll ich in der Lage sein, sinnstiftende und bedeutende Kunst zu erschaffen.«

»Ich habe doch gar nichts gegen das neue Atelier gesagt!«

»Dein Gesichtsausdruck war deutlich genug. Du glaubst, dass ich die Mietkosten nicht wert bin. Du glaubst, dass ich nie wieder ein Stück verkaufen werde. Erzähle ich dir von meinen Zweifeln an deinen Passionen? Verliere ich dir gegenüber auch nur ein Wort darüber, wie bourgeois und einfach … kleingeistig … allein die bloße Idee einer Produktivitätsberatung ist?« Ich versuchte, mir nicht anmerken zu lassen, wie sehr mich seine Worte verletzten, und die Fassung zu bewahren. »Als wir uns kennenlernten, hast du Philosophie studiert.«

»Psychologie«, korrigierte ich ihn. Wann war ich dem Mann, den ich liebte, so gleichgültig geworden? Und was sollte ich nun tun, jetzt da unsere Leben dermaßen miteinander verwoben waren?

»Du hast dich für ein Leben des Geistes interessiert«, sagte er. »Und jetzt verkaufst du Markenplaner?«

Es tat weh. Es war zu viel. »Du hast gesagt, dass es schöne Tagesplaner sind.«

»Ja, sicher, es sind schöne Tagesplaner. Und du warst nie so sexy wie nach zwei Kaiserschnittgeburten. Und ich liebe es, jeden Tag Tiefkühlgerichte zu essen und meiner Tochter Kaugummi aus den Haaren zu schneiden, und nein, dieser Lebensstil löst nicht den Wunsch in mir aus, nachts einfach abzuhauen und mich an irgendeinem Ort zu verstecken, an dem du mich niemals finden wirst.«

Mein Mund wurde trocken. Nicht aus Wut – wütend war ich oft genug gewesen. Die Wut war mir zu einem vertrauten Begleiter geworden. Aber dies hier war anders. Jetzt hatte ich Angst. Angst, dass Seth tatsächlich mitten in der Nacht davonrennen würde. Angst, dass er uns verlassen würde. Angst, dass er es nicht tun würde und es den Rest meines Lebens so weiterginge. Dieser Mann. Dieser Streit.

»Denkst du das wirklich alles?«, fragte ich ihn.

»Ich werde mich nicht umbringen, wenn du dir darüber Sorgen machst«, antwortete er. »Obwohl es nett wäre, wenn es dir nicht nur aus organisatorischen Gründen etwas ausmachen würde.«

»Warum sagst du so was, Seth?«, fragte ich ihn. »Warum willst du mir Angst einjagen?«

»Ich schätze, ich will dir nur einen Eindruck davon vermitteln, wie es mir wirklich geht. Dir ist anscheinend entgangen, dass dieses schreckliche, endlose, seelentötende Alltagseinerlei meine Kunst völlig erstickt hat. Und du willst, dass ich dir mehr Zeit verschaffe, um E-Mails zu beantworten? Vielleicht ist dir nicht klar, wie ernst es um unsere Ehe steht.«

Es gab nichts, was ich ihm darauf hätte antworten können. Ich blinzelte ihn nur verstört an. Verblüfft sah ich dabei zu, wie er aufstand und ging, keine Ahnung wohin. Während der Wein, den ich ihm eingeschenkt hatte, auf dem Tisch stand, ebenso verschmäht wie das Innerste meines Herzens.

Eine Woche später kam Davis mit einer Schale frischer Feigen, die er in Hälften geschnitten hatte, in mein Büro.

Die Geste erschien mir als ziemlich offensive sexuelle Anspielung, und ich war ihm gegenüber kurz sehr kühl, bis mir bewusst wurde, dass an Feigen nichts Unanständiges war, sondern dass ich in meinem emotional labilen Zustand aufgrund meiner Eheprobleme überall etwas hineininterpretierte. Ich bot ihm einen Platz an und gab mir Mühe, mich nicht von meinem Gefühlschaos übermannen zu lassen.

»Magst du keine Feigen?«, fragte er mich. »Du siehst sie an, als wären sie giftig.«

»Ich mag Feigen. Ich liebe sie sogar. Ihre Vergänglichkeit gefällt mir sehr. Es sei denn, man lebt in einer Gegend, wo Feigen angebaut werden. Dann denkt man das Gleiche wohl über Pfirsiche.« Ich lief rot an, denn wenn Feigen vielleicht ein wenig sexuell aufgeladen waren, waren es Pfirsiche auf jeden Fall. Ich machte es nur schlimmer. Also lenkte ich das Gespräch auf das unerotischste Thema, das mir einfiel: Produktivität.

»Wahrscheinlich hast du bemerkt, dass es im Büro etwas hektischer als sonst zugeht«, sagte ich zu Davis.

»Das kann einem kaum entgehen. Du hast bestimmt viel um die Ohren.«

»Das ist auch gut so. Passiert so was deiner Erfahrung als Unternehmenscoach nach zyklisch oder ist das von der Wirtschaft abhängig?« Davis war vor Kurzem in meine Büro-Etage gewechselt. Zuvor war er für ein größeres Unternehmen viel auf Reisen gewesen und hatte mit frisch beförderten Vorstandsvorsitzenden und Führungskräften gearbeitet, die hinter den Erwartungen zurückgeblieben waren. Ich hingegen hatte meine Firma von Grund auf aufgebaut, machte viele meiner Coachings online oder per Telefon mit Menschen, deren Träume ihre zur Verfügung stehende Zeit sprengten.

Er runzelte die Stirn. »Na ja, unsere Zielgruppen sind völlig verschieden. Ich coache Leute, die bereits haben, was sie sich wünschen, und nun Hilfe dabei benötigen, damit umzugehen. Du berätst Menschen, die eine Strategie suchen, um ihren Zielen näher zu kommen. Deshalb sind unsere Zyklen sogar in Zeiten externen Wachstums unterschiedlich.«

Ich nickte. »Stimmt. Aber sowohl du als auch ich kommen als professionelle Berater ins Spiel, wenn Leute Geld zur Verfügung haben, das sie in sich selbst investieren können. Daraus folgt, dass die Nachfrage schrumpft, wenn die Menschen kein Geld zu investieren haben.«

»Wann hast du dein Unternehmen gegründet?«, fragte er mich daraufhin. Zu diesem Zeitpunkt waren es fünf Jahre. Fünf Jahre, und es hatte sich besser entwickelt, als ich es je zu träumen gewagt hatte.

Davis legte den Kopf schief. »Jedes Mal, wenn wir uns unterhalten, ziehst du jede Menge Schlüsse aus Dingen, die in der Welt passieren und sich auf dein tagtägliches Einkommen und dein Wachstum auswirken können. Aber diese Dinge liegen außerhalb deiner Kontrolle. Warum sich also nicht darauf konzentrieren, was hier vor deiner Nase passiert und schauen, wie dich das herausfordert oder unterstützt?«

Ich blickte auf meinen Schreibtisch. Ich legte – und lege – Wert darauf, dass er sich in makellos aufgeräumtem Zustand befindet. Niemand will ins Büro einer Produktivitätsberaterin kommen und mit Chaos konfrontiert sein. Mein Monitor und mein Laptop standen auf einem Tisch, an dem man sowohl im Sitzen als auch im Stehen arbeiten konnte, meine Stifte steckten in einem hübschen weißen Porzellanbecher und einer meiner selbst entworfenen Planer, auf dem mein Name eingestanzt war, lag in der rechten Ecke. Auf der linken Seite stand ein Foto meiner kleinen Familie. Seth, der Bridget auf dem Arm hielt und mit seinen Händen eine »Ta-daa«-Geste in Richtung seiner neuesten Installation in einem öffentlichen Park machte. Es war eine atemberaubende Arbeit aus aufbereiteten Holzschindeln, zwei zueinander passenden Flügeln, die sich vor dem Hintergrund des verwitterten Grautonspektrums, das der See im Lauf der Jahre hervorgebracht hatte, dramatisch ausbreiteten. Stand jemand in der Mitte der Skulptur zwischen den Flügeln, hatte es den Anschein, als wüchsen sie der Person links und rechts unter den Armen hervor und als könnte sie damit übers Wasser davonfliegen. Auf dem Foto war der Platz zwischen den Flügeln leer – genau dort stellte ich mir mich selbst immer vor. Aber an diesem Tag lastete die Enttäuschung so bleischwer auf mir, dass mich keine Flügel dieser Welt vom Boden hochbekommen hätten. Ich wandte mich vom Foto ab zur Schale mit den Feigen und fing an zu weinen.

Davis' Reaktion war zunächst klassisch männlich: blanker Horror. Er sagte doch tatsächlich: »Moment mal! Was passiert hier?« Doch dann trat ein Ausdruck nachgiebigen Mitgefühls auf sein Gesicht, den ich wohl nie vergessen werde. Er streckte einen Arm über den Tisch aus, nahm meine Hand und tat nichts, sagte lediglich: »Ist okay, alles gut.«

Nachdem ich lange geweint hatte, entzog ich ihm meine Hand, fing mich wieder und putzte mir die Nase.

»Ich habe das Gefühl …«, fing ich an, ohne zu wissen, was ich eigentlich sagen wollte. Und dann wusste ich es. »Ich fühle mich viel besser«, erklärte ich. »Manchmal muss man sich einfach nur richtig ausheulen.«

Er sah mir prüfend ins Gesicht. Mir war klar, dass er meine Erleichterung für gespielt hielt, aber sie war echt. Ich fühlte mich genauso wie damals, als ich zehn Jahre alt gewesen war und meine beste Freundin mir in der Pause lautstark die Freundschaft gekündigt hatte, weil ich dasselbe Modell Schuhe wie sie gekauft hatte. In dieser Nacht lag ich geschützt in den Armen meiner Eltern, die mich so lange schluchzen und weinen ließen, wie ich wollte. Meine Sorge wegen des Dilemmas mit Seth ging tiefer, aber irgendwie hatte die federleichte Berührung von Davis' ausgestreckter Hand denselben Effekt. Ich fühlte mich sicher und geborgen.

Es ergab keinen Sinn, es war unangebracht, und ich entschied mich damals auf der Stelle, dieses Gefühl zu ignorieren. Nur an Davis ging das völlig vorbei. »Wendy«, sagte er sanft. »Du hast bestimmt längst bemerkt, was ich für dich empfinde.«

Ich schaute erschrocken zu ihm auf. Ich hatte es mir gedacht, aber nicht eingestanden. Schließlich war es ein wenig überraschend, dass ein junger, attraktiver und erfolgreicher Mann mit einem scharfen Akzent sich zu einer verheirateten Frau, die das Leben ihres Mannes zerstört hatte, hingezogen fühlen sollte. Eine freundschaftliche Verbindung ergab für mich einfach so viel mehr Sinn, und das redete ich mir jedes Mal aufs Neue ein, wann auch immer die Frage aufkam. Doch in diesem Moment konnte ich nur nicken. War ich zuvor in der Lage gewesen, mir etwas vorzumachen, musste das nun ein Ende haben.

»Ich kann nicht wie ein Mönch leben und auf dich warten. Das wäre für uns beide zu viel Druck. Und mir liegt zu viel an dir als Person, als dass ich dir nicht wünschen würde, dass du in deiner Ehe glücklich bist. Ich wünsche dir genau die Familie, die du dir vorgestellt hast.«

Ich schüttelte den Kopf. Er war freundlich, gut aussehend und fürsorglich. Ich durfte ihm keine Hoffnung machen, nicht im Geringsten. »Das möchte ich auch«, gab ich ehrlich zu. »Ich möchte wirklich genau das, was ich habe.«

»Natürlich«, sagte er traurig. Er setzte ein Lächeln auf. Dann straffte er die Schultern und schien sich von einer Sekunde auf die andere vor meinen Augen von meinem Freund in meinen Kollegen zu verwandeln. »Nun, in diesem Fall, denk daran: Leute zu coachen, die das behalten wollen, was sie bereits haben, ist mein Spezialgebiet.« Er dachte einen Moment nach. »Du warst in letzter Zeit fix und fertig. Lass uns gemeinsam jemanden für die anspruchsvolleren Assistenzarbeiten einstellen. Behalte Cat an der Rezeption und suche dir jemanden, der die Fragebögen, das Marketing und die Administration übernimmt. Das würde ich dir raten, wenn du meine Kundin wärst. Die Zeit, die du so bei dir freischlägst, kannst du in den Ausbau der Planer-Kollektion stecken. Wenn du das, was dafür reinkommt, auf ein Niveau heben kannst, dass es deine Kosten fürs Outsourcing deckt, kannst du dich wieder auf die Kundenbetreuung und Akquise konzentrieren. Dadurch wirst du flexibler und hast mehr Sicherheit.«

Ich sah ihn voller Bewunderung an. »Und mehr Schlaf«, ergänzte ich dankbar. Seine Idee war nicht nur brillant, sie war zu hundert Prozent umsetzbar. »Davis …«, setzte ich an. Ich bin mir nicht sicher, ob ich mich dafür entschuldigen wollte, dass ich meinen Mann liebte, oder dafür, dass ich Davis für seine Unterstützung keine Gegenleistung anbieten konnte, oder wofür sonst. Schließlich entschied ich mich für: »Danke«.

Er nickte und meinte: »Lass uns nie wieder über das andere reden, okay? Ich bin nicht dafür gemacht, jemanden anzuschmachten. Ich bin ein Mann der Tat.« Er lachte und ließ die Augenbrauen tanzen. »Und ich kann mich anpassen. Wenn ich mich darauf einstelle, kann ich mich sicher einfach zurücklehnen und dir dabei zusehen, wie es mit deiner Karriere steil bergauf geht. Niemand verdient es so sehr wie du.«

Aber es spielte keine Rolle, was ich damals verdiente oder nicht, wie mir jetzt klar wird, während ich in Celestes Bett liege und den regelmäßigen Atemzügen ihres Mannes lausche, im Schlaf ebenso verlässlich, wie er es jeden Tag ist. Wenn am Samstag alles gut geht, wird meine Karriere tatsächlich steil bergauf gehen, mein Unternehmen wird florieren, meine Beratungstermine werden ausgebucht und mein Geschäftsjahr gebongt sein. Ich werde das Leben vieler Menschen positiv beeinflussen, an vielen Träumen mitwirken und meine kleine Ecke dieser Welt einfach um so vieles besser machen.

Und dennoch: Egal wie viel Erfolg ich auch habe, es wird nichts daran ändern, wen ich geheiratet habe und zu was für einem Mann er geworden ist.

18

Voll verrückter Freitag

Wendy

Am nächsten Morgen erreicht mich diese Nachricht:

So Gott will, ist dies dein letzter Tag in meinem Leben. Ich habe ein Geschenk für dich. Um zwölf Uhr kommt ein Babysitter für Joy. Ich nehme die Kinder nach der Arbeit, und wir machen alle zusammen Pizza-Abend und schauen einen Film, große Abschiedsparty quasi.

Ich muss zweimal hinsehen, von wem die Nachricht ist.

Celeste? Bist du das? Hat dir jemand eine Gehirnwäsche verpasst?

Ja, ich bin's, und du halt mal den Rand und lass mich einfach nett zu dir sein. Heute ist kein Softball, also wird auch kein Kindertaxi benötigt. Samuel ist mit Linus in der Nachmittagsbetreuung, Sofias Mom holt die Mädchen ab und geht mit ihnen in den Park, bis ich von der Arbeit komme. Der Wodka ist auf dem Weg und sollte jeden Moment da sein. Und du hast morgen deinen großen Auftritt. Ich gebe dir heute frei.

Mir sitzt ein Kloß im Hals, und ich kann gerade so meine Tränen zurückhalten. Als ich mich wieder gefangen habe, schüttele ich den Kopf.

Das ist nicht fair. Du bist diejenige, die einen freien Tag verdient hat, schreibe ich ihr.

Papperlapapp. Entspann dich, kommt zurück. Fahr in die Stadt und mach was Schönes.

Ich weiß gar nicht mehr, wie das geht, tippe ich.

Museum? Matinee? Pediküre?, schlägt sie vor.

Ich denke kurz nach und lache.

Du kannst dir deine Fußnägel morgen selbst machen. Ich werde an den Fluss fahren und mir am Ufer in Ruhe ein Mittagessen ganz für mich allein gönnen.

Perfekt. Viel Spaß beim Daydrinking, kommt direkt ihre Antwort.

Ich packe den Kindern ein bescheidenes Lunch zusammen, um ihnen den freitäglichen Hackbraten in der Mensa zu ersparen, fahre sie zur Schule, schneide dann hundert Mathe-Lernhilfen aus, lasse sie laminieren, und schließlich erledige ich noch etwas im örtlichen Pokal-Shop – und schon ist es fast Mittag. Es ist kaum zu glauben, dass ich mir heute eine Pause gönne, und noch viel unfassbarer, dass ich das einer Person verdanke, mit der ich letzte Woche noch gestritten habe. Aber ich kenne meine Rede für morgen in- und auswendig, und Celeste hat recht: Dies ist meine letzte Chance, ehe ich mich wieder in die erfolgreiche Geschäftsfrau und Mutter Wendy verwandele – was ich mir einerseits verzweifelt wünsche und dennoch … bin ich nicht ganz sicher, ob ich bereit dafür bin.

Mir ist völlig klar, wo ich meine Pause verbringen möchte: im Water's Edge. Wunderbar für Dates, ehe ich Kinder hatte. Es ist eine gediegene Bar mit Grillrestaurant und einer Außenterrasse, auf der man an einem herrlichen Tag wie heute am Wasser sitzen, einen perfekt zubereiteten Sidecar trinken und den Blick stundenlang über die Boote, Enten, Wolken und vorbeibummelnden Leute schweifen lassen kann.

Oder zumindest könnte man das, wenn man nicht eine Frau mit einer viel zu langen To-do-Liste wäre.

Aber hey, genau diese Frau werde ich noch ein paar Stunden nicht sein. Ich spaziere ins Water's Edge, suche mir den perfekten Barhocker aus, der genau auf der Schwelle zwischen Innenraum und Terrasse steht, wo die Sonnenstrahlen durch eine weinberankte Pergola auf mich fallen. Ich bestelle einen Sidecar, an die Cocktails kann ich mich noch von einem Besuch vor Jahren erinnern, und einen Wedge-Salat, damit ich mir das Ganze als Lunch verkaufen kann. Beides wird beinahe zeitgleich serviert, zuerst der hübsche purpurrote Drink mit Zuckerrand am Glas, dann das Viertel Eisbergsalatkopf mit Schimmelkäse, Schinkenspeckwürfeln und knallroten Cherrytomaten – das beste Gemüsegericht überhaupt. Abgesehen von frittierten Zucchini.

Ich frage den Barkeeper, ob sie auch frittierte Zucchini haben. »Nicht auf der Karte, aber das lässt sich machen«, antwortet er, also bestelle ich die auch noch. Dann richte ich meinen Blick auf den Fluss, esse und trinke und denke darüber nach, was ich mit meinem Leben anfangen soll.

Hätte mich jemand vor letzter Woche gefragt, ob ich glücklich bin, hätte ich das wie aus der Pistole geschossen ganz selbstverständlich bejaht – und mich über die seltsame Frage gewundert. Meine Tochter ist Stammspielerin in ihrem Softballteam, mein Sohn ist ein lieber Junge, der ein Buch nach dem anderen verschlingt, mein Mann arbeitet unermüdlich an seinem Durchbruch als Künstler, und mein selbst aufgebautes Unternehmen wirft mit jedem Quartal mehr ab. Die zutreffendere Antwort wäre jedoch, dass ich keine Ahnung habe, denn wer hat schon die Zeit, um übers Glücklichsein nachzudenken? Glücklichsein ist etwas für Menschen, die nichts Besseres zu tun haben.

Aber es ist halb zwei an einem Freitagmittag. Ich sitze in einer Bar, und vor mir stehen panierte, gewürzte und frittierte Zucchinistreifen und ein leckerer Cognac-Cocktail. Ich habe nichts vor, außer der Welt dabei zuzusehen, wie sie an mir vorbeidriftet, und man stelle sich vor: Ich habe Zeit nachzudenken, und das ist sehr gefährlich. Im Grunde wurde jedes einzelne Loch in meiner Trockenwand, die echten und die metaphorischen, in dem Moment unübersehbar, als ich – mit Gewalt, durch eine Halluzination, durch Magie oder eine Kombination aus allen dreien – ausgebremst wurde. Meine Kinder sind in der Tat etwas verhätschelt. Mein Mann ist vielleicht nicht das Künstlergenie, das ich glaubte, geheiratet zu haben. Und meine Arbeit, die ich so liebe, wird weder Krebs heilen noch den Klimawandel aufhalten. Werfe ich die wertvollsten Momente im Leben meiner Kinder für meine eigenen egoistischen Träume weg?

An dieser Stelle möge der Hinweis reichen, dass ich einen weiteren Drink bestelle. Während der Barkeeper ihn für mich mixt, frage ich ihn rhetorisch: »Wann ging das nur alles so den Bach runter?«

Ehe er mir darauf eine Antwort geben kann, öffnet sich die Eingangstür der Bar, und Seth kommt herein.

Mir fällt die Kinnlade herunter. Es gibt so einiges, was ich Seth in diesem Moment gerne sagen würde. Angestaute Wut und die Wirkung des ersten Drinks machen mir nicht übel Lust, ihm lieber die Standpauke zu halten, die er verdient, als weiterhin im eigenen Saft zu schmoren und mir selbst für alles die Schuld zu geben. Ich denke an all die Dinge, die ich ihm gerne an den Kopf werfen würde. Dinge, die ich sehr lange für mich behalten habe. Dass er seit Jahren kein Stück mehr verkauft hat, dass er nichts für unsere Familie tut, dass er für mich in beinahe jeder Hinsicht eine kolossale Enttäuschung ist – verletzende und gemeine Dinge, die man wirklich, wirklich schwer zurücknehmen kann, wenn sie einmal ausgesprochen sind.

Doch ehe ich überhaupt loslegen kann, sagt er: »Oh, Celeste! Das ist ja eine Überraschung!«

Oh, stimmt. Ich kann meine Wut nicht an Seth auslassen,

denn ich bin Celeste, und die sollte keinen Grund haben, stinkwütend auf den Nachbarn von nebenan zu sein. Tatsächlich war mir bis eben gar nicht klar, dass Seth überhaupt weiß, wer Celeste genau ist.

»Hallo«, sage ich und zwinge mich zu einem schwachen Lächeln. »Was führt dich hierher?«

»Oh, ich bin jeden Freitag hier. Mein Atelier liegt nur ein paar Blocks entfernt, und diese Bar ist der perfekte Ort, um den Kopf freizubekommen, wenn ich feststecke«, erzählt er mir. »Ich bin Bildhauer«, fügt er hinzu, als ob ich ihn gefragt hätte, wobei genau er denn feststecke. (Habe ich nicht.) »Manchmal wird es mir im Atelier einfach zu eng. Dann komme ich hierher, um ein bisschen den Druck rauszunehmen.«

Ich nicke. »Verstehe. Mir war nicht klar, dass man als Bildhauer so viele Cocktailpausen braucht.«

»Wann die Muse einen küsst, bestimmt sie selbst«, antwortet er darauf mit einem charmanten schiefen Grinsen.

Ich bin nicht in der Stimmung, mich von seinem Charme einwickeln zu lassen. »Wie läuft es denn so zurzeit mit dir und der Muse?«, frage ich ihn, nicht nur, weil man so eine Frage vielleicht von einer Nachbarin erwarten würde, sondern auch weil es mich ernsthaft interessiert: Was geht in deinem Atelier vor sich? Was hast du vorzuweisen nach all der Zeit?

»Ziemlich schlecht«, erwidert er. »Wahrscheinlich habe ich sie irgendwann vergrault.« Ein bleierner, besorgter Ausdruck huscht über sein Gesicht. »Um ehrlich zu sein, hat mich seit Langem nichts mehr so richtig überzeugt, was ich geschaffen habe.«

Ich sehe ihn mir einen Moment lang an. Von all den seltsamen Dingen, die ich erlebt habe, seit Celeste und ich die Körper getauscht haben, ist dies das Seltsamste. Mit meinem Mann zu sprechen, während er keine Ahnung hat, dass er sich gerade mit mir unterhält. Ihn anzusehen, ohne dass mir Fragen wie »Wer hat zuletzt die Spülmaschine ausgeräumt? Wann kommst du nach Hause? Hast du mit der Kreditkarte eine neue Kettensäge bezahlt?« den Blick verstellen, fühlt sich an, als würde ich ihn seit Jahren das erste Mal überhaupt wieder ansehen. Sein hübsches Gesicht, seine blauen Augen, in denen sich das Licht bricht, der leichte Bartschatten auf seiner Kinnpartie im gleißenden Mittagslicht. Eine gewisse Traurigkeit, die in seinem Blick liegt und seine Lippen umspielt, lässt verschwendetes Talent, schwindende Hoffnungen und enttäuschte Lebenswünsche erahnen.

Es ist unmöglich, diesen Mann anzusehen und nicht von all dem, was wir miteinander geteilt haben, übermannt zu werden. Der Tag, als er mir den Antrag machte, die erste Ausstellung in einer Galerie, die Installation im Park, die Eröffnung meiner Firma und natürlich: unsere Kinder, Bridget und Linus, unser größtes gemeinsames Werk. Mein Herz zieht sich zusammen, während mich eine Welle der Erinnerung erfasst. Plötzlich fällt mir wieder ein, was Celeste vor einigen Tagen sagte – dass hinter dem Körpertausch vielleicht ein tieferer Sinn stecken könnte –, und ich kann nicht umhin, mich zu fragen … könnte dies der Moment sein? Vielleicht ist dies der allererste kleine Schritt auf meinem Weg, der mich zu ihm zurückführt. Vielleicht lief alles nur auf diesen Augenblick hinaus.

Ich schlucke schwer. »Warum bestellst du dir nicht etwas zu trinken und erzählst mir davon?«, frage ich ihn. Meine Hoffnung ist, dass ich ohne die ganze Anspannung rund um unsere Eheprobleme besser nachvollziehen kann, was bei ihm künstlerisch schiefläuft. Vielleicht kann ich dann besser verstehen, wie wir uns so weit voneinander entfernen konnten.

Er runzelt die Stirn. »Hast du denn Zeit?«, fragt er.

»Ist mein freier Tag heute«, antworte ich. Kurz halte ich inne. »Ich nehme mir gerade ein wenig Zeit für mich selbst, um mir über ein paar Dinge klar zu werden.«

»Dann bin ich damit also nicht allein«, sagt er mit einem

kleinen Kopfnicken. »Kann ich ein Bier haben?«, fragt er den Barkeeper. »Etwas Lokales, Hopfiges?«, fügt er hinzu.

Der Mann hinter der Bar bietet ihm eines mit einem lustigen Namen an und macht sich dann ans Zapfen. Als es vor Seth steht, sehe ich ihm zu, wie er einen kleinen Schluck davon nimmt, es wieder abstellt und den Kopf schüttelt.

»Ehe ich geheiratet habe«, beginnt er, »hatte ich beinahe unerschöpflich Energie für meine Kunst. Ich sollte es eher Kunsthandwerk nennen, denn der Entstehungsprozess eines Stücks war damals wichtiger als irgendein willkürlicher Standard, was Kunst überhaupt zu Kunst machte. Ich konnte einfach … mich selbst ausdrücken … so gut es mir irgend möglich war, und manchmal, wenn die Sterne günstig standen, war das, was ich ausdrücken und erschaffen wollte, genau das, was auch die Galerien sehen wollten. Es folgten die Rezensionen und … oh Mann, was die über mich schrieben.«

»M-hm?« Ich rücke etwas näher. Wir haben damals stundenlang über diese Dinge gesprochen, sannen ganze Nächte lang darüber nach, was er als Nächstes kreieren würde, was Kunst für uns bedeutete und was unsere Zukunft für uns bereithalten würde.

»Ich meine, die *ARTnews* nannte mich ›den Bildhauer, von dem man jetzt etwas kaufen muss‹«, sagt er.

Diese Rezension werde ich wohl nie vergessen, eine gerahmte Kopie davon hängt in unserem Flur, aber wie lange habe ich nicht mehr an diesen Moment gedacht, den Champagner, wie wir feierten, die Freudentränen?

»Wow«, sage ich. »Die haben über dich berichtet? Die machen keine halben Sachen.«

»Absolut«, stimmt er mir zu. »Diese Art von Feedback, das ist so beflügelnd, weißt du?« Er hält kurz inne. »Moment, entschuldige bitte, ich habe gar nicht gefragt, was du beruflich machst, Celeste.«

In meinem Kopf rasen die Gedanken, denn ich möchte nicht, dass das Gespräch durch Celestes übliche Antwort auf diese Frage ein vorzeitiges Ende findet. »Ich arbeite von zu Hause aus«, wage ich mich vor.

Er nickt. »Erzähl mir mehr.«

»Nur Teilzeit. Ähm … in der Modebranche«, sage ich dann, schließlich kann man wohl kaum bestreiten, dass die Dinge, die sie für Zoey näht, perfekt auf Maß gefertigt, stylish und mit Bedacht gewählt sind. Würde sie mich als Coach anheuern, würde ich sie als Erstes fragen, ob sie dieses Talent nicht ausbauen wolle.

Obwohl man sich wohl denken kann, dass sie mich nie im Leben engagieren würde.

»Mode!«, sagt Seth begeistert. »Dann verstehst du, wovon ich rede. Wo Kunst auf Handel trifft … entsteht Magie.« Er stockt. »Oder auch nicht«, fügt er traurig hinzu.

»Verkaufen sich deine Werke nicht?«, frage ich.

»Kein bisschen. Noch nicht einmal geschrieben wird darüber. Ich kann mich nicht erinnern, wann ich zuletzt eine gute Rezension bekommen habe. Meiner Arbeit fehlt das Selbstvertrauen. Das stand in der letzten. Ich traue mir nichts zu. Seit … nun ja.«

»Was?«, frage ich. »Seit wann?«

»Ach, es ist nichts weiter.« Er schüttelt den Kopf.

»Für mich schon«, versichere ich ihm und wünsche mir, er wüsste, wie ernst es meinem wahren Ich tatsächlich ist. »Es interessiert mich.«

Er nimmt einen großen Schluck von seinem Bier. »Es ist nur, Celeste, dafür muss man wissen, wie meine Frau tickt. Sie ist großartig«, sagt er.

Mein Herz platzt fast vor Stolz. Ich hätte mir nie träumen lassen, dass er nach all der Zeit so über mich spricht. Aber dann fährt er fort.

»Zu großartig. Sie glaubt anscheinend, dass jeder auf ihrem Niveau arbeiten kann, sprich pausenlos. Sie erwartet, dass ich von neun bis fünf maloche und jede Menge Geld nach Hause bringe. Und wenn ich das nicht tue, soll ich die ganze Zeit zu Hause sein, alles stehen und liegen lassen, meine Kunst, meine Passion, und zum perfekten Familienvater mutieren. Versteh mich nicht falsch, es ist völlig in Ordnung, wenn ein Mann so ist. Es ist ehrenvoll und anerkennenswert, wenn man das schafft, ohne dabei seine Seele zu verlieren. Aber das entspricht mir einfach nicht. Ich bin Künstler.«

Ich lege die Stirn in Falten. »Das hat Wendy gesagt?«, frage ich, während sich Verwirrung und auch Überraschung in mir breitmachen. »Dass du alles stehen und liegen lassen sollst?« Hat sie nicht vielmehr die Miete deines Ateliers im Stadtzentrum übernommen, sodass du ungestört arbeiten und dich von der hiesigen Künstlerszene inspirieren lassen kannst, geht es mir durch den Kopf, während ich versuche, gelassen zu wirken.

»Oh, nein, nein – das ist es ja, Celeste. Sie spricht das nie wirklich aus. Wenn sie es täte, müsste sie nämlich damit leben, wenn ich Nein sage, und meinem wahren Ich ins Auge sehen. Stattdessen ist sie immerzu von allem enttäuscht. Offenbar denkt sie, wenn sie die perfekte Mutter und Geschäftsfrau sein kann, die jede Menge Kohle verdient, dann sollte das der Mann, den sie geheiratet hat, ebenso hinbekommen.«

Ich schüttele den Kopf. Er hat alles völlig falsch verstanden. Am liebsten würde ich ihn am Schlafittchen packen und ihm sagen: Das ist nicht, was ich will! Ich möchte wirklich, dass du glücklich bist. »Ich glaube nicht, dass sie das tatsächlich denkt, oder?«, frage ich ihn, während in mir die Panik emporsteigt.

Er sieht mich an. »Oh, Celeste. Natürlich würdest du mich nicht so behandeln, wenn du an ihrer Stelle wärst, ich weiß. Ein kreativer Mensch, so wie ich selbst, würde nicht meine Ambitionen unterdrücken und mich aller Inspiration berauben. Deshalb fällt es dir so schwer, zu glauben, dass jemand anderes genau das tun würde.«

Ich verziehe das Gesicht und schaffe es kaum, die Unruhe, die sich in meinem Magen ausbreitet, in meiner Miene zu verbergen. Die Dinge, die er da von sich gibt, könnten nicht weniger der Wahrheit entsprechen. Ich unterdrücke seine Ambitionen? Ich war schon sein größter Fan, noch ehe wir überhaupt geheiratet haben.

Warum würde er unserer Nachbarin von nebenan so etwas erzählen? Und warum glaubt er überhaupt so viel darüber zu wissen, was Celeste tun würde und was nicht? Ich frage mich, wie gut er sie wirklich kennt, denn ich hätte schwören können, dass sie mir erzählt hat, er habe bis letzte Woche noch nicht einmal gewusst, dass in ihrem Haus jemand wohnt.

Er nimmt einen weiteren großen Schluck von seinem Bier. Es ist bereits zur Hälfte leer, während ich meinen zweiten Sidecar bisher nicht angerührt habe. Ich starre Seth an und versuche, mir das Chaos in meinem Kopf nicht anmerken zu lassen. »Du weißt nicht, was ich tun würde«, sage ich schließlich. Ich muss an Celestes geringschätzige Kommentare über ihn denken. »Anstelle deiner Frau wäre ich vielleicht noch viel strenger mit dir, als sie es ist.«

»Das kann ich mir nicht vorstellen«, sagt er und schiebt eine Strähne von Celestes braun gelocktem Haar aus meinem Gesicht. Die Geste ist so unglaublich intim, dass mir beinahe die Luft wegbleibt. »Sieh dich an. Du bist das ganze Gegenteil von ihr. Du hast Kurven, wo sie Ecken und Kanten hat. Du gibst, wo sie nimmt. Du bist sanft … und schön.« Das erzählt er einer Frau, die er nicht für die eigene hält. »Ich weigere mich, zu glauben, dass du so überdreht bist wie sie.«

Ich erstarre, als kröche eisige Kälte über meine Haut, in meine Adern und in mein schlagendes Herz. »Wendy ist nicht überdreht«, sage ich.

»Das kann nur jemand behaupten, der nicht mit ihr zusammenlebt«, antwortet er.

»Sie ist beschäftigt«, erkläre ich, meine Stimme klingt gepresst, abgehackt. »Sie hat viel um die Ohren.« Ich kann kaum glauben, dass ich gerade überhaupt ein Wort herausbringe.

»Für die Menge, die sie um die Ohren hat, wie man so schön sagt, bräuchte man die eines Elefanten«, sagt er. »Es ist nie genug. Bevor sie ihr Leben komplett dieser Firma gewidmet hat, hatte sie einen normalen Job mit normalen Arbeitszeiten und war auch zufrieden. Wenn sie den immer noch machen würde, hätte sie jede Menge Zeit für die Kinder. Vielleicht hätte sie dann sogar noch Zeit für mich.«

Zufrieden? Meine Stimmung sackt immer weiter ab. In meinem alten Job in einer Personalabteilung habe ich mit sexistischen Idioten zusammengearbeitet und musste zusehen, wie sie den halben Tag mit Katzenvideos verplemperten, während ich zwanzig Prozent weniger Gehalt bekam als sie und meine Mentorinnen im mittleren Management kaltgestellt wurden.

Ich habe mein Unternehmen gegründet, weil ich mehr erreichen wollte. Für uns alle, die ganze Familie. Für ihn.

»Worüber denkst du nach?«, fragt er mich jetzt, da ich schon viel zu lange still bin. Während es in mir brodelt. Ich mich ärgere. Innerlich zu Stein erstarre. Ich nehme einen Schluck von meinem Sidecar, um mir etwas Zeit zu verschaffen. Die Zitrone sticht diesmal zu säuerlich heraus. Schon von diesem einen Schluck habe ich das Gefühl, direkt Sodbrennen zu bekommen.

Ich schüttele den Kopf. »Ich höre einfach nur zu. Nehme auf, was du zu erzählen hast.«

Er lächelt ein wenig traurig. »Natürlich tust du das, Celeste«, sagt er mit verwirrender Vertrautheit. »Um ehrlich zu sein, erkenne ich nach all diesen Jahren nicht einmal mehr, wenn mir jemand wirklich zuhört.«

Innerlich zerfließe, schäume und erstarre ich nacheinander. Jedes Wort, das er sagt, tut noch mehr weh, und mit jeder Faser meines Körpers möchte ich diesen Schmerz bekämpfen, ihn unter Wut, Selbstgerechtigkeit, Empörung begraben. Wie oft habe ich ihn gefragt, wie er zurechtkommt, wie ich ihn in seiner Kunst unterstützen kann? Wie oft habe ich einen Wochenendausflug vorgeschlagen, um Skulpturen an anderen Orten zu besichtigen, sich mit anderen Galeristen zu treffen, um seine Kreativität und Inspiration anzuregen? Gefühlt tausendmal. Er hat immer abgelehnt.

Verzweifelt versuche ich es ein weiteres Mal. »Vielleicht probiert sie es ja, aber ist sich nicht mehr sicher, was du brauchst«, sage ich und nehme all meine Hoffnung zusammen. »Was würdest du deiner Frau genau jetzt in diesem Moment sagen, wenn du dir sicher wärst, dass sie dir wirklich und ernsthaft zuhört?«

Er lehnt sich vor, ganz nah zu mir, als wollte er mir etwas ins Ohr flüstern, und tatsächlich klingt seine Stimme tief und etwas rau, als er weiterspricht: »Wenn ich ihr alles sagen könnte und sie einfach nur zuhören würde, wie du es gerade tust, und mir nicht direkt einen Vortrag über Produktivität oder positive Arbeitsgewohnheiten halten würde?«, fragt er.

»Ja«, sage ich, »erzähle es mir.« Ich bin geradezu atemlos und bete, dass er jetzt etwas, irgendetwas sagt, worauf wir aufbauen können, was uns retten kann.

Er neigt den Kopf näher zu mir und streckt die Hand nach meinem Kinn aus. Es ist genau so wie an dem Abend, als Seth und ich uns kennenlernten, seine Hand an meiner Wange, wie er mich leicht zu sich zieht, unsere Lippen nur noch wenige Zentimeter voneinander entfernt. Ich verliere mich völlig in der Erinnerung an diesen Kuss. Diesen zauberhaften Anfang. Bis seine Worte mich in die Realität zurückholen und mir klar wird: Er hat nicht vor, mich zu küssen.

»Ich würde ihr sagen, dass es Frauen gibt – schöne, anziehende, feminine Frauen –, gleich nebenan zum Beispiel, die mich besser verstehen, als sie es jemals könnte«, sagt er, während er Celeste in die Augen blickt.

Ich springe vom Barhocker, meine Hoffnungen sind zerstört, die Illusionen dahin. »Was zum Henker! Bist du betrunken?«, frage ich ihn.

Als ob das irgendetwas ändern würde.

Er verzieht das Gesicht, lehnt sich zurück und wirkt mit einem Mal unendlich weit weg. »Ah, sorry, tut mir leid! Nicht betrunken.« Er hält das halb geleerte Bier wie zum Beweis hoch. »Ich habe nur die Situation falsch eingeschätzt. Ich dachte, dass du … also … dass ich dir vielleicht aufgefallen wäre in der Nachbarschaft, weißt du?« Er hebt die Hände in die Luft, als würde er sich ergeben. »Ich dachte, da wäre etwas zwischen uns. Bitte entschuldige, ehrlich. Ich habe da was falsch verstanden. Ist ja nichts passiert, oder?«

»Von wegen«, platze ich heraus. »Du hast ja keine Ahnung.«

»Warte mal, Celeste!«, ruft er, als ich mich zum Ausgang umdrehe. »Hey! Es tut mir leid. Lass uns da kein Riesending draus machen.« Ich halte inne, mit einem Fuß schon draußen auf dem Bürgersteig, den anderen noch auf der Terrasse unter der Pergola. »Wir sind doch beide erwachsen. Du hast mit mir geflirtet. Wir wissen doch, wie so was läuft.«

Ich sehe ihn hasserfüllt an und wünsche mir aus tiefster Seele, er könnte erkennen, wer ich bin und was er angerichtet hat. »Um ehrlich zu sein, wusste ich nicht, wie es läuft, Seth. Nicht bis eben gerade.«

Jetzt weiß ich es.

Und jetzt gibt es noch etwas, was ich nie mehr vergessen kann. Wie ein Knoten, der nach langem Zupfen irgendwann nachgibt, lockern sich die Bande, die meine Ehe zusammenhalten, und lösen sich schließlich völlig in nichts auf.

Am Morgen nach unserem Treffen im Taco Barn hatte ich leichte Kopfschmerzen, weniger leichte Blähungen und musste früh los. Beim Aufstehen summte ich vor mich hin und dachte über das Gespräch nach, das Wendy und ich geführt hatten, und an den Zauberwodka, der mir heute ins Haus fliegen würde. Ich konnte es nicht erwarten, in mein Leben zurückzukehren, aber ich würde nicht mehr ganz dieselbe sein. Ich hätte eine Freundin, eine echte Freundin, bei der ich sicher sein konnte, dass sie mich auf eine Weise verstand wie niemand sonst. Wie könnte ich mich besser bei ihr bedanken, als ihr etwas Zeit für sich selbst zu schenken, ehe sie in ihr wahres Leben zurückkehren würde, und ich in meines.

Aber seit unserem Nachrichtenaustausch heute Morgen habe ich kein Wort mehr von ihr gehört. Vielleicht bin ich bei meinem Versuch, ihr die überfällige Erholung zu verschaffen, ein wenig zu weit gegangen. Ich versuche sie zu erreichen, um herauszufinden, ob sie sauer, glücklich, wahnsinnig geworden oder was auch immer ist. Ich versuche es auf ihrem Handy, zu Hause. Aber sie antwortet nicht auf meine Nachrichten, und obwohl ich sie schon fast stalke und andauernd Ausschau halte, ob mein Minivan in meine Einfahrt einbiegt, kann ich nichts entdecken.

Und noch etwas anderes taucht nicht auf.

Es wird Zeit fürs Abendessen, den Film, und immer noch keine Spur vom zauberhaften Wodka. Ich schaue an jeder Tür beider Häuser nach, in den Briefkästen, an den Seitenwänden der Garagen. Ich überprüfe die Sendungsverfolgung vierhundertmal. Eine Stunde. Keine Aktualisierung. Die Nachricht lautet nur: *In Zustellung.* Aber es wird immer später und später. Bald wird es dunkel. Bald soll ich Wendy mit der fertigen Sangria am Rosenstrauch treffen, und weder sie noch die Sangria werden dort sein.

Ich fühle mich einem Zusammenbruch nahe. Ich möchte

mich in Wendys Haus auf den Küchenboden werfen, weinen, schreien und mit den Fäusten auf die Fliesen schlagen, wie es alle drei meiner Kinder der Reihe nach schon einmal getan haben, alle in verschiedenen öffentlichen Parks. Aber ich darf nicht zusammenbrechen. Ich muss mich um nicht weniger als fünf Kinder kümmern, dafür sorgen, dass Seth weiß, was er morgen zu tun hat, und mich der furchteinflößenden Tatsache stellen, dass ich, wenn der Wodka nicht rechtzeitig ankommt, morgen vor ausverkauftem Haus eine Rede halten muss, die Wendys Firma zum Durchbruch verhelfen oder ihr Scheitern besiegeln könnte. Über ein Thema, von dem ich keine Ahnung habe. Ich atme ein paarmal tief durch, und als der *Minions*-Abspann läuft, schicke ich Samuel rüber zu Hugh und bringe Linus ins Bett. Da ich nicht weiß, was ich sonst tun soll, halte ich die Mädchen mit der Aussicht auf einen Eisbecher hin.

Sie sehen mich komisch an. Sobald ich Zoey allein erwische, erkläre ich ihr, dass ich sie für einen Kundschaftergang in ihrem Haus brauche, um nach ihrer Mutter zu suchen und nachzusehen, ob irgendwo ein Päckchen herumliegt. Ich bin mir zu neunundneunzig Prozent sicher, dass ich Wendys Adresse als Lieferdestination angegeben habe, nicht meine, aber ich habe meine Telefonnummer auf das Versandformular geschrieben und hatte den ganzen Tag mein Handy in der Hand, nur für den Fall, dass jemand anruft, um sich die Zustellung per Unterschrift bestätigen zu lassen. Aber vielleicht … wenn der Zusteller früher am Tag gekommen wäre, hätte er bei einem Nachbarn geklingelt … oder vielleicht greife ich auch nur nach dem letzten Strohhalm.

»Keine Spur von Mom oder dem Paket«, berichtet Zoey, als sie zurückkommt. »Dad sieht ein bisschen besorgt aus.« Ebenso wie Zoey, am liebsten würde ich sie jetzt umarmen und ihr sagen, dass ihre Mom hier ist und es ihr gut geht.

Stattdessen schleiche ich mich davon und schicke Hugh eine Nachricht, während mir das Herz bis zum Hals schlägt.

Bald zu Hause, schreibe ich optimistisch. Kein Grund zur Sorge. Ich lade nur meinen Akku auf.

Wieder aktualisiere ich die Website zur Sendungsverfolgung. Alles beim Alten.

»Irgendetwas stimmt nicht mit meiner Mom«, sagt Zoey gerade zu Bridget, als ich zurück in die Küche komme. »Sie war die ganze Woche nicht so richtig bei der Sache und lässt uns alle möglichen seltsamen Dinge tun, die wir normalerweise nicht dürfen. Zeichentrickfilme, Fertigsnacks, chic anziehen, Computerspiele und lauter normalen Kinderkram. Und neulich habe ich sie sogar fluchen hören.«

»Fluchen ist nicht das Ende der Welt«, werfe ich ein und bin froh, dass ich mich auch in Krisen wenigstens darauf verlassen kann, dass ich als Elternteil funktioniere und nicht den Kopf verliere. »Aber denk dran, dass es Erwachsenen vorbehalten ist.«

»Na ja, okay, aber für meine Mom ist das wirklich ungewöhnlich«, meint sie und wendet sich dann wieder Bridget zu. »Und ich durfte normales Fernsehen schauen, zum Beispiel Filme, die andere Kinder in meiner Klasse sehen.«

Während ich einen neutralen Gesichtsausdruck aufsetze, frage ich mich, ob mir eventuell entgangen ist, was für einen Entwicklungssprung Zoey in letzter Zeit gemacht hat. Vielleicht ist sie mittlerweile zu alt für Kinderfernsehen und Monopoly. »Und was denkst du?«, frage ich sie. »Hat es dich völlig verdorben?«

»Noch nicht. Eigentlich mochte ich die Filme gar nicht so sehr. Der eine war so dämlich – eine Mom und ihre Tochter tauschen die Körper und rennen dann wie verrückt durch die Gegend und tun so, als wären sie die andere Person. Was soll das überhaupt?«

Ich versuche, ein Schnauben zu unterdrücken.

»Aber diese Show über Modedesigner im Fernsehen, die sie mir gezeigt hat, fand ich toll. Bridget, hast du die gesehen?«

»Ich habe schon seit einer ganzen Woche nichts Gutes mehr

gesehen. Ich habe einen Haufen anderer Sachen gemacht. Mom sagt, ich soll mir das Fernsehen jetzt für die Wochenenden aufheben«, erklärt sie mit einem demonstratives Grummeln in meine Richtung. »Und es muss jugendfrei sein.«

Heute Morgen hat Bridget doch tatsächlich freiwillig ihr heutiges Lesepensum und das fürs ganze Wochenende erledigt, damit sie nach dem Softballspiel, für das sie bereits einen ganzen Tag vorher alles gepackt und vorbereitet hat, machen kann, was sie möchte. Linus, der überhaupt keine Probleme mit dem Lesen hat, habe ich beim Zusammenlegen seiner Wäsche erspäht, darunter waren auch mehrere Paar saubere Unterhosen, was mir verrät, dass er die neue Regel, jeden Tag seine Unterhosen zu wechseln, befolgt hat.

Die Spachtelmasse für das Loch in der Schlafzimmerwand ist trocken, das Haus sauber, der Kühlschrank voll, der Haushaltsplan läuft. Ich habe erledigt, wofür ich glaubte, hergekommen zu sein. Das Problem ist, dass mir dabei die Frau abhandengekommen ist, für die ich all das machen wollte.

»Whoa. Das klingt total nach meiner Mom«, sagt Zoey.

Beide Mädchen drehen den Kopf und sehen mich an. Bridget hustet. »Ich bin mir nicht sicher, ob sie einen guten Einfluss aufeinander haben.«

Ich lache die Kinder an. »Was ist das denn für eine Show, die du so fabelhaft findest?«

Begeistert erzählt Zoey von einer Sendung, in der Designer innerhalb von zwei Tagen Outfits entwerfen und nähen müssen. Das klingt, wenn nicht unbedingt lobenswert, doch zumindest ziemlich nach Spaß. Ich denke an das düstere Fantasy-Drama, das Bridget Anfang der Woche angeschaut hat, als sie glaubte, ich würde es nicht bemerken. Es hat mir eine richtige Gänsehaut beschert. »Hier kommt eine neue TV-Regel für dich Bridget, und Zoey, für dich gilt das bestimmt ebenso: Wenn du den Gedanken nicht ertragen kannst, dass deine Mutter neben dir sitzt, während es läuft, ist das ein Zeichen dafür, dass es nichts für unsere Familie ist.«

Sie nickt. »Ich denke, das geht in Ordnung. Aber wir müssen jetzt los. Der Coach meinte, wir hätten ab neun Uhr abends Ausgangssperre.«

Ich schaue auf meine Uhr: »Es ist erst halb neun.« Werden Pakete um halb neun noch ausgeliefert, frage ich mich im Stillen, während sich meine Nervosität langsam in Panik verwandelt. Wenn sich Wendy nur bei mir melden würde. Sie wüsste, was zu tun ist.

»Aber wir haben doch den ganzen Abend nur mit dir rumgehangen«, sagt Zoey verwirrt. »Eigentlich bin ich rübergekommen, weil wir Mädchenkram besprechen wollen.«

»Ich bin ein Mädchen«, erwidere ich, und Bridget und Zoey verdrehen beide gleichzeitig die Augen. »Na gut«, sage ich und stelle fest: Es stimmt. Zoey ist bereit, erwachsen zu werden. Sie wird mir nur dann mehr vertrauen, wenn ich sie lasse, nur ein kleines bisschen. »Okay, viel Spaß. Und stellt euch einen Timer, damit ihr die Sperrstunde nicht verpasst.«

»Was machst du jetzt?«, fragen mich die Mädchen.

»Ich setze mich ein wenig vorn in den Garten und schnappe etwas frische Luft«, sage ich ihnen. »Auf der vorderen Veranda.« Von wo ich den Briefkasten im Blick habe. Und nach einem Minivan Ausschau halten kann, der zu einer Frau gehört, die ich schmerzlich vermisse.

Wendy

Das Schlimmste an Seth ist, dass er mich – mit mir – in einer tollen Bar zu betrügen versucht. Jetzt kann ich also nicht mal einen Whiskey trinken, ohne dafür die Location wechseln zu müssen.

Ist es das, was da gerade passiert ist? Diese Frage geht mir durch den Kopf, während ich benommen und verzweifelt die Uferpromenade zurück zum Parkhaus renne, wo ich mein Auto abgestellt habe. Ich habe eine klare Meinung zum Thema untreue Ehemänner, und das gilt auch für Seth. Aber war das eben Fremdgehen? Versuchtes Fremdgehen? Ich meine, kann man seine Frau überhaupt betrügen, wenn sie nicht in ihrem eigenen Körper steckt? Allein der Gedanke daran ist anstrengend und lässt mir beinahe den Kopf platzen, also schiebe ich ihn weg. Stattdessen fange ich an, über Celeste nachzugrübeln und warum Seth ausgerechnet *sie* wollen würde. Er hat immer gesagt, wie froh er sei, dass ich schlank geblieben bin und mich nicht habe »gehen lassen«, wie er es nennt, wenn erwachsene Frauen nicht mehr exakt dieselben Maße wie zu College-Zeiten haben. Und ich habe ihm das auch noch geglaubt! Kaum hat er ein halbes Bier getrunken, ist er Feuer und Flamme für die ultimative Mutterfigur. Ich schaue jetzt an diesem Körper hinab und hasse ihn, nicht wegen der Oberschenkel oder des Bauchs, sondern einfach weil er existiert und ich darin gefangen bin und er alles in meinem Leben so sinnlos erscheinen lässt. Er entlarvt mein Leben als eine Lüge.

In meinem Zorn rede ich mir ein, dass mein Leben fabelhaft war, bis Celeste auftauchte. Vor ihr war mein Mann kein Mistkerl, sondern eine Künstlerseele. Meine Kinder waren nicht verwöhnt, sondern ich glich lediglich die wenige Zeit aus, die ich zu Hause für sie hatte. Ich war kein Workaholic, sondern im Machermodus. Und in den Kollegen auf der Arbeit war ich nicht verknallt, er war nur ein Freund, auf den ich mich verlassen und mit dem ich gut reden konnte.

Gott, was für ein Haufen dummer, unerträglicher Lügen.

Als ich im Parkhaus zum Minivan komme, finde ich mein Parkticket nicht. Dann stelle ich fest, dass das Ticket in meinem Kartenetui steckt, das ich definitiv auf der Theke liegen gelassen habe, als ich vor Seth davongelaufen bin. Also muss ich jetzt zurück zur Bar, wenn ich Celestes Kinderlimo jemals aus diesem Betonlabyrinth heraussteuern will. Dabei möchte ich gerade eigentlich nur schreien, trinken, wütend sein, weinen und mich vor dem Schmerz verstecken, der sich an mir festgebissen hat und nicht mehr loslassen will.

Aber ich kann nicht zurück in die Bar, aus der ich vor zwanzig Minuten hinausgestürmt bin, denn so wie ich Seth kenne, ist er wahrscheinlich immer noch dort. Vielleicht kann er selbst kaum fassen, was er getan hat. Und schämt sich. Zumindest hoffe ich das. Aber vielleicht wartet er auch nur auf die nächste nicht mehr ganz taufrische Mutti, die er mitten an einem Freitagnachmittag angraben kann. Ich krame mein Handy hervor und rufe in der Bar an. Auf das »Jep?« des Barkeepers hin erzähle ich ihm von dem kleinen gelben Lederportemonnaie, das Celeste in ihrer riesigen Handtasche mit sich herumschleppt. Er weiß sofort, welches ich meine, und bietet an, mich anzurufen, wenn der »verheiratete Typ abhaut«, damit ich es abholen kann. Na, toll. Seth ist also immer noch da. Vielleicht ist inzwischen eine andere Nachbarin von uns eingetroffen, und er versucht bei ihr zu landen. Vielleicht die fünfundachtzigjährige Witwe vom anderen Ende der Straße, er scheint sich ja an alle ranzuschmeißen, die noch atmen.

Tut mir leid, Celeste, denke ich. In meinem Elend bin ich zu einem schrecklichen Snob mutiert.

Nein, korrigiere ich mich selbst. Das bin ich schon seit Jahren. Diese Art der Überheblichkeit habe ich mir nur angeeignet, um meine Entscheidungen zu rechtfertigen. Genauso wie Celeste sie sich zu eigen gemacht hat, nur dass ihre in die Kerbe Mutter-des-Jahres schlägt, während meine eher eine Zu-beschäftigt-um-Mutter-des-Jahres-zu-sein-Überheblichkeit ist. Aber die Wahrheit liegt bei uns beiden woanders, denn in dem Moment, in dem man etwas zu genau hinschaut, verpufft jegliche Illusion von Überlegenheit sofort. Ganz ehrlich, was hat es mir gebracht, in den letzten fünf Jahren dreimal die Woche zu diesen blöden Barre-Kursen zu gehen? Mein Mann lässt mich trotzdem für eine »sanftere« Frau links liegen.

In diesem Moment brummt mein Handy. Ich schaue auf das Display.

Immer noch kein Wodka. Es ist schon ziemlich spät. Langsam mache ich mir Sorgen.

Aus irgendeinem Grund ist das der Tropfen, der das Fass zum Überlaufen bringt. Der gottverdammte Wodka verspätet sich. Der blöde Wodka, den Celeste unbedingt in ihre blöde Sangria kippen musste und der mein Leben so versaut hat, dass es nie wieder dasselbe sein wird. Vor Wut balle ich die Fäuste und beiße die Zähne zusammen, halte einen Schrei zurück, aber nur für einige Augenblicke. Dann kann ich mich nicht mehr hinter meiner Wut verstecken, und endlich, obwohl meine Augen seit dem Moment brennen, als Seth mein Gesicht berührt hat, gebe ich nach und fange an zu weinen.

Schon einmal, Jahre zuvor, habe ich mich gefragt, ob Seth mich vielleicht betrügt. Damals kam er noch zu regelmäßigeren Zeiten nach Hause, und so fiel mir schneller auf, dass er immer öfter fehlte. Nachdem er einige Abendessen verpasst hatte, war ich so eifersüchtig, dass ich ihn darauf ansprach und wissen wollte, was vor sich ging. Nur um mir wie eine Närrin vorzukommen, als er mir erzählte, dass er ein öffentliches Arbeitsstipendium bekommen hatte und bis spätnachts an einer Skulptur arbeitete, die später einen angesehenen lokalen Preis gewinnen sollte. Junge, das war mir eine Lehre. Ich musste wochenlang zu Kreuze kriechen, aber er hat es mir nie ganz verziehen, dass ich ihn verdächtigt habe, und ich war schlau genug, es nie wieder zu tun.

Ich glaubte, ich hätte keinen Grund dazu. Seth mag vieles sein, aber untreu? Warum sollte er auch? An Sex war er ohnehin nur selten interessiert, und Zeit hatte er sowieso keine.

Ich fange so stark an zu weinen, dass ich kaum mehr sehen kann, wo ich überhaupt hinlaufe, und da ich sowieso kein Ziel habe, setze ich mich einfach auf eine große Betonbank, die man vor der Garage platziert hat, damit niemand auf dem Bürgersteig parkt, und überlasse mich ganz meinen Emotionen. Ich jammere, ich schreie, und so weiter und so fort, sodass mich nacheinander drei verschiedene Leute fragen, ob ich einen Krankenwagen brauche. Sehr nett von ihnen, wirklich. Ich sage ihnen, sie sollen mich in Ruhe lassen, mein Leben laufe gerade aus dem Ruder und da hätte ich doch gern ein wenig Privatsphäre. Alle drei sehen mich auf eine Weise an, die ich nicht ganz deuten kann, bis mir auffällt, dass meine Bitte um Privatsphäre mitten in einem belebten Geschäftsviertel einer großen Stadt möglicherweise ein Anzeichen dafür ist, dass ich einen Krankenwagen nötiger habe, als ich meine.

Aber wen interessiert das noch? Wen kümmert es, für wie verrückt man Celeste hält? Wen kümmert es, wenn sie mich ebenfalls für verrückt halten? Es macht keinen Unterschied. Was soll ich jetzt tun, in dieser furchtbaren, schrecklichen Situation, in der ich mich befinde? Von hier an geht es nur noch bergab. Was kommt als Nächstes? Scheidungsanwälte? Unterhaltszahlungen? Geteiltes Sorgerecht, am Boden zerstörte Kinder und ein Umzug in ein Apartment in der Nähe meiner Schwester, um ein wenig Unterstützung zu haben, nur um mir von ihr und ihrem langweiligen Anwaltsgatten anhören zu müssen »Wir haben es dir ja gesagt«?

Schließlich werden die Tränen weniger, als ich erkenne, wie lächerlich dramatisch ich mich verhalte. Was bin ich in der vergangenen Woche doch für eine Idiotin geworden. Natürlich werde ich nicht vierzehn Jahre Ehe wegwerfen, weil, wenn man mal ehrlich ist, gerade ein Ehemann versucht hat, seine Frau zu küssen. Ja, es war ein Fehltritt von Seth. Aber das ist auch alles, dessen ich mir sicher sein kann. Das ist alles, was ich glauben muss. Ein Fehltritt. Er ist frustriert. Vielleicht hat er sogar Depressionen. In so einer Situation kann man es kaum als seinen Fehler ansehen. Eine ruhige Bar, eine gelangweilte Hausfrau mit neuer Frisur und wiederentdeckten Augenbrauen, der Umstand, dass mein Erfolg seinen langsam, aber sicher überflügelt hat …

Es ging ihm nicht gut. Er war angreifbar. Im Grunde leichte Beute.

Ich bekomme wieder Luft. Langsam erhole ich mich, Stück für Stück. Die Bilder vor meinem geistigen Auge, die Erinnerungen, die eben aufgestiegen sind, falte ich in meiner Vorstellung zu einem so winzig kleinen Viereck aus Emotionen zusammen wie nur irgend möglich. Ich falte es wieder und wieder, bis die Falten größer sind als die Gefühle selbst. Und dieses winzig kleine Quadrat aus Schmerz, Gekränktheit und Verrat schiebe ich hinter mein Brustbein, immer weiter nach oben, bis unter meinen Kehlkopf, wo es wie ein Block aus Blei schlummert, den ich nur spüre, wenn ich atme. So. Dort kann er für immer bleiben. Ich kann problemlos um ihn herum sprechen. Es tut nicht einmal so sehr weh, solange ich nur nie wieder daran denke.

Und wie ich sehr gut weiß, funktioniert genau das am besten, indem man sich in die Arbeit stürzt.

19
Schon Samstag?

Celeste

Kurz nach Mitternacht am Samstagmorgen gebe ich den Wodka auf.

Ehe ich reingehe, laufe ich zur Vorderseite meines eigenen Hauses und spähe in die Garage. Zu meiner großen Erleichterung sehe ich dort meinen Minivan stehen. Ich habe zwar keine Ahnung, warum sie mir nicht zurückschreibt, aber zumindest weiß ich, dass sie gut nach Hause gekommen ist.

An meinem Rasen entlang schleiche ich zu Wendys Haus zurück. Die Lampe neben dem Wohnzimmersofa brennt, und im dämmrigen Schein sehe ich meinen Mann und Joy, die aneinandergekuschelt eingeschlafen sind. Ich spüre ein Ziehen im Herzen. Dieses riesige, tiefe L-förmige Sofa war eine der besten Anschaffungen, die wir uns je geleistet haben. Hugh kann sich längs ausstrecken, Joy schmiegt sich mit dem Rücken an ihn und schläft sofort ein, und ich passe auf das Querstück, wenn wir gemeinsam Filme schauen. Bis Hugh einschläft und sein Kopf langsam vom Kopfteil auf meine Schulter und weiter aufs Sitzkissen sinkt, sodass ich irgendwann kaum noch Platz zum Sitzen habe.

Ich vermisse dieses Sofa gerade so sehr. Wenn dieser Wodka nicht ankommt – oder nicht funktioniert … werde ich jemals wieder dort sitzen?

Nach ein Uhr nachts kommt Seth endlich nach Hause. Er ist

ganz offensichtlich betrunken – er hätte auf keinen Fall fahren dürfen, was er aber getan hat. Wenn er mein Mann wäre, denke ich zum dreißigsten Mal und füge im Geiste Auslassungspunkte hinzu. Als ich das Geräusch der Garagentür hörte, habe ich schnell das Licht im Schlafzimmer gelöscht, wo ich noch gelesen habe – jawohl, ich habe versucht, mich mit einem historischen Roman auf Wendys Kindle abzulenken –, und mich schlafend gestellt. Ich lausche, wie er hereinstolpert, seine Schlüssel fallen lässt, das Waschen aus- und sich selbst direkt ins Bett fallen lässt. Kaum hat sein Kopf die Kissen berührt, schnarcht er auch schon.

Ich setze mich auf und schreibe Wendy die zehnte Nachricht in Folge.

Bitte sag Bescheid, ob es dir gut geht, flehe ich.

Zu meiner Überraschung kommt sofort ihre Antwort.

Es geht mir gut. Wodka?

Nichts, tippe ich. Es macht keinen Sinn, die Katastrophe schönzureden. *Der Versandstatus wurde auf morgen aktualisiert.*

Nach fünf Minuten kommt eine weitere Nachricht.

Sind alle eingekuschelt da drüben?

Das hat sie mich noch nie gefragt, und ich muss daran denken, dass Seth erst vor wenigen Minuten heimgekommen ist. Ich frage mich, ob Wendy die Lichter seines Autos gesehen hat, als er um die Kurve kam, und das der wahre Grund ist, warum sie mir zurückgeschrieben hat. Um sich nach Seth zu erkundigen. Nach all der Zeit, nach allem, was sie mir erzählt hat, nach allem, worüber wir gesprochen haben.

Alle sind zu Hause und schlafen. Bis auf mich, schreibe ich schnell zurück.

Dann kommt lange nichts mehr, also lege ich mich wieder

hin, das Handy immer noch in der Hand, während ich zu ergründen versuche, warum ich gerade so ein schrecklich ungutes Gefühl habe. Vielleicht hat sie es einfach schrecklich satt, ich zu sein. Wenn ich bedenke, wie lange sie heute weg war und wie seltsam sie sich deshalb verhalten hat, komme ich zu dem Schluss, dass, sollte eine Kopfverletzung nötig sein, damit wir unsere Körper zurücktauschen können, Wendy wohl morgen früh mit einem Baseballschläger auf mich warten wird. Hoffentlich wirkt der Wodka.

Ich beschließe, nicht lange drum herum zu reden.

Ich werde diese Rede halten müssen, schreibe ich.

Wieder lange nichts. Ich stelle mir die Schimpfwörter vor, die gerade von den Wänden meines echten Schlafzimmers widerhallen.

Scheiß drauf, schreibt sie schließlich zurück. Was spielt das überhaupt noch für eine Rolle? Ich gehe jetzt ins Bett.

Diese für Wendy höchst untypische Antwort klingt in meinem Kopf nach, während ich mich die ganze Nacht in unruhigem Schlaf hin und her werfe.

Das Erste, was ich am nächsten Morgen in meinen Benachrichtigungen entdecke, ist die Entschuldigung des Versandunternehmens und ihre »Garantie«, dass mein Paket bis heute Abend um sechs Uhr ankommen wird.

Um sechs. Zu spät für die Rede. Das heißt, entweder werde ich heute diese Rede halten, oder keiner wird es tun.

Ich kann Wendy nicht hängen lassen.

Vorsichtig stehle ich mich aus dem Bett, um Seth nicht zu wecken.

Die nächste Stunde verbringe ich damit, wie die Hauptfigur in einem Hitchcock-Thriller am Fenster darauf zu lauern, ob Wendy irgendwo auftaucht, vielleicht ein Licht im Bad angeht oder mir irgendein anderes Lebenszeichen verrät, dass in meinem Haus drüben alles in Ordnung ist. Es ist noch zu früh, um eine Nachricht zu schreiben, glaube ich. Aber wenn sie ohnehin wach ist … und wäre ich das nicht normalerweise schon, wenn ich zu Hause wäre? Aber noch scheint es ruhig zu sein. Immer wieder suche ich alles ab. Endlich sehe ich gegen acht Uhr Hugh in seinem alten Bademantel – wie gern würde ich jetzt mein Gesicht darin vergraben – in die Küche kommen und Kaffee machen. Bald stößt auch Zoey hinzu, die nervös herumhüpft, und dann Samuel, der vermutlich nur eines im Sinn hat: uns wie jeden Morgen die Haare vom Kopf zu fressen. Endlich taucht auch Joy auf, die ein Kuscheltier mit sich herumträgt, das ich nicht kenne, in grellpinker Farbe und mit riesigen Plastikaugen, die definitiv ein Erstickungsrisiko darstellen, wenn die Kinder sie abgefriemelt bekommen.

Joy ist fast vier, rufe ich mir ins Gedächtnis. Sie hat noch nie in ihrem Leben ein Spielzeug kaputtgemacht. Sie ist in Sicherheit. Sie alle sind in Sicherheit, und alles, was ich mir wünsche, ist, jetzt in diese Küche zu marschieren und einen ganz normalen, lauten Morgen mit ihnen zu verbringen. Ich würde alles dafür tun. Ich hole tief Luft und atme langsam wieder aus.

Gerade als ich mich wieder gesammelt habe, schrecke ich hoch, als ich eine Bewegung im Augenwinkel wahrnehme. Wendy ist zur Hintertür ins Haus gekommen und hat sich an mich herangeschlichen.

»Wie läuft das Spionagegeschäft?«, fragt sie.

Normalerweise wäre ich genervt, aber ich bin einfach nur froh, dass sie am Leben ist und mit mir redet. »Da bist du ja!«, antworte ich. »Ich hab schon gedacht, du hast den nächstbesten Flug gebucht und bist auf und davon.«

»Ich war kurz davor«, entgegnet sie.

»Erzähl mir nicht, dass du wegen dieser Tauschgeschichte plötzlich deine Prioritäten im Leben neu sortiert hast.«

Sie setzt eine wahrhaft unergründliche Miene auf und sagt:

»Ich denke schon.« Zu meinem Entsetzen geht sie dann an mir vorbei zum Schrank, nimmt eine Flasche Wodka, eine Dose scharf gewürzten Tomatensaft und ein Highball-Glas heraus.

»Wendy! Es ist acht Uhr morgens«, rufe ich.

»Deshalb trinke ich den Wodka ja auch nicht pur«, erwidert sie.

»Was ist los mit dir? Du benimmst dich wirklich sehr eigenartig. Erst verschwindest du gestern den kompletten Tag, dann schleichst du dich an mich heran, und jetzt betrinkst du dich?«

Sie sieht sich verstohlen um. »Ist Seth schon auf?«, fragt sie.

»Nein«, antworte ich. »Ich glaube, alle anderen schlafen noch. Vielleicht ist Linus wach, aber du weißt ja nur zu gut, dass er sich einfach mit einem Buch in seinem Zimmer versteckt, bis eine Chance auf Frühstück besteht. Ich wollte gerade ein paar Eier machen.«

»Komm mit«, sagt sie, fasst mich an der Schulter des hübschen Leinenpullis, den ich heute Morgen über den Pyjama geworfen habe, und schiebt mich in Richtung der Vorratskammer.

»Was tust du –«

»Pssst«, macht sie und schließt uns beide in dem gemütlichen, kleinen Raum ein. Die Kammer von links auf rechts zu krempeln war eine der befriedigendsten Aufgaben während meiner Räum-Wendys-Leben-auf-Aktion in der letzten Woche, und nun bin ich freudig gespannt, wie sie reagiert, wenn sie merkt, wie sauber und ordentlich sie ist.

Stattdessen bekomme ich zu hören: »Was zur Hölle ist denn hier passiert?«

»Ich habe geputzt«, verkünde ich stolz. »Schau mal, ich habe die Konserven nach Ablaufdatum sortiert!«

»Bitte was? Ehrlich, was zum Henker stimmt nicht mit dir? Ich brauche keine Ordnung in meinen Konserven!«

»Hier drinnen herrschte das reinste Chaos!«, verteidige ich mich. »Du hattest sechs geöffnete Tüten Mehl.«

Wendy sieht mich streng an, und ich verstehe nicht, warum. Sind wir jetzt nicht Freundinnen? Ist das nicht etwas, was eine Freundin machen würde, die Vorratskammer für sie aufräumen? Eine Weile lang sagt sie gar nichts. Dann, nach einer unheimlich langen Zeit: »Und?«

»Was meinst du mit ›und‹? Ich habe die Tüten genommen und die, die noch nicht abgelaufen waren, zusammengeschüttet, und dann habe ich ein Etikett angefertigt, auf dem *Mehl – weiß, ungebleicht* steht. So findest du es leicht.«

»Ist das deine Vorstellung von Unterstützung, Celeste? Die Backzutaten einer anderen Frau zu sortieren?«

»Na ja, ich dachte, es könnte uns dabei helfen, in unsere richtigen Leben zurückzutauschen«, gebe ich zu und fühle mich ein wenig albern dabei. »Ich meine, ich räume deine Schränke auf und bringe deinen Kinder bei mitzuhelfen, und …«

»Und was?«

»Und, na ja, lerne, mich ein bisschen mehr in Demut zu üben, wie kompliziert dein Leben sein kann …«

»Also, damit ich das richtig verstehe: Seit einer Woche ›reparierst‹ du all die Dinge, die in meinem Leben falschlaufen, in der Hoffnung, dass du dein eigenes Leben zurückbekommst, um dann ein bisschen weniger selbstgefällig zu tönen, um wie viel deins besser ist als meins? Stimmt das so in etwa?«

Ich starre sie an. Wenn sie es so sagt – kalt, gemein, beleidigend –, klingt es wirklich dumm. Aber ja, genauso ist es, also nicke ich leicht.

»Und ich nehme an, dass ein Teil des Plans, mein Leben in Ordnung zu bringen, darin besteht, mich mit Davis zu verkuppeln?«

Ich verziehe das Gesicht. Ich dachte, sie hätte verstanden, worauf ich damit hinauswollte.

»Und kannst du mir verraten, warum du, Mutter Oberin, meine Ehe mit Seth zerstören und mich in Davis' Arme treiben wolltest, damit wir glücklich und zufrieden bis ans Ende unserer Tage leben?«

Ich stammele herum. Okay, ich habe ihr bereits ziemlich deutlich gesagt, was ich von Seth halte. Soll ich das alles noch einmal wiederholen? Was in Gottes Namen ist letzte Nacht passiert, dass sie so wütend ist?

»Hast du das vielleicht gemacht, weil du dann Seth nicht mehr teilen müsstest?«, fragt sie mich aufgebracht.

Meine Kinnlade fällt mir förmlich aus dem Gesicht. »Wovon redest du da?«, frage ich sie.

»Okay, klar, stell dich ruhig dumm.« Sie nimmt einen Schluck aus ihrem Glas. »Aber es gibt keinen Grund mehr, die Ahnungslose zu spielen.«

»Ich bin nicht ahnungslos!«, widerspreche ich.

»Nein, das bist du wirklich nicht. Du bist ein verdammtes durchtriebenes Genie. Wie lange bist du schon hinter Seth her? Einen Monat? Sechs Monate? Die ganze Zeit, die du hier wohnst?«

»Was? Nein!«, rufe ich. »Wovon redest du denn da? Ich habe ihn erst an dem Tag wirklich kennengelernt, als wir den Körper getauscht haben. Bis dahin wusste ich nur, dass er dein Mann ist.«

»Und war das alles, was du wissen musstest, um ihn begehrenswert zu finden?«, fragt sie.

»Er ist nicht begehrenswert!«, rufe ich aus. So sollte das allerdings auch wieder nicht klingen. »Ich meine, ich bin sicher, er ist großartig, schließlich bist du mit ihm verheiratet, aber er ist nichts für mich. Ich bin mit Hugh verheiratet. Ich liebe Hugh. Das weißt du doch.«

»Hugh, der Himmel und Erde in Bewegung setzt, um dir das perfekte Leben zu bieten«, sagt Wendy. »Hugh, der mit den Kindern an die frische Luft geht, sobald ich ihm nur einen langen Blick zuwerfe, der jeden Abend nach dem Essen aufräumt, selbst wenn man irgendwo bestellt hat, der die Mädchen ins Bett bringt und der genug Geld verdient, damit du nicht arbeiten musst. *Das* ist der Mann, den du betrügen willst.«

»Ich will niemanden betrügen! Ich liebe Hugh«, sage ich. Langsam gerate ich in Panik. Ich meine, ich kann mich nicht einfach mit aufgesetzten Entschuldigungen aus diesem Schlamassel herauswinden. Es würde wirken, als würde ich etwas zugeben, was ich nicht getan habe und auch nicht gedenke zu tun. »Ich habe keine Ahnung, worum es hier geht, aber lass es mich noch einmal sagen: Diese Woche war mir eine Lehre, wie viel Glück ich habe, so einen tollen Partner zu haben. Ich gebe zu, dass es in meiner Ehe in letzter Zeit nicht besonders romantisch zuging, aber sobald wir unsere Körper tauschen, werde ich mich an ihn klammern und ihn nicht mehr loslassen.« Ich halte kurz inne. »Und außerdem habe ich es satt, dir das zu erklären, aber ich arbeite. Warum reitest du dauernd darauf rum, dass ich nicht arbeite?« Verblüfft starre ich sie an. Ich dachte, sie würde es so langsam verstehen. Ich dachte, wir würden einander verstehen. »Was ist los mit dir, Wendy? Ist bei dir alles in Ordnung?«

Sie verschränkt die Arme vor der Brust und lehnt sich wutschnaubend zurück. »Ich hab es einfach satt, du zu sein, mit dir reden zu müssen und ständig mit dir konfrontiert zu sein. Du hast alles durcheinandergebracht. Wenn wir unsere Körper tauschen, werde ich mich auf der Arbeit mit einer peinlichen Situation herumschlagen müssen, die sogar die komplette Firmenpartnerschaft gefährden könnte. Und außerdem werde ich mich nach dem Scheiß-Mehl totsuchen!«, schreit sie mich an.

»Wendy«, zische ich. »Hör auf damit, du benimmst dich völlig durchgeknallt, und du wirst noch die Kinder wecken.«

Sie senkt die Stimme, und als sie weiterspricht, klingt sie eiskalt. »Du hast recht. Ich höre auf herumzuschreien. Nur, damit du Bescheid weißt: Seth denkt, er hätte gestern Celeste zufällig im Water's Edge getroffen. Und es machte den Eindruck, als würde er sie ziemlich gut kennen. Er schien zu glauben, es gäbe da eine Verbindung zwischen euch, die er nach einem halben Glas India Pale Ale gern etwas intimer gestalten wollte, um zu sehen, wohin das Ganze führen könnte.«

Ich ziehe scharf die Luft ein. Doch noch bevor ich den Mund wieder schließen kann, redet Wendy ungehalten weiter: »Wenn du mit Davis geflirtet hast, um Seth und mich auseinanderzubringen, dann war das ein absolut beschissener und verrückter Schachzug von dir. Es wäre schon schlimm genug, wenn du *nur* mit Seth geflirtet hättest. Als wir uns neulich abends auf einen Drink getroffen haben, dachte ich schon, endlich fängst du an, mich ein wenig zu verstehen. Dass du auf meiner Seite wärst. Ich hatte den Eindruck, dass du mich mehr und mehr als Freundin siehst und es dir nicht egal ist, was in meinem Leben vor sich geht.« Wendys Stimme bricht, und mir wird bewusst, dass hinter diesen verrückten Anschuldigungen und der ganzen Wut eine Frau steckt, deren Leben gerade in tausend Stücke zersprungen ist. Und die keine Ahnung hat, wie sie die Scherben wieder zusammenfügen soll.

»Das ist auch so«, sage ich. »Ich habe versucht, zu helfen, und es ist mir nicht egal, was in deinem Leben passiert! Hör zu, es tut mir leid, wenn ich ein wenig mit Davis geflirtet habe. Er ist ein toller Mann, sieht gut aus, und ja, meine Ehe mit Hugh war ein wenig eingeschlafen – aber das werde ich sofort ändern, sobald ich meinen Körper zurück habe, denn wie ich vorhin schon sagte: Er bedeutet mir alles auf der Welt. Und ja, ich war hart zu Seth, aber nur, weil ich dir helfen wollte. Wirklich ernsthaft helfen. Ich dachte, dir würde das Backen leichter fallen, wenn ich deine Vorratskammer aufräume. Ich dachte, Davis würde Seth dazu motivieren, sich mal mehr ins Zeug zu legen, weil, du weißt schon, ein wenig Konkurrenz schadet nicht in dieser Hinsicht. Das sagst du doch auch immer beim Softball, richtig?«

»Aber mir war nicht klar, dass Seth untreu sein würde«, fahre ich fort. »Ich habe nicht geahnt, dass die Sache mit Davis ein

Problem in der Firma werden könnte. Ich habe es für einen harmlosen Spaß gehalten.« Meine Stimme klingt flehend.

»Du hast Davis meinem Sohn vorgestellt!« Halb schreit sie, halb flüstert sie, was beinahe noch beunruhigender ist, als wenn sie mich einfach anbrüllen würde. »Sie mochten sich und haben sich über Bücher unterhalten, die nur Nerds lesen. Das ist nicht harmlos. Das ist ein Riesending.«

Ich öffne den Mund, um mich zu verteidigen, aber sie hat recht. Ich habe ziemlichen Mist gebaut. »Es tut mir leid. Das ist mir jetzt auch klar. Ich habe es nicht durchdacht«, gestehe ich.

Wendy schüttelt angewidert den Kopf. »Du und deine Entschuldigungen«, erwidert sie. »Na los, sieh mir in die Augen und entschuldige dich dafür, dass du Seth angegraben hast!«

»Das kann ich nicht, ich würde nämlich nie im Leben den Mann einer anderen anmachen«, sage ich bestimmt. »Und weil ich meinem nie untreu wäre. Denk darüber nach, Wendy. Davon mal abgesehen, dass jeder Flirt ins Leere laufen würde, solange dein Mann nicht vorhätte, dich zu betrügen. Mit deinem Problem … bist du bei mir an der falschen Adresse.«

Einen Augenblick lang habe ich den Eindruck, meine Worte wären zu ihr durchgedrungen. Sie lässt die Schultern sinken, und ihre Wut scheint langsam zu verpuffen. Aber dann geht sie mich wieder an, als hinge ihr Leben davon ab. »Ach, wirklich«, meint sie höhnisch. »Tatsächlich? Ich habe nämlich den Eindruck, dass mein Leben wunderbar war, ehe du aufgetaucht bist und es mir gestohlen hast.«

Das reicht. Mehr kann ich mir nicht anhören. Ich sehe sie an, todernst, und öffne die Tür der Vorratskammer. Es ist genug. Ich hab mich dämlich verhalten, aber ich habe mich dafür entschuldigt. Damit ist jetzt Schluss. »Dein Leben war nicht wunderbar«, sage ich, während ich aus der Kammer trete. »Dein Leben war komplett furchtbar. Der einzige Unterschied ist, dass dir das jetzt auch klar geworden ist.«

Sie lässt mich in der Vorratskammer stehen, schäumend vor Wut. Diese blöde, nach Farben und Datum sortierte und aufgeräumte Vorratskammer, in der sie alles perfekt beschriftet hat und in der ich nie wieder etwas finden werde. Ich schreie vor Frust und fege mit der Hand eine Reihe Keramikbehälter vom Regal, die ich seit meiner Brautparty nicht mehr in der Hand hatte, sehe sie krachend an der Wand landen und Mehl und Zucker und … ich weiß nicht was noch – vor lauter Tränen kann ich die Etiketten nicht lesen – durch die Luft fliegen. Überall sind Scherben. Ein paar Augenblicke lang kann ich kaum atmen vor lauter Mehl in der Luft, huste und spucke und wische mir das Gesicht ab. Meine Kleidung ist komplett weiß bestäubt, und ich komme mir total bescheuert vor – ich habe eine schlimme Situation noch schlimmer gemacht. Eine Million Mal schlimmer.

Ich klopfe die Beine von Celestes schlabberigster Stretchhose ab und öffne den Reißverschluss der dazu passenden Jacke, die ich in der morgendlichen Kälte übergezogen habe, und schüttele sie aus. Immerhin werde ich es sein, die hier morgen aufräumen muss, wenn alles so läuft, wie wir es uns vorstellen. Ich bin es, die das Chaos, das ich angerichtet habe, beseitigen muss. Wenn ich das überhaupt kann.

Dann trete ich aus der Speisekammer ins helle Licht des Tages. In der Küche ist Gott sei Dank niemand. Ich drücke die Tür der Vorratskammer hinter mir ins Schloss und verlasse das Haus auf demselben Weg, den ich gekommen bin, durch die Küchentür, wobei ich eine Spur weißer Fußabdrücke hinterlasse. Draußen im Garten versuche ich die aufsteigenden Tränen zu unterdrücken und atme tief durch, um mich zu beruhigen. Aber Hugh – der genauso fürsorglich ist wie seine Frau – wird mein Zustand wohl kaum entgehen, und so ziehen sich schon bald nasse Spuren durch den Mehlstaub in meinem Gesicht. Ich betrete Celestes Haus, ziehe meine staubigen Schuhe aus und tappe die Treppe hinauf zur Dusche.

Auf dem Weg nach oben komme ich an allen drei Kindern vorbei, die mich anstarren, aber sich nicht trauen, etwas zu sagen, und an Hugh, der ruft: »Celeste! Was ist denn mit dir passiert?«

Ich antworte nicht, ich kann nicht. Stattdessen dränge ich mich einfach an ihm vorbei ins Bad und schließe die Tür. »Ich erkläre dir alles später«, sage ich nach einem Moment, als ich höre, wie er mir zur Tür folgt. »Mach dir keine Sorgen. Bitte. Kannst du vielleicht … die Kinder für mich übernehmen? Ich möchte nicht, dass sie mitbekommen, dass es mir nicht gut geht, oder ihnen Angst machen.«

Hughs Stimme klingt glasklar durch die Tür. »Natürlich, Schatz. Aber sicher. Soll ich mit den Jungs allein zum Wissenschaftsbasar gehen?«

Der Wissenschaftsbasar. Für den ich im Pokalladen fünfzig grüne Bänder mit der Aufschrift »Spitzen-Teilnehmer« besorgt habe. Es war das Mindeste, was ich für Celeste tun konnte.

»Das wäre fantastisch«, sage ich ehrlich. »Ich habe eine Tüte gepackt und an die Tür gestellt – kannst du die bitte Dr. Randall von mir geben?« Vor dieser Badezimmertür steht ein Mann, der vielleicht nicht gemerkt hat, dass ich seiner Frau einen neuen Haarschnitt verpasst, ihre Augenbrauen in Form gebracht und ihr zum ersten Mal seit elf Jahren Lippenstift aufgetragen habe, aber er weiß, dass sein Sohn heute zum Wissenschaftsbasar gehen soll, und wollte ihn sowieso dorthin begleiten. Er ist wach und auf den Beinen, und das ist bei dem Mann in meinem Haus bekanntlich nicht der Fall. Verdammt, Celeste. Warum hat sie so viel Glück gehabt? Und warum habe ich alles zwischen uns kaputtgemacht, um sie dafür zu bestrafen?

Ich habe mich wie eine Idiotin benommen. Nie und nimmer hätte ich bei klarem Verstand ernsthaft geglaubt, dass sie sich zwischen Seth und mich stellen würde. Jetzt, nach meinem Ausraster, der einem dreijährigen Kind alle Ehre gemacht hätte, wird mir klar, dass Celestes einziger Fehler war, für mich da sein zu wollen, als es mir schlecht ging.

Na ja, das und die übertriebene Vorratskammer-Aktion.

»Hugh, warte kurz!«, rufe ich. Meine Stimme klingt schon weniger belegt, ich kriege wieder Luft, und der Nebel, der mich seit gestern umgibt, lichtet sich langsam.

»Was gibt's, Schatz?«

»Ich weiß, das klingt jetzt seltsam, aber könntest du mit den Kindern direkt nach dem Basar zu einem bestimmten Ort kommen und mich gegen Mittag dort treffen? Es gibt da jemanden, den ich unterstützen möchte. Jemanden, der heute eine wirklich schwere Aufgabe vor sich hat, und sie hat in letzter Zeit einige sehr nette Dinge für mich getan.«

»Sicher …«, sagt er, und seine Stimme klingt fragend.

»Ich weiß, dass ich mich verrückt benehme. Ich kann alles erklären, und das werde ich auch. Aber nicht jetzt.«

»Alles klar«, sagt er, ohne auch nur eine Sekunde zu zögern. »Was immer du brauchst. Celeste, ich weiß nicht, was diese Woche los war, aber ich weiß, dass ich dich liebe, was auch passiert. Wenn du bereit bist, mit jemandem darüber zu reden, hoffe ich, dass ich es sein darf. Hast du das verstanden?«

Diese liebevollen, so bereitwillig gesagten Worte versetzen mir einen Stich ins Herz. Ich nicke stumm und überlege dann, was Celeste jetzt von mir erwarten würde, was sie an meiner Stelle für mich tun würde, und antworte: »Ich liebe dich auch. Was auch passiert.«

»Okidoki!«, antwortet er und scheint sich zu bemühen, mehr fröhlich als besorgt zu klingen. »Ich sehe dich in ein paar Stunden. Nimm dir Zeit und benutze die schöne Gesichtsmaske – wir wären dann startklar.«

»Du bist der Beste«, erwidere ich. Verdammt noch mal, er ist wirklich der Beste. Vielleicht ist er wirklich das Einhorn. Aber ich habe mich wie die hässliche Kröte benommen.

Nach der Dusche fühle ich mich besser. So langsam bin ich wieder bei klarem Verstand. Das ist jetzt mein Leben, und ich muss den Tatsachen ins Auge sehen, das Hin und Her zwischen Wutanfällen und Akzeptanz hinter mir lassen. Ich versuche tief ein- und auszuatmen und mir, so gut es geht, ein Mantra zu vergegenwärtigen, das ich meinen Klienten immer ans Herz lege, die einen herben Rückschlag zu verkraften haben: Mit jeder Minute, die vergeht, entferne ich mich weiter von dem Moment, in dem Seth versucht hat, mich zu betrügen. Jede Stunde, die vergeht, tut es weniger weh. In ein paar Monaten, okay, vielleicht in einem Jahr, wird das alles nur noch eine verschwommene Erinnerung an etwas sein, von dem ich nicht wirklich glauben kann, dass es jemals passiert ist. So wie dieser verrückte Körpertausch.

Bis er es wieder tut.

Das nächste Mal wird Seth natürlich nicht versuchen, mit Celeste fremdzugehen. Es wird niemand sein, der mir erzählen würde, was passiert ist – so viel steht fest. Mein Herz wird immer schwerer, bis es bleischwer in meiner Brust sitzt. Das nächste Mal ist vielleicht, keine zwanzig Stunden später, bereits geschehen.

Gehört Seth zu den Männern, die jedem Rock hinterherjagen? Endlich lasse ich es zu, mir diese Frage zu stellen. Zuerst kann ich mir nicht vorstellen, wo er die Zeit dafür hernehmen sollte. Doch dann denke ich, dass ich eigentlich gar nicht weiß, wo er sich herumtreibt oder was er den ganzen Tag lang macht. Ich bin in der Stadt und arbeite. Er ist in der Stadt und widmet sich seiner Kunst. Nur, wenn ich es mir recht überlege, hat er keine Kunstwerke vorzuweisen. Es stehen keine Ausstellungen an, und es gab noch nicht einmal einen größeren Materialeinkauf in den letzten Monaten.

Und dann ist da noch das neue Sofa in seinem Atelier.

Es ist für ein Nickerchen zwischendurch gedacht, rufe ich mir ins Gedächtnis. Ich zerre beim Föhnen so heftig an Celestes Haaren herum, dass ich sie beinahe ausreiße, also fahre ich stattdessen mit einem grobzinkigen Kamm durch ihre Locken, trage das neue Gel auf, das sie so wunderbar glänzen lässt, und style sie perfekt. Celeste sieht viel, viel besser aus als damals, als ich sie »übernommen« habe. Nur ein wenig Pflege, abendliche Gesichtswäschen, eine schöne neue Lippenstiftfarbe und etwas gekonnt aufgetragenes Wachs, aber vor allem eine ganze Woche lang jede Nacht durchschlafen. Vielleicht ist es das, worauf Seth angesprungen ist – aus purer Überraschung über dieses Makeover. Nur ein seltsamer, komplizierter Impuls – vielleicht nicht einmal so anders als das, was ich gelegentlich gegenüber Davis empfunden habe. Man ist einen Moment nicht auf der Hut, und etwas schleicht sich ins Leben, was man da überhaupt nicht haben möchte. Das könnte jedem passieren. Seth hatte nur ziemlich Pech, auf welche Art und Weise es ihm passiert ist.

Uns beiden.

Die Frage, die sich jetzt stellt, ist: Wie viel »Pech« lasse ich ihm weiterhin durchgehen?

Celestes Worte hallen in meinem Kopf wider, und einen Moment lang stelle ich mir vor, wie ich den Streit mit ihr fortführe. Es wäre so schön, so zu tun, als ob sie mein Problem wäre. Solange wir das weiterhin unter uns ausmachen, ich mich mit Händen und Füßen gegen sie wehre und sie für all die Dinge verantwortlich mache, die in meinem Leben nicht funktionieren, muss ich nichts ändern. Wir können die Sangria trinken, die Körper zurücktauschen und so tun, als wäre diese ganze Sache nie passiert. Nie wieder miteinander reden.

Aber das ist einfach nicht das, was ich will.

Ich ziehe ein lockeres T-Shirt-Kleid an, das an Celeste genau richtig sitzt und ihr eine Taille verleiht, anstatt sie wie ein wandelndes Dreieck aussehen zu lassen. Das helle Blau passt perfekt zu ihren Haaren. Ich hoffe nur, dass ein winziger Funken Vergebung in ihr erwacht, wenn sie sich selbst so und unsere Familien zusammen sieht. Ich hoffe, dass sie über die Seite von mir, die wegen ein paar Mehlbehältern ausflippt, hinwegsehen und der Seite von ihr – die Geduld, das Mitgefühl, das Verständnis –, die mich zum Besseren verändert hat, die Regie überlassen kann.

Ich hoffe, dass sie versteht, dass zu Celeste zu werden die beste schlimme Erfahrung ist, die ich je gemacht habe.

20

Celeste

Ich bin viel zu wütend, um auf Zehenspitzen durchs Schlafzimmer zu schleichen, also stampfe ich herum, fest entschlossen, Seth zu wecken, diesen dummen …

Hätte ich die Zeit dafür, würde ich ihm einen Eimer eiskaltes Wasser über den Kopf schütten. Als ob er meine Gedanken lesen könnte, funkelt er mich wütend an und zieht sich ein Kissen über den Kopf, also lasse ich auf meinem Handy Broadway-Hits in voller Lautstärke laufen. Dann ziehe ich, lauthals mitsingend, Wendys bequemsten Hosenanzug und ein feminin drapiertes Oberteil an, an dem noch das Etikett hing, und kombiniere dazu schwarze Schuhe, die zwar wenig Absatz haben, aber sehr elegant sind. Ich verzichte auf den riesigen Statement-Schmuck aus Harz und wähle stattdessen eine lange Silberkette mit zwei kleinen silbernen Anhängern, auf dem einen ist Bridgets Name eingraviert, auf dem anderen der von Linus. Wer mich so sieht, würde nie im Leben glauben, welche Angst mir diese Rede einjagt.

Zufrieden mit Wendys sowohl professionell als auch feminin wirkendem Look – es ist schließlich eine Messe für Frauen – gehe ich nach unten, mache den Kindern fantastische Blaubeer-Bananen-Pfannkuchen, ohne dass mir auch nur eine Haarsträhne verrutscht, und erinnere sie an ihre neuen Aufgaben, die nun samstagmorgens auf sie warten. Sie kennen den neuen Wochenend-Deal: Die Kinder, die ihre Arbeiten erledigt haben, wenn ich nach Hause komme, werden ins Kino beziehungsweise zum Comicladen chauffiert, und diejenigen, die nicht fertig sind, bekommen einfach noch mehr Hausarbeit. Und da ich nun schon fast eine Woche hier bin, wissen sie, dass es mir damit ernst ist.

Dann schnappe ich mir Wendys Aktentasche, in der ihr Laptop mit den wichtigsten Folien zum Thema *Produktivität in der Praxis und eigene Ziele* steckt, die sie mir Anfang der Woche auf ihre typische Wendy-ist-auf-jede-Eventualität-vorbereitet-Art rübergeschickt hat. Ich mache mich auf den Weg zum riesigen Kongresszentrum, wo ich gleich den großen Moment von jemand anderem erleben werde. Denn egal, wie wütend ich im Moment auch auf sie sein mag, über Seth ärgere ich mich noch viel mehr. Und ich will von Gott verdammt sein (verzeih mir, Jesus), wenn ich für diese Frau, die mich so auf die Palme bringt, nicht die Weichen für den Erfolg ihres Lebens stelle, sodass sie diesen Kerl verlassen kann, sobald sie den Mut dazu hat.

Das Kongresszentrum wimmelt nur so von Wendys. Schlanke Geschäftsfrauen, von Kopf bis Fuß in Stretchwolle oder Jerseystoff gekleidet, die die kostenlosen Expo-Stofftaschen über der Schulter tragen und in der einen Hand den Veranstaltungsplan und in der anderen ihr Smartphone halten. Es erinnert mich an unsere College-Praktikumsmesse, bei der wir uns alle so schick herausputzten, wie es mangelernährte Studenten vermochten, und uns an den drei Exemplaren auf dickem weißem Papier ausgedruckten Lebensläufen festhielten, die wir von unseren Berufsberatern bekommen hatten. So viel nervöses Gewusel. So viele Menschen, die alle gleichzeitig versuchen, dort hinzukommen, wo sie noch nicht sind, ohne sich jemals von der Gruppe zu lösen.

Wirklich unheimlich viele Menschen.

Um meine Panik zu verbergen, überprüfe ich den Zeitplan immer wieder selbst. Ich werde die Keynote halten, während im großen Ballsaal Tee serviert wird. Ein lokaler Nachrichtensprecher wird Davis vorstellen, und Davis wird dann mich vorstellen. Dann werde ich eine ganze Stunde lang über das Thema »Ziele« sprechen. Wenn das nicht einer gewissen Ironie entbehrt, dann weiß ich auch nicht.

Ich gehe in den Ballsaal. Zu meiner großen Erleichterung ist Davis da, und er klopft auf einen Platz neben sich an einem langen Bankettisch auf dem Podium.

»Wow«, sagt er und mustert Wendys entspannteren Look. »Trägst du heute deine Haare anders als sonst?«

»Gefällt es dir?«, erwidere ich.

Er sieht mich seltsam an, und mir fällt ein, dass ich mich gerade erst vor drei Stunden bei Wendy dafür entschuldigt habe, dass ich mit ihm geflirtet habe.

»Du siehst toll aus, wie immer«, wiegelt er ab. »Bist du bereit?«

»So bereit, wie ich nur sein kann«, lüge ich. Er hat keine Ahnung, dass ich gerade so viel Zeit hatte, die Rede kurz zu überfliegen – und sie Zeile für Zeile vom PowerPoint-Prompter ablesen werde. »Und du?«

»Ich bin aufgeregt«, sagt er. »Überleg mal, als wir Geschäftspartner wurden, gab es weniger als fünfzig von Frauen geführte Unternehmen in der ganzen Stadt, und noch weniger von schwarzen Frauen geführte Unternehmen. Jetzt sieh dir das an. Es wimmelt nur so von Unternehmerinnen und Führungskräften unterschiedlichster Couleur. Das Spielfeld verändert sich mit jedem Tag.«

Bei diesem Ausdruck kommt mir etwas in den Sinn, und ich halte den Gedanken fest. Ja, natürlich. Das Spielfeld. Morgen ist das erste Wettkampfspiel dieser Saison für die Mädchen. Zoey hat mir bereits tausend Nachrichten geschrieben, wie wahnsinnig nervös sie sei, und Bridget kann den Tag nicht erwarten und sich kaum auf irgendetwas anderes konzentrieren.

Wenn das hier vorbei ist, ruhen alle Hoffnungen auf der

Sangria. Wenn es heute Abend klappt, werde ich wieder ich selbst sein. Es ist das, was ich mir wünsche. Ich will meinen weichen, aus der Form geratenen Körper zurück. Ich will den Mund, der kein scharfes Essen verträgt, und den Bauch, der keine Sit-ups machen kann, und das Leben ohne Schwärmereien und ohne Anerkennung und ohne Antwort auf die Frage, was ich beruflich mache.

Und ohne Zweifel wünsche ich mir diesen Körper und diesen Mund und dieses Leben mehr als alles andere auf der Welt zurück. Ich will morgen zum Spiel gehen und Zoey von ganzem Herzen anfeuern, während Hugh und ich mit Joy und Samuel zwischen uns auf der Tribüne sitzen. Ich möchte hinterm Rücken meiner Kinder den Blick meines Mannes auffangen, meine Hand ausstrecken und seine für einen Moment halten, stolz auf alles, was wir beide zusammen geschaffen haben. Dieses Gefühl – diese starke Sehnsucht – gilt nicht nur meinem alten Leben im Allgemeinen. Sondern auch Hugh.

Nach und nach tröpfelt das Publikum in den Saal, und Davis zwinkert mir auf seine entzückende Art zu, doch zu meiner Überraschung verfehlt das seine Wirkung jetzt völlig. Welche Anziehungskraft der Mann auch immer besaß, neben dem Mann-mit-dem-leicht-behaarten-Rücken, der gerade unseren widerspenstigen Sohn über einen Wissenschaftsbasar in der Schule schleppt, verblasst er. Glücklicherweise fällt Davis nichts auf. »Es ist gleich so weit. Ich werde meine Notizen holen«, sagt er zu mir. »Viel Glück, Wendy. Vergiss nicht: Leidenschaft gewinnt. Du schaffst das.«

Wendy schafft das. Ihr Leben ist hektisch, stressig und irgendwie traurig. Oder es ist ausgefüllt, vollkommen und sie kann stolz darauf sein. Wie auch immer man es sieht, es ist ihr Leben. Es ist so, wie sie es wollte. Sie wollte wie ein kopfloses Huhn herumlaufen, sie wollte sich durch endlose Bootcamps quälen, sie wollte arbeiten statt beim Softball zusehen, auf Löcher in ihrer

Schlafzimmerwand gucken und bedenklich viele Brathähnchen essen. Sie wollte diese Ehe, die eher einer Wohngemeinschaft ähnelt, und nimmt die ständigen Schuldgefühle einer Mutter in Kauf, denn so kennt sie ihr Leben, und so fühlt es sich für sie real an. Und diese Woche hat ihr diese Realität genommen. Jeder Narr kann sehen, dass diese ganze Wut nicht für mich bestimmt war.

Aber was ist mit mir? Was fühlt sich für mich real an?

Ich schüttele den Kopf bei diesem Gedanken. Vor einer Woche wäre ich noch zu hundert Prozent davon überzeugt gewesen, dass mein Leben voller Sinn und Bedeutung steckt und dass es nichts Wichtigeres gäbe, als die Sekretärin des Elternbeirats und die Mutter zu sein, die in der Schule Nachhilfe gibt, oder Joy Zeichensprache beizubringen, bevor sie das reife Alter von vier Jahren erreicht hat. Aber Wendy zu sein hat das alles auf den Kopf gestellt, und jetzt fühlen sich neunzig Prozent der Dinge, mit denen ich meine Tage zu füllen pflegte … ein wenig bedeutungslos an im Vergleich zu den Dingen in meinem Leben, die mir wirklich Freude bereiten. Es geht nicht darum, was ich tue, das meinem Leben einen Sinn verleiht. Es sind die Menschen, für die ich es tue.

Warum spiele ich die Supermutti, wie Wendy es so treffend ausgedrückt hat? Warum habe ich das Leben, von dem ich immer geträumt habe, zu etwas gemacht, dessen schiere Daseinsberechtigung ich rechtfertigen muss?

Wie aus weiter Ferne höre ich, dass Davis sich bei der Nachrichtensprecherin Karen Wetherby für die Vorstellung bedankt. Er lacht, als sie ihn fragt, wie es sei, als Berater für die Sportfakultät der Universität zu arbeiten – es ist offenbar in der Stadt bekannt, dass er als Honorarkraft regelmäßig mit den studentischen Starathleten zu tun hat –, und er erzählt einen launigen Witz über die Basketballtrainerin der Frauenmannschaft, die nicht nur dafür bekannt ist, Pokale einzuheimsen, sondern auch dafür, dass sie angeblich während einer langen Siegserie die Unterwäsche niemals wechselt. Dann leitet er elegant dazu über, wie sehr er sich freue, eine andere, weit weniger abergläubische Erfolgsfrau vorzustellen, und mir rutscht das Herz in die Hose. Er meint mich. Die so tut, als wäre sie eine Lebensberaterin. Ein Coach. Eine Gewinnerin. Vor Hunderten von Menschen hier im Saal und wer weiß wie vielen online.

Aber obwohl mir das Blut in den Ohren rauscht, höre ich immer noch Davis. Er spricht darüber, auf was für unterschiedliche Weisen Wendy Menschen bereits geholfen hat, das meiste davon ist mir völlig neu. Wie er erzählt, hat sie Menschen aus allen Gesellschaftsschichten in schwierigen Phasen begleitet und sie dabei unterstützt, ihr Leben neu auszurichten, um Raum für ihre Träume zu schaffen.

Kein Wunder, dass sie annahm, auch ich hätte das nötig.

Ich höre ihren Namen und den aufbrandenden Applaus des Publikums, und mir ist klar, egal wie viel Panik ich gerade verspüre, ich muss mich jetzt dieser Situation stellen. Es sind vermutlich an die fünfhundert Menschen in diesem Saal, und sie alle sind hier, um ihren eigenen Träumen Gestalt zu verleihen und ihr Leben neu aufzustellen. Und wenn ich diesen Vortrag gut hinkriege, werden sie alle Schlange stehen, damit Wendy ihnen genau dabei hilft. Trotz meiner Aufregung wird mir plötzlich eines klar: Dieses Publikum und ich, wir unterscheiden uns nicht voneinander. Sie wollen besser, dünner, reicher, perfekter sein. Dabei haben diese Menschen, die am Samstagvormittag Zeit haben, sich in einem Kongresszentrum Produktivitätstipps anzuhören, während sie Tee schlürfen und Sandwiches knabbern, bereits so viel, wofür sie dankbar sein können.

Ich muss es wissen.

Ich räuspere mich und bedanke mich bei Davis für die herzliche Einführung, und gerade als ich die erste Folie aufrufe, sehe ich jemanden durch die nächstgelegene Tür in den Saal kommen.

Jemanden, der mir sehr vertraut ist. Nämlich mich. Eigentlich ist es Wendy. Und zu meiner Überraschung hat sie Gäste mitgebracht. Hugh, Seth und alle fünf Kinder stehlen sich auf leisen Sohlen herein, um mich sprechen zu hören. Ich suche Wendys Blick, und wir sehen uns lange in die Augen. Von Frau zu Frau. Von Mutter zu Mutter. Von Ehefrau zu Ehefrau. Schließlich formt sie mit den Lippen Worte, die ich selbst aus der Entfernung problemlos lesen kann: »Es tut mir leid.«

Ich nicke ihr zu und sage ebenso lautlos. »Mir auch.« Und dann: »Danke.« Ich bin stolz auf sie, wie sie die Familien zusammengetrommelt hat, um mich – sie – zu unterstützen. Nein, uns. Sie lächelt leicht, stupst die Jungs an, und ich sehe, wie sie beide ihre Bänder vom Wissenschaftsbasar in die Höhe halten – ein rotes für den zweiten Platz für Linus und, zu meiner Überraschung und Freude, ein grünes Teilnahmeband für meinen bockigen Wissenschaftler Samuel.

Dann wandert ihr Blick unverkennbar zu einem Punkt hinter mir, und als ich ihm folge, sehe ich in Davis' Augen. Er starrt mich, die er für Wendy hält, intensiv an, und zum ersten Mal überhaupt bekommt Wendy mit, wie er sie ansieht, wenn sie nicht darauf achtet. Verwunderung – und noch etwas anderes – spiegelt sich in ihrem Gesicht. Ich wende mich meinen Notizen zu, räuspere mich und lege los.

»Vielen Dank, dass Sie alle heute hierhergekommen sind und Ihren kostbaren Samstag mit mir teilen. Ich glaube, ich kann Ihnen dafür etwas Wertvolles zurückgeben. Etwas, das Ihr Leben verändern kann, wenn Sie es zulassen. Aber zuerst möchte ich Ihnen von einer meiner Kundinnen erzählen, die mir großzügig die Erlaubnis gegeben hat, darüber zu sprechen, was sie mit dem richtigen Plan erreichen konnte.«

Ich wechsele zur nächsten Folie. Es folgt die Geschichte einer Frau, die Wendy ehrenamtlich beraten hat und von der ich nichts wusste. Die ehemalige Drogenabhängige träumte davon, ihren Bachelor in Wirtschaftswissenschaften nachzuholen, um einen gewinnorientierten Investmentclub für Frauen nach einer Suchterkrankung zu gründen. Sie erzählte, wie sie vor ihrer Verhaftung wegen Drogenmissbrauchs jahrelang in einer Bank als Kassiererin gearbeitet hatte und so zwar immer mit viel Geld umgegangen war, aber selbst kaum welches verdient hatte. Nachdem sie eine sechsmonatige Haftstrafe wegen Drogenhandels verbüßt hatte, wusste sie, dass sie nie wieder in der Bank würde arbeiten können.

»Ihren Erfolg hat sie sich selbst zu verdanken, keine Frage«, las ich ab. »Aber ich stellte ihr ein paar sehr einfache Konzepte vor, von denen wir heute einige besprechen werden.« Ich halte inne und sehe mich lächelnd im Raum um, nehme hier und da Blickkontakt auf, genau wie es in meinem Skript steht. Wendy hat Glück, dass sie den Körper mit jemandem getauscht hat, der vor zwanzig Jahren für sein Nebenfach Pädagogik einen Rhetorik-Pflichtkurs besuchen musste.

»Dank dieser Konzepte verstand sie, dass man nicht nur alles haben kann, sondern es auch verdient«, las ich vor. »Sie können Ihnen helfen, das über Bord zu werfen, was Sie in Ihrem Leben zurückhält, wie der Glaube daran, etwas nicht zu können – egal ob Ihnen das andere oder Sie sich selbst eingeredet haben. Zum Beispiel: Wer hier im Raum hat schon einmal gesagt ›Ich kann nicht‹, wenn es darum geht, jeden Tag eine Stunde früher als sonst aufzustehen, obwohl wir wissen, dass insbesondere Spitzenkräfte und Topverdiener diejenigen sind, die sich dieser Methode bedienen und häufig vor allen anderen aufstehen?« Ich gebe dem Publikum Zeit, sich zu melden, und einige kommen meinem Wunsch nach. »Okay, da sehen wir's! Selbst in diesem Raum voller Macherinnen«, lese ich ab. »Hier sind wir also und reden uns selbst ein, dass wir für unsere eigenen Träume nicht aus dem Bett kommen!«

Bestätigendes Gemurmel und verständnisvolles Nicken sind

im ganzen Saal zu hören und zu sehen. Ich blicke zu Wendy rüber. Auch sie nickt zustimmend und hält den Daumen hoch. Sie kennt diese Rede bestimmt in- und auswendig. Wahrscheinlich hat sie unheimlich lange daran gearbeitet, manchmal im Morgengrauen, wenn auch sie eine Stunde mehr Schlaf gut hätte gebrauchen können. So wichtig ist es ihr. So wichtig ist es, dass ich das hier hinkriege.

Ich atme tief durch und fahre mit der Geschichte der Bankangestellten fort. Wie sie anfing, morgens noch vor ihren kleinen Kindern aufzustehen, wie sie sich im Stadtteilzentrum und beim Verband der Kleinunternehmerinnen Unterstützung holte. Wie sie in sich selbst investierte, um zu der erfolgreichen Person zu werden, die sie sein wollte. Wie sich ihre Körperhaltung, ihre Einstellung – sogar ihr BMI – durch diese neuen Gedanken und das Programm veränderten, bis sie es geschafft hatte, ihre Arbeitsproduktivität zu verdoppeln, befördert zu werden, ein BWL-Abendstudium anzufangen und einem Junior-Investmentclub beizutreten, der sich einmal im Monat zum Frühstück traf.

Das ruft die beabsichtigte Anzahl von Oohs und Aahs hervor.

Nun folgt der Teil, in dem ich sie vorstelle, sie steht auf und wird bejubelt und beklatscht. Ich verkünde, dass sie ihr Studium mit Auszeichnung abgeschlossen hat und ihr erfolgreicher Investmentclub eine Warteliste führt. Ich erzähle davon, wie sie die nahe gelegenen Frauengefängnisse besucht und Dutzende von Frauen dazu ermutigt hat, eigene Gruppen zur Finanzberatung zu gründen. Und dass sie sich inzwischen mit großen Risikokapitalgesellschaften trifft, um ihren nächsten Traum, nie wieder auch nur einen Moment Freizeit zu haben, zu verwirklichen.

Okay, das mit der Freizeit sage ich nicht.

Erneuter Applaus. Ehrlich gesagt, fällt es selbst mir schwer, bei dieser bemerkenswerten, wenn auch anstrengend klingenden

Geschichte nicht mit den Füßen zu trommeln und zu jubeln. Die Geschäftsfrau winkt und strahlt vor Stolz. Es ist ziemlich beeindruckend, welche Erfolge Wendy aus den Menschen hervorzukitzeln vermag.

Womit ich allerdings ein Problem habe, ist das, was sie sich selbst antut.

Ich rufe die nächste Folie auf. Jetzt kommt der Teil, in dem ich den Zuhörerinnen vor Augen führe, was Wendy Charles Consulting für sie tun kann, wenn sie nur bereit sind, daran zu glauben, dass sie wirklich alles haben können.

Aber als ich den Mund öffne, um den großen Verkaufscoup zu landen, wird meine Kehle trocken. Als ich bei dem Sie-können-wirklich-alles-haben-Teil angekommen bin, ist meine Zunge zur Wüste mutiert, und meine Hände schwitzen. Ich kann das nicht. Es ist klar wie Kloßbrühe. Ich räuspere mich, schüttele den Kopf.

»Nein«, höre ich mich sagen. »Nein. Schauen Sie … Es tut mir leid. Wendy Charles Consulting ist ein großartiges Unternehmen, und es besteht kein Zweifel daran, dass sie – dass ich – großartige Dinge für Sie tun kann. Aber nein, ich werde mich nicht hier hinstellen und Ihnen erzählen, dass Sie ›alles‹, was auch immer das bedeutet, haben können oder dass Sie überhaupt alles wollen sollten. Nicht alles auf einmal. Ja, es gibt Leute da draußen …« Ich sehe Wendy in die Augen und nehme die Beunruhigung in ihrem Blick wahr, fahre aber fort: »Menschen, die sich vielleicht zu sehr in die eine oder andere Richtung gedrängt fühlen. Frauen, die keine Zeit für sich oder ihre Familien hatten, oder Frauen, die keine Zeit für ihre Karriere hatten – oder auch keine Lust darauf. Und lassen Sie mich Ihnen sagen – ich weiß, wovon ich spreche. Ich war eine davon. Sie dürfen raten, zu welchem Lager ich gehört habe.« Im Publikum wird höflich, wenn auch verhalten gekichert. Vermutlich sind sie sich nicht sicher, worauf ich hinauswill. Ehrlich gesagt, geht es mir da nicht anders.

»Aber wissen Sie was? Ich habe in letzter Zeit viel darüber nachgedacht, und mir ist klar geworden, dass das völlig in Ordnung ist. Ja, vielleicht fehlt in meinem Leben momentan das eine oder andere. Ja, es gibt eine ganze Menge, was viele von uns noch erreichen können, jetzt oder in der Zukunft. Aber müssen wir wirklich jedes einzelne Ziel und jeden Traum sofort anpeilen und umsetzen? Sind wir nicht alle irgendwie erschöpft?« Ich blicke auf und stelle zu meiner freudigen Überraschung fest, wie einige Zuhörerinnen ihren Scone sinken lassen und mich aufmerksam ansehen, manche nicken sogar. »Wäre es nicht besser, wenn wir einen Teil unserer Zeit darauf verwenden würden, herauszufinden, wie wir weniger tun können, wie wir damit aufhören können, uns mehr als den gerechten Anteil an Strapazen aufzuladen, wie wir zu etwas mehr Schlaf kommen, anstatt uns noch mehr der Müdigkeit, den Schuldgefühlen und der Erschöpfung anheimzugeben?«

Ich nutze diesen Moment, um meinen Blick über die Tische schweifen zu lassen und der einen oder anderen in die Augen zu schauen, wenn sich die Gelegenheit bietet. Das Publikum beobachtet mich überrascht, aber durchaus interessiert. Einige Leute scheinen geradezu fassungslos zu sein – vielleicht kennen sie Wendy persönlich. Jemand könnte die Bühne stürmen, wenn ich nicht bald auf den Punkt komme. Also überlege ich mir besser schnell, worauf ich hinauswill.

»Ich bin heute hierhergekommen, um Ihnen die sechs Schritte zu erklären, mit denen Sie jeden Tag mehr schaffen, und ich habe sogar eine clevere Eselsbrücke dafür in meiner Trickkiste hier.« Ich wechsele zur Folie *Tun Sie mehr*, um es zu beweisen. »Aber nein. Das werde ich Ihnen nicht antun. Nicht heute.« Ich klicke auf die nächste Folie, eine nachdenklich dreinblickende Frau am Strand. Das wird auf jeden Fall seinen Zweck erfüllen.

»Wenn die Zeit reif ist, werden Sie alle erfahren, wie man

mehr schaffen kann. Glauben Sie mir, ich kann wirklich stundenlang darüber reden«, sage ich und erlaube mir dann, Wendy direkt anzulächeln. Zu meiner Erleichterung huscht auch über ihr Gesicht ein kleines Lächeln. »Aber heute wollen wir revolutionär sein. Heute sollten Sie in Betracht ziehen, eine Produktivitätsberatung zu engagieren, die Ihnen verrät, wie man weniger tut, und das dafür mit mehr Freude. Wendy Charles Consulting kann Ihnen mit Sicherheit sagen, wie Sie die Welt erobern können. Hundertprozentig, und Sie müssen sich nicht auf mein Wort verlassen.« Ich halte meine Karten in die Luft und blättere sie durch. »Diese Testimonials sind der Wahnsinn.« Das Publikum lacht. Dann öffne ich die Hände und lasse die Karten auf den Boden fallen. »Aber dieses Unternehmen kann Ihnen auch beibringen, wie Sie mehr Freude an dem haben können, was Sie bereits tun. Wir können Ihnen helfen herauszufinden, was Sie nicht mehr tun sollten, weil es Sie unglücklich macht oder stresst. Ja, genau, ich rede von Cupcakes für den Wissenschaftsbasar, auf die Lektüre abgestimmtes Essen für den Buchclubabend und selbst gemachte Kokosmilch-Kollagen-Smoothies!«, sage ich, und im ganzen Raum ertönt wissendes Lachen. »Von der verdreckten Mikrowelle im Pausenraum, die niemand sonst jemals putzt, und den Geburtstagspartys im Büro, für die man unerklärlicherweise immer zuständig ist, und« – ich denke daran zurück, wie in meiner Zeit als Lehrerin irgendwie die Aufgabe an mir hängen blieb, ständig die Kopiermaschine des Mathematik-Seminars zu reparieren – »den Tonerkartuschen, die aus irgendeinem Grund nur von Menschen mit einer Vagina gewechselt werden können.« Dafür ernte ich noch lauteres Lachen aus dem Publikum, eine Zuhörerin erkennt sich darin offenbar so gut wieder, dass sie johlt und klatscht.

»Schauen Sie sich um, meine Damen«, sage ich und bekomme durch die positiven Reaktionen immer mehr Aufwind. »Wir haben hier einen riesigen Raum voll kluger, selbstbewusster Frauen, die zumindest das kleine Privileg genießen, ihre Zeit heute mit mir hier zu verbringen. Wollen Sie dieses Privileg nutzen, um sich so lang zu viel abzuverlangen, bis Sie zusammenbrechen? Oder wollen Sie auf die Bremse treten und anfangen, diesem Wahnsinn ein Nein entgegenzusetzen, nicht nur für sich selbst, sondern für jede Frau, die zu Hause oder in einem Büro mit mehr als ihrem gerechten Anteil zu kämpfen hat? Bei Wendy Charles Consulting können wir Ihnen helfen, herauszufinden, wer endlich seinen Teil der Abmachung erfüllen muss, damit Sie den Raum bekommen, sich zu verwirklichen.« Ich bemühe mich redlich, nicht Seth und Wendy anzuschauen, als ich das sage … aber es gelingt mir nicht. Sie blickt mich direkt an, runzelt jedoch nicht die Stirn. Ich könnte sogar schwören, dass sie mir kaum merklich zunickt.

»Verstehen Sie, was ich meine?«, frage ich und wende mich wieder dem ganzen Publikum zu. »An wen in Ihrem Leben denken Sie, wenn Sie das hören? Wer stand Ihnen sofort vor Augen, als ich sagte, dass Sie wahrscheinlich mehr leisten als andere, nur weil Sie mit Eierstöcken und einem ausgeprägten Verantwortungsbewusstsein zur Welt gekommen sind? Sagen Sie es mir!« Ein paar antworten mir und rufen die Namen der Schuldigen. Der Chef. Die Arbeitskollegen. Die Kinder. Manche fangen einfach an zu klatschen. Andere jubeln laut.

»Wir Frauen können uns von der Vorstellung freimachen, dass der einzige Weg, eine starke, erfolgreiche Feministin zu sein, darin besteht, sich völlig fertigzumachen!«, rufe ich, und während ich das sage, wird mir mit voller Wucht bewusst, dass diese Worte absolut wahr sind. »Wir müssen nicht mehr miteinander konkurrieren.« Ich denke an die Sangria, die Dessert-Versteigerung, das Softball-Testspiel und die blöde Vorratskammer, die genau so in einer Frauenzeitschrift hätte abgedruckt sein können und von der ich dachte, sie wäre die Lösung all unserer Probleme. »Wir müssen uns nicht zu Tode schuften! Wir haben vielleicht noch nicht alle unsere Lebensträume in die Realität umgesetzt, wir haben vielleicht noch nicht alle Punkte auf unserer Liste der ›Dinge, die ich tun möchte, bevor ich sterbe‹ abgehakt oder unser maximales Potenzial ausgeschöpft oder uns auch nur seit fünf Tagen die Haare nicht mehr gewaschen …« Ich mache eine Pause für das Gelächter und beobachte, wie einige Frauen verstohlen an ihren Pferdeschwänzen herumzupfen. »… aber alles im Leben hat seine Zeit, und unsere Aufgabe heute ist es, herauszufinden, in welcher Phase unseres Lebens wir uns gerade befinden, und sie voll und ganz anzunehmen! Wir sind genug, so wie wir sind, genau in diesem Moment, genau an diesem Ort, egal was oder wer wir nicht sind!«

Das Publikum dreht durch. Es wird geklatscht, gejubelt, sogar einige Pfiffe werden laut. Mein Herz klopft wie wild, aber nicht vor Angst, nicht mehr. Vor Erleichterung, vor Freude. Es ist, als sähe ich plötzlich alles kristallklar vor mir. Ich schaue Wendy wieder an und erkenne diesmal ganz deutlich: Sie nickt. Ihre Augen sind aufgerissen, und sie sieht schockiert aus, aber sie ist nicht verärgert. Sie gibt mir zu verstehen: Mach weiter!

Beschwingt strahle ich in die Menge. »Macht das nicht mehr Spaß als eine Gedächtnishilfe?«, frage ich. Noch mehr Klatschen. Noch mehr Jubel. Wenn ich die Situation nicht unter Kontrolle bekomme, werden sie wohl bald Sprechchöre anstimmen.

Ich warte, bis der Aufruhr etwas nachlässt, und merke, dass Davis versucht, meine Aufmerksamkeit zu erregen. Abwechselnd reckt er enthusiastisch den Daumen hoch und tippt bedeutungsvoll auf seine Uhr, während er mit den Lippen die Worte »Komm zum Ende« formt.

»Ladys, vielen Dank, dass Sie hier waren«, sage ich. »Danke, dass Sie das aufnehmen, was ich Ihnen heute angeboten habe. Jetzt möchte ich Sie in die Welt hinausschicken, mit der Mission, weniger zu tun!«

Noch mehr Klatschen. Dann fällt mir plötzlich wieder meine

eigene Mission ein. »Und wenn Sie nicht wissen, wie Sie das anstellen sollen, gehen Sie auf WendyCharlesProductivity.com und vereinbaren Sie noch heute einen ersten Termin, denn wir können Ihnen helfen!«

Mit diesem Paukenschlag verlasse ich die Bühne. Mein Herz ist kurz vorm Platzen und klopft wie verrückt. Als ich wie ein gefeierter Rockstar die Bühnentreppen hinuntersteige, sehe ich Wendy, die mich mit offenem Mund anstarrt und dann grinst, während sie langsam zu klatschen beginnt. Ich sehe Seth, der völlig gelangweilt an die Decke starrt. Ich sehe Davis, der mir lachend applaudiert und verwundert den Kopf schüttelt. Ich sehe Anna Joy, die einen knallroten Ringlutscher schleckt.

Und schließlich sehe ich Hugh, der den Arm locker um Samuel gelegt hat, den Daumen nach oben reckt und mir freundlich zunickt. So sieht ein Mann aus, der keine Ahnung hat, wie sehr seine Frau ihn gerade vermisst. Es ist, als ob mein Herz mir aus der Brust springen und ihm zufliegen wollte. Ich wünschte, er wüsste, dass es seine eigene Frau war, die er heute angefeuert hat. Am liebsten würde ich in seine Arme laufen und ihm sagen: *Danke.* Danke, dass du mich in den letzten zwölf Jahren – wie würde Wendy es nennen? Ach ja – ›verdammt alles‹ tun lassen hast. Danke, Hugh, dass du es mir ermöglicht hast, mich so um unsere Kinder zu kümmern, wie ich es damals für richtig gehalten habe. Danke, dass du so unglaublich geduldig bist mit meiner Suche nach der perfekten Art und Weise, Kinder großzuziehen.

Und außerdem: Ich glaube, ab heute kann ich diese Suche offiziell ad acta legen.

Ich schlucke das alles herunter. Solang ich Wendy bin, kann ich ihm nichts von alldem erzählen. Und es bricht mir das Herz.

Bis heute, bis zu diesem Augenblick, habe ich nicht wirklich realisiert, wie viel ich zu verlieren habe, wenn ich nicht bald mein wahres Ich zurückbekomme. Davis ist gut aussehend und so weiter, aber durch Hugh habe ich erst begriffen, was wahrhaftige Freude ist. Er ist der Mann, der mir die Zeit gegeben hat, um in meinem ganz eigenen Tempo all das herauszufinden, was ich heute über mein Leben weiß. Im Laufe der Jahre habe ich mir selbst eingeredet, dass ich für den Arbeitsmarkt nicht interessant genug sei, dass Kinderbetreuung mehr koste, als ich verdienen kann, dass das Mutterdasein alles ist, wozu ich tauge und bei dem ich wirklich von Nutzen sein kann. Aber das ist alles Unsinn, und ich brauche das nicht mehr. Ich bleibe gern zu Hause. Ich mache gern Obst-Sushi. Ich muss es nicht tun, weil das notwendig ist. Ich mache es einfach gern.

Trotzdem habe ich keine Lust mehr auf die Gazpacho.

Ich laufe schnurstracks auf Wendy zu und teile ihr das mit.

»Ich will die Gazpacho nicht mehr machen.«

Sie sieht mich fassungslos an und zieht mich am Arm in eine Nische des Flurs, gleich neben den Eingang zum Ballsaal. »Was zum Teufel hast du gerade getan?«, fragt sie.

»Ich habe alles auf den Kopf gestellt«, gestehe ich. »Es tut mir leid. Aber ich musste es tun. Mit allem, was mir plötzlich über unser beider Leben klar geworden ist, konnte ich mich unmöglich vor einen Raum voller bereits überforderter Frauen stellen und ihnen erzählen, dass sie immer mehr, mehr, mehr tun sollen. Denk an all diese Menschen. Überleg dir, wie sie sich dabei gefühlt hätten.«

Sie starrt mich eine ganze Weile an. Und ich denke: Okay, das war's. Das ist der Moment, in dem sie ausrastet, mich tötet und meine Leiche in der Gefriertruhe in meinem eigenen Keller versteckt. Aber stattdessen schlingt sie die Arme um mich und drückt mich fest an sich. »Ich muss nicht darüber nachdenken, wie sie sich dabei gefühlt hätten. Ich weiß, wie ich mich dabei gefühlt habe. Und ich weiß, dass es an der Zeit ist, das zu ändern.«

Bevor ich etwas erwidern kann, kommt Davis auf uns zugelaufen und tut so, als wäre ich die einzige Person im ganzen Raum. »Hast du das gesehen?«, fragt er aufgeregt. Er hält sein

Handy hoch, auf dem er Wendys Terminplan für die nächste Woche aufgerufen hat. Alles ausgebucht. Jeder mögliche Termin ist mit dem Namen einer neuen Kundin versehen.

Wendy klappt die Kinnlade herunter. Ich lehne mich zu ihr und flüstere: »Vergiss niemals, dass du Menschen inspirierst. Alles, was ich heute gesagt habe, habe ich überhaupt nur durch dich verstanden.«

Sie wirft mir einen intensiven Blick zu, und in ihren Augen schimmern Tränen. »Danke«, sagt sie. Es ist nur ein Wort, aber mir bedeutet es alles.

Davis tätschelt mir den Rücken. »Du warst der Wahnsinn«, meint er. Und dann, vor Seth, Jesus und allen anderen, fällt mir der Mann um den Hals und umarmt mich voller Freude. Und noch etwas anderes schwingt in der Umarmung mit. Verlangen.

Ich sauge es alles in mich auf. Das war's für mich. Das wird höchstwahrscheinlich das letzte Mal in meinem ganzen restlichen Leben gewesen sein, dass ich mich einer Schwärmerei hingegeben habe, weil ich eben festgestellt habe, wie wahnsinnig verliebt ich in meinen Mann bin. Und das bedeutet, dass ich unfassbares Glück habe. »Unglaublich, Wendy!« Davis fasst mich an den Schultern. »Du hast dich selbst übertroffen.« Und dann raunt er mir etwas leiser ins Ohr: »Du bist unglaublich. Das musste ich dir einfach sagen.«

Ich weiche ein Stück zurück. Sauge die Bewunderung in mich auf. Und antworte gerade so laut, dass nur er und die echte Wendy es verstehen können: »Weißt du was? Das bin ich. Ich habe es nicht immer selbst so gesehen, aber irgendwie bin ich tatsächlich unglaublich. Danke, dass du das bemerkt hast, Davis, sodass auch ich es bemerken konnte.«

Dann wende ich mich Wendy zu. »Denkst du dasselbe wie ich?«, frage ich sie.

Sie nickt. »Es ist Zeit, dass wir beide uns ordentlich betrinken.«

An diesem Abend kuschele ich Samuel, Joy und Zoey zum, wie ich glaube, letzten Mal in ihren Betten ein. Bei allen dreien bleibe ich eine Weile sitzen. Morgen werde ich wieder ich selbst sein, aber ich werde auch anders sein, und ich werde diese Kinder vermissen.

Auch Hugh werde ich vermissen. Als ich ihm sage, dass ich mit meiner neuen Freundin etwas trinken möchte, atme ich seinen Duft ein – eine angenehme Mischung aus Aftershave und Weichspüler, die mich für immer an ihr großes, weiches Bett und meine Lüge über meine vaginale Gesundheit erinnern wird. Er fragt mich, ob ich morgen ausschlafen möchte, da Sonntag sei. Er bietet an, die Kinder früh zum Softballplatz zu bringen, wohin ich nachkommen könne, wenn ich ein paar extra Runden Schlaf bekommen habe.

Dieser Mann …

Bevor ich von Celeste das angelaufene Glas rosafarbene Sangria annehme, das sie mir eingeschenkt hat, frage ich sie deshalb: »Du wirst gut zu ihm sein, ja?«

»Redest du von Hugh?«, fragt sie. »Ich bin immer gut zu ihm gewesen.«

»Ich möchte, dass du unfassbar gut zu ihm bist. Unaufgeforderte Rückenmassagen und so.«

Celeste nickt. »Wenn das hier vorbei ist, werde ich sogar so gut zu ihm sein, dass ich, ohne zu meckern, zu allen Arbeitsveranstaltungen mitgehe«, verspricht sie mir. »Plus ein paar Sexsachen.«

Ich hebe entsetzt die Hände. »Bitte erspare mir die Details.«

Sie lacht. Dann hebt sie ihr Glas, und ich tue es ihr nach. »Lass uns darauf anstoßen.«

»Was glaubst du, wie dieser zweite Tausch laufen wird?« frage ich sie, als wir es uns auf unseren großen Softballdecken auf dem Rasen in meinem Garten gemütlich machen und zum schönen Blätterdach der Bäume und in den dunklen Nachthimmel hinaufblicken.

»Ich habe keine Ahnung, warum du mich das fragst«, antwortet sie. »Aber vielleicht betrinken wir uns einfach, bis wir nicht mehr geradeaus laufen können, und gehen dann ins Bett? Das scheint beim letzten Mal ja gut geklappt zu haben.«

Ich nicke. »Aber was ist, wenn wir nach einem Glas davon wieder anfangen zu streiten?«

Celeste sieht mich streng an. »Ich glaube, du hast heute Morgen schon alles gegeben, oder?«

Ich schaue zu Boden. »Es tut mir leid. Ich habe mich total daneben benommen.«

»Es tut mir leid, was ich dir daraufhin an den Kopf geworfen habe«, sagt sie. »Aber ich entschuldige mich nicht dafür, dass ich deine Backzutaten sortiert habe.«

»Weißt du was, Celeste?« Ich schüttele den Kopf und fahre dann fort: »Es ist mir egal, wo du den braunen Zucker hinräumst, ich backe sowieso nicht. Und damit habe ich offiziell überhaupt kein Problem. Schließlich habe ich heute diese wirklich inspirierende Rede gehört, und die hat mich auf den Gedanken gebracht, dass ich vielleicht einige meiner Glaubenssätze darüber, was eine Mutter ›tun sollte‹, vergessen muss.«

»Du bist also gar nicht sauer über meine kleine, äh, Konzeptanpassung?«

»Sauer? Nein. Vielleicht ein bisschen schockiert.«

»Du wirst in den nächsten sechs Wochen ein Vermögen verdienen, falls dich das tröstet. Dein Terminkalender ist bis August komplett ausgebucht.«

»Das Problem ist«, antworte ich, »dass alle diese Leute von mir erwarten, dass ich ihnen verrate, wie sie mehr haben können, indem sie weniger tun. Und ich glaub nicht, dass das der Wahrheit entspricht.«

»Aber es stimmt!«, beharrt Celeste. »Es muss einfach wahr sein. Sieh dir unser Leben an. Wir haben es jetzt von beiden Seiten des Dornenstrauchs betrachtet, und beide sind einfach … zu viel. Irgendwo muss man Abstriche machen. Da musst du mir doch zustimmen.«

»Ich denke schon«, sage ich mit einem tiefen Seufzer.

»Du wirst das ebenso hinkriegen, wie du es hinbekommen hast, einen Businessplan zu schreiben, ein Unternehmen zu finanzieren, Leute einzustellen, eine Partnerschaft zu gründen, Topklienten zu überzeugen, eine Planerkollektion zu veröffentlichen und Keynotes zu halten. Du nimmst all dein Wissen über Produktivität und wendest es – genau wie bei der Bankkassiererin – nur auf die wichtigsten Dinge in deinem Leben an.«

Ich sehe sie erstaunt an. »Glaubst du wirklich, dass ich das kann?«

»Natürlich kannst du das! Ich bin völlig überzeugt von Wendy Charles Consulting. Eines Tages werde ich Zoey zu dir schicken, damit sie sich deine abgefahrenen Fähigkeiten abgucken kann.«

Ich stelle mein Getränk für einen Moment ab. »Wirklich? Du würdest mir deine Tochter anvertrauen?«

»Nun tu nicht so überrascht«, erwidert sie. »Immerhin betreust du seit einer Woche meine Kinder.«

»Ja, aber … Ich dachte, ich bekomme das nicht besonders gut hin«, gestehe ich ein.

»Nicht ernsthaft«, sagt sie. »Das hast du nicht wirklich geglaubt.«

»Doch, ehrlich! Von uns beiden bist du die gute Mutter«, erinnere ich sie. »Und ich die Geschäftsfrau.«

Sie verdreht die Augen. »Es könnte ja vielleicht sein, dass du beides bist. Nur vielleicht.«

Ich denke eine Weile darüber nach. »Seth hat einmal zu mir gesagt, dass wir beide zu egoistisch für Kinder seien. Daran muss ich immer noch ständig denken. Was für eine Mutter würde lieber arbeiten gehen, als bei ihren Kindern zu sein? Der Job sollte einem doch nicht wichtiger sein als die eigenen Kinder.«

»Das ist bescheuert«, meint Celeste, und ich merke, dass der Wodka bei ihr anschlägt. »Was für Quatsch. Vielleicht ist dir die Arbeit im Büro lieber als erzieherische Pflichten, aber das heißt noch lange nicht, dass du deinen Job über deine Kinder stellst. Das bedeutet einfach nur, dass man ein normaler Erwachsener ist, der lieber erwachsene Dinge tut.«

»Du tust das aber nicht«, wende ich ein.

»Ja, na ja, die Menschen sind eben verschieden.« Nach einem Moment fügt sie hinzu: »Dir ist aber schon klar, dass, nur weil ich gern bei meinen Kindern zu Hause bleibe, ich mir trotzdem etwas Schöneres vorstellen kann, als Windeln zu wechseln oder zwei Stunden lang My Little Pony zu spielen?«

Ich sage eine Weile lang nichts, denn nein, ich glaube nicht, dass ich das bis jetzt wirklich verstanden hatte. »Ich wollte mit Joy My Little Pony spielen und habe es etwa sieben Minuten durchgehalten«, gebe ich zu.

»Immer noch besser als Hugh. Der schläft schon ein, während sie ihm noch die Spielregeln zu erklären versucht. Meistens integriert sie ihn dann einfach ins Spielfeld, und wenn er wieder aufwacht, muss er stillhalten, bis die Ponys vom ›Papaberg‹ wieder runterreiten.«

»Das ist sehr süß«, sage ich.

»Wahnsinnig süß.«

Ich schaue mein Glas an. Leer. Also stelle ich es ab und drehe mich auf der Decke auf den Rücken. Celeste greift sich den Krug mit der Sangria und schenkt uns beiden nach. In der abendlichen Stille stelle ich mir vor, wie all unsere Babys friedlich in ihren Zimmern schlummern, und ein Schmerz durchfährt meinen Körper. »Ich kann es kaum abwarten, wieder ich selbst zu sein«, sage ich zu Celeste. »Schon allein für eine feste Umarmung von Linus.«

»Er ist ein wahres Kuschelmonster«, stimmt sie zu.

»Er ist wie eine Wärmesuchrakete«, sage ich. »Unglaublich, wie sehr ich ihn vermisse.«

»Warum? Er ist so liebenswert. Ich werde ihn auf jeden Fall vermissen, wenn wir zurücktauschen.«

»Sagtest du nicht, er wäre eine anspruchsvolle Jordan-Mandel?«

»Er ist eine sehr liebe, sehr kluge Jordan-Mandel, die langsam den Dreh raus hat beim Wäschezusammenlegen.«

»Du nimmst mich auf den Arm«, antworte ich. »Du hast Linus dazu gebracht, dass er im Haushalt hilft?«

»Sie haben jetzt beide ihre festen Aufgaben im Familien-Haushaltsplan. Ich hab's echt drauf, Wendy, und du wirst schon sehr bald Lobeshymnen auf meine pädagogischen Fähigkeiten singen.«

Ich lache. »Ich bete dich jetzt schon an. Du bist die verdammte Mutter des Jahres. Ich versuche seit Jahren, die Kinder dazu zu kriegen, diese Sachen zu machen. Ohne Erfolg.«

»Lass mich raten: Es ist einfacher, wenn du es direkt selbst erledigst.«

»Genau. Einfacher und schneller, und es wird richtig gemacht.«

»Wenn du möchtest, dass deine Kinder sich selbst um ihre Wäsche kümmern, stell dich besser auf jede Menge rosa verwaschene Klamotten ein«, sagt sie.

»Das schaff ich nicht. Solche Sachen sehe ich viel zu eng.«

»Korrektur: Du hast das bisher zu eng gesehen. Jetzt bist du die Gelassenheit in Person.«

Darüber muss ich mehr lachen, als ich sollte. »Ich bin eins mit der rosa verfärbten Wäsche. Om. Nimmst du mir das ab? Ich nehme mir das überhaupt nicht ab.«

Celeste lacht nur.

»Weißt du, wovon ich träume?«, fahre ich fort. »Mein Traum

ist es, eine Mom zu sein, die rosa verwaschene Klamotten nicht aus der Ruhe bringen. Die auf den Familien-Haushaltsplan besteht, auch wenn das mehr Arbeit macht, als wenn ich es selbst erledigen würde. Die Happy Meals für ihre Kinder bei McDonald's kauft, ohne sich insgeheim dafür zu schämen, und sich dann aber auch ab und an als Familie zusammenzusetzen und sie gemeinsam zu essen.«

»Das klingt doch absolut machbar«, sagt Celeste. »Ich stehe da bei allem total hinter dir.«

»Wovon träumst du?«, frage ich sie.

»Mein Wunsch wäre es, dass meine Kinder zu gesunden Erwachsenen heranwachsen, die wissen, was sie glücklich macht, und ihr Leben entsprechend gestalten. Und wenn sie einmal nicht glücklich sind, wünsche ich mir, dass sie den Sturm überstehen, in dem Wissen, dass er irgendwann vorbeigehen wird.« Sie seufzt. »Aber dabei brauchen sie mich von Jahr zu Jahr weniger, so langsam wird mir das aus der Hand genommen.«

»Es wird noch Jahre dauern, bis Joy dich nicht mehr braucht.«

Sie schüttelt den Kopf. »Das geht schnell. Es wird mir vorkommen wie ein kurzer Augenblick.«

»Umso mehr solltest du einen Gang runterschalten und es genießen«, höre ich mich sagen. Dann füge ich hinzu: »Oh, mein Gott, ich kann nicht glauben, dass ich das gerade gesagt habe. Dieser Wodka ist echt ein krasses Zeug.«

»Noch ein Glas?«

»Ja, bitte. Was wirst du als Erstes machen, nachdem wir wieder getauscht haben?«, frage ich sie.

»Hugh einen langen Kuss geben. Und ihm sagen, wie sehr ich ihn liebe.«

Ich schweige.

»Was?«

»Na ja … das wird nicht das Erste sein, was ich tun werde«, erwidere ich.

»Das möchte ich hoffen. Hugh wäre ziemlich verblüfft.«

»Ich meine Seth.«

Sie seufzt. »Das weiß ich doch. Ich wollte dich nur ablenken.«

Ich lächele sie schwach an. »Du bist eine gute Freundin, Celeste.«

Sie schüttelt den Kopf und hält die Flasche mit dem Birkensaft-Wodka in die Höhe. »Was ist nur in diesem Zeug?«, fragt sie mit einem herzlichen Lachen.

»Was auch immer es ist, es hat ordentlich Wumms.«

»Wenn das hier vorbei ist, kommt er hinter Schloss und Riegel.«

»Wenn das hier vorbei ist. Unfassbar, dass eine ganze Woche rum ist, oder?«, frage ich sie.

»Es kommt mir wie ein ganzes Jahr vor«, verkündet sie im selben Moment, in dem ich anfüge: »Es kommt mir nur wie eine Minute vor.«

Wir sehen uns an und lachen.

»Ganz genau«, sage ich.

»Ganz genau«, stimmt sie zu.

Es entsteht eine lange Pause. »Was ist, wenn es nicht funktioniert?«, fragt Celeste dann.

»Wir werden zurücktauschen.«

»Aber was, wenn nicht?«

Ich halte inne und denke nach. Nie im Leben hätte ich mir vorstellen können, dass ich es überhaupt diese sieben Tage aushalte, nicht in meiner eigenen Haut zu stecken. Der heutige Abend ist ein Meilenstein, der das Ende einer kompletten Woche markiert, und allein der Gedanke daran, dass dies alles noch länger andauern könnte, fühlt sich wie ein echter Stein an, der mir auf der Seele liegt.

Dieses Gefühl kenne ich von jedem einzelnen Silvesterabend meines Lebens: Die Vorstellung, dass, wenn ich nicht sofort meine gefassten Vorsätze in die Tat umsetze, ich es vielleicht niemals tun werde.

»Wir müssen auf jeden Fall sichergehen, dass wir genug von dem Zeug trinken«, sage ich entschieden. Denn ich könnte es nicht ertragen, wenn es nicht klappt. Die Alternativen sind keine Option.

»Wenn das so ist, möchtest du noch ein Glas?«, fragt sie mich.

Ich greife mir den Krug. »Aber gern doch.«

21
Sonntagsüberraschung

Wendy

Als ich am nächsten Morgen aufwache, brummt mir der Kopf und mein Mund ist trocken. Ich kneife die Augen zu, so fest ich kann, und hoffe mit aller Kraft. Dann öffne ich langsam die Lider. Langsam.

Verflucht. Mit Celestes kristallklarem Blick nehme ich ihr Schlafzimmer, ihren Körper und ihr hübsches cremefarbenes Nachthemd wahr. Ich bin immer noch sie. Sie ist immer noch ich. Es ist Sonntag, eine ganze Woche ist vergangen, und wenn ich jetzt meinen Körper noch nicht zurückbekommen habe … werde ich ihn jemals zurückbekommen?

Bevor ich anfangen kann, hysterisch zu heulen, klingelt es an der Tür.

Wer könnte um diese Zeit bei Celeste klingeln, frage ich mich. Und dann wird mir klar, dass es bereits helllichter Tag ist, die Sonne draußen lacht und Hugh bereits unterwegs ist, also stürme ich im Gleichklang mit dem Pochen in meinem Schädel die Treppe hinunter und versuche, mich nicht auf Celestes Türvorleger zu übergeben.

»Hallo?«, sage ich, noch bevor ich die Tür ganz aufgemacht habe.

»Ich bin verflucht noch mal immer noch du!«, ruft Celeste, und schon dieser unschuldige Fluch reicht aus, um meine Aufmerksamkeit zu wecken. »Und wir sind spät dran für das Spiel!«

Ich versuche, die Augen ganz zu öffnen, kneife sie dann wieder zu und bitte sie, mir einen Moment Zeit zu geben.

Sie steht in meinem Körper vor mir, trommelt mit den Zehen auf den Boden und fragt: »Willst du dir jetzt vielleicht mal eine Hose anziehen, oder was?«

Ich ziehe meine Hose an und bemerke dabei, dass Hugh daran gedacht hat, mir einen Zettel auf meinen Nachttisch zu legen, aus dem ich erfahre, dass ich ihn und die Kinder beim Spiel treffen soll. Dann folge ich Celeste zu meinem geliebten Jeep und steuere aus Gewohnheit die Fahrerseite an. »Tut mir leid«, sage ich, aber sie winkt ab. »Nein, ehrlich gesagt, ich glaube, es ist besser, wenn du fährst. Ich bin immer noch viel zu traumatisiert, dass ich nicht wieder ich selbst bin. Nichts für ungut. Ich wollte einfach so unglaublich gern wieder ich selbst sein.«

Ich nicke und bin nur zu froh, das Steuer übernehmen zu können – am liebsten würde ich jetzt fahren wie bei einem NASCAR-Rennen. »Glaubst du …«

»Dass wir aus der Nummer nicht mehr rauskommen?«, vervollständigt sie meine Frage. »Ich weiß es nicht, Wendy. Ich weiß nur, dass ich mein Leben zurückhaben will.« Ihre Augen füllen sich mit Tränen.

Ich will mein Leben auch zurück, aber Celeste ist dabei, die Kontrolle zu verlieren. »Okay«, sage ich, weil ich nicht weiß, was ich sonst tun soll. »Versuch, nicht auszuflippen.«

»Ausflippen ist eine Untertreibung. Ich bin so angespannt, dass ich alle übrig gebliebenen Ostersüßigkeiten deiner Kinder aufgegessen habe, ehe ich zu dir rübergekommen bin«, gibt sie zu und zeigt mir einen Stoffbeutel mit lauter leeren Verpackungen. »Ich weiß nicht, was ich noch tun soll. Ich weiß, dass wir nicht das Leben der jeweils anderen in Ordnung bringen sollen, und ich habe all meine Hoffnung in diesen blöden Wodka gesetzt …«

Ich schüttele den Kopf. »Das war meine Idee«, gebe ich zu. »Mir kam keine andere Lösung in den Sinn.« Auch ich bin kurz vorm Weinen. »Alles, was ich weiß, ist, dass ich meine Kinder unfassbar vermisse. Ich vermisse mein blödes Haus mit der unaufgeräumten Vorratskammer und dem Loch in der Wand. Ich vermisse meinen Alltag und meinen Stress, ich vermisse sogar meine verrückte Schwester!« Mir kommen die Tränen, und ich versuche verzweifelt, sie wegzublinzeln, als ich auf den Parkplatz des Softballfelds einbiege.

Celeste legt mir tröstend die Hand auf den Arm. Sanft. Ich habe sie missverstanden, sie unterschätzt und mich bei jeder Gelegenheit über ihre Meinung hinweggesetzt. Und trotzdem ist sie nach all dem immer noch für mich da.

Aber als ich den Motor ausmache und zu ihr hinüberschaue, um ihr für all ihre guten Absichten zu danken, auch wenn sie nicht immer ihr Ziel erreicht haben, merke ich, dass sie mir nicht auf die Schulter klopft, um mich zu trösten. Sie versucht, meine Aufmerksamkeit zu erregen. Sie keucht. Sie ringt nach Luft, als ob etwas mit ihrer Luftröhre nicht stimmt. »Celeste?«, frage ich. »Geht es dir gut?«

Ihr Gesicht ist rot angelaufen, und sie schüttelt den Kopf. Sie stößt ein beängstigendes, luftloses Geräusch aus. »Erstickst du gerade?«, frage ich sie.

Sie schüttelt wieder den Kopf und fängt an, die Haut an ihrem Hals zu kratzen, über der Luftröhre. Es bleiben knallrote Flecken zurück, und ihre Augen tränen heftig. Sie beginnt zu husten, und dann, als sie ihre Hände bewegt, sehe ich sie. Quaddeln auf ihrer Brust. Hunderte weitere tauchen auf ihren Armen auf. Sie erscheinen direkt vor meinen Augen, als würde sie von tausend unsichtbaren Bienen gestochen werden.

Plötzlich verstehe ich.

»Celeste!«, schreie ich. »Was hast du gegessen?«

Sie schüttelt den Kopf, deutet aber auf die Tür. Ich springe aus dem Jeep und renne auf ihre Seite hinüber, um im Fußraum nachzuschauen. Da ist nichts. Der Boden ist sauberer, als ich ihn je gesehen habe, aber sie zeigt immer wieder keuchend auf die Tasche mit den Snacks für das Spiel, und da fällt mir wieder die Süßigkeitenverpackung ein. Ich schüttele die Tasche aus, und da ist sie – die Tüte, die ich überall erkennen würde. Gelb, quadratisch, mit gefalteten Seiten.

Erdnuss-M&Ms.

Ich bin allergisch gegen Erdnüsse. Ich lasse die Verpackung fallen wie eine heiße Kartoffel, aber dann wird mir klar: Nicht ich bin es, die allergisch auf Erdnüsse reagiert, sondern mein Körper. Der Körper, in dem Celeste gerade steckt. Ich muss vergessen haben, sie darauf hinzuweisen, und sie hat Erdnüsse gegessen, weshalb sie nun einen anaphylaktischen Schock erleidet und Adrenalin braucht. Ich habe den EpiPen in der hinteren Reißverschlusstasche meiner Handtasche – die im Moment Celestes Handtasche ist –, die ich normalerweise überall dabeihabe. Sie ist aus schwarzem Leder, hat die Größe eines gebundenen Buchs und einen langen Trageriemen – ich beginne, das Auto danach zu durchkämmen. Ich kann sie nirgends finden. Warum ist sie nicht hier? Alles, was ich finde, ist eine große Leinentasche, die ich normalerweise für Gebäck und Blumen benutze, wenn wir auf den Bauernmarkt gehen. Sie ist groß genug, um einen ganzen Wocheneinkauf darin zu verstauen, nur ist sie jetzt vollgepackt mit Feuchttüchern, gesunden Snacks, zusätzlichen Socken, einem Kinderbuch, einem Jugendbuch, einer Packung Filzstifte, einem Regenmantel – für welche Expedition hat die Frau diese Tasche gepackt?

Aber den EpiPen finde ich nicht. Ich habe alles im Kofferraum des Jeeps ausgebreitet, jeden einzelnen Gegenstand herausgenommen und alles durchwühlt. Kein EpiPen. Wie kann sie überhaupt ohne EpiPen das Haus verlassen, obwohl sie stark allergisch ist? Warum hat sie nicht einfach weiter meine Handtasche benutzt? Verdammt, Celeste! Warum musst du immer so vorbereitet sein?

Sie gibt weiter Geräusche von sich, aber sie wird immer leiser. Ihre Augen blicken wild, als ich zu ihr an die Beifahrertür trete und sie ansehe. Ich sage ihr, dass alles gut werden wird. Sie habe eine Reaktion auf etwas, gegen das ich allergisch bin. Erdnüsse, erkläre ich so sanft und ruhig wie möglich, obwohl ich innerlich beinahe durchdrehe. Ich habe keine Ahnung, ob die Rettungssanitäter es rechtzeitig hierher schaffen, um ihr eine Spritze zu geben. Ich wähle den Notruf und sage, dass meine Freundin eine Anaphylaxie hat, und sie fragen mich, ob ein Injektionsstift in der Nähe ist, und gerade als ich verneinen will, denke ich: SOFIA! Erdnussallergie, genau wie bei mir. Ihre Mutter hat in die Softball-Uniform ihrer Tochter eine Tasche für den Injektor eingenäht, damit sie ihn stets griffbereit hat.

Ich sehe Celeste an – ihre Augen fallen zu. Während ich den Stift hole, muss jemand bei ihr bleiben, um im Notfall mit einer Herzdruckmassage beginnen zu können, aber ich habe Angst, sie hier allein zurückzulassen, und wegen des lauten Jubels auf dem Spielfeld hört mich niemand schreien. Meine Gedanken überschlagen sich, und mein Puls rast, während ich kurzerhand beschließe: Okay, ich muss sie mitnehmen. Sie steckt in meinem kleinen Körper, und meine Schultern sind die einer Frau, die immer noch ein zwanzig Kilo schweres Kleinkind überall hinschleppt. Das Feld ist keine zehn Meter entfernt. Ich muss einfach nur hochlaufen und Hilfe holen, jemanden dazu bringen, notfalls mit der Herzdruckmassage zu beginnen, während ich den Stift besorge, oder umgekehrt. Egal wie, aber ich kann sie nicht allein hier im Auto lassen. Ich umfasse ihr Kinn und frage: »Kannst du mich hören?«, und als sie nickt, sage ich: »Bleib ganz ruhig und versuch auf meinen Rücken zu klettern.« Sie hievt sich auf meinen Rücken, ihr Oberkörper hängt über meine Schultern wie ein nasser Sack, und ihre Beine stehen wackelig auf dem unteren Türrahmen des Autos. »Okay«, sage ich, obwohl ich unter ihrem Gewicht zusammenzucke. »Stoß dich ab!«

Sie schiebt sich schwach mit den Beinen ab, und los geht's. Ich trage sie über beide Schultern, ihre Taille in meinem Nacken, wie es die Feuerwehrmänner machen und wie ich es in einem Erste-Hilfe-Seminar auf irgendeiner Frauenmesse, an die ich mich sonst nicht einmal mehr erinnern kann, gelernt habe. Ich stolpere auf das Feld zu und schreie: »Hilfe! Hilfe! Wir brauchen den EpiPen!«

Irgendwie schaffe ich es auf den Rasen, ich sehe Sofia, sie ist ganz nah, ich sehe sie an der Pitcher's Plate stehen, und ich weiß, dass sie den Stift hat, aber sie scheint mich nicht zu hören, also lege ich Celeste so vorsichtig wie möglich ab, während einige Väter herbeigeeilt kommen, um mir zu helfen. Ich sage ihnen, sie sollen notfalls mit der Wiederbelebung beginnen, denn Sofia ist so nah, dass ich beschließe, zu ihr zu rennen. Ich werde den Stift holen, und dann wird Celeste wieder Luft bekommen. Also renne ich, so schnell ich kann, auf das Spielfeld, direkt auf die Pitcherin zu, auf den Stift zu, von dem ich weiß, dass er in ihrem Hosenbund eingenäht ist. Ich sehe nicht, wie Sofia den Ball wirft, ich nehme überhaupt nicht wahr, dass die Schlagfrau ihn trifft, bevor der Schiedsrichter mich aufs Feld stürmen sieht. Plötzlich explodiert mein Kinn in irrem Schmerz, und mir ist schleierhaft, was mich da getroffen hat, bis erst der Softball, der mich gerade in direkter Linie aus fünf Metern Entfernung erwischt hat, auf den Boden aufschlägt und dann ich. Ich bin auf die Knie gesackt, die Welt um mich herum wird ganz weiß und klein, kaum einen Meter von Sofia entfernt, schaffe ich es irgendwie, ihr, so laut ich kann, zuzurufen: »Gib ihr deine Allergiespritze!«

Ich könnte schwören, ich sehe jemanden auf uns zurennen, viele sogar, aber sicher bin ich mir nicht, denn dann schrumpft alles auf winzige Größe zusammen, wird stecknadelkopfgroß.

Und dann folgt: einfach absolut nichts.

Ich kann kaum fassen, was dann passiert. Zwar habe ich schon EpiPens gesehen, aber noch nie wurde mir von einem elfjährigen Mädchen einer in den Oberschenkel gerammt. Noch nie wurde ich von meinem eigenen Körper, in dem in diesem Moment eine andere Person steckte, quer über die Schultern geworfen. Noch nie war ich allergisch auf Erdnüsse, bis sich herausstellte, dass dies in der Tat die gesamte vergangene Woche der Fall war. Ich wünschte, jemand hätte das erwähnt. Bevor ich ganze drei Tüten Erdnuss-M&Ms in Snackgröße quasi inhaliert habe.

Doch nachdem ich die Dosis verabreicht bekommen habe, dauert es nur wenige Augenblicke, und das Gefühl, auf trockenem Boden zu ertrinken, lässt nach. Gierig sauge ich die Luft in meine Lungen. Mein Herz schlägt immer noch sehr schnell, und die Injektionsstelle an meinem Bein pulsiert leicht. Ich fühle mich ein klitzekleines bisschen zittrig, aber das kommt noch nicht einmal, sagen wir, an die Wirkung eines echten Espresso ran. Allmählich geht es mir besser. Mir geht es sogar viel besser, und ich bin dermaßen verblüfft über die ganze Situation, dass es eine Weile dauert, bis ich bemerke, dass mein richtiger Körper neben mir liegt. Bewusstlos. Was die Frage aufwirft, was mit Wendy passiert ist. Ich versuche, auf die Füße zu kommen, um das herauszufinden, aber dabei wird mir ziemlich schwindelig, und ich merke, wie mich starke Arme entschieden an Ort und Stelle halten – Davis' starke Arme, wie ich überrascht feststelle.

»Nicht aufstehen«, sagt er zu mir. »Der Krankenwagen ist schon da.«

»Aber was ist mit Wendy passiert?«, will ich wissen. »Ist sie ausgeflippt und in Ohnmacht gefallen?«

Davis sieht sich panisch um. »Sie ist nicht ganz bei sich«, ruft er den Sanitätern zu. »Sie weiß nicht, wer sie ist!«

Ich zwinge mich zum Nachdenken. Mir fällt die letzte Woche ein. »Ich meine Celeste. Was ist mit Celeste?«

Ein Rettungssanitäter kommt zu mir gesprintet und checkt meine Werte. Ich verrenke mir den Hals, um zu sehen, wo Wendy ist. Warum steht sie nicht auf? Ist das … ist das alles Blut?

»Was ist passiert? Ist Hugh hier? Kann mir jemand sagen, was los ist?«

Davis dreht sich um, schaut in die Richtung, in die ich zeige, und wirkt überrascht über das, was er sieht. Er wirft mich geradezu in die Arme des Sanitäters und eilt zu Wendy hinüber, um die sich eine Menschenmenge bildet. Hugh ist schon da. Hugh und die Kinder. Wendys und meine, die schockiert und verängstigt aussehen. Linus weint.

»Bridget!«, rufe ich. »Was ist hier los?«

Sie mustert verwirrt die Sauerstoffmaske, die Blutdruckmanschette und den Sanitäter. »Mom?«, fragt sie leise. Dann blickt sie auf Wendy, die auf dem Boden liegt, und dann wieder zu mir. »Es ist etwas passiert. Etwas wirklich Schlimmes.«

Das ist das Wahrhaftigste, was je jemand gesagt hat. Irgendetwas ist sehr schlimm. Es muss am Adrenalin oder dem Schock liegen. Es muss der Stress der vergangenen Woche sein. In meinem Verstand öffnet sich ein Strudel, ein verwirrender Wirbel von Ereignissen zieht vor meinem inneren Auge vorbei. Der Körpertausch. Die Sangria. Baseball-Testspiele. Softball-Testspiele. Wendy, die mich in der Vorratskammer anschreit, und ich selbst, jubelnd auf dem Podium.

»Wo ist Joy?«, frage ich, aber mir bleibt schon wieder die Luft weg. »Wo ist Hugh?«, keuche ich. »Können Sie mir beim Atmen helfen?«

»Sie braucht ihre zweite Spritze!«, ruft der Sanitäter seiner Kollegin zu, die sich über Wendy beugt – ihre Hände sind blutverschmiert und in ihrer Stimme schwingt Panik mit, als sie Verstärkung anfordert.

»Ich bin es, die verletzt ist«, versuche ich ihnen zu sagen, aber dann geht mir durch den Kopf, dass ich hier bin und das da drüben nicht ich bin und wie viel Blut das ist und dass Wendy nicht aufsteht, also ich nicht aufstehe, und plötzlich bekomme ich nicht nur keine Luft mehr, ich verstehe gar nichts mehr. Bin ich das, die da drüben gerade auf dem Rasen liegt und stirbt? Bin ich es, die hier Bridgets Hand hält?

»Wendy steht nicht auf«, höre ich mich selbst krächzen.

»Ma'am, wir geben Ihnen noch eine Spritze und warten auf den nächsten Krankenwagen, okay? Es wird alles gut werden, aber wir müssen die andere Mom sofort in die Notaufnahme bringen. Sie werden schon wieder. Ist das Ihre Tochter?«, fragt die Sanitäterin.

»Nein«, antworte ich, während Bridget mich ansieht und »Ja« sagt.

»Bridget, geh meine Tochter suchen«, bitte ich sie.

Sie sieht mich an, als wäre ich verrückt, und dann fällt es mir wieder ein. Sie ist nicht meine Tochter, aber das weiß sie nicht. Und der Körper ihrer Mutter befindet sich in einer Art Schockzustand. Während mein Körper regungslos ein paar Meter weiter liegt und wie es aussieht, noch nicht einmal mehr atmet.

Werde ich sterben und Wendys Körper mit mir? Oder … schlimmer noch, stirbt sie und lässt mich für immer in ihrem Körper zurück?

»Okay, versuchen Sie jetzt stillzuhalten, Ma'am. Das ist Ihre zweite Spritze, es wird also nicht sehr angenehm werden.«

»Schatz, du brauchst keine Angst zu haben, okay?«, krächze ich Bridget an. Im Geiste spreche ich zu beiden Mädchen, zu all unseren Kindern, auch wenn ich nur Bridget vor mir sehe.

Sie nickt, aber ihre Augen sind weit aufgerissen, und ich könnte schwören, dass ich ihren Herzschlag in ihrer Hand spüren kann, mit der sie meine beinahe zerquetscht.

»Sag Samuel, er braucht keine Angst zu haben«, glaube ich

zu sagen, aber nach der zweiten Injektion bin ich nicht mehr sicher, ob die Worte aus meinem Mund kommen. Stattdessen bestehe ich nur noch aus Gedanken.

Davis

Vortrag

Wendy

Hugh

Ich lasse mich flach zurück auf den Rücken sinken. Am Rand meines Blickfelds nehme ich verschwommen Davis wahr, der wieder zurück ist. Bridget hält immer noch meine Hand. Wie vorhin schon habe ich wieder das seltsame Gefühl zu ertrinken, aber ohne dass mir vorher die Luft wegbleibt. Und jetzt: Sirenen. Ich höre Sirenen. Immer mehr Sirenen.

Ich bin auf dem Parkplatz, obwohl ich das Gras unter mir spüre.

Ich bin hinten in einem Transporter.

Ich bin in einem Krankenwagen.

Ich verrenke mir immer noch den Hals, in der Hoffnung, dass ich sehen kann, was mit meinem Körper und Wendy darin passiert ist.

Aber Wendy ist nicht hier, und wenn sie nicht hier ist, wie lange werde ich dann noch hierbleiben können?

22

Wendy

Als ich aufwache, weiß ich sofort, wer ich bin. Es war immer das Erste, was ich jeden Morgen der letzten Woche nach dem Aufwachen überprüft habe, und so ist es auch heute. Meine Brüste – sie sind zur Abkürzung zu meiner Identität geworden, seit ich mit Celeste getauscht habe. Was ich jetzt unter meinen Händen ertaste, fühlt sich klein und fest an, darüber und darunter ist es knochig. Ich bin Wendy – ich bin in meinem eigenen Körper! –, und ich kann atmen. Die unfassbar schrecklichen Kopfschmerzen, die ich noch vor wenigen Sekunden (oder waren es Stunden?) hatte, sind verschwunden. Der Ausschlag, den Celeste hatte, ist es ebenfalls. Ich bin einfach Wendy, die in einem normalen Körper steckt, der ganz normal funktioniert, und alles wird wieder völlig normal werden. Vor Erleichterung kommen mir die Tränen, und ich schnappe ein paarmal nach Luft. Ich bin so erschöpft, dass ich eine Weile lang erst einmal nur daliegen kann und mich in Dankbarkeit aale.

Schließlich versuche ich mich daran zu erinnern, wie ich hierhergekommen bin. Ich liege in einem Krankenhausbett, um mich herum geht es hektisch zu, also muss ich noch in der Notaufnahme sein. Und wenn ich wach bin und ich selbst bin, dann folgt daraus, dass ich es geschafft habe, Celeste den EpiPen zu besorgen. Jemand muss sie ins Krankenhaus gebracht, ihr eine weitere Dosis verabreicht, mich an den Tropf gehängt und mir Benadryl verabreicht haben, was mich immer total ausknockt. Woran kann ich mich noch erinnern? Wer hat den Notruf gewählt? Wo sind meine Kinder? Wo ist mein Ehemann, und ist er noch mein Ehemann – will ich überhaupt, dass er noch mein Ehemann ist? Denn ich bin zwar wieder ich selbst, aber nicht mehr dieselbe. Ich kann nicht einfach vergessen, was ich jetzt weiß.

Und ich will es auch gar nicht.

Langsam setze ich mich im Bett auf. Mir tut nichts weh. Ich habe eine Nasenkanüle – einen Schlauch, der unter meiner Nase vorbei verläuft und mich mit Sauerstoff versorgt –, an meiner Fingerspitze klemmt ein Blutdruckmesser, und eine Nadel steckt in meinem Arm, die mit einem einzelnen Infusionsbeutel verbunden ist. Mit anderen Worten: Die Chancen stehen nicht übel, dass es mir so gut geht, wie ich mich fühle. Wahrscheinlich geht es mir sogar mehr als gut. Im Vergleich zur vergangenen Woche fühlt sich mein Körper großartig an! Ich habe Bauchmuskeln, und mein Rücken schmerzt nicht vom ständigen Hoch- und Runterheben von Anna Joy. Zudem tun mir meine Schultern nicht weh, denn dies ist nicht der Körper, der eine erstickende Person quer über dem Nacken auf ein Spielfeld geschleppt hat. Dies ist der Körper, der beinahe wegen ein paar Erdnüssen erstickt ist, und dieser Körper fühlt sich jetzt prima.

Aber das bedeutet, dass jemand fehlt.

So langsam kommen immer mehr Erinnerungen zurück. Der Wurf, das Klacken des Schlägers und der Moment, als der Ball auf meinen Kiefer trifft. Wie ich in die Knie gehe und mit dem Gesicht in den Dreck zwischen der Batter's Box und dem Pitcher's Plate plumpse. Das ist mir passiert, aber jetzt, da wir wieder die Körper getauscht haben, bedeutet das, dass die ohnmächtige Person nun Celeste sein muss.

Also, wo ist sie?

Im Film reißen sich die Leute immer effektvoll die Infusionsnadel aus dem Arm, wenn sie aus dem Krankenhausbett türmen. Da ich dafür zu praktisch veranlagt bin – oder vielleicht auch einfach nicht masochistisch genug –, rufe ich im Stationszimmer an und erkläre über das Piepsen hinweg, dass ich dringend hier rausmüsse. Innerhalb weniger Minuten kommt eine Krankenschwester in mein Zimmer und teilt mir mit, dass es noch eine Weile dauern wird, bis ich entlassen werden kann.

Bedächtig erklärt sie mir, dass ich aus einem guten Grund zur Beobachtung hier bin – ob ich mich daran erinnern könne, dass ich erst heute Morgen einen anaphylaktischen Schock erlitten habe?

Kann ich nicht, aber das muss ich ihr ja nicht auf die Nase binden. Außerdem erinnert sich mein Körper dafür umso besser. Er lässt mich spüren, was mir gerade passiert ist, und so ist mir unmissverständlich klar, dass ich mich gut fühle und nur noch ein bisschen groggy vom Benadryl bin. Ich schüttele den Kopf, entschuldige mich bei der Krankenschwester, als wäre das alles ein großes Missverständnis, und setze noch mal neu an: Es ist nicht so, dass ich wirklich das Krankenhaus verlassen will, sondern mir vielmehr auf den Fluren der Station die Beine vertreten möchte.

In diesem Fall kann ich mich wohl frei bewegen, nur von der Aufnahmestation soll ich mich fernhalten. Sie befestigt meine Infusion an einem fahrbaren Ständer, den ich mit mir herumschieben kann. Der Beutel mit der Kochsalzlösung wird an einem gebogenen Haken daran eingehängt. Und da es sich nur um Kochsalzlösung handelt, nicht einmal Glukose, muss ich meinem *Chicago-Med*-Diplom zufolge völlig in Ordnung sein. Sie hilft mir auf die Beine und zieht mir ein zweites Flügelhemd an, das sie vorne zubindet, sodass ich rundum bedeckt bin. Nachdem sie ein weiteres Messgerät überprüft hat, entfernt sie den Nasenschlauch und schärft mir ein, sofort aufs Stationszimmer zu kommen, sollte ich Atemnot bekommen. Dann eilt sie von dannen und überlässt mich mir selbst.

Ich mache mich schwankend auf den Weg und fühle mich

zu hundert Prozent wohl, abgesehen von dem dumpfen Schleier, der über allem liegt, der dämmernden Erkenntnis, dass Celeste verschwunden ist, und der Frage, ob man daran sterben kann, wenn man von einem Softball am Kopf getroffen wird.

Natürlich kann man das. Und hier bin ich, und mir geht es gut. Mehr als gut. Ich spüre, dass mein Körper in der letzten Woche besser behandelt wurde als jemals zuvor. Irgendwie seltsam, dass ich so freundlich mit Celestes Körper umgegangen bin – Bewegung, Schlaf – und sie das Gleiche mit meinem getan hat – selbst gekochtes Essen und eine Pause von der fiesen Bootcamp-Schinderei –, während wir beide sonst so furchtbar zueinander sind … und zu uns selbst.

Wenn ich Celeste wiedersehe, werde ich ihr sagen, wie leid es mir tut. Ich werde ihr versichern, dass ich nie wirklich geglaubt habe, dass zwischen ihr und Seth etwas war – sondern ich einfach meine Wut auf unfaire Art und Weise an ihr ausgelassen habe, um meine eigene heile Welt nicht zu gefährden. Falls ich Celeste wiedersehe.

Aber ich muss sie wiedersehen. Es ist nämlich so: Man kann nicht den Körper tauschen, ohne erheblich mehr miteinander zu teilen. Egal, was wir uns in der letzten Woche eingeredet haben, zwischen Verstand und Körper besteht eine Verbindung. So schwebt weder Wendys Verstand ohne Wendys Körper im luftleeren Raum und genauso wenig Celestes Verstand ohne ihren Körper. Da gibt es noch etwas, etwas Drittes, und das war unser Wir, seitdem das alles angefangen hat. Etwas, das weder rein Celeste noch rein ich war.

Schließlich habe ich die Wirkung von Celestes Stillhormonen gespürt. Celeste wiederum fühlte, was ich für Davis empfinde – egal wie sehr mein Verstand versucht hat, das zu verheimlichen. Ich war in Celestes Körper nicht einfach Wendy mit einer anderen BH-Größe. Ich war jemand, der sich ein paar Tage freinehmen konnte und die Firma Firma sein lassen konnte. Ich war jemand, der sein Herz für drei weitere Kinder öffnete, Kinder, die ich vorher kaum kannte und jetzt von Herzen liebe.

Ich war jemand, der neidisch auf Celeste war – darauf, wie sehr sie von ihrem Mann geliebt wurde, wie fürsorglich und zärtlich sie jeden um sich herum bemutterte und ihr Leben fernab der hektischen Panikblase lebte, die ich für das normale Leben hielt.

Und was habe ich getan? Ich habe ihr Baby abgestillt, ihren Kindern Fast Food vorgesetzt, ihnen Bildschirme vor die Nase gehalten und sie vernachlässigt. Ich habe mich über Hugh lustig gemacht, anstatt ihn als den aufrechten Mann zu sehen, der er ist. Ich habe Celeste ins Gesicht gesagt, dass ich ihr Leben und ihre Lebensentscheidungen für dumm halte. Dass sie keine Bedeutung habe.

Mein Gesicht brennt vor Scham.

Ich berühre meine Wange und denke zurück an den Abend im Taco Barn. Das heiße Brennen der Salsa in meinem Mund. Meine Gedanken wandern zu der ebenso schmerzhaften Erinnerung an Seth, wie er sich zu mir beugt, um mich zu küssen, weiter zu Celestes Gewicht auf meinen Schultern, während ich sie aus dem Auto zerre und zum Spielfeld renne, zu der Erinnerung an den Aufprall des Balls auf meinem Kinn und wie der Boden auf mich zurast, während ich vornüber falle.

Bei meinem Rundgang durch die Notaufnahme spähe ich aufdringlich in jede Kabine und hinter jeden Vorhang. Nirgendwo eine Spur von Celeste. Einen Moment lang bleibt die Schlussfolgerung daraus abstrakt, hängt einen Takt zu lang in der Luft, und dann wird es mir schlagartig bewusst und drückt mir schwer aufs Herz. Wenn sie nicht hier ist … wo ist sie dann?

Ich huste und fasse mir an die Brust, mein Körper erinnert sich nur zu gut, was er durchgemacht hat. Während mir der Verstand abhandengekommen war.

Die Krankenschwester sitzt wieder am Stationstresen. Ich

schlurfe den hinteren Teil des Flügels entlang, und ein Aufzug erscheint in meinem Sichtfeld. Ich warte ein paar Augenblicke und vergewissere mich, dass mich niemand beachtet, bevor ich auf den Abwärtsknopf drücke, hineinschlüpfe und mich aus dem Staub mache.

Im Empfangsbereich des Krankenhauses mache ich den Informationsschalter ausfindig, an dem eine gut gelaunte Kraft mit einem Namensschild, das über Pronomen Auskunft gibt, wartet. Ich erkläre, dass ich Celeste Mason besuchen möchte, sehe ein Stirnrunzeln, dann, wie auf der Computertastatur herumgetippt wird.

Es kommt mir furchtbar lang vor.

Endlich ruft mein Gegenüber eine Nummer an. Vielleicht um jemanden anzupiepsen, der dafür da ist, schlechte Nachrichten zu überbringen?

»Kein Besuch«, lautet schließlich die Antwort.

»Kein Problem«, antworte ich, ganz schwindelig vor Erleichterung, dass Celeste ein Zimmer im Krankenhaus hat. Also ist sie noch am Leben. »Ich gehe einfach wieder nach oben und spreche mit ihrer Familie im Wartezimmer.«

Mein Flügelhemdchen wird kurz gemustert, dann ein Schulterzucken – was soll's. »Oh, Mist«, sage ich, »ich weiß nicht mehr, ob ich im ersten Stock war oder sie.«

»Sie sind gerade im ersten Stock. Mrs. Mason ist im dritten.«

»Danke schön. Sonst würde ich wie eine Wahnsinnige im Aufzug auf und ab fahren«, sage ich. Wie wahr. Wahnsinn trifft meinen Geisteszustand perfekt.

Und dann wird alles noch schlimmer. Wie sich herausstellt, befindet sich in der dritten Etage die Intensivstation. Schon beim Blick auf die Beschriftung auf der Aufzugtafel schnürt es mir die Kehle zu. Als ich aussteige, habe ich einen Warteraum voller wirklich mitgenommen wirkender Fremder vor mir, die ganz unterschiedlich gekleidet sind, die einen im Pyjama, andere mit

Kissen und Decken unterm Arm, so falle ich in meinem Flügelhemdaufzug samt Accessoires also kaum auf. Ich halte nach Hugh oder den Kindern Ausschau. Da sie nicht hier sind, müssen sie wohl bei ihr im Behandlungszimmer sein. Das ist doch eine gute Nachricht, oder? Es sei denn … nun, welche Art von Behandlung bekommt sie genau? Wie schlimm habe ich sie verletzt?

Ich beschleunige meinen Schritt und eile am Warteraum vorbei, reihe mich in den Strom von Menschen in Arztkitteln ein, die kommen und gehen, ohne dass man ihnen groß Beachtung schenkt. Vielleicht verleiht mir mein Aufzug das passende Erscheinungsbild, denn sobald ich die elektronischen Doppeltüren durchschreite, wird mir klar, dass ich höchstwahrscheinlich überhaupt nicht auf dieser Intensivstation sein sollte. Bis auf den gedämpften Ton einiger Fernseher und das Summen der Maschinen, die digitale Wache halten, ist es still. Viele Türen sind geschlossen, und wo sie offen stehen, schützen Vorhänge die Patienten vor Blicken. Auf einem Schild neben den Türen sind Geburtsdaten anstelle von Patientennamen vermerkt. Wenn ich Celeste finden will, muss ich mich daran erinnern, wann sie Geburtstag hat – was sehr unwahrscheinlich ist – oder in jedem Zimmer einzeln nachsehen, bis ich sie entdecke. Oder man mich rausschmeißt.

Also gut. Dann schaue ich eben in jedem Zimmer nach. Mir bietet sich ein Bild der Extreme. Ich schaue nur hinein, wenn überhaupt kein Geräusch zu hören ist, nicht einmal ein Rascheln. Sehr schnell wird mir die bittere Wahrheit über die Intensivstation bewusst. Dies ist kein Ort für gesunde Menschen. Diese Patienten befinden sich auf keinem Weg der Besserung, der mir bekannt wäre. Sie sind überall an Geräte angeschlossen, ihre Augen sind geschlossen, und wer weiß, ob einige von ihnen jemals wieder aufwachen werden. Hierher haben sie also Celeste gebracht, denke ich entsetzt. Sie ist einer dieser armen Menschen in einem dieser schrecklichen Räume.

Endlich finde ich sie. Es ist das fünfte Zimmer, in das ich hineinluge. Ein Strauß mit Luftballons von allen fünf Kindern schwebt in der Luft und eine Vase mit Rosen nur von Hugh steht auf dem Tisch. Es ist die Karte, auf der steht *Du schaffst das*, die mich zum Weinen bringt. Celeste hängt an einem Beatmungsgerät, und auf ihrer Brust kleben Saugelektroden, Drähte verschwinden unter der Decke und in ihrem Hemd. Auf ihrem Kopf sitzt eine Art Spannvorrichtung, die verhindern soll, dass sich etwas bewegt, und sie trägt einen blutigen Verband, vielleicht ist das die Stelle, wo wir auf dem Boden aufgeschlagen sind. Ihr Gesicht sieht schrecklich aus. Vom Wangenknochen abwärts ist alles lila, schwarz und braun, zwei graue Kreise ziehen sich um ihre Augen. Sie sieht aus, als hätte sie der Schläger getroffen, nicht der Ball. So viel zum sogenannten Softball.

Mir steigen wieder die Tränen in die Augen. Hätte ich nur alles anders gemacht, hätten wir uns heute Abend an diesem elenden Rosenstrauch getroffen. Genau dem, der dank Celeste wahrscheinlich tatsächlich wieder blühen wird. Wir hätten uns über belangloses Zeug gestritten – Produktivität, Bildschirmzeit und den verdammten Seth, alles Dinge, die es nicht wert sind, dass man sich auch nur eine Sekunde den Kopf darüber zerbricht –, und am Ende hätten wir wohl über uns selbst und die ganze Situation gelacht, wie immer, und …

In diesem Moment wird mir etwas klar. Trotz solcher Aktionen wie mit der Vorratskammer wollte Celeste die ganze Zeit meine Freundin sein. Nein, sie *war* meine Freundin. Sie war sogar eine verdammt gute Freundin.

Würde ich deshalb auf der Stelle mit ihr tauschen, wenn ich könnte? Ein kleiner Schluchzer entfährt mir. Wenn es auch nur ein winziges bisschen Gerechtigkeit auf dieser Welt gäbe, dann wäre mein Verstand immer noch in diesem sterbenden Körper, und sie wäre am Leben, bei der Familie, die sie liebt, in ihrem schönen, glücklichen Leben, das sie verdient.

Aber diese Welt ist nicht gerecht. Zumindest nicht in diesem Moment. Ich ziehe den klapprigen Gästestuhl ganz nah an ihr Bett, nehme ihre Hände in meine und sage ihr, wie wahnsinnig leid es mir tut.

Es tut mir leid, dass ich nicht erkannt habe, wie viel Freundschaft sie zu geben hatte, es nicht von Anfang an verstanden habe, als sie das erste Mal mit ihrem Glas Wein im Adirondack-Stuhl auf dem Rasen saß und meine Kinder einlud, mit ihren zu spielen.

Es tut mir leid, dass ich all die wunderbaren Dinge, die sie ausmachen, übersehen habe, weil ich nur Augen dafür hatte, was sie nicht war.

Es tut mir leid, dass ich sie in diese Sache mit hineingezogen habe, und am meisten tut es mir leid, dass ich keine Ahnung habe, wie ich sie da wieder herausholen kann.

Celeste

Ich erwache aus einem wahrhaft bizarren Traum. Aus irgendeinem Grund war ich im Krankenhaus – mein wahres Ich, nicht Wendys Ich, mein echter, fantastischer Körper, nicht Wendys, wirklich meiner. Stark und geschmeidig, üppig, sexy. Und ich bin so verdammt überglücklich darüber.

Aber dann stelle ich fest, dass ich an alle möglichen Geräte angeschlossen bin, die summen und piepsen und für mich überhaupt keinen Sinn ergeben, und aus irgendeinem Grund – Traumlogik, nehme ich an – kann ich mich nicht frei bewegen. Und dann kommt eine Frau herein, die ich einst ohne zu übertreiben als meine Erzfeindin bezeichnet hätte, und entschuldigt sich eine geschlagene halbe Stunde lang bei mir.

Als ich zehn Jahre alt war, stahl ein Junge meinen wertvollsten Besitz, ein lilafarbenes Zehngangrad, das meine Mutter im

Secondhandladen ergattert hatte. Ich hatte es vor Casey's abgestellt und war hineingegangen, um Dosen zurückzubringen. Ich musste den ganzen Weg nach Hause laufen, das Herz schwer wie Blei. Zwei Stunden später, noch bevor ich den Mut aufgebracht hatte, meiner Familie meinen Verlust zu beichten, kam das gemeine Kind völlig beschämt, mein schönes Fahrrad vor sich her schiebend, zu uns nach Hause.

Seine Mutter zwang ihn, sich zu entschuldigen und mir dann sein ganzes Geld zu geben und dazu noch unseren Vorgarten zu mähen. Ihm beim Schuften in der Juli-Sonne zuzusehen, während ich das Einmachglas mit all den Vierteldollarmünzen in der Hand hielt, war fast so gut wie dieser Traum.

Wendy spricht all das an, wofür es mir bisher an Bestätigung mangelte. Sie sagt mir, ich sei eine bessere Mutter als sie. Sie fügt hinzu, dass ich wahrscheinlich auch eine bessere Ehefrau bin. Sie spricht von meinem schönen, glücklichen Zuhause, meinem gesegneten Leben, wie neidisch, dumm und kleinlich sie gewesen sei, und so geht es eine Zeit lang weiter. Meinem Traum-Ich geht das runter wie Öl.

Sie sagt mir, dass Hugh ein Heiliger und sie bescheuert gewesen sei, Seth auf ein Podest zu stellen oder zu glauben, ich hätte irgendetwas mit seinem jüngsten Fehltritt zu tun gehabt. Sie gibt zu, dass sie mich zum Sündenbock machen wollte, um mit der Erkenntnis fertigzuwerden, dass ihr Mann ein Schürzenjäger ist, weil sie hoffte, wenn es meine Schuld wäre, nicht der schmerzhaften Wahrheit ins Auge sehen zu müssen, dass ihre Ehe der Grund für so viele ihrer Probleme ist.

Ihre Stimme klingt belegt, als sie mir erzählt, dass sie nicht weiß, wie sie ohne Seth leben soll, und das Ganze kippt ins Traurige. Still vor sich hin weinend gesteht Wendy mir, dass sie nicht weiß, ob sie eine Scheidung übersteht oder ob sie ihren Kindern all das Leid antun kann, das eine Trennung mit sich bringen würde. Die Tränen laufen ihr die Wangen hinab, als sie mir versichert, dass sie alles dafür geben würde, die Zeit um eine Woche zurückzudrehen, damit sie alles anders machen könnte. Dass sie sich dann zehn Minuten Zeit nehmen und sich abends nach dem Essen zu mir im Vorgarten setzen würde, um mich kennenzulernen. Dass sie sich die zwei Sekunden nehmen und die E-Mail zum Sport-Buffet an alle neuen Softball-Moms weiterleiten würde, anstatt einfach zu denken, dass die alles selbst herausfinden müssten, so wie es bei ihr gewesen war. Dass sie Hugh fragen würde, wie sie mit dem räudigen Strauch auf der Grenze unserer Grundstücke umgehen solle, und Zoey sagen würde, wie froh sie darüber sei, dass sie sich mit Bridget angefreundet hat. Dass sie Samuel sagen würde, dass Linus einen völlig unbenutzten Razor-Roller hat, den er sich jederzeit gern ausleihen könne.

»Ich wünschte, ich hätte euch Kekse vorbeigebracht.«

Aus irgendeinem Grund bringt dieser völlig belanglose Satz sie noch mehr zum Weinen.

»Aber für all das«, gesteht sie dem Ich in meinem Traum, »hätte ich meine Nase mal aus meinen E-Mails bekommen müssen.«

Im Traum ergreife ich ihre Hand und sage: »Nein, nein, Wendy! Du bist eine wunderbare Mutter. Deine Kinder beten dich an. Sie sind satt, versorgt, glücklich und finden, du bist die Allerbeste!« Aber sie hört mich nicht. Sie redet einfach weiter.

»Celeste«, sagt sie, und mein Name klingt durch ihre Tränen hindurch rasselnd, »ich wünschte fast, ich wüsste nicht, dass es Ehemänner wie Hugh gibt. Die bereit sind, ihren Teil beizutragen, wenn sie gebraucht werden. Die lieben können, ohne Bedingungen daran zu knüpfen. Die ihre Kinder mit der gleichen Inbrunst lieben wie eine Mutter.«

Schon bei der Erwähnung von Hugh schlägt mein Herz höher, aber weil es ein Traum ist, kann ich mich nicht erinnern, wo er steckt. Wie ich ihn von dort zurückholen kann.

»Aber jetzt weiß ich es, und mir ist klar, dass ich mein Leben nicht weiter an einen Mann wie Seth verschwenden kann, egal wie sehr ich ihn einst geliebt habe, egal ob er ein Genie oder ein Blender ist. Ich tue meinen Kindern keinen Gefallen damit, wenn ich bei ihm bleibe. Und mir selbst auch nicht.«

Ich möchte nicken, schreien, klatschen, jubeln. Ich versuche es. Aber ich bekomme nichts zustande. Nichts, was Wendy bemerken würde.

»Wenn dir etwas zustößt, Celeste, werde ich mir das nie und nimmer verzeihen. Du hast mir so viel beigebracht. Du hast mir Dinge gezeigt, die ich nicht sehen wollte. Du, deine wunderbare Familie … wenn dir heute etwas zustößt …«

Sie schluchzt erstickt.

»Du sollst nur wissen, dass ich hinter dir stehe. Heute und in Zukunft. Egal, was passiert. Du sollst wissen, dass Zoey, Samuel und Anna Joy mich nicht mehr loswerden. Ich werde ihnen eine Million Kekse bringen oder Topfpflanzen oder Biryani, wenn nötig lerne ich, Biryani zuzubereiten. Wenn es zum Äußersten kommt …« Sie gerät ins Stottern. »Das wird nicht passieren. Aber egal, was auch passiert, von nun an ist deine Familie auch meine Familie. Deine Babys sind meine …« Ihre Stimme bricht, und sie kann nicht weitersprechen.

Tränen tropfen auf meine Hand, die sie fest umklammert, während sie immer weiter vor sich hin weint, und aus irgendeinem Grund, der nur im Traum einen Sinn ergibt, kann ich nichts tun, um sie zu trösten. Ich kann ihr nicht sagen, dass es mir gut geht und ich nur schlafe. Nur träume.

Ich liege einfach totenstill in meinem Krankenhausbett und lasse sie weiterweinen.

Und plötzlich macht der Traum überhaupt keinen Spaß mehr. Warum sollte er auch? Wendy ist nicht mehr meine Erzfeindin, und das war sie wohl auch nie. Sie ist schlicht meine Freundin, die sich so freundlich und liebevoll um meine Kinder gekümmert hat, die getan hat, was sie konnte, die eine großartige Karriere auf die Beine gestellt, ihrer Familie ein tolles Leben ermöglicht und dann plötzlich über Nacht vergessen hat, was sie alles in ihrem Leben erreicht hat. Sie ist die Mutter des einfühlsamsten Jungen, den ich jemals kennengelernt habe, und der besten Freundin, die meine Tochter je hatte. Die ganze Zeit über hätte sie die Chance ergreifen und ihre enttäuschende Ehe aufgeben oder zumindest fremdgehen können, aber immer und immer wieder hat sie zu ihren Verpflichtungen gestanden. Und nein, sogar mein Traum-Ich weiß, dass ich keine bessere Mutter bin als sie. Ich habe mich nur für einen anderen Weg entschieden.

Es erinnert mich an das Gedicht von Robert Frost, nur der beschriebene Gegensatz erscheint mir falsch: Die Straße in unserem Wald lief auseinander, und da wir Frauen sind und die Entscheidungen, die Frauen in ihrem Leben treffen, sich mit jeder Generation so stark verändern, waren beide Wege wenig begangen. Und weil es nicht die eine Patentlösung gibt, wie man als Familie lebt, kein Handbuch oder vertrauenswürdige Regeln (ich muss es wissen, ich habe lange genug danach gesucht), sind wohl beide Pfade mal nicht ganz falsch und mal nicht ganz richtig, und für welchen wir uns entscheiden, ist wohl letztlich eine Sache des Glücks und der Zufälle.

Ich habe mich in einen wunderbaren Mann verliebt, der mich, seinen Job und seine Kinder liebt. Wir trafen gemeinsam die Entscheidung, eine Familie zu gründen, weil wir beide es wollten. Wendy hat sich in einen heißen Künstler verliebt, der keine Kinder wollte, aber auch nicht Nein sagen konnte. Auch sie wurde schwanger, und ja, sie waren sehr wohl beide an dieser Entscheidung beteiligt, ob Seth es zugeben möchte oder nicht.

Dann gibt es die Frauen, die keine oder mehr Kinder haben, als ihnen lieb ist. Diejenigen, die ihren Partner verloren oder bereitwillig losgeworden sind. Diejenigen, die mehr verdienen, als die Kinderbetreuung verschlingt, und die, die weniger zur Verfügung haben. Es gibt die, die ihre Kinder ernähren können, und die, die an jeder Biegung des Wegs Hilfe in Anspruch nehmen müssen. In jedem Haus in Birchboro Hills lebt eine Frau, die erst den einen Weg genommen hat und dann einen anderen und wieder einen anderen, und sich nun einredet, dass all diese Entscheidungen ihre eigenen waren und dass alles ihr Werk sei – wo sie nun im Leben steht, in welchem Körper sie steckt. Oder ihre Schuld.

Schließlich wird mir klar, dass ich sehr, sehr lange geschlafen habe. Langsam komme ich wieder zu mir, aber die Sache mit dem Körpertausch und dem Sangria-Streit muss ich geträumt haben. Auch das Taco Barn, das Softball-Spiel, der attraktive Kollege und der Rosenstrauch in unserem Garten müssen ein Traum gewesen sein. All diese Dinge, die keinen Sinn ergeben, muss ich geträumt haben.

Wie lange habe ich geschlafen? Die Frage geht mir durch den Kopf, als ich langsam, Stück für Stück wieder zu Bewusstsein komme. Habe ich diese ganze Woche nur geträumt? Habe ich seit diesem unheimlichen Kater vor sieben Tagen nur geträumt?

Es geht nicht nur langsam, sondern ist auch unheimlich schmerzhaft, wie ich mich aus diesem verwirrenden, unendlich tief scheinenden Schlaf kämpfe. Es braucht einen unglaublichen Willen, die Augen zu öffnen. Das Zimmer, in dem ich liege, ist zu hell, um mich herum sind zu viele flackernde Lichter, und es ist viel zu laut. Mein Schädel hämmert. Das hier, denke ich, das hier muss der Kater sein, den mir die Sangria vor so vielen Tagen beschert hat. Alles andere ist nichts weiter als ein verrückter Traum. Nun finden Verstand und Zeit endlich wieder zusammen. Und jetzt, jetzt ist alles anders. Ich sehe mein Leben mit neuen Augen. Meinen Mann, meine Kinder, mein wunderbares, schönes Leben. Und ich bin nicht mehr so einsam, denn jetzt habe ich eine Freundin. Jemanden genau wie mich.

Was für eine unglaubliche Erleichterung.

Doch die Erleichterung schwindet schneller, als jeder Traum es nach dem Aufwachen sollte. Ich bin gar nicht in meinem Schlafzimmer zu Hause, Hugh liegt nicht neben mir, und meine Kinder sind nicht nebenan. Ich bin im Krankenhaus und habe wahnsinnige Schmerzen, die von meinem Gesicht aus durch jeden Zentimeter meines Körpers pulsieren. An meiner Bettkante hat Wendy den Kopf auf ihre Arme gelegt, und alles ist nass von ihren Tränen.

All die Geräusche aus meinem Traum kommen von den Geräten, an die ich angeschlossen bin, und als ich aufwache und versuche, durch die Maske auf meinem Gesicht Luft zu schöpfen, fangen alle auf einmal an zu piepsen. Es wird immer lauter, bis der ganze Raum in einem einzigen beängstigenden mechanischen Kreischen unterzugehen scheint.

23

Wendy

Ich komme zu mir, als ich förmlich aus der Intensivstation getragen werde. »Die Wirbelsäule Ihrer Freundin ist schwer verletzt. Was genau wollten Sie da drin? Mich zu Tode erschrecken?«, liest mir die Krankenschwester die Leviten und lässt mich dann im Wartezimmer stehen. Mein Gesicht ist tränenverschmiert, und ich könnte schon wieder heulen.

»Warten Sie!«, rufe ich ihr hinterher, als sie sich auf dem Absatz umdreht, aber ehe ich sie fragen kann, ob Celeste wieder gesund wird, ist sie schon auf und davon. Ich drehe mich zum Wartezimmer um und entdecke Hugh, der Joy auf dem Arm hält, Bridget und Zoey, die auf Linus aufpassen, und Samuel, der sich etwas auf dem iPad ansieht – und zack, schon fließen die Tränen wieder.

»Mrs. Charles!«, ruft Zoey und springt auf die Füße. Etwas vorsichtiger fragt sie dann: »Geht es Ihnen gut?«

Ich nicke energisch. »Mir geht's gut, alles in Ordnung.«

»Mom!«, ruft Bridget.

Sie schlingt die Arme um mich, und es dauert nur wenige Sekunden, bis sie von Linus verdrängt wird, also umarme ich alle beide zusammen. Ich spüre so viel Liebe in meinem Herz, dass es schon wehtut. Während ich meine Kinder so fest an mich drücke, wie ich kann, flüstere ich: »Eure Mom ist hier.«

Dann mache ich ein wenig Platz in unserer Umarmung für Samuel und Zoey. Sogar Joy kuschelt sich für einen entzückenden Moment kurz dazu.

Nachdem sich die Kinder wieder von mir gelöst haben, gehe ich zu Hugh hinüber und setze mich neben ihn. »Haben sie dir irgendetwas gesagt?«, frage ich mit gedämpfter Stimme.

»Nur, dass eine Rückenmarkschädigung vorliegt«, antwortet er. Sein Gesicht ist aschfarben. »Sie meinen, es könnte noch Stunden dauern, bis sie mehr wissen.«

Ich nicke und atme tief durch. Zugegeben, ich bin völlig fertig mit den Nerven, aber ich darf jetzt nicht zusammenbrechen, denn ich werde als Mutter und als Freundin gebraucht. Anna Joy fliegt mir geradezu in die Arme, als ich sie für sie ausbreite. Uff – jetzt, wo ich in meinem wahren Körper stecke, kommt sie mir viel schwerer vor. »Andere Mommy!«, ruft sie begeistert.

Hugh sieht mich schockiert an. Ich bin selbst verblüfft, andererseits glaube ich, es auch irgendwie zu verstehen. Die Kleinen haben für solche Dinge eben eine feine Antenne.

»Ich werde auf sie aufpassen, damit du dich ein wenig ausruhen kannst«, sage ich zu Hugh. »Wenn Celeste aufwacht, solltest du fit sein, sie wird dich brauchen.«

Er schüttelt den Kopf. »Sie meinten, dass vielleicht …«

»Höre nicht auf sie«, erwidere ich mit aufgesetzter Souveränität. »Sie ist eine verdammt harte Nuss. Und sie liebt euch alle so sehr«, füge ich hinzu. »Ich glaube, wenn es um ihre Familie geht, ist Celeste tatsächlich zu allem fähig.«

Hugh nickt. »Du hast recht. Das ist absolut wahr. Ich wusste gar nicht, dass du meine Celeste so gut kennst.«

Er nimmt Zoeys und Samuels Hände fest in seine. »Auf geht's, Team Mason!«, sagt er zu ihnen. »Jeder spricht ein kurzes Gebet, und dann lassen wir Mom ihren Zauber wirken. Sie schafft das.«

Ich nicke. »Bridge, Linus, euer Dad ist hier, oder?«

Linus blickt zu mir auf. »Er ist in der Cafeteria.«

»Perfekt. Sucht ihn bitte und lasst euch von ihm zwanzig Mäuse fürs Mittagessen – Abendessen –, oder was auch immer gerade dran ist, geben. Und schickt ihn dann zu mir nach oben, ja?«

»Aber wir wollen hier mit dir warten«, sagt Bridget. »Um herauszufinden, ob Mrs. Mason wieder gesund wird.«

»Tut mir bitte den Gefallen«, antworte ich ihr und beschwöre dabei Celestes Geist in mir herauf. »Es wird alles gut, bleibt also einfach unten und wartet auf eine Nachricht von uns.«

Hugh nickt. »Geh mit ihnen mit, Zoey«, sagt er zu seiner Tochter und nimmt einen Zwanziger aus seiner Brieftasche. »Samuel, willst du hier bei mir bleiben oder mit ihnen was essen gehen?«

Samuel sieht Linus an, der die Schultern zuckt. »Was essen«, sagt er dann.

Ich trage Bridget auf, Seth auszurichten, dass er den Jungs Comics im Geschenkeladen kaufen soll. »Für euch beide«, sage ich. »Er kann sich später bei mir beschweren, wenn ihm das nicht passt.«

Die Kinder machen sich aus dem Staub. Aus ihren Softballdecken baue ich ein Kissen für Hugh, der auf der Stelle einschläft. Anna Joy und ich ziehen uns in die Spielecke des Wartezimmers zurück, und es vergehen gefühlt Stunden. Währenddessen denke ich darüber nach, was ich Celeste vorhin an ihrem Bett erzählt habe. Ich stelle mir vor, was sie mir geantwortet hätte.

Endlich kommt eine Ärztin ins Wartezimmer. In meinem doppelten Flügelhemdchen sitze ich neben Hugh und höre mir ihre Worte an, während Anna Joy durchs ganze Zimmer turnt. »Sie ist wach, und das letzte CT sieht vielversprechend aus. Sie können jetzt zu ihr.«

Hugh sieht mich an, und ich muss lachen. »Na los, Hugh!«

Der Arme sprintet davon und überlässt mich und sein Kleinkind uns selbst. Von Seth fehlt jede Spur, aber Hugh hat Celestes Handtasche im Wartezimmer stehen lassen, und darin finde ich mein Handy, genau dort, wo ich es hingesteckt hatte.

Ich rufe Davis an. Natürlich. Ich rufe den Menschen an, der zu meiner wichtigsten Vertrauensperson geworden ist, mit einer Ausnahme: Niemals spreche ich mit ihm über Seth. Nun ist es Zeit, diese Regel zu brechen und den Tatsachen ins Auge zu blicken. Und ehrlich mir selbst gegenüber zu sein.

Es klingelt kaum, da geht er schon ran und fragt mich, wo ich bin. Ich sage ihm, ich sei im Krankenhaus. Aber das weiß er schon irgendwoher. »Ich meine: Wo im Krankenhaus? Ich bin nämlich in der Notaufnahme, du aber nicht, was das Pflegepersonal gar nicht witzig findet.«

Ich fluche in den Hörer.

»Wie bitte?«, fragt Davis.

»Ich habe nicht dich gemeint«, erkläre ich. »Ich habe mich rausgeschlichen, weil ich mir Sorgen um meine Freundin gemacht habe. Es geht ihr ziemlich schlecht.«

»Celeste?«, fragt er. »Die Frau, die dir das Leben gerettet hat?«

»Ja! Wieso weißt du von all dem?«, frage ich ihn.

»Als ich ins Krankenhaus kam, hat Linus mir alles bis ins kleinste Detail berichtet. Er war so traurig. Ich habe ihn beruhigt und ihm erklärt, wie das Adrenalin wirkt und dass mit dir alles in Ordnung ist.«

»Oje, mein armer Kleiner«, antworte ich. »Danke. Warte mal.«

»Ich warte …«

»Woher wusstest du, dass du ins Krankenhaus fahren musst?«, frage ich ihn.

»Weil ich gesehen habe, wie sie dich vom Softball-Spielfeld abtransportiert haben«, erklärt er.

Ich halte inne. »Woher wusstest du von dem Spiel?«

»Du hast mich eingeladen, erinnerst du dich? Gestern Abend, ziemlich spät.«

Haben wir gestern betrunken Davis angeschrieben und ihn

zum Spiel der Mädchen eingeladen? Ja, erinnere ich mich, ja, haben wir wohl. »Natürlich erinnere ich mich«, sage ich. »Hast du auch Bridget gesehen?«

»Ja, und ich weiß nicht, mit wem genau ich sonst noch alles gesprochen habe. Es waren viele Leute da, die meisten in Softball-Uniform. Es war ein ziemliches Durcheinander. Man sorgt sich sehr um dich.«

»Nein«, erwidere ich entschieden. »Nicht um mich. Ich wünschte, es wäre so, aber die Leute waren wegen Celeste hier. Wegen meiner Freundin. Sie ist schwer verletzt«, erkläre ich, während es mir beinahe die Kehle zuschnürt. »Davis, sie ist sehr schwer verletzt, und das ist meine Schuld, auch wenn ich dir das gerade nicht erklären kann.«

»Tss«, macht er, »so was sagen viele, wenn sie in einen schlimmen Unfall verwickelt waren. So viel ich weiß, hattest du gerade einen anaphylaktischen Schock, als das mit Celeste passiert ist, von daher kann ich mir kaum vorstellen, wie du etwas damit zu tun haben solltest.«

»Glaub mir«, sage ich daraufhin. »Die Sache ist die, ich war in letzter Zeit ... äh ... mit den Gedanken woanders. Es ist etwas passiert, zwischen mir und Seth. Ich muss mit dir reden.«

Davis seufzt. »Ah ... Wendy ...«, setzt er an. »Ich bemühe mich wirklich, deine Grenzen zu respektieren, dir nicht auf die Pelle zu rücken ...«

»Ich weiß, dass wir das Thema sonst meiden wie der Teufel das Weihwasser, aber ich glaube, das war ein Fehler. Ich denke, ich hätte dir gegenüber ehrlicher sein sollen, wie es in meinem Leben aussieht, auch auf rein freundschaftlicher Basis. Aber die Sache ist die«, ich hole tief Luft, »ich habe Gefühle für dich, die über eine Freundschaft hinausgehen.«

Am anderen Ende der Leitung ist es still.

»Davis?«

»Ich höre zu«, erwidert er, ohne auch nur im Geringsten

durchblicken zu lassen, wie er das Ganze aufnimmt. »Das kann ich ganz gut.«

»Okay, gut, dann hör dir bitte das an: Ich hatte die letzte Woche über einen ziemlich ausgefallenen Nervenzusammenbruch«, erzähle ich ihm. »Und ich habe daraus die Erkenntnis mitgenommen, dass ich alles falsch mache. Ich erziehe meine Kinder falsch, ich arbeite falsch, ich führe Freundschaften falsch, und ich bin garantiert keine tolle Ehefrau. Eine gute Ehefrau würde versuchen, das mit Seth wieder hinzubiegen, die Probleme wirklich zu lösen, anstatt sie unter den Teppich zu kehren, indem sie wie verrückt überkompensiert. Die Wahrheit ist, wenn ich wirklich meine Ehe hätte retten wollen, hätte ich mich wahrscheinlich gar nicht auf unsere Partnerschaft einlassen sollen, weil ich mich nämlich von Anfang an zu dir hingezogen gefühlt habe.«

Ich höre, wie Davis scharf die Luft einzieht.

»Aber das habe ich ja offensichtlich getan, obwohl ich zugleich keinerlei Absicht hatte, die Situation zu ändern oder die Situation zwischen Seth und mir zu ändern oder zu kitten. Denn in letzter Zeit habe ich mein Leben nach der Devise ›Was kein Notfall ist, wird ignoriert‹ gelebt. Ich priorisiere die ganze Zeit, und ich finde es furchtbar. Und deshalb habe ich geglaubt, dass ich nichts Besseres verdiene, weil ich mit dem schon nicht zurechtkomme, was ich habe.«

Davis ist immer noch mucksmäuschenstill.

»Sogar als ich ihn beim Fremdgehen erwischt habe, dachte ich noch, ich könnte das einfach ignorieren. Ich weiß, wie dumm das jetzt klingt, aber ich habe wirklich geglaubt, das so handhaben zu müssen. Weiterhin so zu tun, als ob ich alles im Griff hätte, sogar als ich endlich ohne jeden Zweifel sagen konnte, dass ich einen Schlussstrich unter meine Ehe ziehen muss. Und ich möchte einfach nur, dass du weißt, dass mir das alles sehr leidtut. Es ist mir nie in den Sinn gekommen, dass ich, während ich damit beschäftigt war, mich selbst anzulügen, auch dir nicht gerecht geworden bin. Bis es mir dann doch dämmerte.«

»Während des ausgefallenen Nervenzusammenbruchs?«, fragte er.

»Sehr ausgefallen, um ehrlich zu sein.«

»Aber Wendy, warum erzählst du mir das alles?«, fragt er. »Ich bin nicht derjenige, mit dem du jetzt darüber sprechen solltest.«

»Du hast recht. Ich sollte mit Seth reden.«

Genau in diesem Moment kommt mein Mann in den sonst leeren Warteraum. »Was musst du mit mir besprechen?«, fragt er, beinahe beiläufig.

Ich ignoriere ihn und sage ins Handy: »Du hast absolut recht, Davis. Es ist an der Zeit, dass ich das jetzt erledige. Ist es okay, wenn ich mich später bei dir melde?«

»Es wäre noch besser, wenn du mich unten in der Notaufnahme treffen könntest«, antwortet er. »Dann können dich die Pfleger direkt von ihrer Vermisstenliste streichen. Und ich kann …« Er führt den Satz nicht zu Ende. Als er weiterspricht, ist der ursprüngliche Gedanke vergessen. »Viel Glück, Wendy. Denk an unser Motto: Leidenschaft gewinnt.«

»Das werde ich«, sage ich ihm und lege auf. Dann wende ich mich Seth zu.

»Ich weiß, dass du mir nicht treu warst«, beginne ich das Gespräch. Es ist teilweise ein Bluff – es könnte sein, dass seine Anmache gegenüber Celeste sein erster Ausrutscher war, aber das erscheint mir nicht besonders wahrscheinlich.

Dennoch gibt es da noch einen kleinen Rest Hoffnung in mir, als er mich schockiert ansieht und fragt: »Wovon redest du? Wann? Ich habe nicht –«

Ich hebe eine Hand, um seine Ausreden zu unterbrechen. »Dafür ist es zu spät, Seth. Das kannst du dir sparen.«

Er lässt die Schultern sinken. »Wie lange weißt du es schon?«

Ich halte inne und höre in mich hinein. Wann ist er das letzte Mal beschwingt von der Arbeit aus dem Atelier nach Hause gekommen und wollte das feiern? Mit mir? »Seit Jahren«, antworte ich.

»Oh, Wendy«, erwidert er. Er klingt traurig und sehr müde. Auch ich bin müde – ich bin es müde, die Augen davor zu verschließen, was ich tief in mir drinnen eigentlich schon längst verstanden habe. Warum sonst hätte ich nichts gegen das Atelier im Stadtzentrum, das wir uns kaum leisten können, oder die langen Arbeitszeiten oder sein mangelndes Mitgefühl mir gegenüber gesagt? Ich bin, was alles andere angeht, eine ziemlich starke Frau. Geht es um Druckertoner oder die Internetrechnung, verhandele ich knallhart. Aber mit Seth gab es schließlich nichts zu verhandeln. Er war für mich bereits verloren. Ich hatte weder ein Ass im Ärmel, noch war ich bereit, vom Spieltisch aufzustehen.

Bis jetzt.

»Wir trennen uns«, teile ich ihm mit. »Und zwar auf eine Art und Weise, die den Kindern möglichst jegliches Drama erspart. Unsere Scheidung wird wie alles, was ich tue, durchdacht, sorgfältig koordiniert und im besten Sinne für unsere Familie sein.«

Seth sieht mich schockiert an. Ich zögere jedoch keinen Augenblick, denn aus irgendeinem Grund ist mein Kopf völlig klar. Ich weiß, was zu tun ist, wie es ablaufen wird und wann es passieren soll. »Wir werden uns mit Bridget und Linus zusammensetzen und ihnen erklären, dass wir in beiderseitigem Einverständnis getrennte Wege gehen. Wir werden für alle Fälle dafür sorgen, dass sie mit jemand Professionellem reden können, wann immer sie es brauchen sollten. Sie werden dich Mittwochabend und jedes zweite Wochenende besuchen kommen, solange du in einer Entfernung von der Schule wohnst, die mit dem Auto machbar ist.«

»Was?«, stammelt er.

»Ehrlich, Seth, ich glaube, wir kriegen das hin mit dem geteilten Sorgerecht. Und damit du mir glaubst, dass ich es ernst meine mit dem ›einvernehmlich‹, werden wir unser Vermögen zu gleichen Hälften teilen – das Haus und die Rentenersparnisse. Ich werde dir in keinerlei Weise im Weg stehen.«

Er starrt mich noch immer an.

»Ich habe klug investiert«, erkläre ich ihm. »Wenn wir es auf meine Weise machen, wirst du genug Zeit haben, um ein paar deiner Werke zu verkaufen, ehe du dir Sorgen ums Geld machen musst.«

»Ich …«

»Sprich von mir aus mit einem Anwalt. Du kannst dir gern Zeit lassen. Aber ich werde es heute Abend den Kindern erzählen, und du bist besser dabei. Und danach packst du am besten deine Sachen.«

»Wo soll ich denn hin?«, fragt er mich.

Ich sehe ihn schief an. »Wie meinst du das, wo sollst du hin? Du kannst mietfrei im Atelier übernachten, zumindest heute Nacht. Schließlich gibt es dort einen Futon.«

Wenigstens hat er so viel Anstand, beschämt dreinzuschauen. »Wendy, hör mal. Ich wollte nicht, dass es so kommt. Ich hatte keine Ahnung, dass ich so schlecht in alledem sein würde … dass mir dieses Spießbürgerdasein mit zwei Kindern in der Vorstadt so die Luft abschnüren würde, das ist das Ding. Mir war nicht klar, wie sehr es meine Seele abtöten würde.«

»Du weißt immer noch nicht, ob du gut oder schlecht darin wärst, Seth, weil du dich niemals wirklich darauf eingelassen hast. Du hast nie ausprobiert, der Vater zu sein, der du sein könntest. Warst du mir wenigstens treu, als wir noch in der Stadt gewohnt haben? So klar, wie ich die Dinge jetzt sehe, glaube ich nämlich, dass bei uns etwas schieflief, noch ehe Birchboro Hills überhaupt Thema wurde.«

Er runzelt die Stirn. »Das mit uns ging schief, als du mich zu einem Kind überredet hast, ehe wir bereit dazu waren.«

Ich sehe ihn prüfend an. »Da hast du nicht ganz unrecht«, sage ich und fühle dabei keinen Groll ihm gegenüber, sondern nur fernes Mitgefühl. »An dem Punkt haben wir beide uns verloren. Aber wenn ich stattdessen Bridget und Linus hinzugewonnen habe, kann ich nur sagen, dass es das absolut wert war.«

Seth kann darauf nur nicken. Sein Gesicht ist rot angelaufen, und ich bin mir sicher, dass jede Menge Wut in ihm brodelt – er hasst es, wenn ich ihm Anweisungen erteile oder Dinge für uns beide plane, und diese Trennungsrede war ganz und gar einseitig. Aber vielleicht fühlt er ja auch ungefähr das, was ich gerade empfinde. Pure, unverfälschte Erleichterung. Denn schlussendlich waren schon seit Langem wohl weder er noch ich besonders glücklich in dieser Beziehung. Doch wenn es die vergangene Woche nicht gegeben hätte, wäre die Chance, dass ich daran etwas geändert hätte, vermutlich gleich null gewesen.

»Du bist noch mal davongekommen, Seth Charles«, sage ich zu ihm. »Am Ende wirst du so zufriedener sein.«

Er seufzt tief. »Das trifft auf uns beide zu«, entgegnet er, und sowohl Traurigkeit als auch Erleichterung klingen darin mit. »Tatsächlich hatte ich die meiste Zeit das Gefühl, dass du und die Kinder mir im Weg stehen.«

Die Worte tun weh, aber ich nehme sie hin wie eine Ohrfeige, die man verdient hat.

»Aber auf der anderen Seite habe auch ich ganz sicher nicht das Beste in dir zum Vorschein gebracht«, fügt er hinzu. »Also ja. Es ist zum Besten für uns beide. Schlussendlich verdienst du es, jemanden zu finden, der das kann. Jemanden, der dir nicht im Weg steht.«

Ich nicke, denn er hat absolut recht. Dann nehme ich Anna Joy auf den Arm, drehe mich um und gehe davon, auf den Aufzug zu. Ich habe es eilig und wünschte, ich würde trotz des Infusionsständers, den ich neben mir herzerre, und des Kindes auf der Hüfte schneller vorankommen. Jetzt, da ich endlich das

Richtige getan habe, das Schwierigste hinter mir habe, ist mir klar, wo ich sein möchte. Denn dank Celeste weiß ich genau, welcher Mann das Beste aus mir herauskitzelt, und das möchte ich ihn so schnell wie irgend möglich wissen lassen.

Celeste

Meine Güte, ist in meinem Krankenzimmer was los. Es sind so viele Leute hier, und keiner von ihnen scheint das geringste Interesse daran zu haben, eine meiner Fragen zu beantworten. Jemand drückt mir sogar ständig eine Maske aufs Gesicht, als wollte er mich zum Schweigen bringen. Zum dritten Mal nehme ich sie wieder ab, und diesmal schreie ich einfach: »Hallo! Kann mir mal jemand sagen, was zum He– … doppelten Hockeyschläger hier los ist?«

»Hat sie gerade ›He– … doppelten Hockeyschläger‹ gesagt?«, fragt jemand auf Höhe meiner unteren Wirbelsäule.

»Ist wohl ein gutes Zeichen für die neurologischen Funktionen«, scherzt eine andere Person.

Ich bin kurz davor, aufzustehen und zu gehen, wenn mir nicht bald jemand antwortet, aber glücklicherweise erbarmt sich jemand. Eine nette Dame mit einem Gesichtsschutz sagt zu mir: »Celeste, Sie sind im Krankenhaus. Sie wurden von einem Fastball am Kinn getroffen. Ihr Genick wurde dabei stark nach hinten gerissen, weshalb wir nun Langzeitschäden an der Wirbelsäule ausschließen müssen. Während wir unseren Job machen, bleiben Sie bitte einfach ganz entspannt liegen.«

»Oh. Mist«, sage ich.

»Lassen Sie bitte wenigstens die Maske auf und halten Sie still, okay?«

Ich nicke energisch und lasse sie die Maske wieder aufsetzen.

»Stillhalten!«, wiederholt sie.

Ich höre auf zu nicken.

»Sehr gut. Der Anästhesist ist wieder da und wird jetzt seinen Teil erledigen, okay, also … zählen Sie von zehn rückwärts. Bereit?«

Ich nicke nicht, aber da ich denke, dass das in Ordnung geht, sage ich: »Zehn.«

Ein paar Augenblicke später und nach einem gefühlt wirklich sehr langsamen Augenzwinkern fühle ich mich groggy, und mir tut alles weh. Und Hugh ist plötzlich bei mir im Zimmer.

»Sie ist wach!«, sagt er.

»Hugh!«, sage ich.

»Wackel mit den Zehen«, fordert er mich auf. Ich tue es, und er lacht. »Gut gemacht, Schatz. Gut gemacht.«

»Was ist passiert?«, frage ich. Der Schleier um meine Augen lichtet sich allmählich, aber meine Worte wollen sich nur sehr langsam formen. »Wie habe ich mich geschlagen?«

Behutsam beugt er sich vor und küsst mich sanft. Unser erster Kuss seit einer Woche. Ich genieße jede einzelne Sekunde davon.

»Du warst perfekt.«

»Oh, Schatz«, sage ich durch den Nebel der Betäubungsmittel. »Ich habe solche verrückten Sachen geträumt.«

Hugh streicht mir die Haare aus dem Gesicht und lächelt mich nachsichtig an – ich glaube, er kann noch gar nicht verstehen, was ich da vor mich hin nuschele. Aber mein Hirn ist schneller als mein Mund. In überraschendem Tempo durchleuchtet es alles, was passiert ist, findet heraus, wie ich hier gelandet bin, was vorher geschah und was jetzt passieren muss. Es findet heraus, wer ich werden muss – nein, wer ich werden darf.

Irgendwann später, wenn Hugh mich wieder verstehen kann, werde ich ihm alles erzählen. Vielleicht nicht vom Körpertausch, zumindest nicht so bald. Aber davon, wer ich in letzter Zeit gewesen bin und wer ich in Zukunft gern sein will. Davon, dass ich, als ich mich von meiner Vergangenheit verabschiedete und unsere Zukunft begann, nicht alles vergessen habe. Ich habe nicht vergessen, was es bedeutet, so aufzuwachsen, wie ich es tat. Die Verantwortung, die ich spürte, meinen Kindern etwas Besseres geben zu wollen. Wie sehr ich mich dem Mann verpflichtet fühlte, der mir ein anderes Leben geschenkt hat, und wie wenig Pfand und Liebe miteinander zu tun haben. Wendy hat, wie so oft, teilweise recht. Hugh ist mir nichts schuldig. Und ich bin ihm ebenso wenig schuldig. Wir beide sind keine Bilanz, mein Wert errechnet sich nicht aus dem Geld, das ich uns mit meiner Arbeit einspare, und am Ende des Tages bin ich nicht auf mich allein gestellt. Hugh und ich sind nicht so. Wir schwimmen gemeinsam oben, oder wir gehen zusammen unter.

Ich entscheide mich fürs Schwimmen. Weil ich niemandes Anker bin. Was wir haben, trägt uns. Was wir haben, ist schön.

Aber all das kann ich ihm in diesem Moment unmöglich erklären. Stattdessen sucht und findet meine Hand seine, ich halte sie so fest ich kann und träume davon, wer ich sein werde, jetzt, da ich nicht mehr »nur eine Hausfrau« bin. Ich bin Celeste Mills Mason, die Mutter dreier wunderbarer Kinder und die Frau eines liebenden Mannes, und bei all dem hat nirgendwo ein »nur« etwas zu suchen.

24
Danach

Celeste

Zwei Tage später bin ich aus dem Krankenhaus entlassen und zu Hause. Wendy ist es ebenfalls – während Seth bei seinen Eltern untergekommen ist, die eine Stunde entfernt wohnen. Seit ich Hugh alles erzählt habe, ist er davon besessen, in unserem Garten eine Feuerstelle zu bauen. Ein paar Sachen habe ich ausgelassen – er muss nicht unbedingt wissen, dass er die letzte Woche neben seiner Nachbarin im Bett gelegen hat –, aber all die unbequemen Wahrheiten, die ans Licht gekommen sind, habe ich nicht verschwiegen. Ich erzähle ihm von den thematisch gestalteten Lunchpaketen, der Ein-Dollar-pro-Pappbecher-Gazpacho und den völlig übertriebenen Cupcakes für den Wissenschaftsbasar – nicht, dass daran irgendetwas offenkundig falsch gewesen wäre, aber statt mir Wertschätzung zu verschaffen, haben genau diese Dinge die Menschen, die ich kennenlernen möchte, auf Distanz gehalten. Sie sind ein Kostüm, mit dem ich mich verkleide, um meine Existenz zu rechtfertigen.

Wendy hat diese Verkleidung sofort durchschaut.

Hugh zieht die Augenbrauen in die Höhe, als ich ihm verkünde, dass ich endlich eine echte Freundin gefunden habe und wer es ist, aber er fängt sich schnell wieder. »Sie ist verdammt schlau«, sagt er. »Sie hat erkannt, was für ein Goldstück du bist.«

Genau das ist es, was Hugh ausmacht. Seine rosarote Celeste-Brille ist das Beste, was mir je passiert ist. Aber anstatt sich darüber zu freuen, wenn er so etwas sagt, habe ich mich viel zu lange gefragt, was mit ihm nicht stimmt, dass er mich auf diese Weise liebt.

Ich umarme ihn noch einmal ganz fest, was ich in letzter Zeit so oft getan habe, dass ich es schon nicht mehr zählen kann. Es ist an der Zeit, dass ich es einfach genieße, ihn zu haben. Zeit, meine eigene rosarote Celeste-Brille aufzusetzen. Meinen Kindern ein paar Geschichten aus meiner Jugend zu erzählen. Denjenigen einen Blick auf meine persönliche Geschichte zu eröffnen, die es wert sind, sie zu sehen. Wendy hatte die ganze Zeit recht: Nichts an meinem Leben ist an sich anstrengend – außer so zu tun, als wäre ich jemand, der ich nicht bin.

Und ich gehöre definitiv nicht zu den Menschen, die außerhalb ihres Heims arbeiten möchten. Nicht jetzt, und vielleicht auch nie. Ich kann es nicht mit Sicherheit sagen – schließlich habe ich mir vor einer Woche noch Gedanken über meine Zertifikate als Vertretungslehrerin gemacht. Aber das lag nicht unbedingt daran, dass ich als Aushilfslehrerin arbeiten wollte. Sondern daran, dass ich glaubte, für unsere Familie nicht mehr nützlich zu sein, wenn Joy erst einmal ganztags in die Schule geht.

Ich schüttele den Kopf über mich selbst und wie dumm ich war. Wie oft hat Hugh gesagt, dass unsere Familie wunderbar im Gleichgewicht ist? Wie oft habe ich das selbst schon gedacht? Wie oft hat sich eine Mutter bei mir bedankt, weil ich ihr Kind mitgenommen habe, während sie in einer Besprechung festhing, oder haben mir Lehrer für meine Hilfe in der Klasse gedankt, als sie keine Zeit oder kein Material hatten?

Wie oft haben diese kleinen Dinge mich erfüllt?

Warum sollte ich das alles aufgeben? Es gibt verschiedene Jahreszeiten in unserem Leben, und ich bin mit dieser noch nicht durch.

Ich mixe den Drink in der Küche fertig und öffne die Doppeltür zur überdachten Veranda. Dort wartet sie, meine erste Freundin in Birchboro Hills, mit einer Tüte Marshmallows und einer Packung Graham-Cracker. Zu ihren Füßen sitzt Anna Joy und richtet mit ihren Wasserstiften fröhlich ein Chaos an, während Wendy ihr das Haar flechtet.

»Nicht böse sein«, sage ich, als ich ihr zeige, was ich da hereintrage.

Sie lacht. »Rosé-Sangria.«

»*Ohne* Wodka. Das ist tatsächlich das einzige Mixgetränk, das ich hinkriege.« Nun, abgesehen von etwas, das meine Cousins früher immer in einem Eimer von Fleet Farm zubereitet haben. »Wenigstens ist es keine Tüte mit Erdnuss-M&Ms.«

»Nee, versuchter Mord ist eher mein Spezialgebiet«, erwidert Wendy. Anna Joy windet sich, und sie beruhigt mein Mädchen. »Fast fertig, Kleine.«

»Totschlag«, korrigiere ich Wendy. »Wenn es unbeabsichtigt ist, spricht man von Totschlag, und nach der Woche, die du hinter dir hattest, hätte dich wohl keine Jury der Welt verurteilt.«

»Danke, dass du so großzügig mit der Tatsache umgehst, dass du wegen mir beinahe im Rollstuhl gelandet wärst«, entgegnet sie, während ich ihr einschenke.

»Danke, dass du so großzügig mit der Tatsache umgehst, dass ich beinahe deinen Körper getötet hätte«, erwidere ich und hebe mein Glas.

»So, fertig.« Sie schließt den Zopf, den sie geflochten hat, mit einem Haargummi und tippt kurz mit der flachen Seite der Bürste auf Anna Joys Scheitel. »Wollen wir uns mal die neue Feuerstelle ansehen?«

»Auf jeden Fall.«

Wir treten in den Garten und gehen an den Kindern vorbei. Samuel und Linus sitzen am Picknicktisch und tun ziemlich geheimnisvoll, was wohl bedeutet, dass die Comics, die sie zeichnen, irgendwas mit der Toilette zu tun haben.

Bridge und Zoey schlagen auf der anderen Seite des Hauses Bälle aus der Maschine. Ich kann nicht umhin, zu bemerken, dass die Maschine so aufgestellt ist, dass eventuell kaputte Fenster auf Wendys Seite zu beklagen sein werden.

»Versucht bei den Grounders zu bleiben, Ladys!«, schreie ich.

Wendy lächelt. »Schau mal einer an, wer da langsam die Fachbegriffe draufhat.«

»Wir haben es mal mit deiner Version eines verregneten Tags zu Hause probiert«, erkläre ich. »Wir haben uns alle aufs Sofa gequetscht und Baseball-Filme angesehen. Anna Joy fand *Herkules und die Sandlot-Kids* saukomisch.«

»Das ist ja seltsam«, sagt Wendy. »So viel Fernsehen, und trotzdem wirken sie nicht, als wäre ihr Gehirn völlig verdorrt.«

Ich zucke mit den Schultern. »Ich muss zugeben, dass Fernsehen vielleicht nicht der Antichrist ist. Und wenn doch, dann sind wir bereits verdorben.«

»Wie stehst du denn inzwischen zu S'Mores?«, fragt sie. »Verarbeiteter Zucker mit verarbeiteter Schokolade zwischen zwei Plättchen aus verarbeitetem Mehl?«

»Ich bin ganz Pro-S'Mores«, sage ich. »Als Dessert. Keine S'Mores für meine Kinder, ehe sie nicht etwas Handfestes gegessen haben.«

»Na gut«, meint Wendy, als wir es uns in den beiden Adirondack-Stühlen gemütlich machen, die wir aus dem Vorgarten zur Feuerstelle getragen haben. Wie sich herausgestellt hat, verbringt unsere Familie ihre Zeit lieber im Garten hinterm Haus. »Tatsächlich halte ich es genauso.«

Ich lächele sie herzlich an. »Sieh mal einer an, du hältst dich ja an meine Regeln.«

»Sieh mal einer an, wie vernünftig deine Regeln sein können«, gibt sie schlagfertig zurück.

Ich öffne den Mund, um zu erklären, dass all meine Regeln

vernünftig sind, aber kann gerade rechtzeitig an mich halten und frage stattdessen: »Läuft das Wochenende gut? Ohne Seth?«

Wendy stößt die Luft aus. »Die Kinder brauchen Zeit. Ohne Frage. Für sie ist es eine riesige Umstellung. Aber für mich unterscheidet sich ein Wochenende ohne Seth nicht von einem Wochenende mit ihm. Abzüglich des Geschnarches.«

»Dann hast du das Richtige getan.«

»Zweifellos. Ich schätze, es wird noch Probleme geben, wenn ich wegen Mitarbeiterversammlungen eine Kinderbetreuung brauche. Aber dafür gibt es schließlich Babysitter.«

Ich schüttele den Kopf. »Du brauchst keinen Babysitter, Wendy.« Ich zeige auf die Kinder. »Du hast uns.«

Sie zieht die Augenbrauen in die Höhe. »Sicher? Du bietest das nicht nur an, weil du dich nützlich machen willst?«

»Die Mädchen beschäftigen sich selbst. Und die Jungs …«, sage ich. Den Satz brauche ich gar nicht zu beenden, sondern muss nur zum Picknicktisch zeigen.

»Wie seltsam ist das bitte? Sie haben nichts gemeinsam, und trotzdem sind sie die besten Kumpels.«

Nun ziehe ich meine Augenbrauen bedeutungsvoll in die Höhe. »Äpfel«, sage ich mit einem Wink auf die Jungen, »und Bäume«, ergänze ich mit einer Geste auf uns beide.

»Und die beiden haben das ohne Umweg über die Intensivstation hinbekommen«, fügt Wendy hinzu.

»Kinder sind schlauer als wir.«

Wendy sieht zu den Mädchen hinüber, die ununterbrochen miteinander quatschen und lachen, aber ihre Augen sehen durch sie hindurch. Sie seufzt. »Die Dinge werden sich für mich verändern müssen.«

Ich nicke. Sie hat einen langen Weg vor sich.

»Mindestens einmal pro Woche werden sie bei ihrem Dad sein«, erklärt sie. »Ich sollte mich deswegen furchtbar fühlen, aber ich bin einfach nur erleichtert. Es ist ewig her, dass ich mal

Zeit zur Verfügung hatte, mit der ich anfangen konnte, was ich wollte. Ich kann die Zeit ohne schlechtes Gewissen für die Firma nutzen und an den anderen Tagen früher nach Hause kommen. An Seths Wochenenden mit den Kindern kann ich vielleicht sogar ausgehen.«

»Mit Davis?«, frage ich.

Ein kleines Lächeln huscht über ihr Gesicht. »Vielleicht.«

»Du musst mich an allem haarklein teilhaben lassen«, sage ich zu ihr. »Ich bin schon sehr lange Zeit verheiratet.« Hugh winkt fröhlich von seinen zwei Sägeböcken zu uns herüber, die er benutzt, um eine Leopold-Bank zu bauen, die neben der Feuerstelle Platz finden soll.

»Eine sehr lange Zeit mit einem tollen Mann«, ergänzt Wendy. Dann senkt sie ihre Stimme: »Wenn auch einem ziemlich behaarten Mann.«

»Was weißt du denn, ob Davis' Brust nicht einem Lammfellmantel gleicht?«

Wendy grinst verschlagen. »Das muss ich wohl noch herausfinden.«

»Sei nett zu ihm. Er hat sich lange nach dir verzehrt.«

Sie schüttelt den Kopf. »Er meinte, er sei kein Typ fürs Anschmachten.«

»Ich bin sicher, dass er sich das einredet. Er schmachtet wie alle normalen Menschen.«

»Wie Linus?«, fragt sie, und ich folge ihrem Blick. Zu meiner Überraschung bemerke ich, wie er von dem Block, auf dem er gezeichnet hat, aufschaut und meine ältere Tochter bewundernd anblickt.

»Du meine Güte«, sage ich.

»Yep«, antwortet Wendy. »Das könnte interessant werden.«

»Und Samuel ist noch viel zu sehr damit beschäftigt, Furzkanonen zu malen, um überhaupt zu realisieren, dass es Mädchen gibt«, murmele ich. »Mein ahnungsloser kleiner Kerl.«

»Dein Tag wird kommen«, sagt Wendy. »Samuel wird ein –«

»Er wird ein Teufelsbraten werden«, beende ich den Satz für sie. »Ich weiß. Ich habe es mir immer und immer wieder von Hughs Mom anhören müssen.«

»Es ist fast eine Erleichterung«, gibt Wendy zu. »Vor der vergangenen Woche dachte ich noch, deine Kinder seien perfekt. Zu perfekt.«

»Sie sind perfekt«, sage ich. »Genauso sieht ›perfekt‹ aus.«

»Unordentlich«, meint Wendy.

»Verrückt«, entgegne ich.

»Lesewütig«, zählt sie auf.

»Sportlich«, sage ich.

»Zu Hause«, kommt von ihr.

»Bei der Arbeit«, antworte ich.

»Und sie essen gerne Straßenkreide …«

Ich sehe auf. »Was?«

Wendy zeigt auf Joy, die an einem blauen Kreideblock schleckt, als wäre er ein Lutscher. »Igitt. Joy!« Ich springe auf, um sie abzulenken.

»Kreide ist zum Malen«, erkläre ich ihr und demonstriere ihr den eigentlichen Zweck der Kreide. »Möchtest du etwas zu essen?«

»Ich esse Blau!«, sagt sie, und ihre Zunge lässt erahnen, dass sie auch schon Grün und Gelb gekostet hat.

»Du hast bestimmt Durst«, sage ich zu ihr.

»Milch?«, fragt sie.

»Kuhmilch oder Bananenmilch«, biete ich ihr an. Ich spüre ein vertrautes Ziehen in meinen Brüsten, aber es ist an der Zeit. Wenn es so weit ist, weiß man es.

In diesem Augenblick hören wir das Geräusch eines Softballs, der auf etwas Hartes trifft, und alle im gesamten Garten wirbeln herum.

»Mein Fehler!«, ruft Zoey. Unsere Augen folgen dem Geräusch – Zoeys direkter Ball auf Bridget hat eine Regenrinne an Wendys Haus erwischt, von der ein Teil scheppernd zu Boden gestürzt ist.

»Ich kümmere mich darum«, sagt Hugh mit dem Seufzen eines Mannes, der handwerkliches Geschick und drei übermütige Kinder hat.

»Du bist ein Schatz!«, rufe ich und werfe ihm eine Kusshand zu, während ich in die Küche laufe, um Bananenmilch zu mixen, unser freudiger Kompromiss zwischen Muttermilch und Starburst-Bonbons. Auf meinem Weg nach drinnen sehe ich, wie Wendy sich zu Linus und Samuel setzt, was bedeutet, dass sie in den Genuss einer kichernd erzählten Detailbeschreibung ihrer neuen Graphic Novel kommen wird. Im Hintergrund geht langsam die Sonne unter, lässt goldene Strahlen über Wendys Hausfassade und den Rasen gleiten, über die Kinder, die herabgefallene Regenrinne und den Rosenstrauch, der endlich neue Triebe bekommt.

Als ich wieder draußen bin, kuschelt sich Joy zum Trinken in meinen Schoß, während Hugh sich über die Feuerstelle beugt und Wendy am Tisch den hysterisch lachenden kleinen Jungs zuhört. Zoey und Bridget haben sich so weit weg von uns wie irgend möglich auf der fertigen, aber noch ungestrichenen Leopold-Bank niedergelassen, auf der sie sich sicherlich einige Splitter einfangen werden. Sie tuscheln und kichern. Zwischen all dem ruft mir Wendy etwas zu.

»Das ist perfekt, hm?«, fragt sie und zeigt auf unseren Garten, die Kinder, Hugh, den Rosenstrauch und die Dornen.

»Das ist es«, antworte ich ihr und hebe mein Glas Sangria (ohne Wodka) in ihre Richtung. »So perfekt es nur sein kann.«

Danksagung

Ich möchte mich bei meinem tollen Verlagsteam bedanken: meiner Agentin Holly Root, meinem Lektor Chris Werner, Tiffany Yates Martin, Danielle Marshall, Alexandra Levenberg, Brittany Russel, Gabriella Dumpit – und bei dem gesamten Team von Lake Union Publishing.

Ein großes Dankeschön an die talentierten und hilfreichen Tall Poppy Writers und an all die inspirierenden Mütter in meinem Leben, die den weniger begangenen Pfad genommen haben. Ihr bewegt etwas.

Vielen Dank und alles Liebe an die Familie Harms, an Chris Meadow, der Himmel und Hölle in Bewegung gesetzt hat, um mir Zeit zum Schreiben zu verschaffen, und an Griffin, der mich auf Schritt und Tritt inspiriert und dafür sorgt, dass mir nie langweilig wird.

Und schließlich ein Dankeschön an Tui T. Sutherland, deren fantastische Geschichten meinen Sohn in ferne Welten reisen ließen, während wir uns 2020 zu Hause eingeigelt haben.